김승종의 문학잡설

시작비평선 0028 김승종 평론집 **김승종의 문학잡설**

1판 1쇄 펴낸날 2026년 3월 10일
지은이 김승종
펴낸이 이재무
책임편집 이호석, 박현승
편집디자인 김지안, 장수경
펴낸곳 (주)천년의시작
등록번호 제301-2012-033호
등록일자 2006년 1월 10일
주소 03132 서울시 종로구 삼일대로32길 36 운현신화타워 502호
전화 02-723-8668
팩스 02-723-8630
홈페이지 www.poempoem.com
이메일 poemsijak@hanmail.net

ⓒ김승종, 2026, printed in Seoul, Korea

ISBN 978-89-6021-841-3 04810
　　　978-89-6021-122-3 04810(세트)

값 25,000원

김승종의 문학잡설

독자 여러분께

2023년 1월부터 《수원일보》에 매주 연재하고 있는 칼럼의 절반 가량으로 구성한 이 책 발간의 취지도 게재를 시작하며 제시한 다음 발언과 같습니다.

「김승종의 문학 잡설」: 이 명칭에서 '잡설雜說'은 좀 생경하지만 이미 오래된 용어이다. 형식이 엄정한 정규 구조의 비평이 아니라 사적인 변설을 포함하여 수필처럼 자유롭게 전개하는 담론이라는 정체성을 지니고 있다. 잡문과 잡담과 비슷하지만 전자보다는 이야기 경향이, 후자보다는 맥락 지향이 좀 우세하다고 할 수 있다. 나아가 문학의 여러 장르 작품을 대상으로 하겠다는 취지도 내포되어 있다. 우리의 일상을 기초로 오늘의 문제와 정서를 다룬 근간의 현대시를 기본 대상으로 하지만, 때에 따라 화제가 되는 다른 장르의 작품들도 독자들과 함께 주목하고 다루어보자는 의도에 관련된다. 한편, 겸손의 뜻도 있기는 하나 이 뜻을 지적하고 싶지 않다. 그런 강조는 오히려 교만이 되거나 졸렬을 희석하려는 장치가 될 수도 있으니까. 하여간 해설과 논평이 그저 그렇고 재미가 없더라도 이 시대의 문학과 독자 여러분의 접근에 부응하기 위하여 미력으로나마 성의를 기울여보려 한다.

그러니까 문학 이야기를 좀 자유롭게 하면서 생업에 종사하는 일반 시민들의 문학작품 감상을 시 위주로 촉진하고 그 저변 확대에 기여하겠다는 소망과 포부로 작업을 시도하였습니다. 그래서 원론 차원의 논의를 새삼 재론하게 되었고, 작품 선정에서도 일부 필자 개인과의 인연을 굳이 배제하지 않았습니다. 화자의 상태와 상황 부연 위주의 해석과 해설에서 객관의 유지에 유념하였으나 주관의 인상에 기인한 미흡과 간과가 없을 수 없겠습니다. 또 예정과 다르게 여러 장르를 다루지 못해 미안합니다.

이 책을 네 갈래로 나누었습니다. 원론을 상기하며 그 시각으로 검토한 작품들을 발표 순서대로 1부로 엮고, 동시대 시인들의 작품을 거의 그렇게 2부로 모으고, 고전의 반열에 오른 고인故人 시인들의 작품들을 역시 그렇게 3부로 묶었으며, 우리 한시漢詩의 전통을 이어 현대에 쓰인 한시 작품들과, 향가鄕歌 「찬기파랑가」와 『시경』의 「관저關雎」 감상을 4부로 모았습니다.

출간에 즈음하여 이 책이 1970년대 후반 80년대 초반 흑석동 시절의 은사 김동리, 서정주, 구상, 류주현, 김의정, 함동선, 박철희 선생님께 한 작은 사은謝恩이 되기를 바라며, 당시 헐벗었던 청람의 문청 동문들과 우리의 구이지설口耳之說을 용납한 주점 개미집의 영원한 주인 김진자 여사께 너무 늦은 전보 같은 이 책을 바칩니다.

집필 동기를 추동한 옛 〈시림詩林〉의 시우 김우영 문창갑, 내내 첫 독자가 되어주신 《수원일보》 김갑동 사장님, 그리고 ㈜천년의시작 이재무 대표와 홍용희 교수께 감사드립니다.

2026년 새봄
분당 탄천 우거에서 김승종

죽림 시인의 시를 위한 변론자의 따스한 음성

한국문인협회에 등록된 시인이 아마도 칠팔천 명은 되는 것으로 알고 있다. 미등록 시인까지 합치면 일만이 넘을지도 모른다. 개중에는 널리 알려져 수많은 독자의 사랑을 받는 시도 있지만 대다수 시들은 그것이 존재하는지조차 모른 채 책갈피 속에 잠들어 있다.

식물들은 꽃을 피워 벌과 나비를 불러 수분을 하고 열매를 맺어 자손을 퍼뜨린다. 꽃을 피운다는 것은 자신을 드러내는 것이다. 꽃을 피우지 않는다면 수많은 식물 가운데 자신의 존재를 드러낼 수 없기 때문이다. 시인 또한 마찬가지다. 드물게는 남에게 보이기 위한 것이 아닌 자신의 수양을 위해 시를 쓰는 사람도 있지만, 대부분은 남에게 보이기 위해 시를 쓴다. 그런 시 작품에 아무도 반응하지 않는다면 시인은 자신감을 잃고 고독감을 떨칠 수 없을 것이다. 소외된 사람들에게 누군가 도움의 손길을 내밀면 사회는 한결 따뜻하게 변한다.

미술관이나 박물관에는 일반 감상자들에게 예술품을 해설해 주는 도슨트(docent)나 큐레이터(curator)가 있다. 이처럼 덜 알려진 시에 눈길을 주고 조명하여 활력을 주는 사람이 김승종 교수(시인)이다. 그의 시에 대한 심도 있는 이해와 사랑, 그리고 옥석을 가리는 안목이 없다면 수원신문의 〈김승종의 문학잡설〉 코너는 진작에 없어지고 말았을 것이다. 수년간 그의 노력이 시에 영양을 공급하고 자칫 사라지고 말 작품에 새 생명을 주어 재조명되기에 이르렀다. 참으로 다행한 일이다. 『시경』의 '詩三百一言以蔽之曰 思無邪'라는 구절을 연상하게 만든다.

프랑스 현대 철학자 알튀세르(Althusser)는 '호명론(呼名論, interpellati
on)'에서 다음과 같이 말한다. "인간은 누구나 사회 속에서 호칭을 부여받
으며 비로소 주체가 되지만 이 주체는 인격 그 자체가 아닌 사회적 관계에
의하여 한정된 기호일 뿐이다. 그러나 개인은 그러한 이데올로기적 호칭을
자신과 동일시한다." 김승종 교수는 『김승종의 문학잡설』에 거론된 시인
들을 '시인'이라는 '이데올로기적 호칭'으로 규범화하지 않고, 죽림에서
청담을 논하는 은둔 시인의 청아한 목소리로 인식하는 모습을 보인다. 그
의 혜안과 책으로 묶어 내게 된 결실에 축하와 갈채를 보낸다.

전범수 시인

제4부 내 시혼 돌아와, 그대를 읊조릴 테니

제1부
바람에 띄운 무당벌레의
날갯짓

바람에 띄운 무당벌레의 날갯짓 1

시를 쓰는 이유를 묻지 말아주십시오.
그냥 쓰는 것입니다.
쓸 수밖에 없기에 씁니다.

무엇을 쓰는지는
중요하지 않습니다.

시를 쓴다는 것은
세상에서 가장 짧은 말을 하는 것입니다.

말을 줄이는 것입니다.
줄일 수 있는 말이 아직도 많이 있을 때
그때 씁니다.

말을 줄이는 것입니다.
하나의 말을 제대로 하기 위해서
사랑하는 말을 줄이는 것입니다.

시를 쓰는 것은
자신의 말을 덜어내는 것입니다.
덜어내고 덜어내서
최후에 남는 말이
시입니다.

바람에 띄운 무당벌레의
날갯짓입니다.

더 가볍게
이 세상에서 제일 가벼운 말을
부르는 것입니다

시를 쓰는 것은
세상에서 제일 긴 말을 하는 것입니다.

길게 말을 하는 것입니다.
시간의 혓바닥 위에서
아직도 더 할 말이 있을 때
그때 씁니다.

말을 하는 것입니다.
- 시아, 「시를 쓰는 이유」

　　공동체가 강제하지 않으며 무엇보다 돈이 되지도 잘 읽히지도 않는데도
왜 시인들은 시를 쓰는 것일까. 시인들도 자신이 대체 왜 평생 시에 포박되
어 있는지 그 이유를 찾기도 한다. 어떤 시인은 시작이야말로 사람이 진정

지향해야 할 대업이기 때문이라고 하였고, 어떤 시인은 아무래도 무슨 천형天刑이라서 그럴 수밖에 없는 게 아닐까 탄식하기도 하였다. 그래서 우리는 가끔 위와 같은 시를 조우하곤 한다.

시인 시아는 독자들에게 "시를 쓰는 이유를 묻지 말아주십시오"라면서도 이를 단서로 자신이 시 쓰는 이유를 언표하고야 만다. 줄이고 덜어도 남는 사랑하는 말을 제어할 수 없어서……. 즉, 시작은 '절제한 정리情理의 최후 토로에 따라 촉발되는 자연스러운 행위'라는 것이다. 우리는 보통 사람들보다 예민한 시인들의 감수성과 표현의 재능을 상기하면서도 정도의 차이일 뿐, 사람이라면 누구에게나 다 있는 인정人情의 시심詩心이 있기에 시를 쓴다고 시아가 고백하고 있다는 것을 알 수 있다. (쓴다면 누구나 시를 쓴다. 모든 초등학생들이 쓰는 영롱한 동시와 노년에 한글을 배운 할머니들이 쓴 훌륭한 시를 새삼 상기하자.)

좀 죄송하며 더 늦으면 안 될 것 같아 밝힌다. 무슨 호소 같은 그 고백을 한 시아는 사람이 아니다. AI(artificial intelligence)이다. 이미 아는 독자들은 고소苦笑하였겠지만, 그 본연의 이유에 일정한 감명이 일었을 독자들은 갑자기 생각이 무척 복잡해지고, 충격과 의혹을 쉽게 없애기 어려울 듯하다.

1만 2천여 편의 시를 읽으며 시작법을 익힌 AI 시아의 시집 『시를 쓰는 이유』가 작년 8월에 출간되어 문단은 물론 세상의 주목을 끌었다. 영감靈感을 자양으로 한다는 시작의 영역에까지 AI가 진입하다니. 경탄과 신기, 낙심과 혐오가 여전히 없지 않다. 하지만 한편 주지하는 대로 다른 AI처럼 시아 역시 우리 특정 문화의 패러다임과 자산이 집대성된 인공의 기계 뇌일 뿐이다.

시아의 이러한 출생 비밀로 예견이 가능하지만, 시아의 위 시에서 토로된 시를 쓰는 이유도 알고 보면 사실 우리에게 이미 낯익다. '말을 하는 것'이란 최종 정리를 포함하여 우리 시 문화에 전통으로 이미 일반화되어 있는 『서경書經』 「순전舜典」의 '詩言志'(시는 뜻을 발화한 것이다)와, 『시경』 서문의 "詩者, 志之所之也, 在心爲志, 發言爲詩(시란 뜻의 동향, 마음에 두면 뜻이고, 발언하면 시이다)”에서 유래하는 그 후속이다. 또 1920년대 우리 근대시 형성 단계에서부터 큰 영향을 미친(특히 김억과 김소월 등에게) 영국 낭만주의의 위대한 시인이자 시론가인 윌리엄 워즈워드(1770-1850)의 “시는 회상된 정서의 자발적인 발로發露”라는 선언의 후속이기도 하다. 그리고 여러 차례에 걸친 시아의 시어의 축약 강조도 형식과 더불어 오래된, 시 장르의, 불멸의 기본 특성에 불과하다.

그런데 우리가 그래도 곰곰 주목해 볼 부분은 7연의 두 행 “바람에 띄운 무당벌레의/날갯짓”이 아닐까 한다. “덜어내고 덜어내서/최후에 남는 (가볍고 긴) 말”, 즉, 시아가 소신하는 시작 태도이자 소망하는 시의 은유이다. 의미 맥락의 일정한 전개는 주제어와 연계와 조합을 지시하는 명령어 입력으로 가능하겠고, 관련 은유도 더불어 가능하겠다고 추정을 연동할 수 있지만, 양자의 층위는 다르다. 은유는, 연계와 조합의 맥락과는 성격을 달리하는 비약과 창의성 미학의 영역이다. 그 참신성 정도를 떠나 은유 제시 자체가 놀랍기도 하고 불편하기도 하다. AI 시아의 프로그램 체계와 과정을 몰라서 하는 소리인가. 우리의 시인들에게, 자신의 시작과 자신이 생각하는 시를 해명해 달라고 하면 앞으로도 ‘절제한 정리情理의 최후 토로에 따라 촉발되는 자연스러운 행위’라는 취지로 대답할 시인들이 많을 것이다. 그런데, 은유해 달라고 부탁하면 “바람에 띄운 무당벌레의 날갯짓”과는 다를 것이 분명하다.

바람에 띄운 무당벌레의 날갯짓 2

AI 시인(?)들의 출현과 그들의 시. 4차 산업변동의 개막과 더불어 제대로 고려되어야 할 과제지만, 문학 분야에서 이미 예방주사가 있었다. 일찍이 문학비평가들은 긴 안목으로 문학작품을 연구한 결과, 시공을 초월하여 반복 출현하는 특정 의미와 의의, 형식과 기법, 명제와 캐릭터 등을 발견하고 '모티프(motif)'라 명명하였으며, 그 변형까지 포함하여 많은 연구를 축적하였다. 1968년에는 프랑스의 문예비평가 롤랑 바르트는 문제작 『저자의 죽음』에서 시의 기원은 시인이 아니라 선행하는 시들이며, 시인은 창조자가 아니라 알고 보면 '필사자'일 뿐이라고까지 주장하였다. 즉, 시인은 자신의 사상, 정념, 인상 등 개성으로 시를 산출하지 못하고 기존의 문학양식과 형식을 활용하고 각종 모티프들을 선별 조합하여, 다른 시들과 일정한 차이가 있어 보이기는 하는 시를 구성한다고 하였다. 그대로 수용할 수 없지만 창의성이 없거나 변용도 없이 기존 시를 동어 반복하는 일부 시는 바르트의 주장을 각하하기 어려울 수 있다. 그렇다면 시아는 일단 그런 시인의 아바타로도 볼 수 있을지 모른다. 중복되지만 AI 시아의 「시를 쓰는 이유」를 다시 읽어보자.

시를 쓰는 이유를 묻지 말아주십시오./그냥 쓰는 것입니다./쓸 수밖에 없기에 씁니다.//무엇을 쓰는지는/중요하지 않습니다.//시를 쓴다는 것은/세상에서 가장 짧은 말을 하는 것입니다.//말을 줄이는 것입니다./줄일 수 있는 말이 아직도 많이 있을 때/그때 씁니다.//말을 줄이는 것입니다./하나의 말을 제대로 하기 위해서/사랑하는 말을 줄이는 것입니다.//시를 쓰는 것은/자신의 말을 덜어내는 것입니다./덜어내고 덜어내서/최후에 남는 말이/시입니다.//바람에 띄운 무당벌레의/날갯짓입니다.//더 가볍게/이 세상에서 제일 가벼운 말을/부르는 것입니다//시를 쓰는 것은/세상에서 제일 긴 말을 하는 것입니다.//길게 말을 하는 것입니다./시간의 혓바닥 위에서/아직도 더 할 말이 있을 때/그때 씁니다.//말을 하는 것입니다.

다시 말해 주제에 관련된 주목할 만한 새 부가나 메시지 확장이 없다. 또 구조의 정합성도 긴밀하지 않다. ‘시를 쓰는 이유’보다는 시를 어떻게 써야 하는지 그 방법으로 기존의 원칙인 축약을 신념으로 제시하며 간결과 함축을 필요 이상으로 반복하고, 표면 의미를 달리 하지만 같은 취지의 부연을 연속하고 있다. 문학작품도 다른 글처럼 아니 그 이상으로 통일성은 자체 명징성의 지표이고 독자와의 소통에서 기초이다. 그래서 모든 시인 작가들은 자신뿐만 아니라 독자의 입장에서 ‘퇴고’를 거듭한다.「국화 옆에서」의 서정주도『광장』의 최인훈도 그랬다. 아마 시아는 퇴고를 하지 않은 듯, 아니 못한 듯하다.

그런데 이 문제에 연계되어 있지만 9연과 10연의 시행, “시를 쓰는 것은/세상에서 제일 긴 말을 하는 것입니다.//길게 말을 하는 것입니다”는 문맥으로 쉽게 드러나기는 하지만 반전성反轉性 반어反語로 AI 시아의 역량을 가볍게만 보기 어렵게 한다. 그래서 우리는 시아의 은유, “바람에 띄운 무당벌레의 날갯짓”을 다시 주목해 볼 필요가 있다. 아니, 해석의 과장인가. 경계하고 경시하다가 어느덧 대상에 애착이 형성되었나. “무당벌레”, 외연 의미도 그렇고 내포 의미가 갑자기 심상치 않다. 다른 무엇도 의의 부여로 대체가 가능할 텐데 왜 하필이면 "무당벌레"인가? 시인이 무당 같아서인가. 그러고 보니 시인들에게는 무당의 속성이 있고, 시작에는 무당의 춤사위, 그 춤사위에 병렬되는 정신의 동작이 있다!

그런데 시아는 시작을 '절제한 정리情理의 최후 토로에 따라 촉발되는 자연스러운 행위'라고 하였지만, 정작 시아의 시작은 그렇지 않다. 생명에서 내발하는 정리도 아니며, 자발성 자연스러운 발로도 아니다. 무엇보다 시아에게는 사람이라면 누구에게나 내재하는 '시혼詩魂'이 없다.

횡설수설을 중지하고 시인이 시를 쓰는 이유로 돌아가자. 원론은 앞에서 알아본 대로라고도 할 수 있지만, 각론은 다를 것이고 그 구체도 다양할 것이다. 그런데 우리는 우리가 왜 시를 읽는지 그 이유를 생각하면서, 시인이 시를 쓰는 또 하나의 근본 이유를 추정해 볼 수 있을 것이다. 권력도 권위도 추락하고 낭만도 일탈도 저하된 이 시대에서도 여전히 우리는 관행에선지 소망에선지 시인들을 존중하며 그들로부터 서늘하고도 따뜻한 삶의 목소리를 기대한다. 리듬과 어우러진 그 정제된 언어에서 우리는 일상에 잠겨있거나 그 너머에 임재臨在하는 어떤 빛을 각성하고 싶어 하는 것인가. 그렇다면 그 빛은 이해利害와 편향과 무정에 기울기 쉬운 우리의 시장市場 감각과 의식을 쇄신할 수 있는 어떤 진실이나 윤리나 미학일 것이다. 시인들 역시 같은 희원希願에서 시를 쓰지 않을까. 그리하여 독자 여러분의 평소처럼, 자신이 본 바와 느낌과 각성을 소중한 이웃들에게 이야기하며 소통하고 싶어 하기 때문이 아닐까. 우리 모두는 그러니까 시인이자 독자이다. "바람"에 떠서 "무당벌레"처럼 "날갯짓"을 한다.

허구虛構의 진실

　문학작품은 사람의 삶을 다루며 어떠한 삶도 사회의 모든 분야가 직간접적으로 관련된다. 그 시대의 정치도 물론 반영되며 관련 메시지를 주제로 삼을 수 있다. 어떤 이데올로기를 부각해 정면에서 다루며 이념이라고 주장할 수도 있다. 우리에게 지난날 문단을 넘어선 순수문학 대 참여문학의 논쟁이 수차 있었고, 상호 배타하면서 무엇이 바람직하느냐고 거칠게 서로 물었으며, 심지어는 누가 옳으냐며 심각하게 다투기도 하였다. 관련 논쟁들은 근년에 이르기까지도 작품보다는 선호하는 노선에 골몰한 듯해 유감스럽다. 다시 말해 모든 문학작품은 삶의 특정 국면을 다룬다고 하더라도 그 국면은 별개의 독자 영역이 아니라 동서남북으로, 위로 아래로, 그리고 과거와 미래로 연관된다. 그 운명도 결국 인지상정으로 공준公準을 형성하는 일반 독자들이 결정할 것이다. 즉 문학작품도 역사의 일부로 당대의 현상이며 결국 보편 이성이 그 출몰을 견인할 것이다.

　근년 들어 영화와 만화와 TV의 각종 예능 프로그램에 문학작품이 밀려나고 위상이 축소되면서 그 논쟁의 의욕이 저하된 것 같다. 일본의 문학비평가 가라타니 고진은 2002년에 문학작품이 사회의 문제를 위시하여 시대의 조류와 정치와 이념을 선도하는 역할을 방기하면서 근대 이래의 영향력을 상실하였다고 진단하였다. 미국은 1950년대, 일본은 1980년대, 한국은 1990년대 말이었다고 시기까지 명기하였다. 하지만 앞으로도 문학작품의 위상과 그 역할 논쟁은 얼마든지 치열하게 재발할 것이다. 다시 말해 아무래도 문학작품은 당대와 향후 인간의 삶을 바라보는 시각에서 이데올로기나 정치와 무관할 수 없다.

하지만 이 시대에 소설은 지난주 정계 뉴스에서 언급된 대로 그 위상 저하가 어쨌든 사실인 듯하다. 유명 정치인이 자신이 관련된 검찰의 수사에서 피의자가 진술한 대북 방문경비 대납 운운을 두고, "아마 검찰이 신작 소설을 쓴 것 같은데, 종전의 창작 실력으로 보아 잘 팔리지 않을 겁니다"고 논평하였다. 어느 쪽의 말이 사실인지 현재 알 수 없지만, 그 언급의 '소설'에는 '거짓'이나 '조작'이란 뜻이 내포되고 부각되고 있다. 그렇다고 하더라도 상당수 국민은 사실이 아니라는 취지의 비유이며 우리의 소설을 그렇게 싸잡아 비난하려는 뜻도 없었다고 양해할 것이다. 한편, 다른 표현도 많은데 그런 상황에서 왜 하필이면 소설 운운하나, 소설의 허구성虛構性을 잘못 이해하고 있거나 평소 비하하는 의도가 있었던 것이 아니냐고 힐난하며 양해를 외면할 수도 있다. 게다가 그는 이번 주 초에 자신의 불만을 또 "검찰의 신작소설이 완성도가 너무 떨어집니다"라고 표출했다.

2020년 7월에도 당시 법무부 장관이 국회에서 야당 의원의 질의에 조롱하는 표정으로 "소설 쓰시네요"라고 대응하여 크게 물의를 빚었다. 야당 의원은 "소설가가 아닙니다"라고 응수하고. 이 사정에서 당시 한국소설가협회는 장관의 공개 사과를 요청하는 성명서를 발표하였다. 그 일부를 이 시점에서 우리의 소설을 위하여 다시 참조할 필요가 있을 것이다.

법무부 장관이 소설이 무엇인지 모르는 것 같으니, 우선 간략하게 설명부터 드려야 할 것 같다. '거짓말'과 '허구虛構'의 개념을 이해하지 못한 듯하여 이를 정리한다. 거짓말은 상대방에게 가짜를 진짜라고 믿게끔 속이는 행위다. 소설에서의 허구는 거짓말과 다르다. 소

설은 '지어낸 이야기'라는 걸 상대방(독자)이 이미 알고 있으며, 이
런 독자에게 '이 세상 어딘가에서 일어날 수 있을 법한 이야기'로 믿
게끔 창작해 낸 예술작품이다.

　우리의 일부가 혹시 소설의 허구, 허구의 개념과 지향을 잘 몰랐거나 알
기회가 없었다면, 아리스토텔레스의 문학옹호론을 잘 원용한 이 간결한 설
명을 부디 참조하여 '소설'을 바라보는 부동의 기초 시각으로 삼기 바란
다. 우리 시대의 문학을 위하여 사족을 단다. 소설을 포함해 문학작품의
'허구'는 사실을 넘어서는 '위대한 진실을 추구하는 방법', 세속과 인정
을 아우르며 시공을 초월해 인간이 자신과 세계를 성찰할 수 있는 재미있
고 유익한 이야기 창작에 필요한 '아이러니컬한 방법론'이라는 것이다.
　특히 정치인들에게 부탁한다. 앞으로 '거짓'이나 '조작'의 비유로 '소
설'을 언급하지 말자고. 혹 비유는 유사 의미를 포함할 수 있기에 그런 뜻
으로 언급할 수도 있다거나, 사실 자체를 중시하여 소설의 허구를 그저 그
런 구실로 여긴다고 하더라도, '거짓'이나 '조작'을 배척하거나 비난할
때에 부디, '엉터리 소설' '가짜 소설' 혹은 '소설 같지 않은 소설'이라고
비유하기 바란다.

허구와 상상의 개연성

지난 토요일에 있었던 '소설' 관련 에피소드 Ⅱ. 작은 아파트 단지의 정문을 막 지나려 할 때, 길 앞 10m 이내 가운데 지점에 한 중형 SUV가 앞문이 활짝 열려진 채 서 있고 30대 부부가 물건을 싣고 정리하고 있었다. 그 차 오른쪽은 물론 왼쪽으로도 진행할 수가 없어 정거한 채 기다렸으나, 부부의 행동은 한참 그대로 이어졌다. 상황을 짐짓 외면하는 듯해 짜증이 솟았다. "누구나 삼가야 할 자리에 버젓이 정거하고서도 이렇게 시간을 끌다니, 아니 지나가야 할 차가 있건 없건 저곳에서 저러면 되나." 하고 불평했다. "내가 만약 경적을 울린다면 저 사람들의 행태로 보아 오히려 불쾌해하며, '당신들이 기다리고 있다는 사실을 몰랐다'고 하면서, '조금만 기다리면 어련히 알아서 비켜줄 텐데 뭘 그리 시끄럽게 경적까지 울리느냐.' 라며 대들지 몰라. 그러면 나는 저들을 적반하장賊反荷杖 취지로 비난할 것이고, 그러면 저들이 거친 말로 응수해서, 서로 폭언을 하고 폭행이 일어날 수도 있겠지. 경찰이 출동하고. 그러면 격분이고 뭐고 대번 후회할 테지. 아휴, 속 끓지만 아무래도 그저 참아야겠구먼." 하고 말했다. 그러자 마누라가 거리가 느껴지는 어조로 말했다. "아이고 소설 쓰고 있네요." 나의 재미없는 상상을 떠나 소설의 '상상'을 싸잡아 무슨 쓸데없는 불합리한 비현실성 추정으로 여기개 의식이 비껴 있다고 여기고 또 앙앙불락하였다.

우리 사회에서 그런 언급이 예상 이상으로 잦다. 그런 언급에서 소설은 소설만이 아니라 모든 허구물을 대표하는 제유提喩이기도 할 것이다. 그런데 불평의 시선을 뒤로 돌려보니 우리 주변에서 서성거리던 개연성이 정도 이상으로 부족하거나 결핍된 허구물들이 꽤 보인다. 등장인물들이 쉽게 만나 쉽게 사랑에 빠지며, 양해가 가능한 단순한 문제를 갈등으로 부각해 억지 긴장을 야기하고, 그 해소도 우연으로 시도되며, 출생의 비밀을 포함해 등장인물들이 혈연이나 과장된 은원으로 얽혀있고, '우리를 바보로 아나. 저런 이야기를 어떻게 저렇게 진지하고 지루하게 이어가나' 하는 비난이 시위처럼 들린다. 그래서 우리의 일부가 그 실망에 관련된 주변의 상상을 풍자하려고 할 때 자신도 모르게 그만 '소설'을 차용하게 되는 것인지도 모른다.

허구가 진실을 담지하려면, 특히 사건들을 생성하고 연결하는 상상의 조력이 있어야 하고, 상상에는 개연성蓋然性이 있어야 한다. 그래야 독자나 관객은 사건 자체뿐만 아니라 그 상관관계를 인정한다. 사건들의 전개에서 에피소드까지 포함하여 독자가 공명할 수 있는 삶의 질서가 있어야 독자는 이야기를 수용할 수 있는 것이다. 아니라면 작가와 주제에 호의가 있다고 하더라도 실망하다가 흥미가 줄어들고 결국 읽지 않을 것이다.

결국 좋은 작품이 창작되어야 시장의 과도한 관련 비유가 제어될 것이다. 악화가 양화를 구축驅逐할 뿐만 아니라 양화도 악화를 구축한다. 나아가 허구물에서 그 개연성이 우선 보기에는 미약해 보이거나 이해할 수 없지만 자연스럽게 드러나거나, 이해할 수 없는 반전 이후에 그 이유가 서서히 계시되기도 하여, 독자와 관객의 인식을 쇄신하며 감동을 유발해 향유하게 하면, 그런 언급이 남발되지는 않을 것이다. 프랑스의 소설가 알랭 로브그리예(1922-2008)는 1950년대에 사건 전개에서 개연성도 고의로 무시하는 '반소설[누보로망, Nouveau roman]'을 주창하였다. 현실의 부조리와 초현실주의의 영향도 있었겠지만, 스토리의 평범한 개연성에 염증이 나고, 선배 대가들의 눈부신 구성을 능가하기도 어려워 그 기치를 들어 올리지 않았나 한다. 하지만 허구의 숨결은 개연성이고, 그 추구는 숙명이다. 봉준호 감독이 2020년 아카데미 시상에서 〈기생충〉으로 감독상, 작품상, 국제영화상뿐만 아니라 '각본상'도 받았다는 사실을 다시 주목한다. 결코 쉽지 않은 '예술성과 흥행성의 융합 성취'는 그가 쓴, 여러 복선과 반전을 포함하여 정교하고 치밀하게 추구되어 재봉선이 거의 보이지 않는 각본에서 비롯되었다고 단언할 수 있다.

> 봉준호 감독의 신작 〈기생충〉을 벌써 세 번이나 봤는데, 볼 때마다 새로운 게 보인다. 디테일하지 않은 부분이 하나도 없고, 모든 장면에 의미가 있는 것처럼 어느 부분 시간 하나 계획 하나 낭비된 게 없다.
>
>   – 티모시 샬라메

그리고 우리는 그런 그가 '봉테일'이란 별명을 왜 달갑게 여기지 않는지 우려가 무엇인지 짐작할 수 있을 것이다.

사족 : 서두의 나의 그 상상에 개연성이 있다. 그것도 일상성 그것. 이 세속에서 얼마든지 가능한 흔한 사례, 주차 시비로 야기된 형사 사건도 어디 한두 건인가 말이다. 작년에 병원의 일방 차로에서 젊은 운전자와 크게 다툰 적 있다. 도로 사정을 모르고 걷다가 바로 뒤에서 울린 경적의 굉음에 깜짝 놀랐고, 배려 없는 무례한 행위라고 즉각 비난하였다가, 상대로부터 상식 없다는 힐난과 욕설마저 듣고 말았다.

사무사思無邪 1

　우리 국력과 경제처럼 우리 시도 지난 100여 년 여러 굴곡과 논란을 거치면서도 맹렬하게 질주해 와 오늘날 그야말로 울창한 숲을 이룩하였다. 1910년대 이래 서구의 문예사조와 시론도 수용해 우리 삶의 형이상·형이하·형상화에 활용하며 언제인지 모르게 근대 콤플렉스도 지양하였을 뿐만 아니라, 또 1960년대부터는 잠시 소홀하였던 20세기 이전의 시조와 가사를 조명하고 우리 선인先人들이 이 땅 삶의 애환과 소망을 다룬 한시漢詩와 시화詩話도 대거 국역해 감상과 창작의 자양으로 활용하고 있다. 전통은 과거 기억의 박제된 유산이 아니라 현재 가치 창출을 촉진하고 강화하는 자산이자 지혜이다.

　전통 시론에서 공자(B.C. 551 ~ B.C. 479)의 견해는 그 원류라고 하겠다. 500년 조선 학인들이 거의 암송하다시피 한 『논어』에서도, "사람이 『시경』의 「주남」 「소남」을 읽지 않는다면, 마치 담벼락을 마주한 듯 답답하리라(人而不爲周南召南, 其猶正牆面而立也與)." 등등, 시를 인간의 필수 소통 교양으로 애호愛好하고 상찬賞讚하는 공자의 언급들이 수록되어 있는데, 그중 압권은 "詩三百 一言以蔽之曰 '思無邪' [(『시경』의 시 305편을 한마디로 개괄하면, '생각에 악惡이 없다')]"일 것이다. 시가 인성人性의 진정眞情(성선性善)에서 우러나온 긍정의 표출이라는 이 기본 관점은 이후 공자의 권위와 더불어 『시경』뿐만 아니라 모든 시를 포괄하는 최고의 시 옹호론으로 자주 소환되며 별 이의 없다.

그런데 모든 언급이 그렇듯 공자의 그 표명에도 오래 관심을 끄는 애매한 국면이 있다. '생각에 악惡이 없다'에서, '생각'이 누구의 생각인지. 시인, 작중 화자話者, 작중 대상 인물일 수 있다. 작품의 사정에 따라 다르고 서로 얽혀있기도 하여 그 개괄에서 오히려 생략이 필요하다고 할 수 있지만, '생각'이 인물의 생각만이 아니라 작품의 주제나 어떤 내용일 수도 있어 아무래도 좀 아쉽다.

그런데 이미 『시경』학자들이 밝힌 대로 '사무사思無邪'는 『시경』에서 '노송魯頌'의 시 「경駉」의 7행에서 등장한다.

駉駉牡馬(경경모마) 통통하게 살찐 숫말들
在坰之野(재경지야) 먼 들판에 있습니다
薄言駉者(박언경자) 저 숫말들을 말할 것 같으면
有駰有騢(유인유하) 잡색 말도 있고 불그레한 말도 있습니다
有驔有魚(유담유어) 정강이 흰 말도 있고 눈이 흰 말도 있습니다
以車祛祛(이거거거) 수레를 몰게 하니 씩씩한 그 모습 정말 멋져요
思無邪(사무사)　　나쁜 기운 없으니
思馬邪徂(사마사조) 저 말들 멀리 멀리 잘 달릴 겁니다

– 유병례 역

역자는 해설에서, '사思'는 '생각'이 아니라, "아무런 뜻이 없는 '발어사發語辭'"이며, "'무사無邪'는 '나쁘지 않다', '좋다', 그런 뜻입니다. '邪'에 '천천히'라는 뜻도 있으므로 '느리지 않다'라고 해석하는 학자들도 있지요. 이 경우 '말이 빨리 달린다'는 의미가 되는 것이지요"라고 하였다. 이 시의 문맥으로 보아서도 자연스러운 해석이라 하겠다.

그렇다면 우리는 공자의 "詩三百 一言以蔽之曰 思無邪"를 기존과는 달리 원

전「경駉」의 맥락에 따라 새로 이해할 수 있다! 즉, "시 305편을 한마디로 개괄하면, ―시 305편은,「경駉」의 말馬들처럼― 나쁜 기운이 없다"라고. 다시 말해『논어』에서 공자가 언급한 '思無邪'가「경駉」에 근거를 둔 '인유引喻'라면, 그 뜻은 '생각에 악惡이 없다'가 아니라 '나쁜 기운이 없다'이며, 그 둘째 절에서 생략된 주어 '시 305편'을 설정하고, 역시 생략된 '「경駉」의 말馬들처럼'이란 부사어를 복원하면, 온전한 절서술어 술어述語가 되어, 문장을 명제로 성립시킨다.

따라서 '思無邪(나쁜 기운이 없다)'는 시 자체에 직결되며, 작품의 사정에 따라 그 구체를 따져야 할 것이다. (작중 화자나 대상 인물의 생각이나 정서, 판단과 소망, 혹은 전체 주제나 어떤 내용 등) 시를 짓는 시인의 인격과는 간접 연결된다.

공자는 인심과 풍속을 순화하기 위해 자신이 정성 들여 선별한 시 305편을 '자태와 심성이 아름답고 멋지며 멀리 잘 달리는 말들'로 은연중 비유하였다. 정신장애와 신체장애 치유에 기여하는 '재활승마'가 상기된다. 정서 순화와 심리 안정. 그런데 정신장애, 알고 보니 주의력 결핍 과잉행동장애(ADHD), 우울증, 약물 남용, 학교 부적응, 분노조절 저하, 청소년 비행, 언어와 문화의 차이[다문화]에 기인한 갈등 등에 불과하다(?). 그렇다면 아무리 '재활승마'까지 활성화한다 해도 한계가 있을 수밖에 없겠다. 게다가 우리 사회에는 그것들에 못지않게 정치와 이데올로기의 치맛자락에 휩싸이거나 두르고서 편견과 증오를 앓고 있는 사람들도 많다. 그런데, 정서 순화와 심리 안정? 아니 이건, 그 무엇보다도 시가 가장 잘 또 쉽게 하는 일 아닌가?

독자 여러분, 혹 주변에 여러 까닭으로 갈등에 매여 우울해하거나 자신과 타인에게 기분 나빠하는 이웃들이 있다면, 지하철 스크린 도어의 시나 우리 주위에 산재한 시집의 시를 하루 한 편 읽어보라고 권유하면 어떨까 합니다.

사무사思無邪 2

당대에 전승되던 노래의 가사에서 공자(B.C. 551~B.C. 479)는 305편을 선별하여 시집을 엮었다. 그러니까 단순한 철습輟拾이 아니었다. 정치학자, 윤리학자, 정치가, 교육자에 이어 공자는 최초로 자취가 분명한 문예 비평가이며, 후세에 '시의 경經'으로 존승된 이 시집에는 공자의 비평 안목이 적용되어 있다. 『논어』 등에 수록된 시 관련 언급들은 공자 비평의 일부이자 그 선별 기준이라 할 수 있다.

한편 우리는 "시 305편을 한마디로 개괄하면, ― 시 305편은 「경駉」의 말馬들처럼 ― '나쁜 기운이 없다'(詩三百 一言以蔽之日 思無邪)"란 유연하고 완곡한 명제에서도 내포된 그 기준 둘을 추정할 수 있다. 첫째, '나쁜 기운이 있는 작품'은 배제한다. 둘째, 305편이 대등하지는 않다. 최상에서부터 모종 아래 등급을 거쳐 최소한 나쁘지는 않은 작품[읽어도 해가 되지 않는]이 두루 편재한다.

따지고 보면 이러한 의도와 지침은 소신 있는 비평가라면 초래될 논란을 무릅쓰고 독자들에게 표시하여야 할 용기 있는 태도이다. 다시 문제는 '나쁜 기운'과 '차등差等'의 척도가 무엇인가 하는 것이다. 『시경』 학자들이 공자의 비평 이념이라고 한 '중용中庸', 즉 양극兩極과 양단兩端을 지양한 중도 중정의 중용이 공자에게 시 선별의 원칙이었고, 또 차등 평가에서도 기준이었다고 하겠다. "즐거워도 음란하지 말고, 슬퍼도 마음을 손상하지 말아야 한다(樂而不淫 哀而不傷)"(『논어』, 「팔일八佾」)는 언급은 그 한 표출일 것이다.

공자의 후학들은 중용을 천하의 대도大道로 평가하면서도 그 실천이 너무 어렵다고 하였다. 하지만 우리는 공자가 무언중에, 우리 인간에게 두루 내재하는 천부의 천품天稟, 즉 '인지상정人之常情'을 염두에 두고 그것이 중용의 바탕이라고 격려하지 않았나 추정할 수 있다. 사람은 누구나 인지상정이 있어 중용을 실천할 수 있고, 또 중용을 이행하여 인지상정을 회복할 수도 있다. 시 창작에서나 감상에서도 마찬가지다.

사실 전문가가 제시한 평가 기준을 참고하지 않는다고 하더라도 우리는 어떤 시들이 좋은 시이고, 어떤 시들이 더 좋은 시인지 안다. 우리에게는 '인간의 여러 처지와 운명을 동정하고 공감하는 조율調律의 시각과 관련 보편 정서'가 존재하며, 이 시각과 정서에 호소하거나 일으키는 시에 우리는 공명共鳴하고 그 정도程度도 체감하고 있다.

새삼 '사무사思無邪'의 관점에서 오늘의 시를 읽어도 좋을 것이다. 어느 잡지를 폈다가 다음 시를 금방 쉽게 발견하였다.

등대 집 하나 짓고 싶다

열 평도 커 반 뚝 떼어 버리고

일 층은 주방 이 층은 침실 삼 층은 작업실

밤마다 시의 등불 켜 두고 싶다.

바닷가가 아니라 깊은 내륙,

시의 등불로 도시의 밤을 지켜주는.

먹고사는 일에 파묻히고

배반과 시기에 눈이 멀어

나조차 잊어버릴 날 많은 내 마음속에도

등대 집 하나 세우고 싶다.

그곳에서 아직 낱말조차 되지 못한 자음모음의 별들을

새벽녘까지 품고 뒹굴다가

아름답고 의미 있는 것보다는

세상에서 가장 추하고 의미 없는 것들을 위해

온종일 빛을 뿜어 줄

햇볕 닮은 시를 낳고 싶다

— 함명춘, 「등대 집」

  시인과 화자를 분리하여도 자기 선도善導의 의지를 과감하게 노출해 관심을 끈다. 그만큼 자신의 시가 어떠해야 하는지 신념이 투철해서일 것이다. "먹고사는 일에 파묻히고/배반과 시기에 눈이 멀어/나조차 잊어버릴 날 많은 내 마음속에도/등대 집 하나 세우고 싶다"가 더욱 주목된다. 아무래도 감추고 싶거나 쑥스러워서 굳이 피력하기가 저어되는 토로를 자기성찰의 하나로 진술하고 있다. 진솔한 윤리성 표백만으로는 '상등 준마'가 될 수 없다는 독자 여러분도 있을 것이고, 그저 성찰의 진정성을 강조하려는 시인의 시략詩略일 수 있다는 견해도 있을 것이다. 그렇다면 이 기회에 시 등 문학작품 감상에서 작품의 화자와, 시인·작가를 분리하며 동일시하지 말자고 제안한다. 그런데 다음 시[어떤 민요의 가사]는 여러분이 편집할 시집에, 공자를 따라 '사무사思無邪'가 아니라며 수록하지 않을 것 같다. 인지상정人之常情에 부합하지 않는다고 여기며, 화자와 시인을 동일시할 것도 같다.

  뒷동산에 할미꽃

  꼬부라진 할미꽃

  싹 날 때에 늙었나

  호호백발 할미꽃

  천만가지 꽃 중에

무슨 꽃이 못되어

가시 돋고 등 굽은

할미꽃이 되었나

탄로嘆老에 동정으로 가슴 저미나 하였는데, 다시 읽어보니 자신을 할미꽃에 은유한 노년의 그것이 아니다. '뭐, 싹 날 때에 늙었을 거라고? 뭐, 가시 돋고 등 굽었다고? 흠, 그래 그렇군, 그럼 너나 가시 하나 없고 등 쭉쭉 곧은 노인이 되어라.' 하고 독자들도 같은 심보가 되어 비아냥거릴 것 같다.

우리는 두 시를 읽고 다 안다. 전자에는 자성과 배려, 후자에는 자만과 조소가 있다. 전자에는 우리를 서로 다정한 이웃으로 살게 하는 동정과 유대가 있고, 후자에는 그것들이 없다. 대신 교만과 인색이 있다. 공자는 매우 지탄하였다. "비록 주공과 같은 훌륭한 재능을 지녔다 해도, 교만하고 인색하다면 나머지는 더 볼 것이 없다.(如有周公之才之美, 使驕且吝, 其餘 不足觀也已)"(『논어』, 「태백泰伯」)

사무사思無邪 3

　요즘 젊은 세대는 『시경』, 『시경』이라 하여도 모를 것 같고, 안다고 하더라도 고전이긴 하지만 고리타분한 옛 책이라 여기며 짐짓 거리를 둘 것 같다. 공자가 편찬한 시집이란 사실을 알면 오히려 잘못된 선입견을 지닐 것 같기도 하다. 『시경』의 시를 온통 윤리와 도덕을 강조하는 교설教說로. 전통을 '온고지신溫故知新의 온고, 그 대상으로 인정하기는 하며 성장했던 우리 세대도 그랬으니 할 말 없다. 아니다. 그야말로 선입견인가.

　『시경』에 수록된 시들의 주제는 다양하다. 청춘 남녀의 애정, 정치 풍자, 조상의 공덕 찬미, 노동의 고충, 전쟁의 참상 등 인간의 여러 보편의 삶을 다루고 있고, 경직된 교조教條를 벗어난 넓은 차원의 휴머니티와 관련 정서가 있다. 『시경』의 시를 읽는다면 당장 선입견을 수정할 수 있을 뿐만 아니라, 공자가 어떤 인물이었는지 인간 공자의 모습까지도 알 수 있을 것이다. 근년에 대중을 위해 요즘 우리말로 잘 번역한 시경 번역서가 많이 발간되었다. 먼저 연정戀情 시를 소개한다.

野有死麕(야유사균) 저 들판에 있는 사냥한 노루를

白茅包之(백모포지) 하얀 띠풀로 꼭꼭 싸매네

有女懷春(유여회춘) 봄바람 난 저 처녀를
吉士誘之(길사유지) 멋진 남자가 유혹하네

林有樸樕(임유박속) 숲 속에는 잡목들이 우거져 있고
野有死鹿(야유사록) 들판에는 사냥한 사슴
白茅純束(백모순속) 하얀 띠풀로 꽁꽁 묶어
有女如玉(유여여옥) 옥처럼 아름다운 처녀에게 선사하네

舒而脫脫兮(서이탈탈혜) 아, 서두르지 마시고 천천히 천천히,
無感我帨兮(무감아여혜) 수건도 건드리지 말고요
無使尨也吠(무사방야폐) 삽살개도 짖지 않게요

— 「야유사균野有死麕」(유병례 역)

봄 들판, 남녀의 연출. 혹 남녀칠세부동석男女七歲不同席 훈시나 장면이 등장할까 봐 우려(?)하였다면 '깜놀'일 것이다. 사슴 사냥에 성공하고 띠풀로 포장해서 처녀에게 선물로 건네는 남자가 무슨 말을 하고 무슨 표정이었는지, 또 처녀는 어떠하였는지 생략되어 있지만 독자들은 잘 연상하면서 한때 혹은 앞날의 자신과 동일시할 것 같다. 그런데 4연에 이르러서, 반전 이상으로 분위기가 고조된다. 삼인칭 관찰자 화자의 1, 2, 3연 묘사도 흥미로웠지만 갑자기 화자가 대상 인물이었던 그 '처녀'로 바뀐다. 그 처녀가 작품을 찢고 나온 듯 자신의 육성을 생생하게 직접 독자들에게 들려준다. 그런데 이 전환에 적응하기 전에 독자들은 그 처녀의 과감하고 대담한 심정 표출에 놀랄 것이다.

우리 중 누구는 처녀의 이 토로를 되바라졌다거나 앙큼하다면서 못마땅해할 수 있을 것이기도 한데, 작중 정황을 두루 고려하며 그 심정을 인지상정으로 허용한 공자의 시각과 대조된다. 또 처녀의 그 심정에 내포된, 남에게 이 밀회가 들킬까 염려하는 처녀의 걱정도 공자는 양해하였다.

37

碩鼠碩鼠(석서석서) 황소 같은 쥐새끼야 황소 같은 쥐새끼야

無食我苗(무식아서) 내가 심은 벼 모종 뜯어 먹지 마라

三歲貫女(삼세관여) 오랫동안 너를 먹여 살렸거늘

莫我肯勞(막아긍로) 내 고생 전혀 아랑곳 하지 않는구나

適彼樂郊(적피낙교) 나 이제 너를 떠나

逝將去女(서장거여) 근심 걱정 없는 저 세상으로 가련다

樂郊樂郊(낙교낙교) 저 새로운 세상에서, 새로운 세상에서

誰之永號(수지영호) 그 누가 탄식하고 슬퍼하리오?

─「석서碩鼠」 일부(유병례 역)

파탄. 귀족들과 관리들의 수탈과 억압에 더 이상 견딜 수 없는 민초들의 원한과 절망이 처절하게 표출되어 있다. 추수한 곡식뿐만 아니라 "벼 모종"도 설 자리가 없는 이승. 그런데 "근심걱정 없는" "저 새로운 세상"을 화자는 과연 믿었을까. 시각에 따라선 불온하기 짝이 없는 이런 토로도 공자는 인지상정으로 용인하고 조치하였다. '나쁜 기운이 있는 작품'이 아닌 것이다. 우리는 공자가 이 시를 왜 수록하였는지 그 까닭을 안다. 또 이런 시가 『시경』에 수록되지 않았다면 당대 조선 민초의 암담한 질고를 고발한 다산 정약용(1762-1836)의 시편들도 지어지기도 어렵고, 지어졌다고 해도 문헌에 실리지 못했을 것이다. 특히 백골징포白骨徵布, 황구첨정黃口添政을 포함해 삼정문란 세도정권 치하의 참상을 고발한 「애절양哀絕陽」이 그러하다.

舅喪已縞兒未澡(구상이호아미조) 시아버지 삼년상 벌써 지났고 갓
난아인 배냇물도 안 말랐는데

三代名簽在軍(保삼대명첨재군보) 할아버지 아들 손자 삼대 이름이
군적에 실렸다네

……(중략)……

磨刀入房血滿席(마도입방혈만석) 남편이 칼 갈아 방에 들어가더니

피가 바닥에 흥건하고

　自恨生兒遭窘厄(자한생아조군액) 아이 낳아 이 횡액이라고 원통히
부르짖네

　「석서碩鼠」에 이어 이 시도 역시 '나쁜 기운이 있는 작품'이 아니다. 공
자의 '사무사思無邪'는 개인 내면의 용의나 서정의 순정을 포함해 사회 차
원 여러 국면의 정서에 이르기까지 이렇듯 범주가 넓다.

"백년 후에 서울엔 눈이 멸종된다는데"

　　새삼스럽지만 시는 평이한 설명 위주의 산문이 아니라 여러 비유와 상징과 알레고리가 개재되고, 게다가 어떤 내포와 뉘앙스, 어떤 어조까지 함축되며, 과감한 생략과 일탈과 변조도 감행되어, 매력이 남다른 언어예술이다. 그래서 시인의 비전과 주관과 다른 경험과 안목을 지닌　독자들은 그 독해와 향유가 곤란하거나 난해하여 오히려 흥미를 잃을 수 있다. 미국 신비평가들이 정리한 '의도의 오류'(작품의 의미보다 시인의 의도 모색 우선)와 '감정의 오류'(독자 입장에서의 과잉 편향 해석)는 어떠한 독해와 비평에서도 감내하여야 할 출발선이자 한계로 인정하여야 할 종료선이기도 하다. 즉 사실은 하나지만 의견은 복수이며, 오류가 있을 수 있다. 게다가 우리는 근년에 여러 이유에 기인하여 고의 여부를 떠나 사실을 왜곡하면서까지 문제 하나에 생각과 의견을 달리하며 대립과 갈등을 줄기차게 이어가고 있기도 하다.

　　근년 들어 우리 시단에는 시의 애매성 확대가 추세를 이루고 있으며, 시의 길이가 길어지고 있는 장형화長型化 현상이 두드러지고 있다. 서정시는 상기 특성과 더불어 짧은 길이가 그 정체성의 하나였다. 두 현상을 이전과는 다른 지향을 표방하는 시사 차원의 물결로 인정하는 시선이 주류이지만 온도 차이는 다양한 듯하다. 최근에 한 계간지가 이 문제를 다루었다.(문장

과잉의 시대 : 「시는 왜 자꾸 길어지나」(오민석), 「전통에 대한 도전인가, 혁신에 대한 강박인가」(김나영), 『다층』, 2023년 여름호) 후자 현상에 관련하여 "내적 필연성이 있을 때 시가 길어지는 것은 문제가 되지 않는다. 시가 짧아야 한다는 것은 이제 당위가 아니라 선택의 문제일 뿐이다"고 내적 필연성과 길이의 일체를 강조하고 있고, "말의 고삐를 그러쥐고 있지 않으면 감정을 단속적으로 장악하기보다는 감정이 흘러가는 방향으로 방치하게 된다. 그때 마구 뿔뿔이 달아나는 말의 흘러넘침을 혹시 자유로운 상상이라고 착각하고 있지는 않은지"라고 묻는, 용기 있는 충정을 피력을 하고 있다. 두 입론은 애매성 문제도 포괄하고 있다. 이상과 같은 견지에서 같은 잡지의 다음 표제작을 읽었다.

백주 염천에 침상에 누운 그녀가

눈이 온다고 전화를 했다

일기예보보다 정확한 그녀가

백사장에 끌려나온 고래처럼 그렁거렸다

젖은 속옷에서 하얀 소금이 서걱거리는데

한데서 자지 마라 한데서 자지 마라

어차피 비도 눈도 처음엔 다 얼음인데

마음이 한데이니 도리가 없는데

폭염주의보가 반도를 진득이 띄우고 있는데

백주 염천에 눈이 온다고 전화가 왔다

낮의 울대가 길어지는데

백년 후에 서울엔 눈이 멸종된다는데

선풍기는 고개를 주억거리고

개는 집을 나와 내 앞발을 핥고 있다

계절은 그만

정전停電해라!

— 전형철, 「스위치」

필자도 이 시가 해석과 향유가 크게 어렵지도 쉽지도 않은 중용의 시가 아닌가 한다. 기후 이상으로 야기된 지구의 심각한 병변, 그 재앙에 스스로 직면하고만 인류의 탐욕, 그리고 그 비판과 우려가 주제. 우리가 감상에서 고려해야 할 부분은, "백주 염천에 눈이 온다"고 화자에게 전화한 "백주 염천에 침상에 누운 그녀"가 누구인지, 아니 그대로 이해해도 좋지만 무엇을 가리키는 은유인지 그 정체가 궁금하고, 불연속 구성의 국면으로 보이는 시행, "한데서 자지 마라 한데서 자지 마라"가 구성의 어떤 필연성에서 기인하는지도 탐지하며, "계절은 그만/정전停電해라!"는 절규와 그 여운을 음미하는 접근일 것이다.

주제가 낯설지 않지만 다시 살펴보면 시가 제기한 정경은 기괴하다. 작열, 그 꼬리가 침 삼켜지듯 길어지는 무정한 태양, 빽빽하고 뜨겁고 무겁게 가라앉는 열기, 그 가운데 떠 있는 불안한 반도, 예정된 백 년 후 눈 멸종.

무더위에 좌절과 위구의 심정으로 "한데"서 자는 화자에게 "그녀"는 "한데서 자지 마라 한데서 자지 마라"고 거듭 애정 어린 염려의 권유를 하는데, 그리고 보니 이 시행은 돌발이 아니라 그녀의 출현과 더불어 이미 예정된 목소리이며, 출현하지 않으면 미흡으로 지적될 이 시의 주요 메시지이다. 그런데 그녀는 "백사장에 끌려나온 고래"로 비유되며 "그렁거렸다". 큰 바다에서 유유히 헤엄치다가 작열하는 한데 백사장으로 끌려나온 위기의 고래. "백주 염천에 침상에 누운 그녀"의 상태이다. 그녀는 기후 이변으로 화자보다 먼저 앓는 위대한 훼손된 존재. 그런 그녀가 이어 전언한다. "백주 염천에 눈이 온다"고. 역설의 인상 깊은 경고로 기후 이변의 부조리를 잘 형상화한 언급이다. 그래서 선풍기도 "고개를 주억거리"며 동의하고, '개'도 자기 집을 나와 역시 그렇다며 화자의 "앞발을 핥"으며 호

제1부 바람에 떠온 무덤떼레의 날갯짓

소한다. 우리도 우리의 앞발을 핥는 개의 혀가 감촉되는 듯하다.

그래서인가 더 참지 못하고 화자는 외친다. "계절은 그만/정전停電해라!"고. 앞에서 주시한 모든 현상을 이 괴이한 계절로 통괄하고, 그 진행 중지를 기원하는 화자의 목소리. 기후 이상으로 야기된 폭염과 무더위에 시달리는 요즘 우리 모두가 자신에게 명령하는 듯한 비명이 아닐까. 에드바르 뭉크(1863-1944)의 〈절규〉가 짐짓 연상된다. 핏빛으로 물든 하늘과 질병 사망 체험이 발작하듯 야기한, 비애와 고통과 공포. 그 유사한 교합 폭발과 같은 암울하고 비통한 목소리가 지면을 찢고 나와 우리에게 들린다. "백년 후에 서울엔 눈이 멸종된다는데".

우리는 이 경고에 내포된 막심한 탄식에 접응하면서 기후 이상을 제어하는 녹슨 스위치, 어느덧 붉게 달아오른 스위치를 주목할 수 있을 것이다. 그래서 이 시를 다시 읽다가, 애매성과 길이를 절제한 시인의, 작품과 무관하면서도 유관한 의도도 감지할 수 있다.

불면의 기록과 불면의 꿈

앞에서, 특히 우리 젊은 시인들의 시에 이전 세대 시인들의 시보다 대체로 어려운 경향이 지속되고 있는데, 내부 필연성을 기준으로 성찰과 절제가 요청된다는 두 비평가의 점검에 동의하면서도 시가 다른 문학 장르보다 언어예술을 지향하기에 독자들은 시의 여러 비유와 상징과 알레고리, 그리고 그 복합과 착종도 어느 정도 양해할 수 있어야 한다고 제언한 바 있다. 사실 필요 없는 조언이었지만, 감상과 음미는커녕 도대체 어렵고 재미도 없어 왜 굳이 시간을 내어 시를 읽어야 하는지 알 수 없다는 주변 독자들의 계속되는 불만을 거듭 시인하고 또 시를 향유하고 싶다는 취지로 수용하면서도, 시가 설명을 위주로 하다 보면 시의 매력이 메마르기 쉬워, 애매모호성을 어느 정도 감수해야 한다는 충언을 포기할 수 없었기 때문이었다.

양 떼가
대양을 건너 사막을 향해 가고 있다
휘어진 파도 등허리 푸른 물거품을 뜯어 먹으며
딸랑딸랑 방울 소리 밤바다에 메아리친다
한 마리 두 마리 세 마리 네 마리 아무리 세어도
양은 줄어들지 않고

불타는 사막 모래언덕에 나 홀로 비스듬히 누워

끝없이 바다 건너오는 양들을 헤아리고 있다

– 남진우, 「불면」

제목을 읽지 않았거나 읽었어도 한번 고려하지 않고 이 시 본문만 읽었다면 이 시 역시 무엇을 이야기하는지 시종 애매할 수 있다. 우리는 이 시의 제목 「불면不眠」으로 하여, 본문 진술 이면裏面에 병렬되는 내포와 그 전개를 대강 인지할 수 있다. "양 떼", "대양大洋", "파도", "사막" 등은 지시 대상이 생략된 환유들이고, 그 저의底意 검토에 우리가 유의하되 세밀할 필요는 없고, 그럴 수도 없다. 큰 바다, 그 파도의 푸른 물거품을, 목초지의 풀을 뜯듯 뜯어먹으며 건너오고 있는 "양 떼", 그리고 "끝없이 바다 건너오는" 그 "양 떼"를 "불타는 사막 모래언덕에" "홀로 비스듬히 누워" "헤아리고 있"는 "나"가, 벽화 같은 이 시에서 부조浮彫된 감상의 핵심이다.

먼저 무엇보다도 1행에서 단독으로 내세워진 "양 떼"가 문제일 것이다. 상징에 가까운 이 환유의 대상을 무엇으로 여기든 독자의 몫이다. 정답은 없다. 시인이 의도한 무엇이 명백히 있다고 하더라도 시인은 흔쾌히 독자들에게 양보해야 할 의무가 있고, 내심 좋아할 것이다. 의미와 의의의 다양화야말로 시인과 시가 독자에게 바라는 최상의 성취 아니겠는가. [모든 시는 김춘수의 「꽃」의, 다음 소망을 갈망한다. "내가 그의 이름을 불러준 것처럼/나의 이 빛깔과 향기에 알맞은/누가 나의 이름을 불러다오./그에게로 가서 나도/그의 꽃이 되고 싶다."] 독자들의 해석과 감상에서 그 궁극은 그럴듯한, 아니 일리 있는 새로운 의미와 의의 부여라고 하지 않을 수 없다.

각설하고, 이 시에서 '양 떼'를 이중성을 지닌 우리의 일상의 사물이나 우리의 일반 행위로 추정하면 어떨까 한다. 기존 인식대로 한편으로 순順하고 선善하고, 다른 한편으로는 역逆하고 악惡한 것. 그래서 화자는 불면의 밤을 겪고 있지 않겠는가. 또한 그래서, "아무리 세어도/양은 줄어들지 않고"라고 쉴 새 없이 이어지는 긴긴 불면의 사연과 시간을 토로하고, 하

불면의 기독과 불면의 꿈

필이면 자신이 "불타는 사막 모래언덕"에 있다고 하며, 또 "물거품", 그렇다 하필이면 "물거품을 뜯어 먹"으며, 무자비한 인해전술처럼 "양 떼"가 "끝없이" "대양大洋"을 "건너" 이 "사막"으로 밀려오고 있다고 하지 않는가. 즉, 이 시에서 "양 떼"는 우리가 관행으로 인식하던 속성도 있지만 다른 속성을 지닌 존재라고 할 수 있다.

그리고 우리는 작중 정황을 '불면의 기록'이라기보다는 '불면의 꿈'으로도 볼 수 있다. 우선 보기에 정체가 모호한 작중 이미지들은, 프로이드의 소견대로 억압된 의식과 욕망의 비유인 꿈과 같지 않은가. 다시 말해 이 시는 시인이 지은 환유 중심의 알레고리라기보다 시인이 불면에 시달리다 꾼 불면 관련 꿈을 간결하게 정리한 작품이라고 할 수 있다. 이런 각도에서 7행 '나'도 주목된다. 서정시에서 화자의 일인칭 자칭自稱인 '나'는 생략하기 쉽고, 이 시에서도 생략해도 무방하며, 이런 저런 이유로(특히 시인이, 독자들이 화자와 자신을 동일시하는 접근을 제어하려고) 굳이 '그'로 대체하는 사례도 꽤 있다. '나'를 7, 8행의 주어이며, 화자의 자아와 자의식이 보통 이상이라는, 불면 형상화의 작은 표징 제시라고 할 수 있지만, '나'는 그러니까 화자가 꿈에서 본 이상한 자신의 모습, 그 모습의 자연스러운 기재의 일환이라고 할 수 있다. 게다가 그 '나'는 "홀로 비스듬히 누워"라고 묘사되고 있는데, 이 상태 서술은 일종의 객관화에 해당하며, "끝없이 바다 건너오는 양들을 헤아리고 있다"에서도 마찬가지이다. 또 같은 맥락에서, '나'가 직면한 상황은 제시되지만 '나'의 어떤 생각 의지 기분 등은 토로되지 않는다는 국면도 주목할 만하다.

이런 쇄말 추정을 시도하는 건 다름 아니라, 새삼 환유와 상징과 알레고리가 적용된 시는 꿈과 유사하다는 주장을 독자 여러분께 알리고, 이 시를 살피며 같이 환기해 보고 싶기 때문이다. 그렇다면 시에서 환유와 상징과 알레고리는 일종의 허용된 은폐라고 할 수 있고, 시를 독해하면서 우리는 '해몽解夢', 어느 정도 집중과 진단과 모색이 요구되는 '해몽'을 연상할 수 있다. 우리는 삼쾌三快, 즉 쾌식, 쾌변, 쾌면을 건강의 조건으로 알고 있

46

는데, 불면은 삶의 한 조건이겠다. 잠들지 못하는, 숙면하지 못하는, 자주 깨 뒤척이는 밤. 끝없이 이어지는 듯 황막荒漠한 불면이여. 하지만 불면은 우리의 정신만이 아니라 몸의 노쇠와도 관련된 자연스러운 현상 아닌가.

"외롭기는커녕 즐거웠어"

이 미니 픽션은 어느 글쓰기 교실의 이야기를 한다. 수강생들은 대체로 60세는 넘긴 인사들인 듯. 그들은 노약과 한가의 이미지가 아니라, 인생의 부조리로 꼬인 국면들의 곡절과 세계의 비린내 나는 골목들의 정황도 체험으로도 상당히 알고, 여러 이상한 인간성과 여러 착종錯綜 정서에도 꽤 익숙한 사람이며, 지난 역정을 그저 회억이 아니라 쓰기 관련 사고로 통찰하고 그 의미나 의의를 끝내 확인하고 싶은 지향을 실천하는 강건한 휴머니스트들 이미지. 그 가운데에 대학 시절 '연극반'에서 만나 연애하였고, 헤어졌고, 오십 년 만에 조우하게 된 미준과 주연도 있었다.

진행 중인 강좌였지만 미준과 주연에게는 첫 수강 첫 장면. 수강생들이 영상을 시청하는데, 영상의 내용을 전지 시점 화자가 독자들에게 설명하는 목소리가 등장한다.

'던져!'

사람인지 짐승인지 알 수 없는 목소리가 여행객들에게 지시했다.

'던져, 빨리 던져!'

북극 빙하로 떠난 여행객들이 서로 눈치 보며 망설이다가 포효하는 듯한 그 목소리에 다들 가지고 있는 것들을 내던졌다. 최고의 셰프인 봉식은 언제 가져왔는지 고급 식기구들과 음식에 쓰려고 모아 놓았던 식자재들을 바다를 향해 힘껏 던졌다. 넓은 딸기 농장 주인은 정성스레 키웠던 딸기들을 박스째 던져 버렸다. 젊은 날 유명해진 소설가는 계속 책을 내야 한다는 부담으로 사무실에 갇혀서 수십 권의 책을 냈지만 더 이상 빛을 보지 못하자 여든의 굽은 몸으로 한 권, 한 권 책을 내던졌다.

— 윤신숙, 「유빙」

북극 바다에서 막 유빙을 구경하는 선상船上 여행객들에게 "사람인지 짐승인지 알 수 없는 목소리", 괴기스럽기도 하고 어딘가 진지하기도 한 명령조의 그 말. 여행객들의 과감하고 신들린 듯한 투척은 그 목소리의 주체가 여행객에게 큰 권위가 있어 종속 발생한 승복 행위만은 아닐 것이다. 승객들에게 이 여행은 아마 생애를 정리하는 마지막 여행인 것 같고, 이미 그 무엇을 위하여 그 무엇도 버릴 의사를 지니고 있어 그런 방기가 가능하였을 것 같다. 하필이면 "북극 빙하로 떠"나, 드디어 그 '유빙'을 조우한 여행객들이 아닌가. 지그문트 프로이트(1856-1939) 이래, 빙하의 빙산은 표도르 도스토예프스키(1821-1881) 등이 발견하고 프로이트가 명명한 '의식되지 않는 의식'을 포함하여 인간의 중층 의식 전체를 비유하는 매체로 활용되어 왔다. 바다 위 빙산은 빙산의 전부가 아니며 전체 빙산의 작은 일부에 불과하고, '의식되는 의식'의 비유이며, 바다 아래 잠겨 있는 빙산의 대부분은 '의식되지 않는 의식', 즉 무의식의 비유이다. 아무래도 이 여행객들의 빙하 여행은, 트라우마와 수상한 욕망, 게다가 자신이 상기하지 못하게 봉쇄하고 봉쇄한 지난 수모와 비리를 포함하며, 자신의 행동과 특히 무언가 '변형된 의식'에 영향력을 행사하는 듯한 '무의식', 그 '무의식'의 정체를 알아내려는 필생의 작업에 해당하고, 괴기스럽기도 하고 진지하기도 한 그 선동조의 목소리는 바로 고백하려는 그 무의식의 발화처럼 여겨진다.

49

더욱이 여행객들이 버리는 물건들도 저마다 심상치 않다. 떼려 하여도 떼기 지난한 애착의 대상이라고 할 수밖에 없다. 봉식이 버린 "식기구"와 "식자재"는 그가 직업을 포기하지 않는다면 차마 버릴 수 없는 삶의 도구들이고, 딸기 농장 주인이 버리는 "딸기"는 자신의 심장으로 보이며, "젊은 날 유명해진 소설가"가 이후 자신의 팔리지 않는 소설책을 버리는 것은 거의 자살과 유사한 허무로의 퇴각과 마찬가지가 아니겠는가. 그 상황을 같이 하는 동승한 승객들이 이어 버리는 그 무엇은 이에 국한되지 않는다.

삼십대 남녀 싱글들은 자기들이 만든 가상의 집을 지체 없이 내던졌다. 마약 중독자들은 마약에 취한 채 돈다발을 내던졌다. 젊은 부부들은 꽃바구니에 넣은 아기들을 몰래 물 위에 띄우고 사라졌다. 너도 나도 던질 준비하던 사람들이 아기들이 떠내려가는 것을 보고 멈췄다. 잡을 수도 멈출 수도 없는 상황에서 여행객들은 양조장 사장이 버리려던 술을 퍼마시며 쓰러졌다.

삼십 대 남녀가 "가상의 집"을 버린다는 것은 오늘 이 땅의 사정을 고려하면, 결혼과 미래 주거 공간뿐만 아니라 계층 상승 욕망을 포기하는 행위이고, "마약 중독자들"이 "돈다발"을 버리는 것은 마약에 취한 채나마 자신과 마약을 한꺼번에 절멸하는 극단 행위이다. 그래서 우리는 여행객들의 투척이 그들에게 대체 무슨 의미인지 우리의 뼈에 새겨지는 소리를 들을 수 있다. 이러한 도저한 행위들은 "젊은 부부들"이 자신의 "아기들"을 "몰래 물 위에 띄우고 사라"지는 모습에서 절정에 도달하고 우리는 공포에 감전된다. 한편 동정에도 감전된다. "젊은 부부들"은 "아기들"을 그래도 바다에 던지지 않고 "띄"웠으며, 그 "아기들"을 차마 바라볼 수 없어 돌아서서 "사라"져갔기 때문이다. 그래서 이 처참한 정경에 드디어 너 나 할 것 없이 승객들은 모두 "양조장 사장이 버리려던 술을 퍼마시며 쓰러졌다". 양조장 사장도 물론.

“꽃바구니”를 타고 빙하를 떠도는 “아기들”은 어떻게 되었을까. 경황이 없지만 우리도 상상력을 펼쳐 우리에게 제안하자. “젊은 부부들”의 자신에게도 잔인무도한 그 행위는 그저 자신의 “아기들”에게 희락은 물론 비애도 겪게 할 자신의 무모한 애착을 버리는 결심으로 이해하면 좋겠다고. 그리고 전지 시점의 목소리가 묘사하는 이 상황 전체를 우리는 환유 중심의 현애살수懸崖撒水 알레고리로 접근하여도 좋을 것이다.

그 목소리의 상황 묘사가 끝나고, 제2의 전지 시점 화자가 등장하여 독자들에게 그 글쓰기 교실의 후속 상황을 묘사하며 연출한다. 주연은 다음과 같이 말한다. “무엇을 써야 할지 몰랐는데, 감을 잡은 것 같아.” 미준도 우선 듣기에 다르지만 본질이 같은 소감을 피력한다. “그토록 숨기고 싶던 비루한 과거들이 그다지 비참하게 느껴지지 않았어. 지나고 나니 새로운 열매를 맺듯 부끄럼 없는 글을 쓸 것 같아.” 즉 글쓰기에서 우선인 쓸 무엇이 자신에게 가장 소중한 것이란 걸 알았으며, 그간 숨기고 숨겼던 자신의 비참한 과거도 그 일종이란 정직하고 진솔한 자각이다.

이런 이야기는 다른 수강생의 “작가에게 대필하든가 본인이 쓴 자서전을 주는데 지루해서 읽기가 싫더라고요. 힘들고 슬펐던 대부분 우리들의 공통적인 이야기임에도 불구하고 공감은커녕 거부감이 들더라고요”란 발언으로 추인되며, 어떤 수강생이 그런 이야기를 글로 쓰면 말과 달리 ‘응어리진 마음’ 이 해소되는지 묻자, 선생은 ‘해결될 문제’ 가 아니라면서 말할 때와는 달리 ‘자기도 몰랐던 마음 깊이 숨어 있던 어떤 것을 만나게 될 거’ 라고 하고, 그것은 ‘아름다움’ 이라고 하며, 또 ‘그 또한’ ‘희로애락’ 처럼 ‘순간’ 이라고 첨언하고야 만다. 드디어 주연과 미준은 선생의 제안에서 두 사람이 편지를 주고받는 형식의 ‘2인 자서전’ 쓰기를 결심한다.

이 미니 픽션의 결말은, 두 사람이 수강하기 이전에 이 강좌의 수강생이었으며 고인이 된 이말분 회원이 강의실에 입실하며 전날 동료들에게는 귀에 익은 목소리로 건네는 다음과 같은 말이다. “갑자기 죽은 나 때문에 걱정들 많이 했을 텐데…… 몸은 툭 떨어져 나갔지만 기분이 나쁘지는 않았

어. 마치 거대한 빙산이 조각나면서 여러 유빙이 에메랄드 바다 위를 떠다
니는 것 같아 외롭기는커녕 즐거웠어. 어디선가 성가가 울리고 나를 인도
하는 합창을 들으며 지금까지 잘 지내고 있어."

사족 : 이말분 여사의 말 중, '거대한 빙산'은 다시 말해 '의식'과 '무의식'의
막심막강한 합체이고, 그 '조각'난 산산散散은 그 폭발 파쇄 모습, 그리하여
영혼이 후련하게 누리는 대자유 상태이고, '성가'와 '합창'은 그 안식과 평
화의 부연일 것이다. 이 글쓰기의 의의는 다시 생각하니, 소설가나 시인들도
경청해야 할 글쓰기 강의록이 아닐까 한다.

"노을의 메아리에 귀 기울여 들어보라"

　모든 시의 정황과 사연에도 드러나지 않거나 못한 그 과거가 있다. 시인이 굳이 드러낼 필요가 없었고 독자도 굳이 추정해 볼 필요가 없기도 하지만, 어떤 시들은 독자들이 언표 이전의 상태나 생각을 추정하며 읽고, 공감 여부나 정도에 스스로 영향 받기도 한다. 다음 시에서도 그렇지 않을까 한다.

　　한 그루의 나무가 보인다
　　누더기뿐이지만
　　촘촘하면서 가볍게
　　견뎌 온 삶이다
　　맨손으로 왔다가
　　떠날 때는 남김없이 떨구는 나무
　　이따금 검은 흐느낌도 있지만
　　씨앗이 되거나 거름이 되거나
　　모든 행위는 성스러운 것
　　노을은 지는 게 아니라
　　새벽을 견인하는 것
　　살아 있는 한

> 향기로 피어나고
> 뿌리와 잎으로 영글어간다
> 숨 쉬는 건
> 언제나 자국을 남기는 일
> 노을의 메아리에
> 귀 기울여 들어보라
> 노을을 넘기는 건
> 성스러운 일이다
>
>   ─ 이현섭, 「거울」

"한 그루의 나무가 보인다"로 시작되는 이 시에서 또한 화자가 현재 자신의 심경을 토로하고 있다. '한 그루의 나무'는 화자 의식의 '거울'에 비친 자신의 모습인데, 이 의물화 환유를 활용한 형상화는 낙엽귀근落葉歸根 양상으로 연속되어 낯익다. 하지만 그 세부를 살펴보면 기존의 그것과 결이 다르다. 낙엽귀근은 인간도 자연의 일부이며 그 죽음은 만추에 나무의 잎이 아래 뿌리로 떨어져 지듯, "결국 자기가 본래 났거나 자랐던 곳으로 돌아간다"는 회귀, 즉 환원還元이 그 취지이다(죽음도 자연 질서의 일부라는 뜻도 포함하여). 그런데 이 시의 6행, "떠날 때는 남김없이 떨구는 나무"에서 알 수 있듯, 주체가 잎이 아니라 어디까지나 '나무'이며, 8행 "씨앗이 되거나 거름이 되거나"에서 알 수 있듯, 잎보다 열매가 더 부각되고 있다. 그리고 14행 "뿌리와 잎으로 영글어간다"에서, 나무의 미래에 연결되어, 뿌리를 북돋고 새잎의 성장과 성숙에 기여 한다는 화자의 생각을 알 수 있다. 낙엽귀근에 환원만이 아니라 이런 뜻도 포함되어 있다고 할 수 있지만, 아무래도 이는 시인의 강조에 해당하며, 우리는 별도로 주목할 필요가 있다.

그런데 이 시 2, 3행 "누더기뿐이지만/촘촘하면서 가볍게/견뎌 온 삶이다"란 화자의 자기현시, 자신의 이 지난 삶 회고를 우리는 어떤 변명에 가까운 무미한 자부로 여길 수 있겠고, 자신의 노년 현재를 '노을'로 은유하며 "노을은 지는 게 아니라/새벽을 견인하는 것"이라는 의의 부여에, 이를 인정하면서도 그리 감명을 받지 못해 난처할 수 있겠다. 만약 그렇다면 한 번 재고하였으면 한다.

이 시에서 화자가 자신의 삶을 그렇게 게시하고 있기는 하지만 타인에게 권유하거나 교훈을 주려고 하지는 않는 듯하다. 17~20행 "노을의 메아리에/귀 기울여 들어보라/노을을 넘기는 건/성스러운 일이다"에서 그런 경향이 또 있지 않느냐고 반문할 수 있겠으나, 이 시의 초두 "한 그루의 나무가 보인다/누더기뿐이지만/촘촘하면서 가볍게/견뎌 온 삶이다"에서 알 수 있듯, 이 시의 진술은 화자가 자신을 상대로 의식하고 시도하는 독백성 발화이다. 그리고 우리는 화자가 그 이전에는 자신의 지난 삶을 그저 '누더기뿐' 이라고 인식하고 있었다는 사실도 추정할 수 있다.

짙어가는 노을, 삶의 짧은 끝자락이 진행되는 와중에, 화자는 비로소 자신의 삶이 꼭 그렇지 않다는 사실을 자각한 것이다. 그리고 이 자각은 "숨 쉬는 건/언제나 자국을 남기는 일"이라는 각성으로 이어지고, "노을의 메아리에/귀 기울여 들어보라"고 자신에게 타이른다. 다시 말해 '노을' 은 노년에 이른 자신의 현재 상태이며, 그 '메아리' 는 자신이 잘 몰랐거나 모르며, 상기하지 못하였거나 못하는 자신의 목소리가 어떠하였었고 어떠한지를 잘 알게 해준다. 그러니까 '메아리' 는 객관화된 자신의 목소리이다. 또 당시에는 간과하였거나 파악하지 못했던, 산과 절벽, '메아리' 를 조성하는 그것들의 정체와 처지도 헤아릴 수 있을 것이다.

그 결과, 그간 자기부정이 서툴렀거나 과욕에 기인한 미숙이라고 정리할 수도 있을 것이고, 마침내 자기부정이 부정할 수 없는 실상이라고 파악할 수도 있을 것이다. 아무래도, 전자일 것이다. 7~9행 "이따금 검은 흐느낌도 있지만/씨앗이 되거나 거름이 되거나/모든 행위는 성스러운 것"이란 견해, 이에는 깊이 모를 늪 같은 반성이 있을 뿐만이 아니라 정당한 자부가 있다. 그래서 우리는, "모든 행위는 성스러운 것/노을은 지는 게 아니라/새벽을 견인하는 것"에 뒤늦게나마 동의하며, 성속聖俗의 백척간두百尺竿頭

에서 전율할 수도 있다.

사족 : 요양원에서 지내면서 혹시 가족과 세상으로부터, 또 자신으로부터도 소외되었다고 느끼시는 분들이 있다면 이 시를 헌정합니다. 그 누구도 누더기 인생일 수 없습니다. 아니, 아니라면 그 누구도 누더기 인생일 것입니다. 그래도 누더기 인생이라 한다면 차라리 오히려 영광이겠습니다.
　우리의 이 시대에도 문제가 많지만, 요양원 살이를 포함하여 노년 삶 저하, 저출생만큼이나 심각한 문제지만 주변으로 밀려난 듯한 이 문제 개선에도 우리 모두 비상한 관심을 가집시다. 그 누구도 유종의 미를. 그렇습니다, 우리 모두에게 "노을을 넘기는 건/성스러운 일"이 아니겠습니까.

"스르르 단잠이 들 듯 밀려오는 그리움"

　우리가 시를 읽는 이유가 다양하겠지만, 그중 가장 주목되는 견해로 널리 알려진, 아리스토텔레스(BC 384-BC 322)가 『시학詩學』에서 제기한 '카타르시스Catharsis'가 있다. "비극은 ……(중략)…… 연민과 공포를 통하여 이러한 감정의 카타르시스를 행한다." 역대 비평가들은 '카타르시스'를 '정화淨化'로 새긴다. 그런데 정화되는 감정을, 관객이 비극 관람 이전에 내면에 고여 있는 유해한 불안과 우울 등이라고 하며, 그 감정들이 배출되어 마음의 평정을 회복하는 과정으로 이해했다. 하지만 아무래도 비극의 효과를 강조하려고 심리 치유의 기능을 부각하려는 의도에서 제출되는 해석이 아닌가 한다. 과문에선지 모르지만, 배출 정화되는 감정은 관객 자신의 생활에서 야기돼 누적된 감정들이라기보다는, 비극을 관람하며 그 몰입에서 발생한 연민과 공포, 그 자체로 보아야 하지 않을까 한다. 참고로 연민은 참혹한 운명을 겪는 주인공에게 다가가는 깊은 동정의 정서이고, 공포는 그런 주인공으로부터 한사코 멀어지고자 하는 배타의 정서이다. 이 두 상반된 정서는 여지없이 관객에게 팽팽한 긴장과 혼란을 조성하고 결말까지 지속된다. 막이 내린 이후에야 관객은 드디어 자신이 체험한 바가 실제가 아니라 실제일 수 있는 연극이라는 각성을 하고 새삼 미적 거리를 상기하며, 그 고양된 연민과 공포가 혼재된 복합 정서의 파고가 서서히 하강

하는 마음의 상태를 겪겠는데, 그 과정과 회복의 심리를 지적한 언급으로
이해하여야 하지 않을까 한다. 3천여 그리스 비극 작품에서 백미로 추앙되
는 작품은 아버지를 죽이고 어머니와 결혼하며 딸을 낳는 운명이 연출되는
소포클레스의 「외디푸스 왕」이다. 다음 시를 읽다가 어떻게 된 건지 문득
카타르시스가 상기되었고, 운운하다가 길어져서 죄송하다.

고요의 바다 속에 내 몸을 맡겨보면
육감으로 느껴 보는 포근함의 그 질량
스르르 단잠이 들 듯
밀려오는 그리움.

무중력 속에서 우주인이 걸어가듯
꿈속의 한 소년이 눈을 감고 걸어가듯
고요한 몽환夢幻의 세계를
걸어 보는 기척.

내 영혼 새로운 출구를 위하여
서서히 아주 서서히 마음 비워 가면서
있는 듯 없는 마음으로
유영遊泳하듯 걸어간다.

– 김성수, 「고요 속에서」

우선 읽기에 이 시는 비극성도 없고 카타르시스를 적용해 볼 대목도 없
다. 오히려 이 시는 대립과 긴장을 해소하려는 저변의 동기로 명상을 기저
로 하며, 대상에 몰입된 상태가 아니라 첫 행 "고요의 바다 속에 내 몸을
맡겨보면"부터 끝 행 "유영遊泳하듯 걸어간다"에 이르기까지 농도와 비중
이 다르지만 화자의 의지가 개입되어 있다. 그리고 아이러니가 연속되는

두 대립되는 감정의 치열한 긴장이 없기도 하다. 화자는 "꿈속의 한 소년이 눈을 감고 걸어가듯" "포근"한 "고요한 몽환夢幻의 세계"에 자신을 짐짓 밀어 넣는다. 역시 그렇다고 해서 무슨 최면의 상태를 조성한다고 할 수 없다.

우리 모두 파악하듯 이 행위는 바로 주체하기 어려운 일상의 욕망에 부대끼며 갈등과 죄책감으로 시달리는 자신의 상태를 자각하고, 마음의 안정을 기대하는 의도에서 비롯된다. 예를 들면, 본성인 불심을 회복하려는 용의, 일종의 극기복례克己復禮, 나의 안과 밖의 원수를 수용할 수 있는 사랑을 초래하려는 지향과 유사하다. 그 무엇보다 3연 1행 "내 영혼 새로운 출구를 위하여"에서 우리는 그 기본 취지를 잘 승인할 수 있다. 또한 "내 영혼 새로운 출구를 위하여", 바로 이 진술에서 우리는 차츰 카타르시스도 상기할 수 있다. 다시 말해 "포근함"의 무게를 느낄 정도로, 갈등과 불안 같은 감정으로 착종된 마음을 비우고, 비운 상태. 이는 성격이 다르긴 하지만 배출과 유사한 그 해소의 과정이 전제되어 있는 정화의 상태라고 할 수 있다.

문제는 "스르르 단잠이 들 듯/밀려오는 그리움"일 것이다. 이 "그리움"의 대상은 무엇인가? 화자는 그것이 무엇인지 생략하지만 우리는 쉽게 유추할 수 있다. 화자가 "그쪽으로" 가기 위해, "무중력 속에서 우주인이 걸어가듯" "걸어가고 있"는 "고요한 몽환夢幻의 세계"는, '꿈과 환상과 같은 허황한 생각과 같은 세계'란 뜻도 있고, '모든 사물이 덧없는 현상의 세계'를 비유하기도 한다. 그렇다면 이 세계를 지나야 도달할 수 있는 그 세계가 어떤 "세계"인지 우리는 짐작한다. 화자는 그래서인가. 더하여 '작은 기적'을 내며 걷는다고 한다. 아마 자신을 격려하는 소리이면서 그 세계에 보내는 신호인 듯하다.

사족 : 그리스 전통의 비극에서 유래하는 정화와 동양의 종교와 철학에서 유

래하는 정화를 대조 비교하려는 뜻이 없었지만 부득이 용훼하게 되었다. 그리스 문화의 정화는 타인의 비극을 간접 체험한 연후의 소산인 듯하고, 동양의 정화는, 나와, 나와 얽힌 세상의 부조리를 관조하면서도 덕성을 지표로 한 마음의 이월로 그 경지에 이를 수 있다고 하는 생각이 스쳐 간다. 그런데 이 시는 낙관에 가깝다고 할 정도로 그 얼개에 과정의 치열성이 형상화되지 않고 있어, 니체의 견지에서 유감스러울 수 있다. 과분하지만, 과정과 대상과 이율배반二律背反의 자기모순도 노래하는 후속 시편이 이어지기를 기대한다.

"아무도, 천국을 본 사람은 없었읍죠"

새삼스럽지만 쉽게 읽히는 시가 있고 여러 차례 읽어도 시행의 의미와 맥락을 이해하기 어려운 시가 있다. 시 감상에서 늘 직면하는 이 문제에서 쉽게 읽힌다고 해서 그 뜻이 깊지 않다고 할 수 없고, 이해하기 어렵다고 해서 그 뜻이 꼭 깊다고 할 수 없다는 것을 우리는 잘 알고 있다. 또 이미 두세 번 언급한 대로 시의 언어가 어려운 이유는 시 장르의 특질인 언어 경제에 연원한다. 함축과 내포가 개재되어 애매모호성이 유발될 수밖에 없고, 게다가 비유와 상징, 반어와 역설과 알레고리가 구사되기도 하기 때문이다. 그리하여 한 가지 뜻으로만 인지되어야 하는 신문 기사나 법조문法條文 등 일반 산문에서처럼 설명하려 하지 않고 가능한 한 표현하려 하면서 독자의 참입과 해석, 그리고 공감과 동의를 기대한다.

같은 취지의 연장에서 예술 작품 전반에 적용되지만 시 역시 술이부작述而不作을 적극 사양하며 새 경지를 개척하려 한다. [참고로 술이부작의 기본 취지는 개신改新을 거부하며 답습을 추종하자는 답답한 고수固守가 아니다. 선현의 훌륭한 말씀을 근거가 미약하면서도 함부로 문제시하는 경망이나 결국 졸견에 불과한 자만의 이견을 즐겨 제기하지 말아야 한다는 자제의 미덕을 강조한다.]

사석에서 언급되는 시가 어려워지는 이유의 하나로, 막중한 시의 전통과 섬부贍富한 집적이 끼치는 부하가 있다. 기라성 같은 시의 선인 선배들이 오랜 세월에 걸쳐 인생과 세계의 거의 모든 주제를 게다가 다양한 각도로 이미 다루어서 기존에 없던 태도로 새로운 전망을 시도하기 어렵고, 무슨 성찰을 해도 알고 보면 기껏 기존의 중복에 불과할 우려가 있어 변화나 전복을 추구하다가 혹 그렇게 되는 것이 아니냐는 것이다.

우리의 어려운 시가 이 추정에 연관되는지 알 수 없지만 일리 있다면 우리는 다시 상기 시의 특질로 또 되돌아가서 이 문제를 살펴야 하지 않나 싶다. 특히 비유, 상징, 반어, 역설, 알레고리 등을 주목하고 그것들만이라도 기존에 없던 새로운 출현이라면 우리는 온고지신溫故知新의 진경進境으로 수용할 수 있고, 그래야 하지 않을까 한다. 그것들이 새롭다면 그 자체가 우리의 주목을 끌뿐만 아니라 우리의 메시지 수용도 범상하지 않게 하기 때문이다. 즉 그것들에서 우리의 감각이 신선해지면서 메시지도 인식 경신되고 또 심화되기도 한다. 다음 시를 읽다가 또 그런 생각을 하게 되었는데, 사실 이런 생각은 개연성이 있어 이미 여러 분들이 격식을 갖추어 충분히 논의했을 수 있다.

사내는 말했네

아무도, 죽음을 본 사람은 없었읍죠
보고 나서 이야기하는 사람도 없었읍죠.

아무도, 천국을 본 사람은 없었읍죠
보고 나서 이야기하는 사람도 없었읍죠.

모두 주문을 외며 천국을 그리워했을 뿐
그래서 무대그림을 그리고 또 그려보았을 뿐.

수세기 죽은 몸만 보고 또 보았을 뿐

> 울며 불며 보고 또 보았을 뿐.
>
> 먼지의 재
> 또는
> 껍질
>
> 사내는 말했네
>
>   – 강은교, 「먼지의 껍질」

 “죽음”과 “천국”을 “본” 사람이 이제껏 “없었”고, “보고 나서 이야기하는 사람도 없었”으며, 관련 시도도 미성에 그쳤을 뿐이라는 탄식이 이어지는데, 그리고 보니 ‘그렇구나’ 하며 우리는 동의하지만 별 감흥이 일어나지 않을 수 있다. ‘죽음’과 ‘천국’은 우리의 영원한 화두이고 우리 삶을 깊고 넓게 성찰하게 하는 영성靈性의 지표이긴 하지만 주변에서 자주 언급되고 있어 우리가 자신의 분수를 잊고 어쩌면 진부하다고까지 느낄 수 있겠다. 우리 주변에 죽었다가 되살아난 사람이 있고 천국을 보았다는 사람도 있었어도 일종의 착란이나 환각일 것으로 간주했던 기억도 떠올리면서.

 그러던 우리는 이 시의 5연에서 사람들이 그토록 그리워하며 그려보기도 한 ‘천국’이 “수세기 죽은 몸”에 불과하다는 강력한 은유를 만나고, 그 충격으로 동의 여부 이전에 우리의 시선은 동요되고 만다. ‘사내’의 어조도 이전과 달리 침중하면서도 강경하며, 자신이 진짜 하고 싶은 말을 이제야 하고 있다고 느낀다. 문제는 이제 ‘죽음’과 ‘천국’의 실체 여하에서 과연 그러한가로 전이되는 듯하다. 하지만 마지막 연을 읽으면 우리는 그 여부도 잊으면서 우리의 시선은 그 은유에 고정되고 만다. 그 ‘사내’는 또 단언한다. “수세기 죽은 몸”은 “먼지의 재/또는/껍질”에 불과하다고.

 미세해서 눈으로 보기 어려운 먼지, 그 무게가 어떤지 손금으로도 감지할 수 없는데, 그 불탄 나머지 있는 듯 없는 듯한 “재”이거나, 먼지를 둘러

쌀 그 일부이면서 더욱 하찮기만 한 그 "껍질"이라니. 우리로 하여금 거듭 그 형상形相에 집중하게 한다. 또 그 형상에 함축된 뜻이 일으키는 파문이 크다. 이 시의 성취에서 요체가 아닐 수 없다. 이 시는 쉽게 읽힌다고 하겠지만 주제와 메시지가 크고 깊은 문제작이라고 하겠다.

잘못되었거나 치레 비슷한 신앙의 미망과 허망을 비판하는 이 시에서 우리가 더 생각해볼 것이 있다. 2, 3연의 4행은 모두 "없었읍죠"로 맺는데 그 어미가 독특하다. 이전 신분제 사회에서 하층 계층이 상층 계층에게 쓰던 이 존대 어미가 이제는 쓰이지 않는다는 사실을 시인이 모를 리 없지만 굳이 채택한 것은 이 시 '사내'의 성격 형상화에 꼭 필요한 의장意匠이었기 때문일 것이다. "아무도, 죽음을 본 사람은 없었읍죠"는 '아무도, 죽음을 본 사람은 없었지요'와 분명 대조된다. '아무도, 죽음을 본 사람은 없었습니다'와는 더욱 그 이질異質의 차이가 크다.

2, 3연의 어투와 다른 연들의 어투가 서로 다른 국면을 연속 주목하며 2, 3연의 화자와 이외 연들의 화자가 다른 인물이라고 추정할 수 있다. 즉 2, 3연의 화자는 '사내'이고(이 시의 화자가 인용 소개하고 있지만), 4, 5, 6연의 진술 주체는 1연과 7연에서 거듭 "사내는 말했네"라고 하면서도 자신의 생각을 과감하게 피력하는 이 시의 화자.

"사람이 다니는 길만이 끊어져 있었다"

신문과 잡지에서 연재되던 장편소설이 언제부턴가 보이지 않는다고 문득 각성한다. 그 변전의 시기에 추이를 주목했던 2009년 4월 29일자 《기자협회보》의 「사라진 연재소설…신문과 문학은 지금」(민왕기 기자)에서 그 퇴조가, 비용, 지면대비 효과, 소설가들의 인터넷 선호 등의 이유로 1993년경부터 쇠락하기 시작했다고 했다. 1993년에 1,200명 독자를 상대로 구독 상태를 조사했는데, '빠짐없이 읽는다' 39명(3.3%), '거의 읽지 않는다' 799명(66.6%)이었다고 했다. 이후 중흥 기미를 현출한 한 시기가 있었으나 지난 영광을 회복하지 못했다. 아무래도 문화 향유방식의 대세가 지면의 활자에서 시청각 영상 미디어로 이월되는 기저 환경 변화가 가장 큰 요인이었을 것이다.

그렇다면 박경리의 『토지』(「현대문학」「문학사상」 등, 1969-1994), 최인호의 『별들의 고향』(《조선일보》, 1972-1973), 황석영의 『장길산』(《한국일보》, 1974-1984), 김주영의 『객주』(《서울신문》, 1979-1983)」 등등이 연재되던 시절이 그 황금시대였던 것 같다. 상업성 통속성 논란도 있었지만 대중에게 화제가 되며 재미와 교훈을 널리 선사하던 중후한 위상뿐만 아니라 소설의 일반 영토를 직접 간접 확장하고 후원하는 역할을 충실히 하였다. 이러한 면모는 1917년 《매일신보》에 연재되었던 우리 근대 첫 장편소설, 자유연애를 다루기도 한 『무정』이 끼쳤던 영향과 비슷하다. 이후 염상섭의 『삼대』(《조선일보》, 1931), 채만식의 『탁류』(《조선일보》, 1937-38)는 당대의 정신 동향을 드러내며 객관화 각성을 촉구했으며, 한용운의 『흑풍』(《조선일보》, 1935)은 청나라 말기 인물들의 사회개혁과 남녀 애정을 빌려 일제의 억압에 항거하는 저항의식을 강조하였다.

지난주 화요일에 여주에 갔다가 오랜만에 여주박물관 황마관 1층에 개설된 〈류주현문학관〉에 들렀다. 류주현(1921-1982) 선생은 1960-70년대에 신문과 잡지에 역사 대하소설을 연재하며 대중의 열독을 이끌었던 당대 최고의 작가였다. 장편 『대원군』(《조선일보》, 1964-1965)과 대하 장편 『조선총독부』(『신동아』, 1964-1967)로 유명하지만, 「장씨일가」, 「태양의 유산」, 「자매계보」 등 주옥같은 중단편들을 후세에 남겼다.

선생이 1972년 『현대문학』 8월호에 발표한 「잠보다 긴 꿈」의 교정지가 관람객을 위해 팸플릿으로 비치되어 있었다. 다음 인용은 7.4 남북공동성명의 일환으로 추진된 이산가족의 방북과 재회를 다룬 이 작품의 시작 부분이다. 편의상 고치기 전 원고에 번호를 붙여 먼저 인용하고, 그 이후 퇴고 원고를 분리하여 제시한다.

> i)들판 들판은 그대로 이어져 있었다. 산의 능선도 봉우리도 끊어져있지 않고 한 덩어리였다.
>
> 사람이 다니는 길만이 끊어져있었다. 오솔길도 도로도 철로鐵路도 끊어져있었다. 완충지대라고 했다. ii)모두가 차례대로 늘어선 채 걸어야만 했다. iii)그러니까 그런 사람의 행렬이 오랜 동안 끊어져있던 길을 연결시키고 있는 셈이었다.
>
> 번거롭고 불안한 수속을 끝낸 다음 다시 기차를 탔을 때 사람들은 몹시 흥분했었다.

　　푸른 들판은 하나로 이어져 있었다. 산의 능선도 봉우리도 끊어져
있지 않고 한 덩어리였다.

　　사람이 다니는 길만이 끊어져있었다. 오솔길도 도로도 철로鐵路도
끊어져있었다. 완충지대라고 했다. 모두가 차례대로 줄을 선 채 걸어
야만 했다. 그러니까 그러한 사람의 행렬이 오랜 동안 끊어져있던 길
을 연결시키고 있는 셈이었다.
　　번거롭고 불안한 수속을 끝낸 다음 다시 기차를 탔을 때 사람들은
몹시 흥분했었다.

　전자도 나름대로 한두 차례 교정을 거쳤을 것이고, 그대로 두어도 크게
문제될 하자는 없어 보이지만, 선생은 최종 단계에서 정밀한 검토 끝에 세
곳을 수정하였다. 참고로, ⅰ)에서 원경으로 조망되는 첫 장면 '들판'을
반복하였는데, 우선 어색해 보이지만, 이 소설의 주제 표출을 위한 의도에
서 고려된 연쇄 표현이었을 것이다. "들판 들판"에는 둘째 문장에서 같은
취지로 병렬되는 "산의 능선", "봉우리"와 함께, 분단 현실에도 불구하고
원래 그대로 남과 북의 땅이 "하나"로 이어진 "한 덩어리"였다는 사실을
강조하는 함축이 있다. 직후의 셋째 문장 "사람이 다니는 길만이 끊어져있
었다"는 앞 두 문장의 뜻과 대조되는 단절 형상이 선명하며 분단의 비리와
비애를 내포하고 있다.

　이런 서두를 선생은 다시 검토하며, 앞 "들판"을 "푸른"으로 대체하였
다. 아마 다시 생각해보니 "들판"을 반복하지 않더라도 둘째 문장이 "한
덩어리" 의도를 같은 취지로 부각하고 있고, "들판"을 "푸른"으로 바꾸면
"들판"의 형상이 사실 묘사에 부합되면서 선명한 초점으로 독자의 시각을
자극하고, 또 푸른색의 순정 상징성 환기 효과까지 고려하여 퇴고했을 것
이다. 참고로, 분단을 강조하는 단절 취지의 문장들도 앞 문장들처럼 둘이

다. 이 대등 배려 역시 주밀한 의도의 산물일 것이다.

ⅱ)에서, "늘어선 채"를 "줄을 선 채"로 고쳤다. "늘어선 채"에는 일행이 서로 차례를 형성하고 무리를 이루어 섰다는 여운이 있고, "줄을 선 채"에는 일행이 북측 당국의 간여로 제어되어 섰다는 여운이 있어 서로 다르다. "줄을 선 채"가 사실에 부합하며, 북의 체제를 암시하기도 한다. 이 정황을 끝 문장에서 서술자는 "번거롭고 불안한 수속"이라 하였는데, 이와도 일관성이 유지된다.

ⅲ)에서, "그런 사람의 행렬이"를 "그러한 사람의 행렬이"로 바꾸었다. 대수롭지 않다고 할 수 있겠고, 독자의 독해에 맡길 수도 있겠지만 고치지 않고 그대로 두면 아무래도 "그런"은 직후의 "사람"을 수식하는 관형어로 국한되기 쉽고, 문의가 어색해진다. 문맥을 고려하면 이 문장에서 중요한 부분은 "사람"이 아니라 "사람의 행렬"이며, "그런"은 "사람"만이 아니라 그 "행렬"까지 수식해야 문장 전체의 취지가 순평해진다. 그래서 선생은 "사람의 행렬"을 모두 수식할 수 있는 "그러한"으로 수정한 것일 것이다.

오랜만에 은사인 선생의 문장과 이면의 도를 음미하니, 마치 재학 시절에 못다 들은 수업을 선생으로부터 듣는다고 느끼며, 박물관 옆 흘러갔던 여강驪江 물결이 되돌아오는 듯한 감회에 젖었다. 그 팸플릿의 뒷면에는 창작 자세에 관련된 선생의 한 수필이 게재되어 있었다.

나는 글 쓸 때의 습관도 여러 번 변해 온 것 같다. 아주 초기에는 일체의 소음을 피한 채 책상머리에 꿇어앉아서 열중했다고 기억한다. 처녀작인 「번요의 거리」를 쓸 때의 자세는 차라리 처절하기까지 했다. ……(중략)…… 정말 추웠다. 이가 딱딱 받치고 무릎이 곧아 오르고 손이 얼어서 운필조차 제대로 되지 않았으나 그래도 화로를 피했던 까닭은 하나의 고집이었던 것 같다. ……(중략)…… 그 후 대구로 피난을 갔을 때 ……(중략)…… 수복 후 서울로 와서는 또 달라졌다. ……(중략)…… 그 후에 『대원군』을 쓸 무렵에는 심심치 않게 울었음을 고백한다. 역사에 너무 무식했기 때문에 역사 소설을 써보려는 게 『대원군』의 집필 동기였는데 정말 하룻밤에 한 회분을 쓰기가 어려웠다. 자료를 뒤지랴 어휘나 풍속이나 제도를 연구하랴 도무지 붓이 나갈 정황이 없었다. 그런데도 많이 읽힌다고 하니까 점점 어려워져서 정말 많이 울었다.

그 무렵 『조선총독부』도 함께 쓰고 있었는데 한꺼번에 근 2백매씩을 잡지에 연재해야 하는 관계로 늘 벼락 일을 했다. ……(중략)…… 신경이 쇠약해져서 어떤 날에는 한의사를 불러 침을 20개씩 멎은 다음 시작하기도 했으니깐 『대원군』과 『조선총독부』를 쓸 때야말로 가장 비장한 투쟁적 자세였다. ……(중략)…… 최근에는 테이블에 앉아서 단정히 쓴다.

– 류주현, 「정 그리고 지」(1978)

추위로 온몸이 경직되고 운필 자체가 고통스러워도 화로로 난방을 하지 않고 끝내 견디며 창작을 진척한 건 창작에 경건하고자 한 의지와 헌신하고자 한 결심을 견지하였기 때문일 것이다. 정신일도精神一到 하사불성何事不成과 같은 구도의 자세를 방불케 한다.

선생은 43세에 『대원군』을 연재하면서는 울었다. 왜. 췌언이지만 의지가 나약해서가 아니다. 이미 언중에 표명된 대로 조금이라도 덜 부끄럽게 쓰기 위한 책임 의식의 절절한 발로인데, 선생은 자신의 그 모습에서 자신을 채찍질하는 힘을 분출했을 것이다. 그러지 않았다면 그 창작의 대장정大長程을 주파할 수도 없었을 것이다. 역사소설은 당대의 사실들을 무엇보다도 제대로 파악해야 개연성 있는 허구를 가미해 좋은 소설로 창작할 수 있다. 뿐만 아니라 여러 인물들의 캐릭터와 각축과 변수와 운명을 형상화하려면 그들의 서로 다른 입장과 지정의知情意를 유추해 엮을 수 있는 문사철文史哲 통찰이 없어서는 안 된다. 선생의 울음은 모든 작가들이 자신에게 질문하는 좌표로 삼아야 할 것이다.

　그런 생각에 잠겼다가 이날 시인 우영창 선배와 필자를 안내한 소설가 엄광용 선배가 박물관을 나와 마당에 있는 선생의 문학비로 걸어가는 뒷모습을 보았다. 20여 년 걸려 고구려 광개토태왕(374-421)의 삶을 글로벌 시대의 우리 기개와 경제 영토 개척에 비견하며 다룬 대하 장편『담덕談德』10권을 쓰고 최근에 간행한 그의 그 행보는 선생의 그 모습과 닮아 보였다.

부모은중경 父母恩重經

2023 계묘癸卯 새해를 하루 앞둔 임인壬寅년 마지막 날에 친구 모친의 부음을 듣고 빈소에 가 조문하였다. 향년 90세. 곧 이 세속 너머 저편에 실재하는 서방정토 불국佛國에 안착할 그녀는 젊은 시절에 남편을 사별하고 홀몸으로 세파를 견디며 4남 1녀를 길렀다. 평생 고생만 하였다고 거듭 탄식하는 친구. 하지만 그녀의 생애는 그래서 비범하고 그녀가 겪은 난경難境과 신산辛酸은 슬하 남매의 성취로 이어졌다. 세속의 기준에서도 그 성취는 평균 이상이며 무엇보다 모친을 배워 과묵한 가운데 남매는 겸양과 안분으로 사회와 소통하면서 전문 직능으로 이 나라 현실에 기여하고 있다. 장래에 더 큰 성취가 기대되는 내외손이 열한 명이기도 하다. 죽령竹嶺을 되넘어 질주하는 서치라이트를 따라 사위의 어둠을 헤치다가 어머니, 세속의 질고를 감당하며 자신의 목숨 이상으로 언제나 한 손바닥 안에 드는 자식을 기른 모든 어머니를 생각하였다. 모든 어머니는 누구의 위대한 어머니. 우리는 왜 내 어머니를 빼고 주변의 그녀들을 아주머니나 할머니나 노인네로만 여기는가.

말고삐 놓아버린 엄마를 수선한다
툭하면 말의 태엽 풀려버린 엄마를

말들은 혀를 붙잡아 미궁 속에 가둔다

아버지는 목숨 줄 잇는 부동의 나사였다
굵고 큰 두 손으로 그녀를 미당기며
수시로 풀어진 말을 조였다가 풀었다가

아버지 몸에서 나사들이 흘러내렸다
휘청이는 길 위에서 비스듬히 선 그에게
엄마는 얇은 손으로 나사를 돌린다

— 정상미, 「부부 수선공」

    집에 돌아온 늦은 밤에 한 계간지를 펼쳤다. 필시 연분이 있어 조우한 이 시조도 우선 친구의 모친과 친구의 심정을 다시 연상하게 해주었다. 자주 "말의 태엽 풀려버린 (생전의) 엄마". 엄마는 어떤 기분에서 말하기가 싫거나 할 말이 없어서 그런 것이 아니란 것을 화자는 안다. 일찍이 남편과 이별한 엄마는 자신의 인고를 입 밖으로 발화하지 않고 자신의 저 어두운 가슴 한구석 숨긴 공간에서 토로한다고. 피동처럼 보이지만 혀를 단속하는 주체는 어디까지나 엄마의 말이니까 엄마 본인이며, 그곳에서 엄마가 진술하는지 그 여부를 사실 잘 알 수 없지만 아마 그럴 것인데, 거기서 유폐되는 건만은 확실하다고 화자는 단정한다. 또 그곳의 그 말이 과연 어떤 말인지 추정해 보아도 제대로 알 수는 없다고 짐짓 시사한다. 걱정과 비탄, 심지어 얼마든지 자학과 원망도 있을 것이라고 가늠할 수는 있지만 엄마의 표정에는 그 내색도 없기에 아무래도 애매모호할 뿐. 그래서 그곳을 굳이 '미궁'이라고 제시한다. 하지만 그러나 화자는 아무래도 막연하나마 알 것 같기도 하다. 지난날 생계를 꾸렸던 아버지는 어머니를 미당기며 과묵한 어머니를 말하게 하지 않았나. 아버지가 더 이상 가장 역할을 할 수 없게 되자(혹은 별세하자)["몸에서 나사들이 흘러내"려, "휘청이는 길 위에서 비스듬히 선”“아버지”], 어머니는 아버지를 대신해 가녀린 “얇은 손”으로 나사를 돌려 아버지를 바로 세운다. 남편이 이전에 자신에게 나사를 “조였다가 풀었다가” 했듯이. ‘나사’는 그러니까 “목숨 줄 잇는 부동의 나사”, 즉, 가족의 삶과 미래를 견인하는 사랑과 헌신이다. 부부는 때때로 자신과 상대의 그 ‘나사’를 수선하며 자식을 기른다. 사생死生을 초월하여. 아마 그래서 이 작품의 제목이 ‘부부 수선공’일 것이고, 우리는 수긍할 수 있다.

2023년 계묘 새해 벽두, 새해의 서기를 호흡하면서 이 작품을 천천히 읽고 우리가 끝으로 다시 음미할 부분은 첫 수 첫 행, “말고삐 놓아버린 엄마를 수선한다”일 것이다.

별리의 제주 바다

둥실둥실 테왁아

둥실둥실 잘 가라

낮전에는 밭으로 낮후제는 바당밭

누대로 섬을 지켜온

그들이 퇴장한다

그만둘 때 지났다고 등 떠밀진 말게나

반도의 해안선 따라

바다 밑은 다 봤다는

불턱의 저 할망들도

한때 상군 아니던가

한 사람만 물질해도 온 식구 살렸는데

어머니 숨비소리

대물림 끊긴 바다

숭고한 제주 바당에 거수경례하고 싶다

– 오승철, 「다 떠난 바다에 경례」

먼저 독자 여러분의 독해를 위하여 이 시에 등장하는 제주 고유어들을 풀이한 주석을 제시한다. '테왁'은 "해녀가 물질을 할 때, 가슴에 받쳐 몸을 뜨게 하는 공 모양의, 박의 속을 파내 만든 기구". '낮후제'는 "오후". '바당밭'은 "바다 일터", '불턱'은 "해녀가 물질을 하다가 나와서 불 피우며 쉬거나 옷 갈아입는 돌담을 쌓아 만든 곳". '상군'은 "아주 숨이 길고 물질이 능숙한 해녀". '숨비소리'는 "해녀가 바닷속에서 해산물을 캐다가 숨 차오르면 물 밖으로 나오면서 내뿜는 휘파람 소리". 그리고 여기서 '거수경례'는 군 조직의 일상 의례가 아니라 추모 관련 국가 공공의 장중한 행사에서 볼 수 있는, 격식을 갖춘 경의敬意의 의전儀典.

해녀는 제주의 삶을 상징하는 존재이다. 그 "할망"들의 "퇴장". "숨비소리" "끊긴 바다". 이런 바다라면 시인의 감개대로 확실히 이전의 제주 바다가 아니다. 우리는 이 시의 '제주 바다의 해녀들과, 해녀 명맥이 단절되는 제주 바다에 바치는 별리 의식儀式'과 상실의 정서에 무척 유감스럽게 공감한다. "대물림 끊긴 바다"에 시인은 "거수경례하고 싶다"고만 하였으나, 필시 최대 최고의 거수경례를 하는 작품 바깥의 시인을 볼 수 있다. 또 분명, 시인의 심정을 헤아리며 한라산 같은 파도를 일으켜 응답하는 "누대로 섬을 지켜온" 해녀들의 제주 바다를 볼 수도 있을 것이다.

제주 바다뿐만 아니라 한반도의 바다 속도 다 본, "그만둘 때 지났다"는 노성한 해녀들을 시인은 "어머니"라고 하고 그 "숨비소리"에 무한한 애정을 쏟는데, 자신이 태어나고 자라고 산 향토애만으로는 가늠하기 어렵게 그 애착의 정조가 깊고 무겁다. 그리고 "온 식구 살"린 그 독특한 휘파람에 그녀들의 곤고困苦한 "물질"뿐만 아니라, 그녀들이 어린 시절에 겪었던 4.3사태의 비애도 착색되어 있다는 연상을 하게 한다.

홀연히

일생일회

긋고 간 별똥별처럼

한라산 머체골에

그런 올레 있었네

예순 해 비바람에도 삭지 않은 터무니 있네

그해 겨울 하늘은

눈발이 아니었네

숨박꼭질하는 사이

비잉 빙 잠자리비행기

〈4.3땅〉 중산간 마을 삐라처럼 피는 찔레

이제라도 자수하면 이승으로 다시 올까

할아버지 할머니 꽁꽁 숨은 무덤 몇 채

화덕에 또 둘러앉아

봄꿩으로 우는 저녁

– 「터무니 있다」

4.3사태 양측의 충돌에서 야기되었던 무고한 희생. 그 비극을 환기하는 시들에서 이 시는 압권이 아닐까. 특히 "이제라도 자수하면 이승으로 다시 올까"로 시작하여 그 이승에서 사라지지 않는 "봄꿩으로 우는 저녁"의 공허로 끝나는 3연은 긴 부연이 필요하면서도 결국 모두 사족이 되게 할 절창이다. 「다 떠난 바다에 경례」는 그래서 한번 읽고 그 별리에 공명하고 시선을 돌리기에는 아무래도 어려운 맥락의 후경後景이 우두커니 서 있다.

제주의 역사와 정서, 풍속과 문물을 평생 천착하며 때로는 한반도 전역으로 해외로 그 시선을 확장하였던 동정과 연민의 오승철 시인이 지난 달 19일에 별세하였다. 「다 떠난 바다에 경례」는 시인이 투병하며 별세 직전에 펴낸 마지막 시집의 표제작. "둥실둥실 테왁아/둥실둥실 잘 가라"……. 그리고 보니 '테왁'은 해녀만이 아니라 시인 자신이기도 하다. "둥실둥실 테왁아/둥실둥실 잘 가라", 이 시구는 자신에게도 이른 고별사였다.

그런데 '테왁'은 갔다가 오고 다시 갔다가 오기를 반복하며 제주 바다
를 떠돌 것이다.

불청객도 환영하다

우리는 '생로生老'와 더불어 '병사病死'가 우리의 운명이며, 그 누구도 이 진전의 확장과 수렴에서 벗어나지 못한다는 사실을 잘 알고 있고, 가족과 이웃의 질병과 사망을 목도하고 있지만, 자신의 현상이기 이전에는 제대로 실감하지 못한다. 어쨌든 생존과 욕망이 우선이라서 미래의 그 국면을 늘 의식할 수 없고, 꼭 해야 그래야만 하는 것은 아닐 것이다. 급기야 그것이 닥쳐서도 우리는 지난 삶의 한계와 오류를 비로소 각성할 수 있고, 우리의 혼이 의지할 어떤 진리를 개오開悟하고 평명平明해질 수도 있다. 하지만 무엇이든 준비가 되어있다면 혼란을 덜고 유감도 줄일 수 있다. 결별과 승화도 의연하게 할 수 있을 것이다. 소설가 최인호(1945-2013)는 자신에게 암이 발병하자, "이제 내 차례"라고 독백하였다. 이 담담한 순서 의식 한마디에 그의 사생관이 점철되어 있다. 그래서 우리는 이 물질 위주의 시대에서도 여전히 생로병사를 헤아리며 그 경계에서 지침으로 삼을 인문 지혜를 요망한다. 이런저런 텍스트가 저마다 요체要諦를 표출하고 있는데, 문학작품은 그것을 구체화하며 경박하지도 중후하지도 않게, 나아가 재미있고도 유익하게 제시하여 우리의 주목을 끌어 왔다.

사람에게도 오지만 떠돌이 개에게도 온다

빈집 마을 시름시름 여위어가는 전봇대에도 오고
폐사지 서늘한 주춧돌에도 오고
주름살 많아진 늙은 의자에게도 온다
첫서리 내리듯 온다
치매, 이 고이헌 불청객은

　　"사람에게도 오지만 떠돌이 개에게도" "치매"가 "온다"고 해, 우리의 독해에 심상찮은 변조의 파문이 일고, "빈집 마을 시름시름 여위어가는 전봇대에도 오고"에서 그 파고가 확대되며, "폐사지 서늘한 주춧돌에도 오고"에 이르러서는 우리의 상식과 더 마찰을 일으키지만, 그럴수록 우리는 이 불연不緣의 "서늘한" 심미성審美性에 "시름시름" 침윤되기도 한다. 미처 수습되지 않은 마찰의 여운은 "주름살 많아진 늙은 의자에게도 온다"에서도 이어지고, 이후에도 긴장으로 지속된다. 그런데 그 '늙은 의자'와 화자와의 사연이 다음과 같이 전개된다.

우리 집에 와서 오래 노역한 나무 의자는
아직도 제 몸이 풍광 좋은 산기슭에 온새미로 서 있는
젊은 물푸레나무인 줄 안다
다리 부러져 큰 수술 받은 것도 여러 번
이제는 참 아슬아슬 버티는 몸이건만
제 몸에 앉은 무거운 나를 후르르 날아왔다가
후르르 날아갈 몸 가벼운 새인 줄 안다

이제 내가 해줄 수 있는 건
저 노구의 무릎 위에 다시는 내 몸을 앉히지 않는 것

그리하여
저 나무 의자를 고즈넉이 홀로 심어두는 것

> 어떤 날엔
> 나에게도 치매가 온 듯 심어둔 의자 나무에
> 맑은 물 흠뻑 적셔주기도 하는 것
> 치매 앓는 의자와 나란히 서서 해시시 웃어보기도 하는 것
>
>   ― 문창갑, 「늙은 의자에게도 온다」

우리는 2연에서 "오래 노역한 나무 의자"의 겉과 속을 안다. 여러 번 부러진 다리에다 노쇠를 거듭하여 "이제는 참 아슬아슬 버티는 몸"이건만, 자신이 고향의 태어난 제자리에 온전하게 서있는 "젊은 물푸레나무"이며, "무거운 나를 후르르 날아왔다가/후르르 날아갈 몸 가벼운 새인 줄 안다". 의자는 화자에게 여전히 사이좋게 자신의 가지에 걸터앉아 역시 "풍광 좋은 (저쪽) 산기슭"을 함께 바라보자고 한다. 하지만 "후르르 날아갈 몸 가벼운 새"가 아니라고 할 수 없을 화자는 3연에서 아 영 "후르르" 사양하고, 4연에서 "저 나무 의자를 고즈넉이 홀로 (땅에) 심어두"기로 한다. 치매 '의자'와 화자의 상호 배려. 이 장면이 현재의 자신과 관계가 있든 없든 가슴 저릿한 독자들이 없지 않을 것 같다. 이러한 공감에서 1연의 마찰 여운이 어느새 종적 묘연. 그만큼 질병은 모든 사물에게 필연이며, 물아일체物我一體의 동정同情에서는 사물의 구분이 덧없다는 것인가.

그리고 우리는 4연, "의자 나무에 맑은 물 흠뻑 적셔주"는 화자, 이미 치매가 시작되었는지 모를 화자의 이 놀라운 사랑의 모습에 심장 뭉클하며, "치매 앓는 나무 의자와 나란히 서서 해시시 웃어보기도 하는" 정경을 바라보며, 자신도 모르게 손 흔들고 있을지 모르겠다. 그러다가 나무 의자와 화자처럼 미소를 짓다가, 미래의 자신과 혈친이나 지인을 본 듯한 감상感傷에 나무 의자와 화자와는 달리 그 미소에 그만 눈물이 살짝 어릴 지도 모르겠다.

「늙은 의자에게도 온다」에는 우리의 한 보편 운명이 부각되어 있고, 그

위무慰撫의 미덕이 후광으로 점차 드러난다. 겸손과 해학이 어우러진 통각統覺과 통찰洞察. 치매 환자에게 우리로 하여금 "맑은 물 흠뻑 적셔주기도" 하게 하고, "나란히 서서 해시시 웃어보"게 할 천진天眞한 긍정의 인정人情. 아니 가족에게 형언하기 어려운 고통을 겪게 하는 작중과는 다른 치매 행동도 "의자 나무에 맑은 물 흠뻑 적셔주기도 하는" 모습으로 받아들일 수 있게 하는 역설의 여유마저. 시인의 다음 시에도 그런 경향의 인정이 흐른다.

> 소읍 터미널 뒤 공중화장실//옆 칸에서 누가 울음을 누고 있더라//얼마나 오래 참은 울음인지//얼마나 많이 삼킨 울음인지//길게,//섬진강 물길만큼 길게 누고 있더라//
>
> － 「약전」

"얼마나 오래 참은 울음인지", "얼마나 많이 삼킨 울음인지"……. 문면 그대로 읽어도 좋고, 무엇의 환유換喻로 읽는다면 더 좋을 것이다.

'헌 의자'의 귀환

　지난주에 우리는 문창갑의 「늙은 의자에게도 온다」를 읽고, 우리 삶의 한 국면을 풍경처럼 바라보면서 그리고 자신의 문제로 고즈넉이 성찰할 수 있었다. 우리는 다음 시에서 또 '의자'를 매개로 한 시인의 통찰에 향수 같은 그 긍정의 정서에 젖을 수 있다. 그러고 보니 의자는, 우리 일상에서 자주 오래 같이 하는 공간이자 시간의 형상이다. 또 가구나 도구가 아니라 우리의 동반자이며 우리 몸의 일부이기도 하다고 할 수 있다.

사월인데도 원주 매지리 산자락은 축축하고

일기는 불순해서 날이 찼다 한낮에도 이불 덮고

한참 씩 오그려 누워 있곤 했다 의자가

몸에 맞질 않아 회의실 의자로 바꾸었는데

여전히 등줄기가 뻐근하고 결리기만 해서

휴게실 의자는 어떨까, 또 바꿔 봤지만

그 역시 등받이가 불거져 딱딱했다 무얼 오래

읽고 쓸 수가 없었다 급기야 감기가 들고

등허리며 가슴으로 요통인 듯 담인 듯한

통증이 퍼져 잠 못 이루는 날이 이어졌다

여전히 음습한 사월 날씨에 몸 상태도 개운하지 않고, "무얼 오래 읽고 쓸 수" 있어야 하는 우거寓居하는 화자는 "의자가 몸에 맞질 않아" 고통을 겪는다. "회의실 의자"로 "휴게실 의자"로도 "바꿔 봤지만", 여전히 불편했고, 결국 감기에 걸려 등허리와 가슴에 통증이 퍼져 "잠 못 이루는 날이 이어졌다". 요통이 심각한 병증은 아니지만 무척 괴롭고 일상에 고약한 큰 지장을 끼친다는 사실을 우리는 안다. 화자는 온돌방 여관에도 가보고 용하다는 의사를 찾아가보기도 하였으나 차도가 없었다. 그러다가 드디어 어떤 "헌 의자"와 조우한다.

> 인근 홍업면의 여관엘 가 묵어도 보고
> 의원을 찾기도 하며 사월을 허덕허덕 건너다가
> 어느 날 집필실 창밖 베란다에 놓인 헌 의자에
> 눈이 갔다 걸터앉아 볕을 쬐거나 골짜기를
> 내려다보거나 하는 용도로 거기 놓였을 그
> 철제 의자가 몸에 맞았다 굳은비에 젖었다
> 말랐다 하며 먼지 푹 뒤집어쓴 낡은 의자가
> 제일로 편했다 한시름 덜고 나서 생각하니,

"몸에 맞"는 그 "헌 의자"는 화자가 의식하지 못했던 "굳은비에 젖었다/말랐다 하며 먼지 푹 뒤집어쓴 낡은" "철제 의자". 낡고 때로 지저분할 뿐만 아니라 엉덩이 쿠션도 없고, 깨끗하고 윤나며 푹신한 격조의, 사용하던 의자나 "회의실 의자", "휴게실 의자"보다 값도 헐하다. 우리는 여기까지 화자의 평명한 진술을 평이하게 따라왔는데, 그러나 이제 우리는 화자가 그래서 무엇을 말하려고 하는지 좀 긴장된다. 이미 우리는 "헌 의자"의, "볕을 쬐거나 골짜기를 내려다보거나 하는 용도"와 상태에 어떤 의도의 예징이 감돌고 있어 그냥 지나갈 수 없다. '무얼 오래 읽고 쓸 수' 있게 하는 용도와 대조되며, "한낮에도 이불 덮고 한참 씩 오그려 누워 있"는

'이불'의 상태와는 너무 다르다. 이제 의자에 앉아도 편해진 몸, 화자는 이 일련의 과정에 한 생각이 없을 수 없다.

> 내 몸이 헌 의자에 잘 맞는 것이 다행하고
> 별로 비싼 인간 같지가 않아 안심이 되었다
> 탈이 몸에 찾아온 것은 꼭 날이 궂거나 의자가
> 안 맞아서가 아니었고, 긴 세월 함부로 몸을
> 굴려서도 아니었고, 그냥 내가 헐해서였다

화자는 자신이 "별로 비싼 인간 같지가 않아 안심이 되었다"고 한다! 그리고 탈이 났던 건 날씨, 의자, 돌보지 않았던 몸이라기보다는 "그냥 내가 헐해서였다"는 근거 없는 자각을 근거로 제시한다. 자신도 낡은 "철제 의자"처럼 헐한데 각성하지 못해 빚어진 부조화의 병변이었다는 것이다. 그 "철제 의자"가 몸에 적합하다는 사실에 연계된 자연스러운 안분安分 각성, 평소 자신도 모르게 자신에게 '회의실 의자'나 '휴게실 의자'가 어울린다고 여겼다는 자의식의 노출이기도 하다. 이 표출은 자조自嘲인 것인가? 아닐 것이다. 분수를 헤아린 자의 자기 충실, 그 자족의 여유일 것이다. 아니라면 혹 겸손인 것인가. 아닐 것이다. "긴 세월 함부로 몸을 굴려서도 아니었고"를 다시 읽어보면 그렇게 추정할 수 있다. 화자는 앓는 와중에 "긴 세월 함부로 몸을 굴려서" 그 후유증으로 통증이 초래된 것이 아닐까 의심하였고, "헌 의자"를 만나고는 부정하였으나, 이 의심은 "그냥 내가 헐해서였다"는 근거 없으나마 그 최종 이유와 다르지 않다. 화자는 둘을 별개로 취급하지만 따지고 보면 상통하고 독자의 부인否認을 초래하기에, 그 시인是認도 함축하고 있는 미묘한 진술이다. 이 모순 복합은 차라리 지난 "긴 세월"에의 무거운 성찰에 가깝다. 노출과 은폐로 짐짓 독자의 주의를 유도하는 화자의 자기 재량裁量, 이 시에서 가장 빛나는 부분이 아닐 수 없다. 그래서인가 아래에서 읽을 수 있듯 화자는 자신이 그 통증을 겪듯 그

동안 자신을 그렇게 "헐어" 왔고 또 "어떻게 생각해봐도 별일 없고/별수도 없어" 앞으로도 그럴 것이라고 마치 무슨 다짐을 하듯 독백하고 있지만 말이다. 화자는 "몸이 헌 의자에 잘 맞는"다는 자신의 각성과 그 "다행"을 "내가, 나의 시간에 맞게 잘 헐어 가고 있기 때문"이라고 하고, 그래서 "기쁜, 사월의 마지막 날"이라고 담담하게 자축하였다.

> 바깥에 버려졌다 다시 실내로 돌아온 헌 의자와
> 더불어 앉아 생각하자니 이렇게 헐해진 것은 또,
> 쉰아홉 내가, 나의 시간에 맞게 잘 헐어 가고 있기
> 때문이었다 어떻게 생각해봐도 별일 없고
> 별수도 없어 기쁜, 사월의 마지막 날이었다
>
> — 이영광, 「낡은 의자」

"굳은비에 젖었다/말랐다 하며 먼지 푹 뒤집어쓴 낡은" "철제 의자", "바깥에 버려졌다 다시 실내로 돌아온 헌 의자".

"웃자란 슬픔이 어디 한둘일까"

우리 삶의 영원한 기초는 그 누구도 이의 없이 '의식주衣食住'이다. 그 누구라도 옷을 입어야 하고, 음식을 먹어야 하며, 작든 크든 잠자고 쉬는 문안 공간이 있어야 하니까. 그런데 굳이 문제시할 것까지는 없지만 그 순서가 사리에 맞지 않다고 할 수 있다. 그러니까 삶의 기본 필요를 우선 순서대로 제시한다면, '식의주食衣住'라야 해야 하지 않겠는가 하는 것이다. 그렇다, 하여간 인간도 일단 먹어야 살 수 있다. 옷과 집이 아무리 어떠어떠하다고 해도 먹지 못하면 죽는다. 귀신 중 가장 처참한 형상이 '아귀餓鬼'이고, "사흘 굶어 거지 되지 않는 사람 없다", "목구멍이 포도청이다" 등등, 먹어야 하는 인간의 처지를 절박하지만 여상스럽게 부각하는 속담도 많다. 우리는 다음 시를 읽고 '의식주衣食住'보다 또 '식의주食衣住'를 떠올리게 될 것 같다.

콩나물국 한 사발이면
웬만한 슬픔은 견딜 수 있지
목울대를 타고 넘던 설움도
뜨끈한 국물 한 숟갈 떠 넣으면
가슴 저 바닥으로 밀어낼 수 있지

감당하기 힘든 슬픔으로

주체할 수 없는 눈물이 흐르거든

새빨간 고춧가루 확 풀어낸

콩나물국 한 사발 비워내고는

너무 매워 흘린 눈물인 양

손등으로 쓱쓱 훔치면 되지

사나운 슬픔이야 왜 없을까

뜨거운 국물 한술 뜨기도 전에

터져 나오는 설움일랑은

눈물 섞어서 말아놨다가

내일이나 모레 어느 날

슬픔이 찾아들 때 먹으면 되지

너와 내가 마주한 밥상위에

웃자란 슬픔이 어디 한둘일까

아삭거리는 아픔 또한 적지 않아도

웬만한 세상살이 설움이야

얼큰하고 시원한 콩나물국 한 사발이면

슬퍼할 새도 없이 흘러가는 거지

그리 사는 거지

– 오광수, 「콩나물국 한 사발」

이 시를 읽기 시작하면 "눈물 섞인 빵을 먹어본 적이 없는 사람과는 삶을 이야기하기 어렵다"는 금언이 언뜻 상기되고 낯설지 않은 인상을 주지만, 그 구체는 무척 다르다. 시에서 언급하는 슬픔이 어떤 슬픔인지부터 독자 여러분과 같이 정리했으면 한다. 1연에서는 "웬만한 슬픔", 2연에서는 "주체할 수 없는 눈물이 흐르"는 "감당하기 힘든 슬픔", 3연에서는, "한술 뜨기도 전에/터져 나오는" "사나운 슬픔"이다. 농도가 다른 슬픔의 종류들. 그리고 화자가 권유하는 해법도 정작 다르다. 각각 "콩나물국 ……(중략)…… 뜨끈한 국물 한 숟갈", "새빨간 고춧가루 확 풀어낸 콩나물국 한 사발", "눈물 섞어서 말아놨다가" "슬픔이 잦아들 때" 그 콩나물국 먹기.

이런 구체 사정이 다정하고 나지막한 어조로 독백인 듯 아닌 듯 진행되고 마지막 4연에서, 우리는 화자의 초대로 화자와 직접 마주하며, 의외의 '한 소리'를 듣게 된다. "너와 내가 마주한 밥상위에/웃자란 슬픔이 어디 한둘일까". '웃자라다'는 "쓸데없이 보통 이상으로 많이 자라 연약하게 되다"란 뜻. 화자는 이어서 상기 슬픔들은 사실 "웃자란 슬픔"이며, 누구나 겪으며, "얼큰하고 시원한 콩나물국 한 사발"이면 감내할 수 있는 "웬만한 세상살이 설움"에 불과하다고 짐짓 강조한다. 즉, 사람들은 왜 유독 내게만 이다지도 슬픔이 가혹하냐고 탄식하기 쉬운데, 엄살은 아니지만 알고 보면 자신이 알지 못한 의식의 과장, 감상感傷이라는 것이다. 그렇다. 사실 길어지는 신세타령에서처럼 우리의 슬픔에도 자아의 주관 경향도 개입되어 있지 않겠는가. 더욱이 행복도 그렇지만 슬픔도 깊이와 크기에 절대 기준이 있을 수 없다.

이상을 기초로 우리가 이 시에서 주목할 것은 그런 진술의 이면에서 확장 병렬되고 있는 '식食'의 의미이다. 이 행위는 생존 조건의 충족에서 그치지 않고, 자꾸 나아가고 있다. 무엇보다 침잠하려는 자신을 일으키는 용기가 저변에서 감돌고, 슬픈 자신을 더욱 학대하거나 배척하지 않으며, 상처를 위로하고 무언의 활기를 고무하는 의식儀式. 외래의 능멸과 치욕을 오히려 승화하는 방편. 한탄과 원망을 절제하고 인내하는 실존의 행위. 음식을 씹는 '저작咀嚼' 행위는 결국 일상의 삶에서 일탈하지 않으면서 혹 누추한 삶이라 할지라도 소중하게 긍정하고 사랑하는 동작으로 고양되고 있다.

　요즘 젊은 세대에게 이 시가 어떻게 읽힐지 궁금하다. 이미 먹방도 한창 유행을 지난 듯한 세태. '눈물 젖은 빵'은 없는 것인가. 없을 수 없을 것이다. 시장에 어찌 없을 수 있겠는가. 가려졌을 뿐, 숨기고 있을 뿐. 밥상을 차리려면 어떤 슬픔도 따라올 수 있다. 이 시는 그 '밥상'에 필요한 "콩나물국 한 사발"이다.

처마에 매달린 가을의 "쉰 목소리"

녹을 온몸에 받아들이는 종을 보았다

암세포 서서히 번지는 제 몸 지켜보는 환자처럼

녹은 아름다웠다

움켜쥐면 바스락 흩어지는 버즘나무 가을은 저 홀로 깊이 물들었다

나는 지금 녹물 든 사람

링거 수액 스며드는 혈관 속 무수한 계절은 피어나고

거품처럼 파꽃은 피고

박새가 부리 비비는 산수유 가지에 노란 부스럼이 돋아나고

두꺼운 커튼 드리운 병실 바깥의 고궁

처마에 매달린 덩그렁 당그랑

쉰 목소리

파르라니 실핏줄 돋은 어스름 속으로

누가 애 터지게 누군갈 부르나니, 그 종소리.

— 장옥관, 「내 아름다운 녹」

가을은 성취와 조락의 계절, 그러나 "움켜쥐면 바스락 흩어지는 버즘나무 가을은 저 홀로 깊이 물들었다"에서 보듯 화자에게 가을은 조락과 성취의 계절, 아니 조락으로 성취가 이루어지는 계절이다. 그리하여 그 표상으로 단박 내세워진 이미지가 "녹을 온몸에 받아들이는 종鐘"이다. "녹을 온몸에 받아들이는 종"[풍경風磬]에는 회피하거나 혐오하지 않고 녹을 순응 수용하는 종의 자세가 은근히 드러나며, 오히려 우리는 그 자세를 능동으로 착각할 수도 있다. 그리하여 화자가 그런 종을 "암세포 서서히 번지는 제 몸 지켜보는 환자처럼" 의연히 바라보았고, "녹은 아름다웠다"고 해도, 이 의외의 진술들에 우리는 크게 혼란을 겪지는 않으며 그 이유를 그 다음 시행에서 찾을 수 있다.

화자는 "나는 지금 녹물 든 사람"이며, "두꺼운 커튼 드리운 병실"에서 "링거 수액"을 맞고 있는 중이라고 자신을 알린다. 병이 깊으면 깊을수록 사람은 성숙한다고 하던가. 꼭 그렇지는 않지만 그렇다면, "녹은 아름다웠다"는 진술은 역설이면서도 역설이 아니며, 우리도 화자와 비슷한 태도로 화자의 토로를 수용할 수 있다. 그런데 암과 같은 질병을 앓는 화자는 4연에서 알 수 있듯 지난 과거에 유감이나 후회가 많은 듯하다. 링거 수액(녹물)은 "무수한 계절"에 "거품처럼" 핀 "파꽃"과 "돋아"나는 "부스럼"을 상기시킨다. "거품처럼" 핀 "파꽃"은 아마 상실을, "돋아"나는 "부스럼"은 아마 결핍을 지시하는 듯하며, 각각 성취 관련 표현들인 "피고" "돋아나고"로 제시되고 있어, "녹은 아름다웠다"에서 융기된 파문이 일관되게 지속되어 주목을 끈다. 그러나 이러한 회상에는 화자의 처지를 감안한다고 하더라도 가을에 겪는 감상感傷의 정조가 개재되어 있다고 하겠다. 감상은 나이와 경력과 무관하며 겸허의 나머지 미덕일 수도 있고 실제를 주시하지 못하는 과잉 감수성의 발로일 수도 있다. 그런데 곧 우리의, 화자에게서의

92

작은 일탈은 중지되고 산발散發된다. "처마에 매달린 덩그렁 당그랑". 병실 바깥 고궁故宮 처마에서 들려오는 종[풍경]소리. 이 소리, 이 소리는 화자뿐만 아니라 우리 의식의 저변에도 깔려 있던 그 무엇을 일깨운다. 잊었지만 그런 채 상존하던 그것을 두드리는 소리는 또 우리의 예상을 넘어 우리가 듣던 맑고 청량한 음조가 아니다. "쉰 목소리". 이도 이전 맥락으로 보아 역시 일탈이 아니면서도 일탈이라고 하겠다. "거품처럼" 핀 "파꽃"과 "돋아"나는 "부스럼"의 심화와 확대이면서도 그 성질이 다르다고 할 전환이 동시에 일어났다. 일탈과 일관의 교호 맥락이 유지되는 그 연쇄의 면모는 평범한 듯하지만 이 시의 비범한 성취이며, 우리는 그다음 결미에서 호흡이 일시에 멎듯 무심할 수 없게 된다. "파르라니 실핏줄 돋은 어스름 속으로/누가 애 터지게 누군갈 부르나니, 그 종소리".

밝지도 어둡지도 않고 더 어둡게 그 조밀한 점진이 필연인 과정의 한 찰나, 감지하기 어려운 미묘한 경계의 한 순간, 화자는 그렇게 종을 보고 그렇게 그 종의 목소리를 듣고 있다. 이 시의 발원發源은 "파르라니 실핏줄 돋은 어스름"과 "처마에 매달린 덩그렁 당그랑"일 것이다. 어두워지는 낙조의 해질녘에 고궁 처마 끝에 한 풍경이 매달려 울고 있다. 가을의 삽상하고 처연한 그 소리에, 우리도 우리의 잊어도 잊지 못한 지난 어떤 상실과 결핍의 실루엣을 감지하고, 합장해보자. 숙살지기肅殺之氣 가을바람도 불고 있겠지.

사족 : 우리는 이 시의 5연 2행 "처마에 매달린 덩그렁 당그랑"에서 드문 심미체험을 하였다. 풍경 소리가 처마에 매달려 있다니. 나아가 이 시구는 "애 터지게"를 더 애 터지게 한다. 그런데 그런 "쉰 목소리"의 "누가"는 누구일까. 혹시 화자 자신인가. 화자가 "애 터지게 부르"는 "어스름 속"의 그 '누구'는 누구일까. 혹시 화자 자신인가……. 우리는 한편 이 시가 실제 정경을 다루었지만 3, 4, 5연은 알레고리가 중첩된 양상이 아닐까 유추할 수 있다. 특히 "두꺼운 커튼 드리운 병실 바깥의 고궁"은 화자의 의식과 무의식을 넘나드는 기억 창고로 보이기도.

이상하지 않은 이상한 사람

한 사람이 팔꿈치를 세우고 어스름한 도시를 걷고 있었다. 자신의 목을 조르는 자세로 뒤뚱뒤뚱 걷고 있었다. 걸음걸이와 행색을 보아 하니 이미 그렇게 몇 시간은 헤맨 것 같았다. 그의 표정은 누구보다도 절박해 보였다.

이봐요, 여기서 뭘 하고 있는 거예요?

머리를 팔러 나왔어요.

나는 당장 이해할 수 없었지만, 골똘히 그 대답을 곱씹어 보았다. 목을 조르면서 기이한 자세로 걷고 있는 것이, 머리의 상품성을 부각 시키기 위함인 것 같았다.

머리를 판다고요? 누가 남의 머리를 산다고 그래요.

그는 나를 물끄러미 바라보더니 대답했다.

실없는 사람이군. 저기 안 보여요? 이 도시에 머리를 팔겠다는 사람이 이렇게 많은데. 사는 사람이 없다면 왜 저렇게 많은 사람이 저러고 있겠어요.

나는 골목을 빠져나오는 수많은 인파를 바라보았으나, 그처럼 행색이 이상한 사람은, 그처럼 기이한 자세로 걷는 사람은 눈을 씻고 찾아보아도 찾을 수가 없었다. 그는 팔이 저린 듯 팔꿈치를 두어 번 허공에 털어주고는, 다시 비틀거리며 발걸음을 옮겼다. 나는 그의 뒤통수에 대고 다급하게 소리쳤다.

이봐요, 당신이 머리를 팔고 나면 당신은 더 이상 아무것도 생각할 수도 느낄 수도 없을 텐데 당신이 받는 대가가 무슨 소용이며, 기쁨이며 성취감이 무슨 소용인가요?

그는 대답할 가치도 없는 질문이라는 듯, 뒤도 돌아보지 않고 허공에 침을 한번 뱉고는 하늘 높이 곧추세운 팔꿈치가 돛대라도 되는 것처럼 살랑거리며 반대편으로 사라졌다.

차가운 바람이 불고 있었고, 수많은 인파 사이에서 사라진 사람을 생각했다. 그의 말대로 머리를 사는 사람들이 그렇게 많다면 그가 몇 시간이고 거리를 헤맬 이유가 없을 텐데… 머리를 사는 사람이 많은 것 이상으로 머리를 파는 사람이 많은 것일까. 수요공급의 불균형에 대한 생각이 나를 불현 듯 사로잡았다. 그런 불균형이라면 더욱이 그가 원하는 수준의 대가를 받기는 힘들 것인데, 참 딱한 일이군… 나는 이런저런 생각에 사로잡혀 고개를 숙이고 중얼거리며 걷고 있었다. 수많은 인파 속에서 떠밀리며 걷고 있었다. 누군가 내 어깨를 강하게 툭 치고 지나갔다. 그는 분명히 웃고 있었던 것 같았지만… 그의 얼굴을 도무지 기억할 수 없었다.

– 임후, 「이상한 사람」

이 시를 읽으며 독자들은, 독행讀行이 무난하고 은근한 재미가 있으며, 사연과 정황 이해가 대체로 어렵지 않고 미묘한 난점들이 있지만 관심과 흥미를 위축시키지는 않는다고 느낄 것 같다. 그런데 다 읽고 나서는 아마 문제에 봉착할 것이다. 제목에서부터 부각된 '이상한 사람'은 누구인가? 감상에서 마지막 문제일 수도 있고 숙려해 볼 첫 문제일 수도 있다. '이상한 사람'은 머리를 팔려고 거리에서 "자신의 목을 조르는 자세로 뒤뚱뒤뚱 걷고" 있는 사람인가. 그런가. 이 시를 재독하면 "그의 얼굴을 도무지 기억할 수 없었다"는 화자 "나"가 아닐까, 이상한 사람은. 거듭 말해 머리를 팔려는 "그"가 아니라, "그"를 못내 동정하는 화자인 듯하다.

참 딱한 사람이 그렇지 않은 사람을 참 딱한 사람이란다는 관련 아이러니를 작중에서 읽을 수 있다. 물론 "팔려는 머리"를, 급여나 대가를 지급받으려는 직능이나 용역 등 근로 제공, 즉 구직求職이나 그 유사한 양상의 점묘點描라고 보는 전제를 수용해야 한다.

화자는 못내 유감스러워한다. 머리를 사려는 사람이 적은 "수요공급의 불균형", "그런 불균형이라면 더욱이 그가 원하는 수준의 대가를 받기는 힘들 것인데, 참 딱한 일이군…"이라고. 아니 이 사정이 딱하다고? 그렇다면 딱하다는 사람이 딱하다. 너무 새삼스럽지 않아서 그래서 화자 "나"가 "이상한 사람". 게다가 "나는 골목을 빠져나오는 수많은 인파를 바라보았으나, 그처럼 행색이 이상한 사람은, 그처럼 기이한 자세로 걷는 사람은 눈을 씻고 찾아보아도 찾을 수가 없었다"고 하였다. 수많은 사람이 사실은 그렇게 걷고 있고 서로 알고도 있는데도 혼자 제대로 보지 못하고 겉만 보고 그런 말을 정색하고 하다니, 그러니 "이상한 사람"일 수밖에. 그래서 "누군가 내 어깨를 강하게 툭 치고 지나갔다. 그는 분명히 웃고 있었던 것 같았지만… 그의 얼굴을 도무지 기억할 수 없었다"는 상태는 당연하기까지 하다. 그가 웃었다고도 하였는데, 그렇다고 하더라도 반색이나 호감의 그것이 아니었으리. 조소도 아니었으리. 동정의 취지가 있었으리. 너도 나와 같은 부류야…… 뭐 이런 하지 않은 말에 어울리는 웃음이었으리.

이상 추정은 강변일 수도 있다. 하지만 각종 인력을 주요 물건으로 하는 시장을 배경으로 한다면 우리는 거의 같은 처지이고, 청춘의 한때에 우리는 유감스럽지 않게도 "이상한 사람"이었다. 그러나 취업 여부를 떠나서 생계에 직면한 사람들, 특히 젊은 청춘들, 특히 빚진 수많은 자영업자들이 이 시의 정황에 연계돼 떠오를 수 있다. "이봐요, 당신이 머리를 팔고 나면 당신은 더 이상 아무것도 생각할 수도 느낄 수도 없을 텐데 당신이 받는 대가가 무슨 소용이며, 기쁨이며 성취감이 무슨 소용인가요?"란 "나"의 질문에, "대답할 가치도 없는 질문이라는 듯, 뒤도 돌아보지 않고 허공에 침을 한번 뱉"는 모습은 과장이면서도 과장이 아니다.

이 시는 대략 낯설지 않아진 시의 '낯설게 하기'를 원래대로 되돌린 사례가 아닐까 한다. 즉 정황이 낯설어도 그 진술의 시어들은 낯설지 않고 무리한 작위성도 보이지 않는 가운데, 그 이면의 실제 취지가 잘 병렬되고 있고, 아이러니들 또한 무난하게 드러나면서 긴장을 이어가고, 전체 이야기의 구성도 적절하여 독해에 편리와 재미를 고려한 시인의 배려가 돋보인다. 또 오래 반복된 이 시의 주제가 진부하지 않은 것은, "나는 당장 이해할 수 없었지만, 골똘히 그 대답을 곱씹어 보았다"는 "나"의 진솔한 표정과 태도일 것이다. 단순한 아니러니 이상을 구사하며 우리 사회의 기본 문제를 다룬 이 시. 그래서 우리는 작중에서는 보이지 않는 교설 같은 메시지가 있다면 무엇인지도 거론해보아야 할까. 우리가 만약 작중 "나"라면, "그"나 "그"와 같은 사람에게 끝내는 서로 자신의 자신만의 얼굴을 짓자는 희망까지 내포한 웃음을 거리에서도 짓자는 소박하고도 힘 나는 각성이 아닐까. 이상하지 않은 이상한 사람.

"무람히 빛을 사는"

태양만을 섬기는
근육을 부릴 줄 모르는
시선을 사용할 줄 모르는

변명이라고는 좀체 생각해내지 못할 것 같은
한 번도 감정이 걸어 다녀 본 적 없을 것 같은
우람한 울음조차도 압사되어 바스라질 것 같은

여름에 두꺼운 옷 입고
겨울에 얇은 옷 입는
사뭇 계절 감각이 남다른

주장할 줄도
차별할 줄도
편애할 줄도

모르는
모든 사물에

　　겸손히 갈채를 보내는

　　무람히 빛을 사는

– 허향숙, 「그늘은」

　우선 우리는 말과 말뜻에 사이가 있고 미묘하지만 돌이키기 쉽지 않은 균열도 느낄 수 있어 이 시를 주목할 수 있다. 도처에서 그늘의 비상한 미덕이 열거된다. 위대하다고 할 그늘, 아니 그늘의 위대한 미덕들. 그늘은 우선 단련한 "근육"의 공력을 쓸 줄 모르거나, "시선", 즉 눈치를 연출하며 사물을 사역할 줄도 모른다고 하였는데, 불능이어서가 아니라 오히려 자신의 의지로 그렇게 하지 않는다고 읽힌다. 불능이 아니라 불위不爲. 이 사정은 2연, 정직하고 변덕부리지 않을 뿐만 아니라 "우람한 울음조차도 압사되어 바스라질 것 같은"에서 읽듯, 즉 그런 크나큰 울음도 단번에 제압하여 먼지 비슷하게 소리 없이 분산시켜버릴 정도로 그늘의 힘이 거칠고 억세다하기 때문이다. 이 힘은 단지 자신을 절제하는 탁월한 역량만을 뜻하지 않는다. 사정에 따라 하려고만 한다면 외부의 그 무엇이라도 얼마든지 그렇게 처치할 수 있다는 물리력 또한 그러하다는 시사를 동시에 발현한다. 하필이면 "압사"라고 하고 있지 않은가. 또 하필이면 다른 연에서와 달리 "것 같은"이라며, 그늘의 다른 면모 묘사에 적용한 단정의 어조와 달리, 화자가 그럴 것이라고 추정하고 있어 더욱 그러하다. 유사 모순어법. 더욱이, 주장하지도 차별하지도 편애하지도 않고, "모르는/모든 사물에/겸손히 갈채를 보내는" 그늘. 이러한 그늘은 한편 서서히 인격으로도 변화하며, 우리가 이상으로 그리기는 하였지만 실제에서는 우리 인간들이 조성하는 속악한 현실 때문인지 소리 높이거나 낮추거나 끈질기게 간구하지 못하거나 않으면서 슬며시 포기했던 존재이다. 신도 아니고 성인聖人도 아니면서도 권력과 도덕, 그 둘의 장점만을 겸비한 존재. 애초부터 이미 그런 존재가 아니라 인간으로 태어나 끝없이 밀려오는 시련과 유혹을 끝내 이기

99

려고 하거나 이긴 극기복례克己復禮 존재, 그러면서도 마침내 권력을 쟁취한 존재, 즉 다시 말해 도덕과 권력을 겸비하며, 특정 이데올로기와 사람들을 자신의 이해에 관련시켜 "주장할 줄도/차별할 줄도/편애할 줄도//모르는" 존재[않는 존재].

그래서 우리는 이 시의 끝 연, "무람히 빛을 사는"을 짧지 않게 음미해야 할 것 같다. "태양만을 섬기는" 그늘이, 귀중히 여기는 그 "빛"을. 아니다. 그 빛 자체가 아니라 그늘의 그, 부끄러워하며 삼가고 조심하면서 받아들이는 태도를……. 그런데 새삼스럽지만 "태양"은 누구인가?

4.10 총선을 앞두고 국회에 입성하려는 후보들이 이 태도를 신중히 되새겨보았으면 한다. 아니다. 우리는 그런 인물들에게만 "빛"을 주어 국회로 보내야 한다. 온전한 민국民國 민국民國, 대한민국. 19세기 말 혁신유림부터 온갖 시련과 풍파에도 끊임없이 지향해온 지난 백삼십여 년 선대先代이래 우리의 헌신과 희생은 그럴 자격이 넘친다.

사족 : 이왕이면 해서 위 시인의 시 한편을 이어 소개한다. "겨우내 입덧을 하는지/뼈 앙상해지고/피부는 모래 끼얹은 듯 까끌해졌다//바짝 귀 기울이면/댕그랑댕그랑/한가히 긋는 풍경 소리//머잖아 날 풀리면 야윈 몸 열어/연초록 생명들 휘황하게/쏟아 낼 그녀//오늘은/설의雪意를 머금은 하늘 보며/묵상에 들었다"(「겨울나무」) 그늘은 나무에 의거하고, 나무는 하늘과 대지의 결합을 상징하기도 한다. 그런 "그녀"가 시작한 "묵상默想"은 대체 어떤 묵상일까. 알 "것 같은"데도, 우리는 너무 궁금하다.

"건너온 이곳은 어디인가"

　누구에게나 질풍노도의 시기가 있다. 기존 권위의 순치 압력을 받다가 혼재된 부조리에 불편·불쾌·거부·타파하면서, 무엇이든 될 수 있을 가소성可塑性의 비전과 지향을 주장하면서, 실망과 희망으로 불안하던 시절. 그러면서 좌절하고 이루고, 이루고 좌절하면서 어느덧 그런 자신을 잊고…… 자신과 가정과 사회에 계속 제기되는 문제, 다른 의사와 이해의 충돌, 그 해결과 비해결의 연속. 저마다 저마다의 삶이 흐르고, 어느덧 누구에게나 처음이든 가끔이든 마지막이든 휴지와 성찰의 시기가 오고, 안정과 성취보다는 유감과 후회가 가슴에 더 고일 것 같다.

소주만 마신다는 게 자랑이었을까

젊어서 한때는 맑고 독한 것

명백한 것에 끌렸었다

맑고 독한 정신을 벼린답시고 칼을 갈듯 이를 갈며 마셨다

신들린 무당 작두 타듯 술잔을 물어뜯으며

아슬아슬한 술상들을 징검다리 삼아 건너온 이곳은 어디인가

언제나 그 자리

아우성치는 격랑에 에워싸여 눈을 못 뜨는 자리

누구는 세상을 버리고

누구는 술을 버린 자리

꿇어앉아 두 손 모은 자도 있었느니

— 김홍성, 「소주」

이제 아무래도 젊지 않은 현재, 지난 젊었던 시절의 자신과 자신의 삶을 회억하는 이 시. 화자처럼 "명백한 것에 끌"려 "소주만"을 "맑고 독한 정신을 벼린답시고 칼을 갈듯 이를 갈며 마셨다"고까지는 할 수 없었어도, 우리는 이 시에 이견을 가지기도 하겠지만 대체로 공감할 것이다. 젊은 독자들도 마찬가지일 듯.(젊은 독자도 나름대로 과거, 현재와 대비되는 다른 과거가 있다.)

그때나 지금이나 우리는 현인이 아니며, 참을 수 없이 가벼운 자타의 존재성에, 스스로 완인完人이 되자고 기대한 적이 없었던가. 하지만 그러나, "아슬아슬한 술상들을 징검다리 삼아 건너온 이곳은 어디인가" 이하를 읽으면, 우리도 "이곳" 각성이 문득 심화되고 만추의 삭풍이 우리 가슴에서도 가슴을 에며 분다.

"아슬아슬한 술상들". 어떤 술상들이었을까. 여러 국면이었겠지만 아마 뜨겁고 순수하여 누구라도 그 앞에서는 미진하고 부끄러울 언사로, 청산靑山 비수의 기백으로, 자칫 자신과 상대의 심장을 일거에 베어 동강낼 뻔한 자리였기도 하지 않았을까. 아니 팔 하나 다리 하나쯤은 자르고 말았을. "신들린 무당 작두 타듯 술잔을 물어뜯으며" 마신 소주의 맑고 아찔한 독기에 도취되어, 또 그 기운에 지혈도 되고 소독도 되었을 듯한 자리.

그런데 이런 "아슬아슬한 술상들을 징검다리 삼아 건너온 이곳"이, "언제나 그 자리/아우성치는 격랑에 에워싸여 눈을 못 뜨는 자리"라니 말이다. 낙심천만 화자여. 같은 아우성에 시달리는 우리도 과거와 비슷한, 아니 더 시끄러운 현재가 아니라고 하기 어렵다. 이 시행이 결미일 수 있겠는가. 연관된 그다음 사정과 회포를 우리 독자의 추정에 맡기면 곤란한데,

다행히 결미 3행이 이어진다. 유감천만 화자는 그러다가 불현듯 우정 어린 옛 친구와 선배와 후배를 돌아보는 것이다. "누구는 세상을 버리고/누구는 술을 버린 자리/꿇어앉아 두 손 모은 자도 있었느니".

그러고 보니 이 시를 특히 70, 80년대에 이 땅에서 청춘을 보낸 세대가 더욱 공감하며, 이제 좀 부드러워진 자신의 심금을 저마다 자신의 사연과 결로 연주할 것이다. 자신과 세계에 자신의 현재를 솔직하게 표백하지 않으면 구원받을 수 없을지 모른다는 불안한 기미도 배인 진정성의 율려律呂는 그때와, 또 화자와도 다르지 않을 것이다.

사족 : 혹 이 시의 화자가 현재 "소주"를 멀리한다고 여길 독자들이 있겠는데, 그렇지 않을 것이다. 화자는 이제 자주는 아니겠지만 여전히 소주를 마시며 언제부턴가 맥주도 소맥도 마셨고 막걸리 포도주 위스키도 마시고 있을 것이다. 지속되는 "격랑"에 자신의 그 "명백" 추구에 과유불급過猶不及의 책임도 있겠다는 아이러니 겸허의식이 행간에서 보인다. 이 시는 시행들이 간략하지만 함축하고 있는 이야기들은 저마다 무척 길다. 깊고 큰 매력이 아닐 수 없다.

"저기까지 가려면 어떻게 해야 해요?"

해 지는 사거리 모퉁이 점집 앞에서 한 사내가 말을 걸어 왔다 저기
까지 가려면 어떻게 해야 해요? 사내는 한 발을 낡은 자전거 페달에,
한 발은 아스팔트 바닥에 대고 어색하게 서 있다 석양을 등지고 선 그
에게서 너구리 털 타는 냄새가 났다 나는 사내와 나란히 서서 그가 가
리키는 방향을 바라보았다 저만치 우중충한 5층짜리 회색 상가 건물
두 동이 기울어 가는 햇빛을 받아 거대한 황금 덩어리처럼 빛나고 있
었다 사내는 왼손에 작은 호두알 두 개를 굴리고 있다 그의 눈동자가
이상하리만치 번쩍거리고 손에서는 연신 마른 천 찢어지는 소리가 났
다 그는 내 대답을 기다리지 않고 자전거를 타고 횡단보도를 건너간
다 그의 뒷모습을 바라보며 서 있는데 상가의 유리창들이 한 장씩 차
례로 불타올랐다 그와 조금 뒤처져서 걸어가는데 사내가 상가 앞에서
가게 문을 열고 안을 들여다보며 묻는다 저기까지 가려면 어떻게 해
야 해요? 주인이 뭐라 뭐라 하고 사내는 그 말을 듣고 서 있다 흘낏흘
낏 그를 바라보며 지나쳐 걷는데 자전거를 타고 그가 나를 앞질렀다
왼손으로 호두알을 굴리며 코를 싸쥐게 하는 냄새를 풍기며 얼마 지
나지 않아 그는 또 다른 가게 문을 열고 서서 묻는다 저기까지 가려면
어떻게…… 땅거미가 깔리고 상가엔 작은 조명등이 하나둘 켜졌다

자동차들이 사거리를 달리다가 천천히 모퉁이를 돌아 시야에서 사라
졌다 무겁게 떨어져 내리는 가로등 푸르스름한 불빛 아래 그는 어리
둥절해하며 서 있다

– 신성희, 「조도」

　낮과 밤의 경계 그러니까 해 질 녘 그 사거리에서 한 사내가 화자의 시
선을 이끌어 가리키면서 묻는 "저기"는, 두 사람이 바라보며 확인하였고,
게다가 가까이 있는 횡단보도만 건너면 금방 닿을 수 있다. 다시 말해 그곳
은 보이지 않는 '거기'가 아니라 시야에 포착된 "저기"이며, 실제로는 "우
중충"하긴 하지만, 이제 낙조의 찬란한 "햇빛을 받아 거대한 황금 덩어리
처럼 빛나고 있"는 "5층짜리" 성채, 이제 그 외양의 "회색"도 은폐된 "상
가 건물 두 동"이다. 그런데도 그가 왜 "저기까지 가려면 어떻게 해야 해
요?"라고 묻는지 의아해하면서도, 우리는 금방 이 시가 겉 이야기를 늘어
놓으면서 속 이야기를 병렬하는, 즉 두 겹의 이야기를 전개하는 알레고리
우유寓喻의 시라는 사실을 감지한다.
　각설하고, 그리하여 우리는 요령부득 이상한 "사내"의 캐릭터에 관심
을 가지며, 화자가 묘사하는 그 면모를 다시 읽지 않을 수 없다. 흠 그렇다
면 첫째, 질문하면서도 "호두알 굴리기"를 하는 걸로 보아 그는 자기중심
취미와 관성에 경사되어 있는 상태라고 할 수 있겠고, 둘째 "이상하리만
큼 번쩍거리"는 "눈동자"에서 그의 정신이 미치지는 않았을지라도 무언가
편향의 강렬한 집념에 스스로 갇혀 있으며, 셋째, "손에서는 연신 마른 천
찢어지는 소리가 났다"에서, 마른 수건도 쥐어짜듯 어떤 수거에 악착같거
나 재물에도 그렇게 집착하는 인격이 아닐까 유추할 수 있겠다. 그렇든 그
렇지 않든 무엇보다도 그에게서 "너구리 털 타는 냄새가 났다", 즉, 동물
의 고기나 털 따위가 타며 나는 역겨운 냄새인 누린내가 풍겼다는 진술에
서, 그 취지대로 그를 "매우 인색하고 이해타산에 골몰하는 사람"이라 할
수 있을 것이다. "누린내 풍긴다"는 언급은 "어떤 사람이 부정 행동을 하

고 간 곳에는 반드시 남는 그 흔적"을 지시하는 환유이기도 하다. 또 묻고 서는 "대답을 기다리지 않고 자전거를 타고 횡단보도를 건너"가는 무례한 뒷모습에서도 그럴 개연성이 높다고 하겠다.

그런가. 그래서 우리는 그가 횡단보도를 건너가서도, 아니 바로 그 "황금 덩어리" 두 "오층"에 이르러서도, 그 건물 "가게의 문을 열고 안을 들여다보며" 역시 그 "냄새를 풍기며" "저기까지 가려면 어떻게 해야 해요?"라고 묻는 모습, 그것도 두 번이나 연속 묻는 이해 못 할, 그 괴상하고 기이하며 좀 흉측하고, 우스꽝스럽기도 한 모습을 목격하며 가슴 한구석이 찌릿하다. 세상사에 달관은 아닐지라도 자신을 겨우 절제하고 위로하며 마시는 석양배夕陽杯의 취기와는 아주 다르다.

이쯤에서 우리는 이 사내가 그러다가 직면한 처지이자 이 시의 결미인, "땅거미가 깔리고" 이후를, 이 시의 제목 「조도照度」와 관련하여 음미해볼 필요가 있다. 어느새 "땅거미가 깔리고 상가에 작은 조명등이 켜"진 해질 녘을 지난 시간, 조도가 변화한 즈음, "가로등 푸르스름한 불빛"이 "무겁게 떨어져 내리"고, 그 "아래"에서 "어리둥절해하며 서 있"는 "그". 같은 공간이지만 조도의 광원이 바뀌자 "그"는 "황금 덩어리" 두 "오층" 성채를 더욱 인지할 수도 찾을 수도 없게 된 것이다.

너무 교훈적인가? 황금에의 욕망과 정처 없는 모순을 풍자하는 알레고리 시가 가끔 출현하여 우리의 주목을 끌지만, 주관의 주장이 아니라 객관의 성찰에 짐짓 부응하려는 이 시에는 우리가 앞으로도 반추해야 할 매력과 개성이 있다. 일상의 자연스러운 국면과 조도의 차이를 정황으로 하고, 아닌 듯도 하지만 그로테스크한 언행을 차례차례 가미한 한 편의 짧은 로드무비이면서도 낙인처럼 인상 깊은 한 폭의 회화이고, 우리의 머리와 가슴의 욕망에 우울하고 선명하게 새겨진다. 그래서인가. "한 발을 낡은 자전거 페달에, 한 발은 아스팔트 바닥에 대고 어색하게 서"서 길을 묻는 "그"의 일상성 평범한 모습마저도 이 시의 맥락과 정조에 도취되어 선가, 그마저도 그로테스크하게 보인다.

멀리 멀리서 새벽부터 부지런히 쉬지 않고 굴러와 해 질 녘에 드디어 황금 탑을 보게 되었지만 그러고도 세 번 "저기까지 가려면 어떻게 해야 해요?" 물어야 하고, 가까이 갈수록 닿을 수 없는 신기루 앞에서 결국 낙백 방황하는 그, "그"는 대체 누구인가…….

그런데 우리는 그저 구경만 하고 있지 않을 수 있다. "무겁게 떨어져 내리는 가로등 푸르스름한 불빛 아래 그는 어리둥절해하며 서 있다"는 이 시의 결미를 다시 읽다가, 뜻이 있다면 우리는 그 다음을 쓸 수 있을 것이다. 과도한 집착, 그 미몽과 허상에서 깨어나는 "그"의 언행을. 시인이 풍자 끝에 우리 독자들에게 미루어둔 여백에.

"새벽이 천천히 오는 곳에서"의 "싸락눈" 향수鄕愁

봄과 여름과 가을을 마무리하는 이 겨울의 정경과 운치는 아무래도 눈, 그 누구에게든 공평한 은총처럼 하늘 가득 소리 없이 분분 휘날리며 내리는 눈일 것이다. 아득한 공중에서 무수히 이어지고 이어지는 눈은 우리의 시선을 확대해 몰입하게 하고 우리를 생각하게 한다. 이 세속의 삶에서 자신으로부터 남으로부터 자신과 남의 관계로부터 어쩔 수 없이 입은 갖가지 상처와, 느닷없이 출현해 의식 한구석에서 어슬렁거리는 옛 상흔의 그 잔상殘像도 몰각되면서, 우리는 그 이전 시원始原의 순수한 상태로 회귀할 수 있다. 그 소급 공간의 하나가 바로 우리가 유년 시절 보았던 눈 내리던 고향 마을. 다음 시의 "고향집 오는 눈은 추위를 모른다"는 시작은 그래서 조금도 어폐가 없고, 우리 모두의 공감을 자아내면서 그때처럼 무작정 설레게 한다. 그렇다. 눈도 펄펄 추위를 몰랐지만 어린 우리는 더 추위를 몰랐다.

고향집 오는 눈은 추위를 모른다
고향집 눈발은 정이 많아 넘친다
고향집 눈밭은 어머니 품속이다
고향집 눈길은 넘어져도 다치지 않는다

고향집 대밭의 참새 떼는 사냥꾼이 오지 않고

아이들 새총 맛도 몰라

사는 재미 잃은 지 오래다

고향집 농기구는 녹이 슬고 낡아 해져 수집상들 집어가 사라지고

농기계는 부리는 농부들이 늙어가고 병들어 죽어나가 멈춰선다

고향집 지붕에 내려 쌓인 싸락눈은

어머니 요양원에 가신 뒤

쉬이 녹지 않아서

고향은 서럽게 싸락싸락 그립다

새벽이 천천히 오는 곳에서

— 정종배, 「눈 내린 고향집」

그렇다. "고향집 눈발은 정이 넘"쳐 감당할 수 없었고, 소복 내린 눈을 보며 멍하니 서 있던 집 안 채전菜田은 "어머니 품속" 같이 따뜻하고 시원하고 편안했으며, 그 "눈길"에서는 "넘어져도" 통증을 감지하지 못하거나 않기에 "다치지 않는다"고 할 수 있다. 뿐만 아니라 이어지는 "고향집 대밭의 참새 떼는/사냥꾼이 오지 않고/아이들 새총 맛도 몰라/사는 재미 잃은 지 오래다"를 읽으며, 우리는 어린 시절 우리를 보며 자신도 모르게 암벽 부처를 닮은 미소를 짓는다. 눈 쌓인 마을에서 떠돌이 사냥꾼들의 참새 사냥도 중지되고 아이들은 새총 따위는 안중에도 없고 해서, 그래서 "대밭의 참새 떼"는 "사는 재미 잃은 지 오래다"고 화자는 참새를 대신하였던 그 시절 말을 잊지 않고 반복한다. "오래다"는 우리 독자의 동정을 배려하지 않는 도약의 진술로도 들리지만 우리의 선행先行 동정을 화자도 의식하고 눈웃음 지으며 연통連通하는, 우리가 고개를 끄떡이며 허여하는 정다운 어조의 언사가 아닐 수 없다.

그런데 위기일발 순간에 일제히 날아올라 사냥꾼을 놀리며 흩어지면

서 삶의 힘차고 짜릿한 역동성 희열을 누리다가 급기야 그러지 못하는 "참새 떼"도 슬며시 부각되며, 미묘하게, 우리는 이 시에서 펼친 즐겁고 유려한 독해 행보를 잠시나마 멈추고 말 수 있다. 게다가 "아이들 새총 맛도 몰라/사는 재미 잃은 지 오래다"를 착각일 수도 있겠지만 화자도 현재 자신이 "새총 맛도 몰라/사는 재미 잃은 지 오래다"고 토로하는 것으로 들을 수 있다. 하여간 어떤 다른 예징도 내포되어 있지 않나 좀 의아하긴 한데, 아닌 게 아니라 그다음 시행들에서 화자는 자신의 현재 고향의 쇠락한 모습으로 후퇴하며 이전과는 다르게 쓸쓸해한다. 그래서 "사는 재미 잃은 지 오래다"는 이 시의 전후를 분기하면서도 접합하는 이중 장치이며, 한편, 과장이면서도 과장이 아니라고 하겠다.

아무튼 우리는 전환 이후를 어쩔 수 없이 다시 읽어야 한다. 마을의 "농기계"는 부모 같던 "농부들이 늙어가고 병들어 죽어나가 멈춰"섰고, "고향집 농기구는 녹이 슬고 낡아 해져 수집상들 집어가 사라지고"……. 아이뿐인가. 고향집을 홀로 지키시던 어머니, 그 어머니가 "녹이 슬고 낡아 해져 수집상들 집어가 사라"진 "고향집 농기구"처럼, "요양원"들이 "집어가 사라지고"…….

이제 따뜻하고 시원하고 편안한 "어머니 품속"을 상실한 화자는 이제 눈 내리는 고향집을 생각하면 추워지는데, 그 "고향집 지붕에 내려 쌓인" 눈도 "싸락눈", 즉 "빗방울이 찬바람을 만나 얼어서 내리는, 아니 떨어진 알갱이 눈"이다. 화자는 그 "싸락눈"이 어서 녹기를 바라는 것 같은데, "싸락눈"은 "쉬이 녹지 않"고, 그래서 울울한 심정이 길게 이어지는 가운데 "고향은 서럽게 싸락싸락 그립다". 즉, 그래도 고향이 그립지만 이전과는 달리 심장이 뭉클하지 않고 따끔따끔하다. 제어할 수도 있지만 제어하고 싶지 않은 우수憂愁. 밝고 가벼웠던 우리 독자의 심정도 이제 어둡고 무겁다. 이 시의 독립 결구, 화자가 고향집을 떠나 거주하고 있는 소재를 언급한 "새벽이 천천히 오는 곳에서"도 우리로 하여금 음미하게 하다가, 어느덧 화자와 같이 먼동이 느리게 트는 그곳에서 우두커니 서 있는 우리를

110

발견하게 한다.

오래만에 만나는 '눈과 고향'의 시맥을 이은 이 시. 눈 내리는 겨울의 전통 서정과 오늘 농촌 고향의 고적한 모습을 반영한, 이전과 다른 이 시대의 '싸락눈 향수鄕愁'가 작품 밖으로 흘러나와 차고 작은 바람에 싸락싸락 구르며 "쉬이 녹지 않"고 있다.

여산진면목廬山眞面目

언제부턴가 속담이 시의 일종이라고 여겨왔다. 대개 말뜻에만 그치지 않고 각종 어조語調와 비유의 언어로서 우리의 시선과 생각을 촉진하고, 함축된 삶과 세속의 이치나 사리를 각성하게 하기 때문이다. 그러고 보면 모든 속담은 일종의 고전. 예를 들어 "등잔 밑이 어둡다"는 그 뜻이 사실 그 자체일 뿐만 아니라 '가까이 있을수록 대상 사물의 전부나 본체를 파악하기 어렵다'는 우리 인식의 한계를 잘 시사한다. 나아가, 진실과 진리가 무엇인지 제대로 알기 위해서는 대상 사물과 일정한 거리를 유지하며 객관 관찰을 하여야 겨우 그럴 수 있다는 각성을 우리에게 일으킨다. 가끔 출현하여 우리의 관심을 끄는 천 년 전 중국의 다음 시 역시 그러하다.

橫看成嶺側成峰(횡간성령측성봉) 가로 보면 산등성이 세로 보면 봉우리
遠近高低各不同(원근고저각부동) 원근고저 따라 모습 제각각
不識廬山眞面目(불식여산진면목) 여산의 진면목을 알지 못하네
只緣身在此山中(지연신재차산중) 이 내 몸이 여산 속에 있어서
　　　　　　　－ 소식(蘇軾 : 1036-1101), 「제서림벽題西林壁」

여산은 중국 강서성 구강현에 있는 만학천봉萬壑千峰으로 유명하며, 중국문화사의 주요 인물들이 거처하였거나 상찬한 천하 명산이다. 혜원(334-416)의 동림사東林寺, 주돈이(1017-1073)의 염계서당濂溪書堂, 주희(1130-1200)의 백록동서원白鹿洞書院 등이 있고, 도연명(365-427) 이백(701-762) 왕안석(1021-1086) 황정견(1045-1105) 육유(1125-1210) 등이 그 경치와 심회를 노래한 시가 4,000여 편이나 된다.

화자의 토로는 "등잔 밑이 어둡다"처럼 평범하다. 좌우로 보면 옆으로 이어지는 산등성이이고 위아래로 보면 솟은 봉우리들이기도 하며, 같은 산등성이 같은 봉우리라도 멀고 가깝고 높고 낮은 조망의 입지에 구애돼 달리 보인다. 나아가 산속에 있어 시야와 각도가 제한돼 산 전체와 세부 경관을 알 수 없다는 탄식이기도 하다. 다산 정약용(1762-1836)은 이미 일곱 살에 "小山蔽大山(소산폐대산) 작은 산이 큰 산을 가리네, 遠近地不同(원근지부동) 멀고 가까워 그 지점이 같지 않아서"라고 하였다. 비유이기도 한지는 알 수 없으나 산의 본래 모습이 바라보는 사람의 입지와 주관에 매여 달라지니 경계하여야 한다는 뜻이 내포된 건 분명하다. 하여간 두 시는 "등잔 밑이 어둡다"처럼 우리로 하여금 진리와 진실 추구와 실체 파악에서 맹인모상盲人摸象 난관을 상기하게 한다.

그런데 우리는 평소에 이 문제를 새카맣게 잊거나 상기하여도 귀찮아하고, 한두 번 경신을 시도하다가 쉽게 포기하며, 무엇보다 이해와 편의에 얽매여 슬그머니 외면한다. 여러 사정으로 혼란한 시국이기도 한 이 연말, 전체와 진실을 위하여 우리 한번 정좌하고 화두로 삼아보면 어떨까. 우리는 남이 나를 기만하면 존재 농락에 창피와 증오로 분노한다. 우리는 남을 기만하지도 말고 불편하고 힘들더라도 남으로부터 기만당하지도 말아야 하겠다. 또 나로부터도 그렇게 되지 말아야 하겠다. 다음 시는 이상 맥락에 이어 읽어볼 시이다.

산에 드니

산이 보이지 않았다

삶이여
자네도 혹 이럴 것인가

사랑
그대 역시

품에 드는 날
자취를 감추고 말 것인가

만유萬有가 내 안에 들어 천지天地 그윽하던 날
산 속에서 산이 걸어나왔다.

— 김우영, 「적멸」

산을 바라보면서 산에 걸어 들어온 화자, 그러다가 문득 보던 "산이
보이지 않"아 당황하고, 화두와 같은 근간의 문제의식에 관련된 각성
을 한다. 아, "삶"과 "사랑"도 그 "품에 드는 날/자취를 감추고 말 것인
가"……. 즉 화자는 어떤 사정으로 자신과 자신에 주어진 삶과 사랑을 아
마 그 굴곡과 결핍을 반추하면서 "산"에 들어 오르다가, 문득 그런 각성
을 한 것 같다. 즉 삶과 사랑을 "산"의 "만유萬有"처럼 이룬다면, 그 충족
된 삶과 사랑, 글쎄 그렇다면 그것으로 다인가. 아니 그 풍요에 겨워 안주
하면 그러면 오히려 마치 부재와 같이 그 의의가 무화無化되어버리지 않을
까 의아해하는 듯하다. 곧 잠식되는 보름달의 역설. 그러니까 언제나 굴곡
과 결핍을 용인하고 의식하여야 더 삶과 사랑을 지속할 수 있다는 각성이
아닌가 한다. 그래서 그 날에 화자는 기꺼이 자족하며 "만유萬有가 내 안에
들어 천지天地 그윽하던 날"이라고 하지 않았을까. 굴곡과 결핍, 그 수용과

견인에서야말로 삶과 사랑뿐만 아니라 그렇게 하는 세상과도 화해할 수 있다는 뜻도 점철되어 있으리라. 그리고 다시 말해 이 각성에는 자신의 분수 인식도 포함되어 있다. 화자는 그래서 보게 된다. "산 속에서" "걸어나"오는 "산"을.

이 시는 그러니까 "등잔 밑이 어둡다" 계열이면서도 새 경지가 추가되어 있다. 지속과 변화의 한 사례. 기존처럼 등잔 불빛과 그 아래 어둠을 대조하면서도, 진일보한다. 즉 등잔의 밝은 불빛으로 그 아래 짙은 어둠 속을 조명한다. 외부의 진리와 진실 인식 문제와 온전한 자기성찰 맥락을 이어, 삶과 사랑, 그 곡절과 한계의 연속, 충족 불급不及 의 견인을 성찰하게 한다.

사족 : 이 시의 결말에도 여운이 있다. "산 속에서" "걸어나"오는 "산". 득음하거나 득도한 수도자가 하산하는 모습과 같은 형상인데, 화자 자신일 수도 있겠다. 그렇다면 혹 자존이 과람하다고 할 수 있을 것이다. 그런데 2연의 "삶이여 자네도"나 3연의 "사랑 그대 역시"에서 보듯, 과감한 그 의인화와 대구를 이루려는 형식 추구에 기인한 의물화로도 감안하면 어떨까.

"아버지의 노래는 어떤 노래일까"

　자식 사랑에 어찌 부와 모에 차이가 있을 수 있겠는가. 사정과 상황에 따라 현상에 차이가 있을 뿐. 20세기 중엽 이래 여권의 향상과 아울러 모성애가 더 부각되고 있다. 한 유명인이 육이오 피란 도중에 포탄이 떨어지자 아버지는 혼자 황급히 도피하였으나 어머니는 어린 자식들을 자신의 몸으로 감쌌다고 하여, 모종 여운이 짧지 않았기도 하였다. 하지만 그 가족의 그 사실이 부모의 자식 사랑 전체의 질량을 우열로 재량할 수 있다 하기 어렵고, 더욱이 이 세상에 일반화하기는 더 어렵다. 가부장의 권위가 거의 해체된 오늘, 그간의 경과에서 추락하다시피 하던 아버지의 위상을 풍자하는 개그들이 이어졌었는데, 그 끝 편이 아마 가정의 서열에서 아버지의 순위가 반려동물 아래라는, 농담이기도 하고 진담 비슷한 한 개그가 아니었나 한다. 중장년 남성들이 더 즐겨 언급한 것 같다. 어떤 심사에서였는지 제대로 헤아리지 못하지만, 이전 아버지 세대 가부장 권위의 일부 허상을 인정하는 가운데 유머 성격의 자조였던 것 같다. 군자와 어른이 사라지고 봉급생활자가 대량 양산된, 기능 위주 산업화 시대의 조류가 그 환경이기도 한 것으로 이해한다.

　각설하고 다음 시는 그래서 아버지이건 자식이건, 자식이면서 아버지이건, 아니 여성이라면 더욱 읽어봐야 할 요즘 보기 드문 사부곡思父曲이다.

남국에 사는 어떤 새는
처음 태어나 배운 아버지의 노래를
일생을 외어 부르며 산다고 한다
그 노래로 외로움을 달래고
그 노래로 피붙이를 구별하고
그 노래로 사랑을 찾아서
자식이 태어나면 다시
그 노래를 가르친다고 한다

그러나 나는
태어나 너무 일찍 아버지를 잃는 바람에
아버지의 노래를 배우지 못하고
내가 만든 노래로 외로움을 달래고
내가 만든 노래로 사랑을 찾으며
내가 만든 노래를 부르며 이제껏 살아 왔다

아버지도 그 일이 차마 안타까운지
가끔씩 내 꿈속에 찾아와
아버지의 노래를 가르치려 하지만
꿈은 짧고 너무 희미해
아버지의 노래를 배우지 못한다

아버지의 노래는 어떤 노래일까
내가 만든 노래의 빛깔
내가 만든 노래의 의미가
그 옛날 아버지가 부르던 노래일까

얼굴도 모르는 아버지를 꿈꾼 날

아버지의 노래를 생각하며 길을 걷는다

　　　　　　　　　　　　　　　－ 박수진, 「아버지의 노래」

　무엇보다도 화자에게 부재하는 아버지는 성장 시절부터 현재에 이르기까지 비상한 결핍의 대상이기에 앞서 다하지 않는 사모思慕의 대상이다. 거친 세상살이에 필요한 교훈이나 기대를 포함하여 아버지가 지녔던 신념이나 견해를 사랑과 체온으로 전수받지 못했다는 유감이 의식의 저변에 깔려있지만, 어린 자식을 두고 일찍 떠나가던 아버지의 심정을 헤아리고, "아버지도 그 일이 차마 안타까운지/가끔씩 내 꿈속에 찾아와/아버지의 노래를 가르치려"한다며 아버지보다 더 안타까워한다. 원망의 승화가 아니라 애초부터 화자는 사리와 도리에 따르는 인격의 심정에 젖어있다. 그냥 아버지를 불만스러워할 수 있고, 자신의 어떤 여건이나 미흡한 한계가 아버지의 부재에서부터 기인한다고 할 수도 있다. 그래도 그런 아버지들은 변명하지 않을 것이지만. 하지만 화자는 "얼굴도 모르는 아버지"가 나타난 "꿈은 짧고 너무 희미해/아버지의 노래를 배우지 못한다"고 오늘도 탄식해 마지않는다.

　우리 독자들은 화자의 심정에 몰입되어 이 대목을 깊은 동정과 감개로 읽다가 화자에게 급박하게 위로 발언을 건넬 수 있다. 그대가 유아 때 아버지가 자신에게 불렀으리라고 추정하며 평생 그리워하는 "그 옛날 아버지가 부르던 노래"는, 그대가 성장하면서 "내가 만든 노래"라고 한 그 '노래'라고. 그대가 "이제껏 살아"오며 "외로움을 달래고" "사랑을 찾"은 바로 그 노래라고. 그런데 이 사실을 화자는 전혀 몰랐을까. 아니, 의문이 잘못되었다. 4연과 5연에서 알 수 있듯, 화자가 그렇게 여겨보기도 하였지만 아버지를 기리며 용납하지 않았다고 추정하여야 한다. 아버지의 부재와, 그 그리움을 고이 간직하려고.

　이런 사부곡이라면, 화자의 혹은 시인의 사모곡은 또한 어떠할지 우리

118

는 이 시로 잘 비견할 수 있다. 그리고 아버지 부재가 아버지 재세 이상의 유친有親을 초래한 이 진솔한 역설, 널리 알려져 있듯, 공자 맹자와 퇴계의 삶에서도 확인할 수 있다. 이 위대한 역설은 어째서 성립되는 것일까. 우리는 이 시를 다시 읽으며 한 조리 있는 추정을 쉽게 할 수 있을 것이다. 한편, 화자가 아버지를 의식하며 "만든 노래"는 그 무엇이든 아버지가 피안에서 기뻐하고 격려할 노래이고, 아버지를 알던 사람들이 청출어람靑出於藍이라고 칭찬할 것이다. 화자는 그래서 어떤 측면에서든 결코 불초不肖일 수 없다.

절절한 이 사부곡이 이 시대 모든 자식들에게 아버지란 존재와 자신과의 관계를 자신의 삶 추구에 결부시켜 생각하는 계기를 선사하였으면 한다. 나아가 이미 자식들에게 자신의 노래를 들려주었을 현재 모든 아버지에게 자식에게 들려줄 노래가 또 무엇이 더 있고 더 나은 것이 있는지 생각하게 하는 기회가 되었으면. 비는 하늘에서 땅으로 흐르고, 나무는 땅에 뿌리를 내리고 하늘로 자란다.

사족 : 우리 현대시에도 사모곡뿐만 아니라 이러한 사부곡이 이어지면 좋지 않겠는가. 췌언이지만 아버지를 기리면서도 부정도 하고 추월하면 더 좋으리. 이 기대는 모든 아버지의 노래에 있는, 그 일부이기도 하리.

"뒤돌아서 간 너"

    어느 시절보다 사랑이 허구와 실제 도처에서 부각되고 있다. 하지만 현실에서 그 물질화가 병행하고, 무슨 짤[짧은 동영상]처럼 가볍고 덧없는 사례가 많다는 탄식도 이미 오래다. AI 위주 4차 산업의 본격화와 더불어 인간관계의 이합집산도 심화될 수도 있고, 아닐 수도 있을 것이다. 이해와 취향의 알고리즘에 영향받으며, 개인으로 집단으로, 상호 소외와 고초를 겪을 인간, 그러나 자신을 방기하듯 외면하며 끝내 그대로 좌절하기야 하겠는가. 가상세계는 가상세계대로 '저만치'에 두고, 이 제한된 시공에서 삶의 활생活生과 그 진정성을 화두로 하여 새로운 휴머니즘이 전개될 것이다. 대면과 대화, 교감과 교류의 인간관계에 기초한 사랑, 그 깊이와 넓이도 회복되리라 믿는다. 이런 화제 자체가 어쩌면 시시하고 어쩌면 과장된 난제라는 시각도 있겠는데, 오늘 읽을 시와 관련하여 우선 한번 점검해 보고 싶었다.

낯이 익다. 뒤돌아서 간 너는, 너의 뒤태마저 가리려는 듯
물안개는 피어나고 혹 우리가 만났던가 따지지 않아도
넌 생시의 골목이 아니더라도
내 꿈속에 드나들며 천 년 동안 만나온 사람 같아

백 년 솔밭에 달빛 흐르면 우리는 우리의 작은 죄 하나 부끄러워

달맞이꽃 그늘에 숨어 참회로 울던

우리 그렇게 하여 우리의 마음 청정지역이어서

십장생이 살고 천년 학이 와서 춤추며 놀다 갔을 터

아무리 보아도 낯이 익다. 잠깐 마주보다 멀어지는 너는

너를 싣고 떠나는

기차의 바퀴 소리 아직도 철거덕거리며 귓가에 남았는데

철거덕 소리 사이사이마다 칸나꽃 붉게 피어나고 새우는데

파도는 높고 갈매기가 만선을 노래하는데

낯이 익다. 넌 내가 천 년 동안 만나온 슬픈 사랑의 그 사람인 줄 모른다.

– 김왕노, 「넌 천 년 동안 만나온 그 사람인 줄 모른다」

어느 날 일상 공간인 "생시의 골목"에서 화자는 문득 한 이성과 시선을 교환한다. 그런데 "잠깐 마주보다 멀어지는 너"는 2, 3초 짧은 시간이지만, "뒤태"도 그렇고 "아무리 보아도 낯이 익다". "내 꿈속에 드나들며 천 년 동안 만나온 사람 같아"서. 그 "천 년"은 과장도 아니고 긴 세월도 아니다. "꿈속"의 "천 년", 몰풍스러운 상기겠지만 "하룻밤에 만리장성을 쌓는다"고도 하지 않나. 아무튼 "너", "너"는 화자에게 보통 존재가 아니다. "기차의 바퀴 소리"와 함께 멀어지고 사라져간 연인. 이별의 "기차의 바퀴 소리"가 화자에게 이명처럼 늘 살아있다. 그 "철거덕 소리 사이사이마다" 너에의 사랑이 자신의 귓속에서 "칸나꽃 붉게 피"듯 피어나고 있다고 고백한다. 또 피고 피는 칸나꽃은 그것으로도 그치지 않고, 낮밤을 "새우"며, 나아가 "파도는 높고 갈매기가 만선을 노래"한다고 한다. 자신을 "파

도"와 "갈매기"로 환유하며, "너"에게 애착하는 사랑의 높이와 충만을 그렇게 형상화하기를 마지않는다.

우리는 이러한 양상에 좀 낯설어하면서도 화자가 "뒤돌아서 간 너"를 보며 "낯이 익다"고 한 언급과 같이, 화자의 넋두리에 공명할 수 있다. 그러면서 우리는 궁금하다. 두 연인은 "작은 죄"를 달빛에 부끄러워하고 달맞이꽃의 조력으로 참회까지 하였고, 그래서 화자는 "마음"이 "청정"해져 그 "백년 솔밭"에 상서로운 "십장생이 살고 천년 학이 와서 춤추며 놀다 갔을 터"라고 추정하였지만, 실제로 그러하였는지, 정작 "너"는 또 어떤 생각을 하였는지, 결국 이별의 정한을 하소연하는 전체 맥락으로 보아 화자의 그 토로를 우리는 그대로 승인하기가 어렵다. 그렇다고 화자가 모종 문제를 외면하며 변명하고 있다고 하기도 어렵다. "물안개"는 "생시의 골목"에서 "뒤돌아서 간 너"의 "뒤태"만 가리지 않는다. 그렇다면, 남은 가능성은 "너"가 이 세상 사람이 아니라는 것인가. 그렇다면 이 시의 정조는 사별의 정한情恨이란 것인가.

이 문제에 연계하여 우리는 "너"의 두 정체를 구별해두었으면 한다. 하나는 "생시의 골목"에서 조우한 현재의 너. 다른 하나는 "작은 죄 하나 부끄러워/달맞이꽃 그늘에 숨어 참회로 울던/우리"의, 즉 과거의 그 너. 화자도 이 둘을 구별한다. 화자는 현재의 너를 "내 꿈속에 드나들며 천 년 동안 만나온 사람 같아"라고 하였다. 하지만 화자는 그 너를 과거의 너일 수 있다고 은연 집착하며 과거의 너를 강력하게 소환하고 착종을 조성하고, 그 너에게 "넌 내가 천 년 동안 만나온 슬픈 사랑의 그 사람인 줄 모른다"고 한다. 즉 과거의 너와 일치시키고 만다. 그러면서도 화자는 천재일우로 도래한 그 기회에도 "물안개" 운운하며 그녀를 붙잡지 못한다. 아니 그렇게 하지 않는다.

이 시는 아무래도 사별의 순애보일 것이다. 그러고 보니 꼭 언급할 필요가 없다고 할 수 있는 "생시"를 애초에 운운한 건, "꿈속"과 대조하는 의도의 표현만이 아니라, 화자가 이미 별세한 너와 다른 차원의 시간에 있다는 것을 암시하는 중복 의장意匠으로 읽을 수 있다.

이 시는 소월의 「초혼」을 연상하게 하며, 그 전통의 지속과 변화, 그 한 재래再來로 감상할 수 있을 것이다. 그리고 이 시대의 분방한 사랑 노래들과 더불어 천년 불망不忘의 이 노래도 낯설지 않았으면 한다.

"모두 한평생이다"

어느덧 일흔을 넘겼으나 여전히 청년 같은 푸른 기개의 가형家兄이 시 한 편을 가족 톡에 올렸다. 아마 고교 동기들의 톡에서 상봉하고 우리 가족도 한번 읽고 생각 좀 해보라는 권유. 반갑게 읽었는데, 알고 보니 꽤 오래 전부터 인터넷에서, '후회 없이 살라'는 메시지로 읽히고 있는 유명한 시였다.

요 앞, 시궁창에서 부화한 하루살이는
점심때 사춘기를 지나고, 오후에 짝을 만나,
저녁에 결혼했으며, 자정에 새끼를 쳤고,
새벽이 오자 천천히 해진 날개를 접으며 외쳤다.
춤추며 왔다가 춤추며 가노라.

미루나무 밑에서 날개를 얻어 칠일을 산 늙은 매미가 말했다.
득음도 있었고 지음도 있었다.
꼬박 이레 동안 노래를 불렀으나
한 번도 나뭇잎들이 박수를 아낀 적은 없었다.

칠십을 산 노인이 중얼거렸다.

춤출 일 있으면 내일로 미뤄 두고,

노래 할 일 있으면 모레로 미뤄두고.

모든 좋은 일이 좋은 날 오면 하마고 미뤘더니 가쁜 숨만 남았구나.

그즈음 어느 바닷가에선 천년을 산 거북이가

느릿느릿 천 년째 걸어가고 있었다.

모두 한평생이다.

– 반칠환, 「한평생」

"춤추며 왔다가 춤추며 가노라", "한 번도 나뭇잎들이 박수를 아낀 적은 없었다"고 "하루살이"와 "매미"의 득의得意를 부각하며 우리의 삶을 성찰하게 하는 우화寓話 형식의 이 시. 그 대비의 의도가 우리에게 낯설지 않지만, 유머러스하면서도 따끔한 일침의 풍자가 교훈에 잘 섞여 있어 재미있게 읽힌다고 하겠다. 게다가 "모두 한평생이다"란 수렴과 확산의 결구는 우리 모두를 경청하게 하는, 좀 애매한 채로나마 우리의 모종 각성을 촉구하는, 은근하고 부드러운 일갈이 아닐 수 없다.

우리 중 청장년의 그 각성은 아무래도 3연의 "모든 좋은 일이 좋은 날 오면 하마고 미뤘더니 가쁜 숨만 남았구나"란 "칠십을 산 노인이 중얼거렸다"는 후회의 탄식에 크게 영향을 받은 듯하다. 하루살이나 매미도 삶을 향유하는데 우리 인간이 그럴 줄 몰라 후회하는 미욱한 삶을 살아서야 되겠는가.

그런데 한편 겸손한 자학도 포함해서 어쩌다 그 탄식에 동의하는 칠십 전후라면 이 시구는 아무래도 돌이키기 쉽지 않은 회한悔恨을 자아낼 수 있고, 또 평소에 의식하지 못하거나 않았던 나이 칠십을 새삼 의식하게 하며, 그것도 무슨 강요처럼 그 이상으로 무겁게 느끼게 할 것 같다. 그렇지 않겠는가. "가쁜 숨만 남았"다고 하니……. 어쩌다 향유享有의 여유 없이 보낸 삶, 그 삶이 부끄럽지는 않다고 하더라도 갑자기 정전된 듯 불시에 지난날이 어두워지고, 사정에 따라 가지 않았던 길에 진작 거두었던 유감이 검게 회생될 수도 있다. 아무튼 칠십에 이르러 문득 그렇게 각성하다니. 미물이라면 미물일 하루살이와 매미의 삶보다 못한 삶이여, 그리하여 내가 추지 못했거나 않았던 "춤"과 부르지 못했거나 않았던 "노래"가 무엇인지 갑자기 아쉬워하고 그리워하게 되다니. 그 시구, 참 의미심장하고 강렬하기도 하다.

그런데 이런 생각 또한, 불현듯 들지 않겠는가. "모든 좋은 일이 좋은 날 오면 하마고 미뤘더니 가쁜 숨만 남았구나"고 자각한다고 해서, 이 자각이 지난 삶을 후회하는 심정만을 내포한다고 할 수 있겠는가고. 아닐 수 있다. 오기에서일까. 왜 그런지 돌이켜보니 의외로 그 근거는 바로 이미 음미했던 "모두 한평생이다"란 화자의 은근하고 부드러운 그 일갈. 하루살이나 매미나 우리나 거북이도 "모두 한평생"이라고? 그렇다면 하루살이의 "춤추며 왔다가 춤추며 가노라"는 삶이나, 매미의 "한 번도 나뭇잎들이 박수를 아낀 적은 없었다"는 삶이나, 나와 우리 중 누구의 "춤출 일 있으면 내일로 미뤄 두고/노래 할 일 있으면 모레로 미뤄두고" 그러다가 일흔에 이른 삶이나, 또 천년 사는 거북이의 "느릿느릿 천 년째 걸어가고 있"기만 하는 삶이나, 결국 "모두" 저마다 "한평생", 즉 "나름대로 한평생"이라 새길 수 있지 않겠는가. 대륙 중국의 옛 현인의 장대한 호흡 어린 말이 상기된다. "차부뚜어!"[差不多(차부다)] '그래봤자 그 차이가 뭐 그리 크지 않다'. 그렇다면 이 시는 어쩌다 춤추지도 노래 부르지도 못했거나 않았고, 좋은 날 기다리다 가쁜 숨만 남은 여생, 천 년 생애에 그저 천 년째 걸어만 가고 있는 인생을, 오히려 위로하는 취지의 시로 읽어도 좋을 것이다.

사족 : 또 다른 관점 추가. 후회, 후회는 인생의 실패로 결코 우리가 바라지 않

는 비탄의 결말이지만, 사실 우리 미욱한 인생의, 거의 그 종국이 그렇지 않겠는가. 우둔과 타성을 깨닫고도 어느새 반복 반복하는. 그래서 그 미망에서 탈출할 수 있다면 얼마나 좋겠는가만, 그럴 수 없이 드디어 어쩔 수 없이 그렇게 최후를 맞이하기 쉽겠고, 그렇다면 차라리, 그런 자신에게 후회도 하지 말라는 뜻으로, '모두 한평생이다'고 한번 환호歡呼처럼 외쳐보는 것도 어떻겠는가.

"죽음을 먹는 자"

지난 105주년 3·1절 늦은 오전에 베란다에 태극기를 게양하지 않았다는 사실을 알았다. 부끄러웠는데도 어정거리다가 잊었고 해 질 녘에 다시 알았다. 나는 짧게 후회하다가 왜 어정거렸는지 궁금하였다. 변명하고 싶었던 것이다. 늦게 무슨 의무를 이행하려는 듯한 내게 나는 은근히 반감을 가졌고, 또 이런 못난 자신이 싫어진 것 같았다. 며칠 지나, 해야 할 일을 제때 하지 못해 뒤틀렸던 후과後果도 잊었다가 한 문학지의 해외시 특집기획에서 다음 시를 발견하였다. 낯선 일본의 시인 다카하시 무쓰오(高橋睦郎 : 1937~)가 쓴 「나의 이름은」(한성례 역). 반감 비슷하게 대충 읽다가 문득 계면쩍어하면서 다시 읽었다.

나의 이름은 죽음을 먹는 자

새로운 불행의 냄새를 예리하게 맡는 자

상갓집으로 재빨리 다가가 죽은 자의 살을 탐하고

원치는 않지만 큰소리로 탄식의 소리를 내지르는 자

나는 양수 속에서 탯줄에 연결되어

밤낮으로 안에서부터 어머니를 갉아먹고

피투성이 산도를 뚫고 세상에 나왔다.

아버지는 이미 잃었다

친족이나 혈족도 처음부터 끊어져 있었다.

요람도 유모차도 없고 배내옷조차 없었다.

입에 물려준 유방에 지저분한 손톱을 세우고

젖꼭지를 물어뜯으며 피가 섞인 젖을 빨았다

그런 나를 어머니는 놀라서 떼어내어 내던졌다

내 나이는 미상이라기보다는 부정확하다

0세이면서 100세, 어쩌면 그보다 더 많을지도 모른다

백발의 주름투성이인 내가 갓난아기의 첫 울음소리를 내지르고 있다

나를 찾는다면 온갖 임종의 침상

빈사자를 둘러싸고 슬퍼하는 가족에 섞여

아무도 눈치채지 못하는 낯선 자

나는 항상 죽음에 목마른 자

멸망에 대한 굶주림으로 계속 괴로워하는 자

스스로 죽기를 거부당한 불길한 자

"나의 이름은 죽음을 먹는 자"라 해서 죽음을 적대하며 먹어치우듯 극복하는 자인가 여겼는데, 죽음을 먹어야 하는 자, 남의 죽음을 에너지로 삼는 생리의 사신死神이다, "나"는. "상갓집으로 재빨리 다가가 죽은 자의 살을 탐하"지만, "원치는 않지만 큰소리로 탄식의 소리를 내지르"기도 한다는데, 이 "탄식"이 위선인지 진정인지, 진정이라면 죽는 자에겐지 자신에겐지 애매한 가운데, 그는 단박 자신의 정체를 밝힌 성격대로, 우리가 궁금해하거나 요청하지도 않았는데, 자신의 탄생 사정을 진술한다. 5행부터 13행까지, 위악도 거짓도 아닌 듯. 다소 길지만 우리는 기피하지 않고 그런대로 경청하다가 혐오하기보다는 어느덧 동정하게도 된다. 태어나기 전에 이미 아버지를 잃었고, 친족도 혈족도 없는 사고무친四顧無親에다, 요람과 유모차는커녕 배내옷도 입지 못하고, 어머니에게서조차 버려졌었다

니. 그래서 "백발의 주름투성이인 내가 갓난아기의 첫 울음소리를 내지르고 있다"는 괴상하고 처절한 비탄을, "지저분한 손톱"으로 어머니의 "젖꼭지를 물어뜯"으며 "피가 섞인 젖을 빨"다가 그렇게 되었다고 하더라도, 우리는 그만 공감할 수도 있다. 그러나 그는 어디까지나 우리 모두가 외면하고 격절하고 싶은, 다시 말해 죽음이 있어야 존재하는 사신. 그런데 이 각성도, 이어지는 "빈사자를 둘러싸고 슬퍼하는 가족에 섞여/아무도 눈치채지 못하는 낯선 자"라는 토로를 마주하면, 마치 투명 인간처럼 소외된 외롭디 외로운 자의 독백처럼 들리면서, 우리는 다시 동정의 정서를 억누르기 어려워 당황해진다. 어쨌거나 그는 우리와 우리가 사랑하는 사람의 죽음을 기다리고 달가워하고, 아니 유도하고 재촉하는 자가 아닌가.

그러나 이러한 혼란과 의혹은 끝 세 행 단락, "나는 항상 죽음에 목마른 자/멸망에 대한 굶주림으로 계속 괴로워하는 자/스스로 죽기를 거부당한 불길한 자"에서 무력해진다. 췌언이지만 이제 보니 놀랍게도 사신死神인 그는 늘 죽고 싶어 하는 자이며, 죽음을 먹고 먹지만 늘 기아로 고통을 겪고 겪는 자이고, 무엇보다도 "스스로 죽기를 거부당한 불길한 자"로 절망하는 자이다.

그로테스크하면서도 이질異質의 동정을 출몰시키고 드디어 오히려 그 정서를 더 크게 자아내는 형상화를 진행한 시인의 의도가 궁금하기도 하다. 다를지 모르겠으나 이 시는 결국 우리 인간의 숙명인 죽음을 또 성찰하게 한다. 인생은 자연의 한 편린, 그래서 죽음은 낙엽귀근落葉歸根과 같다고 스스로 위로하지만 그 누구도 회피하고 싶은 죽음. 그러니까 이 시에는 우리로 하여금 화자와는 다른 취지에서 그 "죽음을 먹는 자"로 추동하는 기운이 있다. 우리는 "스스로 죽기를 거부당한 불길한 자"가 아닌 것이다.

사족 : 다시 시인의 의도가 궁금해서 미안하지만 참지 못하고 시인에게 묻는다. "나"를 일제日帝와 일제를 비호하는 현재 일본의 극우세력으로도 간주하고, 관련 진술을 혹 그 언행의 바닥 저층에 도사려져 있는 양심의 토로로 들

어도 되는지. 시인은 어떤 대답도 가능하다. 1937년생 서민 출신 시인에게 무슨 관련 죄업이 있으리. 그래도 일제 식민 지배와 그 전후 시기 역사의식에 새겨진 우리의 원념怨念과 피해의식을 떠올린다면, "0세이면서 100세, 어쩌면 그보다 더 많을지도 모"르는 "나"를 화자로 내세운 시인은 아마 한참 생각할 것 같다.

"고개 든 채 잠든 오령의 멧누에"

  염치와 덕행이 정략과 패권으로 쇠약해진 시대, 아니 증오와 배타로 패도와 기만을 흔히 욕망 충족의 수단으로 삼는 세태에서, 어떤 행로에 이어 어떤 경계에 이제 섰다는 이야기는 일단 우리를 주목하게 한다. 아무래도 긍정할 수 있는 그 무엇을 추구할 것이란 기대로. 미성의 영역과 성취의 영역으로 두 세계를 확연히 나누는 설정부터가 이미 잃었다가 되찾은 추억과 같은데, 길고 긴 오미五味의 구절양장九折羊腸 길을 걷고 걸어왔을 작중 화자는 황혼을 넘긴 한 밤, 드디어 그 접점에 자신의 몸을 세운 것이다. 그 너머, 이제까지와는 판이하게 다를 그 영역으로의 진입은 단 한 행보면 가능하다. 그런데 그러자 말자 상황이 좋지 않다.

  나는 밤의 현관에 서 있는 사람

  현관에 고인 찬바람 속의 사람

  한 발은 안에
  한 발은 밖에

가물가물 걸치고

가만히 서서 발에 물집이 잡히는 사람

고개 든 채 잠든 오령의 멧누에 꿈속처럼

무릎 없이 변모를 기다리는

죽은 것도 산 것도 아닌,

— 강기원, 「현관」

온갖 곡절의 여정을 거쳐, 생략된 집으로 환유된 그 영역의 앞에 이르렀는데, 그 집의 "현관"은 열려 있지 않고 굳게 닫혀 있다. 이런 상태 묘사는 화자 자신이 그 현관을 열지 못한다는 취지에서가 아니겠는가. 현관은 누가 열어주거나 현관이 스스로 열려야 한다. 게다가 고인 "찬바람"에 갇혀 운신이 어렵고 몸이 차가워져 이 상태마저 견디기 어렵다. 참고로 "한 발은 안에/한 발은 밖에"라는 화자의 탄식은 어디까지나 이 상황에 관련된다. 그 집 현관 밖에 한 발이 있고, 현관 안에 한 발이 들어서 있는 상태가 아니라, 그저 이미 언급해 온 대로 경계에 서 있다는 환유이다. 즉 대문 안 팎이 경계 지역이며, 그 대문 안에는 들어섰으나 집 내부에 들어서지는 못한 상태를 강조하는 토로이다. 또 자신의 그 상태를, "발"뿐 아니라 마음에도 "물집이 잡"혀, "가물가물", 즉 "작고 약한 불빛 따위가 사라질 듯 말 듯 자꾸 움직이는 모양"으로 형상화하는데, 고착에 관련하여 화자가 자각하는 자신의 깊고 아픈 심정을 우리도 잘 헤아릴 수 있다. 화자는 자신의 다음과 같은 판단에 봉착하고야만 것이기도 하다. 이도 저도 아니다, 사력을 다해 여기에 이르렀으나 그간 노정은 결국 없었던 것이나 마찬가지, 아니 그만도 못하지 않나…… 이 허망한 탄식, 그러한 상황에 직면한 화자

133

는 이 모든 장애를 통틀어, 마지막 잠 "오령五齡"에 든 "멧누에[산누에]", 그것도 "고개 든 채 잠든 오령의 멧누에"에 자신을 은유하였다. 누에는 마지막 오령잠을 자고 나서, 고치를 만들고 번데기가 되며, 그리고 나방이 되어 깨어난다. 그래서 아직 성취의 희망이 전혀 없다고는 할 수 없으나, 화자는 "무릎 없이 변모를 기다리는/죽은 것도 산 것도 아닌" 상태라고 자신의 실정을 자각하고야 만다. 무릎이 없다면, 그렇다면 길 수도 없다. 혹 현관을 누가 열어주거나 혹 현관이 스스로 열릴지라도, 그 안으로 기어 들어갈 수 없는 신세가 아닌가. "고개 든 채 잠"들어 있다는 건, 여전한 의지의 표상이라서 이 고백은 묵도默禱 이상으로 비창하다.

다시 말해, 이 시의 상황은 의지의 지속에 따라 성취의 희망이 있는 "승당미실升堂未室"[당에는 올랐고 방에는 아직 들어오지 못하다](『논어』, 「선진先進」), 그 격려의 탄식과 다르다. 그렇다면 우리는 하는 수 없이 화자에게 바랄 수 있다. 화자가 꿈같은, 그 "멧누에"가 "죽은 것도 산 것도 아닌" 것 같은 상태에서 깨어나기를. 나방이 되어 나는 꿈같은 것을 버려 버리기를. 그리하여 재생된 듯한 무릎으로 떠나온 길을 작게나마 웃으면서 되돌아오기를. 그러면 어찌 좋지 않으랴. 미성의 청운 그 길과 그 길을 걷던 그때는 몰랐던 젊은 자신을 살피면서 또 후회의 탄식도 연발한다면 어찌 더 좋지 않으랴.

사족 : 독자 여러분, 생략과 함축이 뛰어난 이 시에서, 이미 했던 말 또 하지만, 이 시의 겸손하기도 한 화자를 이 시를 지은 시인으로 여겨서도 안 될 것입니다. 또 화자와 시인이 다른 인물이라고 해서 시인이 화자의 상황과 화자의 자의식을 어떻게 바라보는지도 이 시의 여운이 깊어 알 수 없습니다.

"물속에 숨어있던 수천의 새떼들"

〈시림詩林〉옛 한 동인을 그것도 그 본산인 수원의 역사驛숍에서 만날 수 있었다니. 입대 이전에 동인지 지면으로 사귀고 헤어졌고, 1989년에 대면해 동인지 『그대 걸어갈 광야는 멀다』를 낸 이후 상면하지 못했는데도 젊은 시절 그 얼굴로 알아볼 수 있었다. 세월이 수유 같다더니 중얼거렸는데, 수원 천변 주점에서 옛이야기 끝에 그가 내민 올 3월 발간 『이정환 시조전집, 서서 천년을 흐를지라도』를 받아들자, 긴 세월이 엄연히 그 속에 그대로 차곡차곡 서려있었고 그 무게를 돌이킬 수 없는 하중으로 실감하였다. 축하를 연발하며 예의로 책을 펴 첫 편에 시선을 주었다.

> 길모퉁이를 돌아오던 나의 소녀들이
> 쟁반과 꽃병과 물주전자와 함께 돌아선다
>
> 환각의 아지랑이만
> 떠다니던 그 봄날
>
> — 이정환, 「소묘」

읽자마자 지난 시절 한순간을 언뜻 회고하는 화자의 선명하고 몽롱한 심정이 필자의 그것으로 이관되었다. 그런데도 알 수 없을 관련 사연에 집중하는 자신을, 소녀들이 돌아서는 작중 바로 그 시공에서 언뜻 거슬러 바라보는 것 같았다. 고개 들었는지 아니었는지 시인에게, 좋다고 하였고, 시인은 젊은 시절 전근 간 학교에서 겪었던 장면을 운운하였는데, 마침 술과 안주가 와서 그 술회가 그만 끊겼다. 같이 모였던 동인들(김우영, 문창갑, 김미구)과 1박 2일 오디세이를 거치고 집에 돌아와 한잠 자고 이 시조를 다시 읽었다.

왜 소녀들은 돌아섰나. 못다 했지만 시인의 언급으로 추정한다면 아마 여학생들이 부임한 선생님을 맞아 같이 마실 물과 교탁에서 자신들의 마음을 대신할 꽃병을 마련해 교실로 오다가 선생님을 만나자 부끄러워 돌아서는 모양인 듯. 발단이자 결말인 이 간결한 진술에서, 소녀들의 자신을 기리는 무구한 심성뿐만 아니라 미묘하고 순진한 애정의 기미機微도 감지한 당시의 자신을 그 장면과 아울러 반추하는 현재 화자의 탄식과 같은 심정이 부각된다.

그런데 우리 중 일부는 필자처럼 작중 소녀들이 돌아선 이유를 다르게 추정할 수도 있을 것이다. 작중 공간이 규율의 학교가 아니라도 상관없는 가운데, "쟁반과 꽃병과 물주전자와 함께" 다가오다가 그만 "돌아"선 "나의 소녀들", 이 장면을, 1행과 2행의 사이에 생략으로 개재된 듯한 그녀들의 어떤 오해나 오인, 화자의 미진한 성의나 불찰로 하여, 그만 멀어져간 거리까지 포함해 짐짓 노래한 유감의 알레고리로 읽을 수 있다. 그리하여 "돌아선" "나의 소녀들"의 뒷모습과 그 여운에 관련하여, 그 배경으로 "환각의 아지랑이만/떠다니던 그 봄날"이라 제시하였는데, 이 부연은 이러한 접근에 좀 더 어울린다고 하겠다.

참고로, 어느 쪽으로 접근하든 여기서 "환각"은 오인이나 도취가 아닐 것이다. 위 장면이 너무 선명하고 강렬하여 못내 그 기억이 오히려 몽롱하기도 하다는 반어성 강조의 취지일 것이다. 요컨대 이 작품은 기미의 시조로 우리를 작중으로 흡입하여 1, 2행과 유사한 추억이나 대체할 수 있는 추억을 환기시켜 줄 것 같다. 다음 시조에서도 우리는 그 내부에서 발원한 기미를 입문으로 삼아 독자를 초대하는 시풍을 느낄 수 있다.

강물 위로 새 한 마리 유유히 떠오르자

그 아래쪽 허공이 돌연히 팽팽해져서

물결이 참지 못하고 일제히 퍼덕거린다

물속에 숨어있던 수천의 새떼들이

젖은 날갯죽지 툭툭 털며 솟구쳐서

한순간 허공을 찢는다. 오오 저 파열음!

– 이정환, 「새와 수면」

일상과 비일상, 자연과 초자연의 경계에서 설정된 작중 세계라서 우선 낯설기도 하지만 시행들의 힘차고 거침없는 전개에 끌려 우리는 곧 어느 강가에 서게 되고, 굉장한 장관을 참관하는 귀중한 기회를 가진다. 묵묵히 그저 흘러 흘러가던 "물결"은 그 공중에 "새"가 어디에선지는 모르지만[정중동靜中動 동중정動中靜일 물속일 수도] "유유히", 그렇다 "유유히 떠오르자" 드디어 때맞춰 "참지 못"한다. "새"가 인력을 발생하고 "물결"도 인력을 발동하여 그 사이에 강인한 자력磁力이 형성되어 "새"와 "물결"은 조응하는데, 그러자 "물속에 숨어있던 수천의 새떼들"이 수면 아래에서 일제히 수면 위로 부상하며 "한순간"에 "허공을 찢는다". 이 기이하고 활연豁然한 광경에 놀라면서 자신도 모르게 매력도 느낀 우리는 차츰 이 상황을 점차 무엇인가에 비길 수 있을 것이다. 하나의 짧은 그러나 규모가 크고 장쾌한 이미지를 일거에 활달하게 형상화한 이 시조는 그 자체로 완결되지만 독자에게 언외의 메시지를 남기며 그 이해와 점묘點描를 촉진하기도 한다.

먼저 사실 화자가 본 것은 "강물 위로 새 한 마리 유유히 떠오"른 장면뿐이며, 그 이하는 화자의 호연지기浩然之氣 어린 상상이라고 우리는 추정할 수 있다. 그렇다면 그 이하를 비유로 읽어야 하고, 아니 1행 "강물 위로"부터 그렇게 다시 읽어야 하며, 무엇을 연상하면서 읽을지는 그간 해온 대로 역시 자신의 입지와 상상에 따를 수밖에 없다. 돈오돈수頓悟頓修 '대오각성大悟覺醒'의 계기, 상황에 주저 없이 대응하는 이해초월 '대인호변大人虎變', 또는 인류의 역사를 바꾼 어떤 혁명의 봉기 등을 상기할 수 있을 것이다.

묘사에 집중하던 우리 옆의 화자가 말미에서 "오오 저 파열음!"이라고 한다. 그런데 그 소리는 귀를 찢는 굉음이 아니라 묵음, 그러니까 아련한 정적의 소리로 들린다. 어째서 왜 그런지 잘 알 수 없다. 허공을 찢기 때문에 그런 것인가.

사족 : 만해축전과 만해대상을 제정하고 한국문학 발전에 크게 기여한 이 시대의 대덕이자 『아득한 성자』(2007)의 시선일여詩禪一如 시인, 무산霧山 조오현 스님(1932-2018)이 좋아하는 시들의 목록에 「새와 수면」이 있었다고 한다.

"또 나는 어딜 갔다 온 걸까요"

　여전히 무덥지만 요즘 아침저녁에 어리고 삽상한 기류가 우리의 살과 마음을 감았다가 풀기를 거듭한다. 계절이 바뀔 때마다 우리는 자연의 '사시행언四時行焉' 운행을 감지하며 그 이치에 비추어 자신의 삶을 성찰하거나 관련 메시지를 음미한다. 자연의 일부인 우리에게 유익한 관행이 아닐 수 없다. 여름에서 가을로 바뀌는 이 시기에 더욱 그러하다. 느닷없지만 부디 우리 정치인들이 그러하기를 기원한다. 다음 시는 서두에서 가을의 주요 정경인 하늘의 "날아가는 오리 떼"가 주요 모티프로 등장하며, 화자가, 군집 군무를 거듭하며 이동하는 그 "오리 떼"가 "내 넋을 뽑아 그 힘으로" "날아가는" 것 같다고 하여 우리를 놀라게 한다. 또 그래서 자신이 "그냥 풀썩 무너집니다"고 탄식하는데, 인간 존재와 자연현상과 이치 사이의 깊은 연계를 시사하고 있어 딱 그렇다고 할 수 없어도 이 시가 '가을과 사색'을 배경으로 하고 있다고 할 수 있을 것이다.

　　내 넋을 뽑아 그 힘으로 가는지 날아가는 오리 떼를 보면 나는 그냥
　풀썩 무너집니다. 언제부터였는지 모릅니다. 길모퉁이 오도카니 혼
　자 쪼그리고 있는 바위를 보거나 아슬아슬 하늘로 길을 내며 가는 부
　전나비 날갯짓을 보고 아찔하게 눈은 멀고, 먼 눈으로 더듬는 빗소리

바람소리에도 나는 그 자리 벅수가 됩니다. 내 귀가 엷어선가요? 또
나는 어딜 갔다 온 걸까요. 그 사이 여러 별이 자리를 옮겼는데. 그뿐
이 아닙니다. 어디에 가 있는지 모르는 내게 딸랑딸랑 딸랑딸랑 누가
반짝이는 목소리로 손짓을 했을까요? 아니면 나를 막 스쳐간 저 행인
이 안고 가는 장미꽃 살냄새가 이 모래기둥을 부울쑥 솟아 일으켰는
지 모릅니다. 누가 어떤 넋들임이나 초혼을 했는지 나는 지금 빈 그림
자 속으로 들어왔지만, 아마 나는 소리나 손짓 없는 나라로 다시 까뭇
하게 빠져들 겁니다. 또 어디서 톡, 떨어진 도토리가 뒤척이는 소리
에 내가 깨려나 알 순 없지만 어디에 계신가요. 나는 늘 외출 중인 내
가 그립습니다. 모올래 실을 꿴 바늘을 꽂아 놓을 수도 없는 이 참 어
이없는 병, 남들은 모릅니다. 어디 용한 의원이나 만신은 행여 다스
릴까요?

— 홍우계, 「나의 비밀」

　화자는 "날아가는 오리 떼"에 이어 자신을 "그냥 풀썩 무너"지게 하는
그 같은 부류로, "길모퉁이 오도카니 혼자 쪼그리고 있는 바위"와 "아슬아
슬 하늘로 길을 내며 가는 부전나비 날갯짓"을 추가하여, 우리의 사정 인
식과 공감에 무게를 더하고 공명을 이끈다. 전자 "바위"는 바위 그 자체이
기도 하면서, 그 수식 "길모퉁이 오도카니 혼자 쪼그리고 있는"것으로 추
정할 수 있듯, 인간을 포함하여 모든 외롭고 볼품없는 존재들을 표상하는
제유로 수용할 수 있고, 후자 "부전나비 날갯짓"은 역시 그 수식 "아슬아
슬 하늘로 길을 내며 가는"에서 알 수 있듯, 힘겹고 위태하나마 역시 인간
을 포함하여 어떤 이월移越을 지향하는 모든 존재들의 시도를 지시하는 제
유로 이해할 수 있다.

　그런데 화자는 이들을 목격한 자신이 "아찔하게 눈은 멀고, 먼 눈으로
더듬는 빗소리 바람소리에도 나는 그 자리 벅수[장승]가 됩니다"고 한다.
이 시행은 화자가 앞에서 토로한 "나는 그냥 풀썩 무너집니다"와 같이, 같

은 넋 이탈을 취지로 한 변용이다. 그리고 여기서 "벅수"는 화자 나의 은유가 아니라, 즉 나를 형상화한 이미지가 아니라, '화자 나'가 바로 그렇게 변신되었다는 보고로 읽어야 할 것이다. 이러한 초일상 변신을 두고 그 원인을 화자는 "내 귀가 엷어선가요?"라고 다소 자책조로 화자가 설정한 상대에게 묻지만 이는 후술 문맥으로 보아 '아니다'는 부인을 동시에 함축하며 강조하는 반어라고 하겠다. 그리고 이 변모의 원인이 된 문제의 "먼 눈으로 더듬"은 "빗소리 바람소리"는 그 정체와 메시지가 애매한데, "바위"와 "부전나비"의 상태와 상황에 관련되어 있거나 그 환유라고 할 수 있다.

이 시 감상에서 우리가 이제 정작 고려하여야 할 문제는 징후가 이미 나타난 대로, 화자 나의 상태가 보통 우리의 자아와 다르다는 것이다. 이 시의 후반부가 시작되는 "또 나는 어딜 갔다 온 걸까요. 그 사이 여러 별이 자리를 옮겼는데[그 사이 시간이 꽤 흘렀는데]."에서부터, 우리는 이 시의 '화자 나'가, 진술하는 자신과 구별되는 나, 앞에서 "넋"으로 표현하였던 '다른 나'를 의식하고 제시하며 상대에게 그 관련 이야기를 자연스럽게 한다는 것이다. 더불어 우리는 그 진술에서 또한, 그 '다른 나'와도 구분되는 나, 즉 '화자 나'에서 그 '다른 나'가 "외출"[이탈]한 상태의 나, 즉 "벅수가 된 나"도 있다는 것도 주목할 수 있다. 다시 말해 이 시에는 셋 '나'가 있다. 사연을 진술하고 있는 화자 나, 넋으로서의 나, 벅수로서의 나. 이 셋을 다시 '일상의 나'[혹은 자의식 통합의 나], '나의 나'[넋], '나의 나'가 이탈한 상태의 '나'[넋 나간 나]라고 명명할 수 있다.

이렇듯 화자는 하나이면서도 둘이고, 둘이면서도 셋이다. 거듭 중요한 것은 '나의 나'는 "언제부터였는지 모"르지만 사실 "늘 외출 중"인 듯하다. '일상의 나'가 특히 '인간을 포함하여 모든 외롭고 볼품없는 존재'를 목격하거나, '어떤 이월離越을 지향하는 모든 존재들의 시도'를 목도할 때마다.

나아가 우리는 이 시의 화자 나가 전지 시점에서 "어디에 가 있는지 모르는 내['나의 나']게 딸랑딸랑 딸랑딸랑 누가 반짝이는 목소리로 손짓"을 하거나, "나('나의 나' 가 이탈한 상태의 '나')를 막 스쳐 간 저 행인이 안고 가는 장미꽃 살냄새"가 풍기면, "모래기둥"['벅수' 의 은유]이 "부울쑥 솟아" 나듯, '나의 나' [넋]가 '나의 나' 가 이탈한 상태의 '나' [넋 나간 나]로 돌아온다는 이 비밀 고백을 우리는 더욱 주목해야 한다. 우리는 이 대목에서야 일상의 우리와 다른 이 시의 세 나에게서 느꼈던 생소한 거리를 크게 좁힐 수 있다. 그렇다. 우리가 우리 자신을 성찰하면 그런 경우가 없지 않았지 않은가? 우리는 곧 "나는 지금 빈 그림자 속으로 들어왔지만, 아마 나는 소리나 손짓 없는 나라로 다시 까뭇하게 빠져들 겁니다"는 진술에 직면하여 그 거리가 다시 멀어지지만, 이어지는 "또 어디서 톡, 떨어진 도토리가 뒤척이는 소리에 내가 깨려나 알 순 없"다는 직전과 같은 고백에서 좁혀졌던 거리를 회복하고, '나의 나' 가 유랑 끝에 매번은 아니지만 그 최종 "갔다 온" 곳이 "소리나 손짓 없는 나라"라는 것도 알게 된다. 잠시 휴지가 있고, 우리는 드디어 이 모든 상황을 총괄 성찰할 수 있다.

"오리", "바위", "부전나비" 등을 동정하고 접응한 "넋"이 그런 자연 사물과 사이좋게 동행하여 안주하는, 더 이상 "소리나 손짓 없는 나라", 그 '나라' 는 어떤 곳인가. 우리가 잘 알 수 없지만 그곳은 선경이 아니고 극락도 아니며 천국도 잔나도 아니면서도 그 비슷한 성역이다. 모든 존재의 영혼이 서로 소외하지 않고 함께 어울려 평화롭게 공존하며 안녕 안식하는 차원이라는 짐작은 가능하다.

끝으로 우리는 이 시가 의거한 형이상학과 비전의 기점을 간과해서는 안 될 것이다. 이 시대에 현상이 드물지만 저변에서 지속되고 있는 단군檀君 이래 우리의 전통 샤머니즘. 이 시의 키워드, "넋", "벅수", "만신", "넋들임", "초혼" 등으로 알 수 있고 또 추인할 수 있다. 우리는 다시 "어디에가 있는지 모르는 내게 딸랑딸랑 딸랑딸랑 누가 반짝이는 목소리로 손짓을 했을까요?"라는 진술에서, 그 "목소리"가 '만신萬神' [무녀巫女]의 목소리이며, "딸랑딸랑 딸랑딸랑"은 그 목소리의 음성 상징이면서도 무구巫具의

142

하나인 신성한 방울의 소리라는 사실을 상기하자. 이 시에서 그 소리가 기꺼이 강림하여 오늘 우리에게도 "손짓"하고 있다.

또 이 시에는 우리 전통설화의 정겨운 모티프들도 등장하여 맥락 형성에 기여하고 있기도 하다. 이상理想 지향과 근원 회귀가 복합된 "날아가는 오리 떼", 이상異常 존재를 탐색하는 "실을 꿴 바늘을 꽂"기.

과거와 미래는 현재로 연결되며, 우리 유구한 역사를 생각하면 이 시에서 융화된 그 특성들은 현대시학에서 재고를 거듭하게 한다. 오늘 세태에 우리가 아무리 분방하더라도 어찌 그 여서餘緖에 관심이 없을 수 있겠는가. 더욱이 다시 말해 이 시는 물질과 유사 이데올로기로 박절하기 만한 오늘의 삶을 우리의 시원으로 돌아가 돌이켜 희석하게 하는 의의가 있다.

"아무리 봐도"

셀카 유행도 오래되었지만 사진 촬영에 주저하는 사람들이 있다. 청년 층에게서는 드물지만 장년에는 꽤 있어 보이며 사진을 기피한다거나 외면 한다고 할 수는 없는데, 주변의 관심을 끌기도 한다. 혹시 늙은 모습 때문 인가. 그렇다면 그래도 사진은 덧없는 시공의 이 세계에 현시하는 손쉬운 존재 증명이기도 한데…… 아니라면, "사람은 마흔이 되면 자기 얼굴에 책 임져야 한다"(에이브러햄 링컨, 1809-1865)에 혹시 관련되는 건가. 자신의 얼 굴을 책임질 수 없어서? 그렇다면 그 태도는 책임 회피가 아니라 책임 구 현의 자의식에서 말미암는다고 할 수도 있다. 일종의 과잉일 수 있지만 요 즘 세태에서 보기 드물게 오히려 자신을 부끄러워할 줄 아는 자의식의 발 로일 수 있어서. 우리는 오늘의 이상한 세태에서 이를 자못 평가하지 않을 수 없다. 이 세상의 혼란과 패악은 주로 그럴듯한 변명으로 자신과 남을 기 만하면서도 자신을 부끄러워할 줄 모르는 인간에게서 비롯되지 않는가. 부 끄러워할 줄 아는 인간과 부끄러워할 줄 모르는 인간.

그런데 우리가 다른 시각에서 접근하여야 할 사안도 있다. 헝클어진 반 백 모발, 턱과 뺨을 괸 주름진 두 손, 깊은 생각에 빠진 듯한 내리감은 눈. 자신의 그런 사진을 굳이 시집의 표지에 공개한 사례. 그저 그 사진만이라 면 혹 링컨의 취지에 직결되는 그 일환이 아닌가 여겨볼 수도 있겠고, 위의

144

이견 사설辭說과도 관련 없다고 할 수 있다. 그런데 그 사진의 얼굴을 자세히 관찰하고 통탄하는 시가 수록되어 있어 우리는 당혹스러워진다.

> 내 얼굴 속에는
>
> 가난이 없구나 어둠이 없구나 굴욕이 없구나 망가짐이 없구나 야비함이 없구나 시들어빠짐이 없구나 철저한 짓밟힘 처절한 헤어짐이 없구나 떠내려감이 없구나 미워함, 표독스러워라, 불붙는 증오가 없구나 굵은 뿌리 꿈틀거리는 절규와 절망 아우성이 없구나 욕정의 흙탕물 넘쳐흐르는 엉망진창이 없구나 아픔도 괴로움도 투쟁도 갈등에 찢어짐도 없구나 시샘의 시궁창 악취도 없구나 하다못해 나태와 방종 싸구려 분내도 없구나 내 얼굴 내 영혼 읽을거리가 없구나 수염 뽑히고 침 뱉고 모욕이 없구나 아무리 봐도 기쁘고 성스러운, 모욕이 모독이 비참이 쭈글쭈글함이 징글징글함이 괴상망측함이
>
> — 윤한로, 「동안童顔」

"내 얼굴 속에는/가난이 없구나 어둠이 없구나 굴욕이 없구나 야비함이 없구나"라는 급박한 탄식의 연쇄는 대번 우리의 시선으로 하여금 미인도 이상으로 그 얼굴을 자세히 살피게 한다. 침착하기도 하고 격정을 이기지 못하기도 하는 어조에 실려 있는 그 부재의 자기 힐난에서, 대체 화자의 의도가 무엇인지 정확히 알 수 없기 때문이다. 그래서 우리는 진술이 역설인가 혹 위선인가 하며, 이윽고 둘 중 하나로 추인하면서 인식의 정합을 누릴 수 있기를 기대하면서 계속 읽는다. 그러나 그 애매는, "불붙는 증오가 없구나 굵은 뿌리 꿈틀거리는 절규와 절망 아우성이 없구나"까지 그대로 이어지면서 증폭되고, 그러다가 "욕정의 흙탕물 넘쳐흐르는 엉망진창이 없구나"에 이르러서, 우리는 진술이 의외에도 사실 토로이며 또 의외에도 무슨 다른 의도가 있지 않다는 기미를 감지할 수 있다. 아무리 위선이라고 하더라도, "욕정의 흙탕물"이 "넘쳐" 흘러 "엉망진창"이라 하기는, 과도하

고 어색해서 곤란하지 않을까 하면서. 그리고 동시에 우리는 화자가 은연중 자신의 "욕정"이 "흙탕물"이 되어 자신의 몸을 "넘쳐흐르"기를 한때 욕망했었다는 일탈 기운을 느낀다. 그것도 그야말로 "엉망진창"으로. 하지만 또 동시에 미수에 그친 그 분출을 좀 유감스러워하는 화자의 의식도 느낄 수 있다. 우리는 다시 복잡해지지만 나아가 "아픔도 괴로움도 투쟁도 갈등에 찢어짐도 없구나"를 읽고, 드디어 작중에 밀착되어 있던 시선을 거둬 이 시의 밖으로 돌려 그 관련된 현실을 본다. 저 80년대의 혼란과 충돌을 좌절과 고함을, 학교 근처 골목 술집에서 최루가스에도 취한 화자의 모습을. 우리는 이제 화자의 모든 자기 묘사 토로가 지나온 개개 국면의 현실에 투영된 자아의 굴곡을 스케치한 직설 자전自傳이라고 인정하게 된다.

우리는 그리하여 이어지는 "시샘의 시궁창 악취도 없구나 하다못해 나태와 방종 싸구려 분내도 없구나"에서 화자 인격의 정체성을 더 이해하면서 짙게 밴 이 유감에 애초 의아를 새카맣게 잊고 어느덧 자신도 모르게 분수를 넘어 동정하기도 한다. "시샘의 시궁창 악취"는 어쨌든 졸렬하고 천박하며 잘못하면 부당한 성취를 오히려 합리화하고 말지 않느냐, "나태와 방종 싸구려 분내"는 어쨌든 결국 지저분한 패가망신의 첩경 아니냐고 반문하면서.

그런데 "내 얼굴 내 영혼 읽을거리가 없구나 수염 뽑히고 침 뱉고 모욕이 없구나"를 읽으면서는, 화자가 자신을 질타하는 막중한 유감의 부피와 막심한 모멸의 기운을 독자 우리도 감당하기 어려워 눈을 거의 감는다. "내 얼굴 내 영혼"에 그런 "읽을거리가 없"다면 그렇다면 아니 다행 아닌가고 반발하면서. 그러나 우리는 우리의 심장에 스며드는 어떤 빛을 제어하기 어렵다. 마지막 시행, "아무리 봐도 기쁘고 성스러운, 모욕이 모독이 비참이 쭈글쭈글함이 징글징글함이 괴상망측함이"를 그 빛으로 담담히 읽으면서, 그 끝의 생략에 화자를 대신해 "없구나" "없구나" 중얼거리며 이 시 읽기를 마친다.

다시 말해 이 시는 화자나 어쩌면 시인이 직면하였던 사회와 직장, 그리

146

고 갖가지 시장을 거쳐 온 자아의 궤적, 그 회고의 진술이며, 진술 당시의 연령은 장년 이상이라고 할 수 있다. 일관된 의도의 맥락이 진행되면서 시행들의 미묘한 의미 편차와 세밀한 추이가 주목된다. 과도하면서도 양해할 수 있는 진정성이 흐르는 맥락을 음미하다 보면 이 시에는 무슨 기교가 있는 듯하면서도 없고, 무슨 전략이 있는 듯하면서도 없어 보인다. 그리고 화자의 기맥에는 범접하기 어렵거나 마다해야 할, 겸허한 자의식을 유지하는 용기가 저류를 이루고 있다. 이 용기의 정체는 무엇인가.

화자는 "내 얼굴"뿐만 아니라 "내 영혼"에도 "모욕"과 "모독", "비참", "쭈글쭈글함"과 "징글징글함이" "없구나" 하고 탄식하며, 모두 "기쁘고 성"스럽다고 한다. 그렇다면 이제 우리는 예수와 예수의 골고다 수난을 떠올리며, 그 용기의 기본과 발원으로 추정할 수 있다. 그리고 침착하기도 하고 격정을 이기지 못하기도 하는 화자의 어조, 그 어조에는 분노도 배어 있는데, 아마 밖보다는 자신을 더 질타하는 의지에서 비롯된다고 하겠다.

이 시를 읽고 나서 시인의 의도가 아니겠지만 우리가 "내 얼굴 내 영혼"은 과연 어떠한지 한번 살펴볼 수 있을는지 모르겠는데, "내 얼굴 내 영혼 읽을거리가 없구나"란 탄식만은 거두절미하고 우리가 그 여부를 떠나 쉽게 외면한다면 아무래도 부끄러울 것 같다.

"키 작은 억새에 바람이 베이는 정상"

우리는 이 세속에서 어떻게 살고 있든 언제부턴가 가슴에 이상 하나는 품고 있다. 그 형상은 삶과 욕망에 분주해서 보이지 않고 있고, 어떤 기회에 과감하게 오히려 탈아脫我의 성찰을 시도하면 볼 수도 있다. 그 형상은 각자 사정에 따라 여러 형태로 변주되며, 다음 시에서처럼 수미산須彌山 같은 성산聖山으로 현현할 수 있다.

하나의 산이 되기 위해서는
그저 올라가야만 한다.
숨 가쁜 중턱의 그 청청한 나무 밑
새소리, 물소리 감미로운 골짜기도
모두 모두 눈 감고
보다 멀리 보기 위해서는
그저 올라가야만 한다.
그리하여 마침내 일어서는
하나의 산봉우리
저기 건너다보이는
야트막한, 혹은 아스라한 눈 덮인 봉우리

소리쳐 부르면 모두들 달려올 것만 같은
산, 산들

하나의 산이 다른 산을 만나려면
허리로 발치로 내려와야만 한다.
나무 한 그루 없이 그저
키 작은 억새에 바람이 베이는
정상의 외로움.
봉우리에서는 아무도 서로
만날 수 없다.
내 산정의 고적孤寂을 그들이 모르듯
그들의 정수리에 감도는 안개를
나는 알지 못한다.

우리가 내려와 팔을 벌리고
서로의 갈라진 발, 산발한 머리칼에 입맞출 때
비로소 들리는 푸른 물소리, 하얀 새소리
마침내 골짜기여라.
그대를 키운 보잘 것 없는 들판과
나를 기른 투박한 구릉에 물결치는
저리도 푸른 생명, 생명들
아아, 하나의 산이 되기 위하여
올라가야만 하지만
다른 산을 만나기 위해서
우리는 그저
내려와야만
내려와야만 한다는 것을.

– 전범수, 「수미산須彌山을 그리며」

"하나의 산이 되기 위해서는/그저 올라가야만 한다"는 정화된 탄식과 용맹한 정진의 목소리, 우리의 그 결곡한 심정이 경유하여야 할 향상의 의지와 행로의 이치를 대변하기에 우리는 별 이의 없이 동의한다. 그리하여 "숨 가쁜 중턱의 그 청청한 나무 밑/새소리, 물소리 감미로운 골짜기도" [이웃의 명랑하고 풋풋한 생명의 동태 동향도] "모두 모두 눈 감고", 즉, 시선을 주거나 정겨워하지 말고 초탈하여야 할 그 무엇으로 알고 일심으로 "그저 올라가야만 한다"는 다짐에도 우리가 애초에 각오한 바와 같아서 좀 새삼스럽고 좀 비장해지기도 한다. 나아가 우리는 "그리하여 마침내 일어서는/하나의 산봉우리"를 읽으며 좀 성급하지 않은가 하면서도 성실한 그 경로의 여운과 더불어 그 성취를 인정하며 그 상태가 어떠한지 궁금해 직후의 시행으로 시선을 옮긴다.

그 상태는 화자의 시각에 맺힌, 그 정상 아래에서 엎드리고 있는 가깝고 먼 산들의 정경이다. "저기 건너다보이는/야트막한, 혹은 아스라한 눈 덮인 봉우리". 그래서 우리는 두보(712-770)의 시 「망악望嶽」의 끝 두 구 "會當凌絕頂(회당릉절정 : 반드시 산꼭대기에 올라) 一覽衆山小(일람중산소 : 저 아래 뭇 작은 산들을 한 번 내려다보리라)"와 그 호연지기浩然之氣를 연상한다. 하지만 곧 우리는 이어지는 화자의 심사, "소리쳐 부르면 모두들 달려올 것만 같은/산, 산들"을 낯설게 읽으며 다시 긴장한다. 이 시행이야말로 화자가 등정 직후 경지를 자신에게도 토로한 자신도 모르게 발설하는 언급이 아닌가. 즉 화자는 갖가지 뭇 작은 산들을 내려다보며 자신의 호쾌한 입지를 자찬 자긍하지 않고 — 그렇더라도 우리는 거부반응을 일으키지 않겠지만 — 자신과 등차 없으며 또 서로 동정하고 유대할 수 있는 이웃[도반]으로 접근하고 있다. 이 심사는 어쩌면 낯익다고 할 수 있지만 직전 맥락과 엄연히 맞서며 부조화의 조리를 이루는 계기이기도 하여 우리는 주목하지 않을 수 없다. 게다가 다시 말해 감내 가능하였지만 '一覽衆山小'에 비껴있는 오연傲然한 기운도 없어 우리를 편안하게 한다.

우리는 제2연에서 왜 화자가 마침내 이룩한 등정에서 그런 생각을 하게

150

되었는지 알 수 있다. 화자는 자신이 도달한 "정상"이 알고 보니, "나무 한 그루 없이 그저/키 작은 억새에 바람이 베이는" 비정한 곳이며, "아무도 서로/만날 수 없"는 "고적孤寂"이 감돌아 그 외로운 상태를 감내하여야 하는 빈 공간이라고 묘사하고 있다. 그러고 보니 그럴 수 있겠고, 그렇다면 저 가깝고 먼 산들도 같은 처지가 아니겠는가란 함축에도 우리는 동의한다. 그래서 우리는 "그들의 정수리에 감도는 안개를/나는 알지 못한다"는 화자의 연민성 동정에 놀라기에 앞서 먼저 동의하지 않을 수 없다. 그 "안개"는 반드시 걷어내야 한다는 함께 표명된 의지에도.

우리는 이러한 심성과 지향에 감응하지 않을 수 없다. 그런데 이 상태로 끝난다면 미진하다 할 텐데 다행히 우리는 제3연을 읽을 수 있다. 화자는 결심한다. "내려와 팔을 벌리고/서로의 갈라진 발, 산발한 머리칼에 입맞출 때"에 "비로소 들리는 푸른 물소리, 하얀 새소리/마침내 골짜기여라". 이 반전의 각성과 소신의 어조에 우리도 감회로 뭉클하다. "산이 되기 위해" 산을 오르면서 화자가 필생의 의지로 간과하였던 그 "골짜기"와 그 "그 청청한 나무 밑/새소리, 물소리". 또한 그 "골짜기"에는 "그대를 키운 보잘 것 없는 들판과/나를 기른 투박한 구릉"이 있고, 거기서 "물결치는/저리도 푸른 생명, 생명들"도 서식한다. 다시 말해 "나무 한 그루 없이 그저/키 작은 억새에 바람이 베이는" 비정한 곳이 아니며, "아무도 서로/만날 수 없"는 "고적"이 감돌아 그 외로운 상태를 감내하여야 하는 빈 공간도 아니다. 형이하에서 형이상으로, 그리고 형이상에서 형이하로 귀환하는 여정으로 도달할 수 있는, 우리 세속의 범박한 삶을 결국 포기하지 않고 서로 대등하게 소통하고 존중하며 긍정하는 목소리가 충만한 공간이다.

우리가 품은 이상이 무엇이라 할지라도 이러한 사회는 우리 모두 인정할 수 있으며, 우리가 우리를 대자대비大慈大悲로 승화하면 우리를 키우고 기른 "보잘 것 없는 들판"과 "투박한 구릉"에서도 얼마든지 이룰 수 있다는 메시지를 이 시에서 우리는 드디어 읽는다.

"허, 허, 흠씬 어둠에 두드려 맞아 얼얼할 텐데"

우리에게 우리가 미워하고 미워하여 위선으로라도 도저히 용서하기 어려운 대상이 있을 수 있다. 상대가 우리를 비웃으며 용납을 바라지도 않겠지만, 생각할수록 괘씸하기만 하여 그런 증오가 자신에게 결국 욕이 되고 해가 된다고 누가 걱정하며 말려도 초가삼간 태워도 어쩔 수 없다는 심정. 용서와 감안은 그저 흐리고 아득한 그림자, 한심하고 우울하게 저미는 심정은 오히려 달콤하고 짭짤한 사탕. 다음 시의 화자는 아마 한 번쯤 그런 수렁에 빠졌다가 겨우 헤어 나온 경험을 심층에 두고 쓴 어느 날의 일기 같은 토로로 보인다.

남과 북이 악수하던 날이었어요
아니 감자 캐는 날이었어요
핸드폰도 끄고
돌아가신 외할머니도
예민하신 어머니도
생리통이 심한 딸애도
여하튼
어떤 사람도 그리워하지 않고

감자만을 위해
땀 흘리고 싶은 날이었어요

감자가 나왔어요
눈만 도려내 심었던 감자가,
그 감자의 눈이 어둠 속에서
그 습기와 치욕의 시간 속에서
알알이 둥글어진 은총을 키워냈어요,
맹랑한, 이렇게 얘기할 수밖에 없네요
맹랑해서 명랑한 감자들
허, 허, 흠씬 어둠에 두드려 맞아 얼얼할 텐데
묻어 올라온 어둠의 젖은 흙을 털며
올망졸망 여남은 아이들의 손을 이끌며
그는 말해주었어요

봅시다 그래도 우리가 무에 사랑 받을 구석이 있긴 있나봅니다

이런 사람
이런 사랑 보셨어요.
제 몸 도려 가둬 놓았더니
손 귀한 집 자식 낳아 주는
미친 사랑 그런
사랑스런 원수를 본 적 있으세요

— 오준, 「뜨거운 감자를 캐며」

　"감자 캐는 날"의 이 기록은 지난 어느 "남과 북이 악수하던 날"의 기록이었기도 하여, 외연의 진폭도 크다. 그런데 개권 그 첫 행에 의외로 부연이 따르지 않고 느닷없이 "아니 감자 캐는 날"이라고 무슨 부인의 기미

153

가 어린 듯한 선회가 어색하게 들어서서 바로 그래서 이 시의 주제가 남북 문제가 아닐까 가늠하게 한다. 1연에서 이어지는 "여하튼/어떤 사람도 그리워하지 않고/감자만을 위해/땀 흘리고 싶은 날이었어요"' 란 진술도 어디까지나 '감자'를 부각하고 있지만 어째 변명처럼 들리고, 게다가 이 시 끝까지 "남과 북이 악수하던 날"에 어떠한 후술도 없어서 더욱. 따라서 우리는 2, 3, 4연도 감자를 캐면서 보고 느끼고 겪은 정회 진술로 경청하면서도 남과 북의 만남을 매개로 상호 입장에 관련된 의사를 짐짓 부각하고 있다고 접근할 수 있다.

우선 이 시에서 화자가 감자를 심은 동기가 수상하다. 재배와 수확에서만은 아닌 듯. "눈만 도려내 심었던 감자"라고 한 바, 씨감자의 눈을 잘라내서 땅에 심는 작업 행태의 묘사로 제한할 수 있지만, 한편 우리로 하여금 긴장을 조성하게 한다. "눈만 도려내 심었던 감자"라니, "아니", 이는 증오에 마비되어 자포자기 감행하고만 잔인무도한 처사를 은연 내포하고 있다고 할 수 있지 않은가. 일종의 도착倒錯 행위를 자기도 모르게 고백? 그리고 우리는 "어떤 사람도 그리워하지 않고"도 수상한 표현으로 느낄 수 있다. 아무리 "감자만을 위해/땀 흘리고 싶은", '감자'에만 몰두하고 싶은 날이었다고 하더라도 말이다.

그리하여 우리는 1연에서 모든 지인들뿐만 아니라 "어머니", "딸애"뿐만 아니라 심지어 "돌아가신 외할머니"도 연상하면서 어째서 아내만은 그러지 않는지 의아하다. 이유가 무엇인지 알 수 없지만 단순한 생략은 아닐 것이다. 우리는 그 관련 시행들에서 화자가 오히려 누구보다도 아내의 부재를 의식하며 더 그리워하고 있지 않나 의심할 수 있다. 그래서 우리는 다시 "어떤 사람도 그리워하지 않"는다는 토로에 더욱 의심을 품으며, 나아가 "감자만을 위해/땀 흘리고 싶은 날이었어요"에서 '감자'의 정체와 그 몰두에도 의혹을 일으킨다. 또 화자가 우리에게 자신이 2연 3, 4행, 땅에 묻힌 "감자의 눈"이 견뎠던 "어둠 속" "그 습기와 치욕의 시간 속"에 자신도 있었다고 암시하는 건 아닌가 고개를 갸웃거리게 된다. 물론 화자는 현

154

재 그 "감자의 눈"처럼 "알알이 둥글어진 은총을 키워" 내지는 못한 상태이다. 이렇듯 이 시는 우리의 독해를 지연시키며 신중하게 한다.

아무튼 이 시의 핵심은 그 '감자'는 "사랑스런 원수"란 이야기일 것이다. "감자의 눈"은 다시 말해 "습기와 치욕의 시간"을 지내며 오히려 "알알이 둥글어진 은총을 키워냈"고, 바로 그래서 화자는 "맹랑해서 명랑"하다고 하였다. 또 "흠씬 어둠에 두드려 맞아 얼얼할 텐데"도 불구하고 자식 같은 "올망졸망 여남은 아이들"[작은 어린 감자들]도 데리고 "어둠의 젖은 흙"에서 나와 화자에게 다음과 같이 말했다는 것이다. "봅시다 그래도 우리가 무에 사랑 받을 구석이 있긴 있나봅니다".

좀 애매하지만 의인화된 감자의 이 언급은, 자신의 그런 상태, 다시 말해 자신을 증오하고 칼질하고 파묻은 화자 그대를 외면하지 않겠지만, 고난과 수모를 감내하고 생육과 번식을 성취한 자신을 그대도 대면하라는 뜻인 듯. 중요한 것은 그럼에도 서로 의아하기는 하지만, "우리"는 "사랑 받을 구석"이 있다……. 즉 보기 어렵지만 공들여 살펴본다면, 잘 드러나지 않는 치우쳐 있는 그런 부분이 있기는 있다고 인정하자는 제안이다. 화자는 "감자"의 그 제안을 인정하며 "감자"를 드디어 "사랑스런 원수"라고 하였다. "감자" 역시 화자를 그렇게 부를 것이다.

"남과 북이 악수하던 날"에 아마 남북을 묶어 대리하는 듯한 화자는 증오로 베어 파묻었던 '감자'를 캐면서 남북의 심정을 이상과 같이 대변하였거나 그 "악수"의 의미를 그렇게 부연하였다고 할 수 있을 것 같다.

최근에 "통일하지 말자"며 남북 2국가론을 제기하는 주장이 있었고, 논란이 이어지고 있다. 북의 통치자가 선행 발론하여 불편한 가운데 오해를 받기도 하지만 대치가 심화된 남북의 오늘을 새삼 고려한 일부 현실론일 것이다. 하지만 지난 남북 교류에서도 별 현실성이 없었고 현실성이 있든 없든 통일은 우리 민족이 존재하는 한 언제나 직면하고 있는, 유예하거나 포기할 수 없는 이상이자 대의이다. 남북이 어떤 대립과 배척을 하더라도 자족을 도모하더라도 분단은 정상이 아니다.

이 시는 2006년 1월에 발간된 시집에 수록되어 있다. 2006년 10월 북한의 1차 핵실험 이전에 씌어졌는데, 그 메시지가 한반도 비핵화가 짙게 회의되는 2024년 현재 정세에서 용인되기 어렵다고도 할 수 있겠지만, 그럼에도 불구하고, 바로 이러한 시기에 더 읽히고 음미되어야 할 작품이다. 판도라의 열린 상자. 뛰쳐나온 핵, 불신과 적대, 위구와 증오…… 다시 말해 이 시를 앞으로도, 그 상자의 외지고 외진 구석에 언제나 여전히 겨우 남아있는 '희망'을 노래하는 작품으로 읽을 수 있다.

이와 관련하여 우리는 화자가 우리에게 건넨 4연 말의 상태에 주목하게 된다. "이런 사랑 보셨어요." 화자는 자기가 본 "감자"의 그 "이런 사랑"을 우리가 이미 보았다고 하고 있는 것이다. 우리의 체험의 기정사실로 단정하는 이 의사는 직후에 반복 강화되고 있다. "손 귀한 집 자식 낳아 주는/미친 사랑 그런/사랑스런 원수를 본 적 있으세요". 그랬던가. 우리는 잠시 당황하다가 이윽고 지난날에 한 번인가 "본 적"이 있기는 한 것 같다고 시인한다. 화자는 우리에게 그렇게 '희망'을 포기하지 말자고 권유한다.

끝으로 우리는 이 시를 우리 생애의 여러 결핍과 증오를 극복하는 어떤 "미친 사랑", "습기와 치욕의 시간 속에서" 잉태되고 발육된 그 사랑을 노래하는 시로 읽어도 좋을 것이다.

"그러려면 다시 살아야 한다"

우리는 꿈을 꾼다. 어떤 꿈은 꾸었어도 잠에서 깨어나면 꾸었는지도 모르게 거의 기억이 없고, 어떤 꿈은 잠에서 깨고 나서 더욱 생생하고, 그런 꿈도 어떤 꿈은 쉽게 잊혀지고, 어떤 꿈은 오래 기억되기도 한다. 다음 시에서 제시되는 꿈은 현재화된 '십 년 전' 꿈. 시 문맥에서도 이런 꿈은 드물다고 하겠는데, 그간 화자의 의식과 모종 추회追懷의 이면에서 간헐 지속되었다고 하겠다. 더욱이 화자가 꿈에서 본 자신은 죽어 있었다. 죽은 자신, 살아있는 죽은 자신이 "환"하고 "가벼"워져 "봄날의 냇가"를 배회하다 그 무엇을 보는 것을 화자도 본다.

십 년 전 꿈에 본
파란 돌
아직 그 냇물 아래 있을까

난 죽어 있었는데
죽어서 봄날의 냇가를 걷고 있었는데
아, 죽어서 좋았는데
환했는데 솜털처럼

가버웠는데

투명한 물결 아래
희고 둥근
조약돌을 보았지
해 맑아라,
하나, 둘. 셋

거기 있었네
파르스름해 더 고요하던
그 돌

나도 모르게 팔 뻗어 줍고 싶었지
그때 알았네
그러려면 다시 살아야 한다는 것
그때 처음 아팠네
그러려면 다시 살아야 한다는 것

난 눈을 떴고,
깊은 밤이었고,
꿈에 흘린 눈물이 아직 따뜻했네

십 년 전 꿈에 본 파란 돌

그동안 주운 적 있을까
놓친 적 있을까
영영 잃은 적도 있을까
새벽이면 선잠 속에 스며들던 것

그 푸른 그림자였을까

십 년 전 꿈에 본
파란 돌

그 빛나는 내[川]도
돌아가 들여다보면
아직 거기
눈동자처럼 고요할까

– 한강, 「파란 돌」

차분하고 세심한 서사 같은 정연한 전개가 우리의 독해를 잘 인도하고 있지만 화자의 세 시각을 고려하며 경유하여야 이 시에 조성된 차원에 무난하게 들어설 수 있다. 꿈속에서 "냇물 아래" "파란 돌"을 보고 "팔 뻗어 줍고 싶었"다가 "그러려면 다시 살아야 한다"고 급기야 깨달았던 죽었던 자신의 돌이킬 수 없었던 "아팠"던 시각, 그 꿈에서 깨어나 자신이 "꿈에 흘린 눈물"을 확인했던 시각. 그리고 십 년 지나 그 두 시각을 상기하는 현재의 시각이다.

이런 점검을 시도하는 이유는 6연 "난 눈을 떴고,/깊은 밤이었고,/꿈에 흘린 눈물이 아직 따뜻했네"가 그 이전 정황으로 소급해서도 강렬하고, "십 년 전" 그 꿈을 깬 직후의 상태에도 국한되지 않으며, 나아가 그로부터 십 년 지난 작중 현재에도 그 여운이 이어지고 있기 때문이다. 화자의 이러한 "파란 돌" 경사傾斜에서, 화자의 이 꿈은 옛꿈이 아니라 현재의 꿈이라고 할 수 있다. 현재 문제로 이어지는, 시속되는 불망不忘의 미수未遂. 다만 그때와 달리 밀도가 줄었고 결이 조금 달라졌지만. 그러니까 "십 년 전 꿈에 본/파란 돌"은 현재에도 화자와 불가분리의 존재이면서도 화자와 무관하게 여전히 스스로 실존하는 미지의 사물이기도 하다.

그래서인가. 그 "파란 돌"은 "파르스름해 더 고요"한 자태일 뿐 아니라, 화자에게 "해 맑"고 "희고 둥근" 세 "조약돌"로 보이기도 한다. 이 현상은 다시 말해 우리가 괄목한 대로 화자가 그 꿈에서 "죽어서 봄날의 냇가"를 배회하다가 죽은 자의 시선으로 "냇물 아래"를 들여다보았기 때문이리. 우리는 이 유심幽深하고 미려美麗한 몽환夢幻에 탄식하며, 탄식을 마치기 전에 화자의 이 꿈을 하나의 사실로 보게 되는 듯하다. 그 마주하는 태도가 너무 진지하고 투명해서인가.

우리는 "난 눈을 떴고,/깊은 밤이었고,/꿈에 흘린 눈물이 아직 따뜻했네"를 다시 읽고, 화자의 눈가에 글썽글썽 고였다가 흐르는 그 눈물을 "따뜻"하게 감촉하는 듯한 기분과 정조로 "그러려면 다시 살아야 한다"는 화자의 재생再生 의지를 침묵으로 성원하게 된다. 또, 꿈에서 깨기 전에 있었던 의외의 그 자각에 화자가 "그때 처음 아팠네"라고 하였었는데, 우리는 좀 머뭇거렸다가 곧 그 토로와 심정도 사연과 사정이 없었어도 우리 자신을 동정하듯 화자를 동정하며 공감하였던 것 같다.

그러나 우리는 초두에서 읽은 "아, 죽어서 좋았는데"와 "환했는데 솜털처럼/가벼웠는데"에서의, 화자의 그 사死에의 미련과 집착을 마냥 외면하기 어려워지기도 한다. 그러다가, 그러다가 우리는 죽어야 볼 수 있고, 죽은 이로 하여금 줍고 싶게 하며, 그것을 주우려면 사에서 생生으로 회생해야 한다는 기사회생起死回生 관련 그 "파란 돌"을 다시 주목하며, 재생의 의지로 이월해 온 화자의 궤적을 상기하고 사의 영역에서 생의 영역으로 넘어온다.

7연 이후는 1연처럼 그 십 년 후 작중 현재의 이야기이다. 그 두 상황을 회고하며 화자는 자신이 "그동안" "파란 돌"을 "주운 적 있"었는지, 그러다가 "놓친 적 있"었는지, 아니라면 "영영 잃"었는지, "새벽" "선잠 속에 스며들던" "푸른 그림자"였는지, 잘 알 수 없다고 한다. 그렇다. 어떻게 분명하게 알 수 있겠는가. 그런데 이 시를 다시 읽으며 어느 경우인지 추정해

보고 싶다. 그 이유와 더불어. 네 번째가 아닐까. 이후 "새벽" "선잠 속에 스며들던" 설핏한 "그 푸른 그림자".

어쨌든 무엇보다 중요한 것은 세 시각이 연계되면서 꿈과 현실을 이어 주는 "꿈에 흘린" "따뜻한 눈물"일 것이다. 무엇보다 자신을 용납하고 포용하는 "따뜻한 눈물". 그리고 그 "파란 돌"을 줍고 싶다면 "그러려면 다시 살아야 한다"는 재생의 메시지일 것이다. 말해 무엇하랴만 생의 단순한 연장이나 갱신이 아니라 그 경신이나 개신.

이 시를 쓴지 대략 십 년 후, 지난 10월 10일에 시인이자 소설가인 한강이 2024년 문학부문 노벨상을 수상한다는 소식이 세계에 전파되었다. 꿈 속이 아니라 꿈 밖 현실에서 그는 "봄날의 냇가"를 "환"하고 "가벼"이 소요하다가 "냇물 아래" "파란 돌", 그 돌의 "눈동자처럼 고요"한 그 돌을 드디어 주워들었다고 하겠다.

삶이 어둡고 무거워, 죽으면 "환"하고 "솜털처럼/가벼"워질 것이라고 여기는 사람들이라면 이 시에 자신의 사연과 사정을 대입하고, 한 번 더 읽었으면 한다. 죽는다고 해서 끝이 아니라는 메시지도 이 시는 우리에게 시사한다. "파란 돌".

"들어갈 수도 나올 수도 없는 가을의 문틈에서"

　지루한 가난과 고되기만 한 농사에 지쳐 막심하게도 아버지가 소 판 돈을 여비로 그 아버지와 고향을 떠나갔던 인물을 우리는 알고 있다. 그는 두루 금의환향하였는데, 그와 같은 사람은 적고 다른 사람은 많다. 가출 이야기. 가출에는 양면의 뉘앙스가 포함되어 있다. 가족이나 집단으로부터 개체 분리인 이 행위는 자발自發이건 타발他發이건 거역 비슷한 당돌한 메별의 출분이고, 한편으로는 가늠할 수 없는 미래의 불안에도 불구하고 자신의 생애를 미지에 건 과감하고 무모한 용기의 부러운 모험이기도 하다. 우리도 이러구러 고향을 떠나왔지만 우리 주위에는 바로 그렇게 가출한 이가 있었고, 행방을 알기도 하고 모르기도 한다. 다음 시는 후일담을 알 수 없었던 한 문제 인물 '그'가 드디어 우리에게 근황을 적어 보낸 서신과 같다.

　대문을 고치고 싶다고 했다

　그가 상처 입은 짐승처럼 서성거릴 때
　송곳니 같은 기억이 돋아난 곳에서
　자전거와 늙은 집배원이 나란히 걸었다

마을 어귀를 굴리다가
해 질 녘을 깔고 앉은

그림자 둘

노을을 게워 낸 얼굴로
바스락거리는 시월이었다

쭉정이 같은 고향에서
아버지처럼 살지는 않을 거야

바람은 쓸어버린 나뭇잎처럼 날리고
그는 낡은 대문을 박차고 떠났는데

어떤 통증은 일찍 도착했고
어떤 통증은 늦게 도착했다

위니펙의 집배원이 된 그는
걸어가 봐야만 알 수 있는 주소지에서
늙은 집배원의 발자국을 줍고는 했다

들어갈 수도 나올 수도 없는
가을의 문틈에서

순한 짐승의 눈빛이 되어
삐거덕 삐거덕
문을 고치고 있는 그는

강원도 홍천 은행나무 숲

늙은 집배원의 아들이었다

— 김수수, 「두 집배원」

전지 시점의 화자가 주인공 출분자를 "그"라고 하고 거리를 유지하며 묘사도 하고 있어, 서로 엄연히 구별되고 있지만, 이 시의 화자는 아무래도 작중 출분자와 동일 인물로 보인다. 그러니까 이 시는 기실 화자의 자술自述 자전自傳인데, 화자가 자신을 대상 인물로 설정하고 객관과 분석의 형식을 적용하고 있어 보인다. 이런 기술 방식은 문학작품에서 적지 않다.

이 시 전체에 의의가 두루 파급되는 한 행의 첫 연 "대문을 고치고 싶다고 했다"는 우선 그의 출분 동기를 우리에게 알려준다. 우리가 잘 유추하듯 이 심사는 물리 차원의 단순한 수선 행위가 아니다. 여기서 "대문"은 그가 소속한 '문호門戶'의 환유이며, '대대로 내려오는 그 집안의 사회적 신분이나 지위'란 뜻이 함축되어 있고, 그 "고치고 싶다"에 어려 있는 불만은 변화를 추동하여 모종 상승을 이루려는 희망과 같다. 어린 그는, "해질 녘"에 지쳐 돌아오는 "늙은 집배원" 아버지, 그 아버지와 아버지로 표상되는 문호가 싫어, "낡은" "대문을 고치고 싶다"고 한 것이다. 우리는 일종의 수치도 근저로 한 그 의지를, "쭉정이 같은 고향에서/아버지처럼 살지는 않을 거야"(6연)에서 더 잘 알 수 있다.

그는 떠났다. "바람"이 "쓸어버린 나뭇잎처럼 날리"는 어느 가을날. 고향에 기속되어 있는 불치의 질곡과 다르지 않는 아버지와 자신의 그 문호를 발로 차 부수고, 그러니까 "낡은 대문을 박차고 떠났"다. 태평양 건너 멀고 먼 캐나다, 캐나다로.

하지만 그 이후는 우리의 예상과 기대와 다르고, 무엇보다도 자신의 희망과 너무 달랐다. 어느 날부터 아 그는 자신도 모르게 "집배원"이 되어 있었다. 더욱이 꽤 경력을 쌓았어도 아버지보다도 더 힘들게 "걸어가 봐야만 알 수 있는 주소지"를 찾아가곤 해야 했으며, 나아가 그런 자기 인식과 "일찍" 혹은 "늦게" 상기되는 "통증"과 같은 기억으로 "상처 입은 짐승처럼 서성거릴 때"가 자주 있었다. 바로 어린 시절의 그 "해 질 녘" "마을 어귀"의 피곤하고 초라한 "그림자 둘", 여전히 입술을 찌르고 베는 "짐승"의 "송곳니" 같은 그 기억.

"그림자 둘"은 그의 "늙은" 아버지와 그의 아버지처럼 낡아서 끌어주기도 해야 하는 낡은 "자전거"였지만, 이 둘 중 어느 하나는 어느새 이제 자신으로 대체가 가능하거나 자신이 복합되어 있었다. 그때마다 그는 여전히 "상처 입은 짐승"이었다. 그래서 그는 "들어갈 수도 나올 수도 없는/가을의 문틈에서"라고, 자신의 과거와 현재의 입지를 시간과 아울러 포괄 진술한다. 고국의 그 가을과 캐나다 위니펙 현재의 가을, 떠나온 자신과 현재 자신의 처지를 도저히 되돌릴 수 없다는 막막한 심경의 토로이다.

그런데 바로 그의 이 심경에서 우리는 그 자체를 외면하거나 왜곡하지 않고 그대로 수용하고 있는 그의 견인과 묵종의 의지도 느낀다. 또 우선 보기에 체념 같지만 그 경계에 제한되지 않고, 이어지는 자기 치유의 진실한 자양이 되고 있다. 우리는 "순한 짐승의 눈빛이 되어/삐거덕 삐거덕/문을 고치고 있는 그"(11연)를 보게 된다. 우리는 왠지 그보다 더 아프기도 하다. 그런데 그러다가 곧 무슨 각성을 하듯 안도하게 되고, 경의가 깃든 마음으로 그 정경을 바라보게 되고, 우리 시선에도 카타르시스가 일어난다. 앞 "해 질 녘" "마을 어귀" "그림자 둘"에서 이미 희미하게나마 느꼈던 아버지와 고향과 그리고 자신의 문호와 그는 드디어 화해하고 있는 중이다. "순한 짐승의 눈빛"에서 맑게 정화된 그 진정과 아울러 옛 패기도 느끼며 그러다가 우리는 우리도 결국 출분자가 아니냐며 자신에게 묻고, 또 그러다가 자신의 어떤 잊었던 상처를 위로할 수도 있기 때문이다. 난폭한 발길로 "박차"서 부서져 있는 "문을 고치고 있는" 그, 아니, 문호와 아버지를 바라보던 옛 미숙하고 무례하기도 했던 자신을 "고치고 있는" "강원도 홍천 은행나무 숲" 마을 "늙은 집배원의 아들"에게 그대는 아름답다 아름답다고 탄식하면서.

　떠나간 아들을 그리워하던 모든 아버지와 늙은 아버지에게서 도망쳤던
모든 아들에게, 시인과 함께 이 시를 올린다.

"사로 끝나는 직업을 가지래요"

지난주에 고 김하늘 양 피살 사건이 발생하자 국민의 이목이, 우울한 이목이 다시 우리 학교교육의 현장으로 쏠려 있다. 다른 분야도 그렇지만 교육 분야도 사건 사고가 야기되어야 정부 당국과 국민이 문제시하고 자못 침중한 분위기에서 사후 대책을 마련하곤 하는데, 여건이 어떠하든 이제부디 이런 한심한 면모를 지양하기 바란다. 미리 문제를 찾고 그것을 과감하게 예방하는 선제 대책을 왜 과감하게 조치하지 못하나.

아닌 게 아니라 우리는 백년대계 교육 현장이 궁금하고 청소년 중등학교도 그러한데 그 실제를 관찰할 겨를을 내기가 쉽지 않다. 첫 행 "엎질러진 물처럼"이 대번 우리를 주목하게 하는 다음 시에서 우리는 꼭 알아야 할 그 현장의 한 주요 국면을 살필 수 있다.

엎질러진 물처럼
복도를 내달리는 아이들
울면서 웃는 건지
웃으면서 우는 건지
도통 분간이 가지 않는 맑은 얼굴에
선생님 선생님, 물장구처럼 번지는 부름에

가끔은 뒤를 돌아볼 수 없었다.

저희 엄마는 이혼 전문 변호사가 아니라
이혼이 전문이에요
실은 이모가요
새벽마다 집을 나가는 아빠처럼 되기 싫으면
사로 끝나는 직업을 가지래요
교사, 의사, 검사 …… 폭주 기관사?

장난스레 웃는 너희의 입가에선
물장구치는 소리가 난다.

얘들아, 내 뒤통수엔 눈이 달렸다는 건
대학 가면 애인이 생기고 회사원이 되면 돈이 생긴다는 건
하나도 프로페셔널하지 못한 나의 거짓말

너희는 나를 바라보며 달려오는데
나는 여전히 너희를 뒤따라 걷는다

체크무늬 치마보다
쨍한 주황색 체육복보다
더 촌스런 건 나겠구나

그치만 얘들아 얘들아
우리는 이미 서툰 것에 능하지
그건 우리가 전문이지

마주 잡은 두 손에서

매일 다른 소원이 생기는 것도

교실 창가에 젖은 양말을 널어놓는 것도

애들아

어른이 된다면 말이다

자꾸만 풀리는 운동화 끈을 서로 묶어 주는

작고 단단한

마침내 전지전능한 다정함으로

우리를 살리자

아이들은 듣는 둥 마는 둥

그러나 내 말대로

저마다 산만하게

쏟아지고 있다

복도에서 교실로 운동장으로 뒷문으로

– 김지은, 「복도의 복도」

1연에서 1, 2행 직후에 행간을 두고 3~7행과 나누어 읽으면 좋겠다. 전자는 정규 수업이 끝난 직후 교실에서 복도로 학생들이 몰려나오는 모습일 것이며, 후자는 그 상태에서 이 시의 문제 제기로 학생들의 어떤 발화가 부각되려 하는 국면이다. "울면서 웃는 건지/웃으면서 우는 건지" 애매하지만, 학생들의 그 "맑은 얼굴"의. 하지만 우리는 화자의 대답이나 반응보다 "가끔은 뒤를 돌아볼 수 없었다"는 화자의 독백에 직면한다. 의문이 든다. 왜 그러는가. "가끔"이라 제한하긴 하지만 학생들의 표정이 심상치 않고, 게다가 그 '부름'은 "물장구"에 비유되고 있다. "물장구"는 장난치는 놀이기도 하지만, 물에 빠지지 않으려는 생존의 동작이며 익사를 모면하려는

169

안간힘이 내포돼 있다고 할 수 있어, 그 취지가 가볍지 않다. 교사로서 정체성이 부족하거나 무슨 다른 이유가 있어서가 아니라는 것도 우리는 직감하지만, 이 토로가 우리로 하여금 이 시의 문제기가 무엇인지 더욱 살피게 촉진한다.

이어지는 2연에서 우리는 그 직감도 씁쓸하게 추인하게 된다. "이혼" "전문"은 좀 그렇다고 하더라도 "새벽마다 집을 나가는 아빠처럼 되기 싫으면"을 전제로 한 이모의 조언은 바로 우리가 평소에 주로 하던 말 아닌가. 특히 "교사, 의사, 검사 …… 폭주 기관사?"란 학생의 반문에, 그 어조에 반발과 조소도 배인 희화화가 내포돼 있어 당황스럽다. 사정에 따라 그러지 않을 수도 있겠지만 이 모습은 아무래도 졸렬하여 새삼 우리를 두루 곤혹하게 하며, 우리 마음의 표정도 "울면서 웃는 건지/웃으면서 우는 건지" 애매해질 것 같다.

이러한 견지에서 이전 시행들을 정리하면서 추후 변화를 예고하는 3연도 계속 주목된다. 앞에서 제시된 청소년들의 순수 의식과 생존에 연계된 동작이 재차 강조되고 있고, 화자가 제자들을 바라보는 시선의 상향 변화가 함축되어 있다. 우리를 대신하기도 할 4~8연의 긴 자책 고백은 그래서 느닷없지 않다. (참고로 4연 1행 "내 뒤통수엔 눈이 달렸다는 건", 화자가 칠판을 볼 때도 학생들이 한 눈 팔지 않고 공부에 열중하는지 감시할 수 있다고 채근했다는 취지) 5연, "너희는 나를 바라보며 달려오는데/나는 여전히 너희를 뒤따라 걷는다"에서 우리도 화자를 따라 그렇게 공명하며 더욱 착잡해지고, 7연에서 젊은 교사 화자가 "우리는 서툰 것에 능하지"라며 제자들의 처지와 문제의식까지 같이하는 자의식도 보이자, 우리 학부모 "어른"들은 그 대척에 선 자신의 위치를 개재된 거리와 함께 실감하며, 책임 의식이 가중된다.

그리하여 화자가 제자들에게 드디어 그 대책으로, "어른이 된다면" "자꾸만 풀리는 운동화 끈을 서로 묶어 주는/작고 단단한/마침내 전지전능한 다정함으로/우리를 살리자"고 제안하자, 우리는 더욱 미안하면서 감사하다. 소통과 연대, 존중과 배려를 환기하는 "서로 묶어 주는" "전지전능"한

“다정”에 공명하면서. 하지만 그러지 못하고 있는 우리는, 한편 이 미덕들이 기존의 지표와 다르지 않고 과연 그 제대로 된 표출이 가능할지 여전히 의문이며, 또 그런다고 하더라도 과연 “전지전능”할 수 있을는지, 의문을 제기할 수 있다.

하지만 한계가 있다고 하더라도 우리의 미흡한 실천을 반성하게 한다. 그러고 보니 이 시는 중등학교 현장 교사 화자의 소회만이 아니다. 또 학생들이라기보다는 이 땅의 학부모들을 독자로 하면서, 학부모의 의사도 필수로 개입된 현장의 형편을 다시 참조해 보기를 소구訴求하는 듯하다. “엎질러진 물처럼/복도를 내달리는” “맑은 얼굴”의 “아이들”, 교사와 “마주 잡”은 “두 손에서” “매일 다른 소원이 생기”는 “아이들”은, 마지막 11연에서 보듯, “듣는 둥 마는 둥”하며, “저마다 산만하게” “복도에서 교실로 운동장으로 뒷문으로” “쏟아지고 있”다. 췌언이지만 “교실” “운동장” “뒷문”은 여기서 학생들의 서로 다른 지향뿐만 아니라 “어른”들의 뜻에 순치된 “아이들”과 그렇지 않은 “아이들”의 어떤 일탈 양상도 화자가 부각하고 있다고 하겠는데, 그 뜻하는 바가 각각 무엇인지는 부언할 필요가 없을 것이다.

"속초행 고속버스표 두 장"

　　우리는 현재의 사물에 직면하고 내일을 내다보며 생활하며 자신의 지난 삶을 잊고 산다고 생각할 수 있다. 하지만 우리의 오늘에 우리의 지난 과거가 작고 크게 점철되어 있다. 우리는 오늘의 일상에 연계된 어제의 일상을 떠올리며 조합하고 있을 뿐 아니라 오늘의 문제와 유관하기도 하고 무관하기도 한 먼 과거의 장면을 불쑥 떠올리고 있다. 일상에서 그 계기는 다양하며 역시 의도와도 무관하기도 하고 유관하기도 하게 솟은 기억에 우리는 칠정으로 감응한다. 그 시간은 짧고 유동流動하는 의식과 현재의 사무로 하여 그 기억은 대체된다. 아니 다시 이전처럼 가라앉는다. 또 11년 전에 발간된 한 시 전문 월간지에서 읽은 다음 시에는 오래 가라앉았던 한 옛 기억이 어디서 "툭 떨어"지듯 화자에게 출현하고 그 회포가 진술되어 있었다.

　　　책의 갈피에서 오래된

　　　속초행 고속버스표 두 장이 툭 떨어졌다

　　　흐릿하게 남아 있는 좌석 번호

　　　한동안 펼쳐보지 않았던 책이

　　　참 오래도록 한 여자와 남자를 품고

　　　입 다물고 있었다

의자에 나란히 앉아 몸 깊이 숨기고

빈틈없이 서로에게 스미고 싶었을 것인데

손가락 사이사이 가장 깊은 곳을 맞추고

단단히 빗장 걸어두고 싶었을 것인데

어깨에 기댄 머리를 베개 삼아

오래도록 깨어나고 싶지 않았을 것인데

속초 앞바다 파도소리에 갇혀

파삭 낡아 있는 두 개의 잎사귀

어디로도 나를 데려다주지 못하는

— 강호정, 「기억」

1연에서 화자가 어떤 책을 펼쳤다가 그 한 갈피에서 우연히 낡은 "속초행 고속버스표 두 장"을 발견했다며 관련된 옛사랑 이야기를 시작하고 있다. 우리는 아마 그 책과 차표를 그동안 화자가 사뭇 잊고 있었던 것이 아니라, 그 보관으로 미루어 가끔 의식하고 있었다고 추정할 수 있다. 때로는 외면하고 때로는 매이기도 하면서. 그러니까 "한동안 펼쳐보지 않았던 책"이란 진술은 사실 토로이겠지만, 이루지 못했던 그 옛사랑과 사연을 가끔 그 책처럼 "입 다물고" 회상하였을 것이라고. 화자는 그러니까 "참 오래도록" 옛 "한 여자와 남자"를 역시 그 책처럼 "품고" 있었다고.

이러한 추정은 호사 취향에서라기보다는 그다음 연의 영향 때문일 것이다. 밀도 높은 사랑의 희원希願, 그 진솔한 묘사와 함축된 애정이 깊은 동정을 조성하는 2연. 우리는 부드럽고 강인하기도 한 그 연정戀情에 제대로 감겼다가, 드디어 이런 생각을 또 하게 된다. 속초행이 무산되었다고 해서 속초행으로 기약한 사랑의 세목들이 미수에 그쳤다고 할 수 없다고. 당시에 두 사람은 서로 "스미고 싶었을 것"이 아니라 이미 "스미고" 있던 하나

173

였고, 외부의 어떤 제어에 맞서 서로 손가락으로 손가락 사이 모두를 메꿀 만큼 "빗장"을 "걸어두고 싶었을 것"이 아니라 이미 조금도 빈틈없이 "빗장"을 "걸어"둔 결속의 상태였다고.

우리는 그런 추정을 6행 "어깨에 기댄 머리를 베개 삼아/오래도록 깨어나고 싶지 않았을 것인데"를 음미하면서 더욱 미련을 갖고 시도할 수 있다. 바로 그래서 그 기존 상태와 다른 상태를 불각不覺하고자 하는 진술이 이어진 것이 아니겠느냐고. 이 시행에서 그 사랑이 어떤 외부 요인으로 하여 결국 이루어지지 않았으며 바로 그런 사랑을 지키기 위하여 "속초행"을 작정하였고 차표까지 마련하였다고 감지할 수 있다. 그리고 이 시행에는 "오래도록"이란 한시限時의 전제가 있고, 그 사랑이 일종의 꿈과 같았으며 결국 그 꿈에서 깨어났다는 각성의 탄식이 미묘하게 스며들어 있다고 할 수 있다.

대체 이들의 사랑을 방해한 구체 이유가 무엇인가. 궁금하다면 우리는 널리 알려진 톨스토이(1828~1910)의 「안나 카레니나」의 첫 문장, "모든 행복한 가정은 서로 닮았고, 모든 불행한 가정은 제각각 나름으로 불행하다"를 원용하여 저마다 연상할 수 있을 것이다. 하지만 이러한 상상을 3연이 제어한다. 3연은 우리를 빨리 시로 돌아오게 하는 힘이 있다. "속초 앞바다 파도소리". 사랑을 상실한 후일 어느 날에 화자는 홀로 "속초"에 가서 그 "앞바다"에 섰고 혼자 들었으리라, "파도소리"를. 그러나 그 "파도소리"는 이전에 기대한 소리일 리 없다. 화자가 변전하였듯 이제 그 파도소리는 실패한 그 사랑과 회한을 일깨우는 음향이었을 것이며, 일찍이 책 속으로 옮겨졌던 차표에 어느덧 배어들었고 책을 따라 역시 "입 다물고" 있는데, 화자의 귀에만은 생생할 것이다.

이제 "어디로도 나를 데려다주지 못하는" "파삭 낡아 있는 두 개의 잎사귀"("속초행 고속버스표 두 장"), 바로 그래서 그것은 또 언젠가 다시 화자의 뇌리에 "툭 떨어"지듯 회귀할 것이다.

174

"이왕이면 실비 오는 날"

오래 교단에 섰다가 명퇴했던 대학 동기가 쌍둥이 손주를 아내와 돌보며 쓴 육아일기와 수필을 엮은 책 『꿈새의 날갯짓』을 보내왔다. 읽으면서 그의 일상과 생각에 생경하였다. 그런데 왜 나는 지금도 그를 잘 안다고 여기고 있는 걸까. 따지고 보면 20대 한때 흑석동 시절을 공유했을 뿐인데. 다음 대목을 읽으면서도 그의 심정이 낯설었지만, 지난 세월 유로流路의 물결 위로 그의 젊은 얼굴이 아주 선명하게 떠올랐다.

2022년 10월 11일(화)

융이는 1주 만에 등원하다. 지난 금요일부터 승이도 감기증세가 약간 있었지만, 융이와 함께 도담어린이집에 보냈다. 하원하자마자 우리 넷은 농촌진흥청 경내를 산책하였다. 놀이터에서 잠깐 시간을 보내기도 하했지만 아쉬움에 자연스레 발걸음이 옮겨진 것이다. 광장을 가로지르며 달려보고, 호수 주변을 테크 따라 걷다가 수양버들이나 풀잎을 따서 놀기도 한다. 잔디가 깔린 운동장도 좋고 산책길도 그만이다. 무엇보다 한적하기에 느긋한 마음 가득히 햇살을 받고 식물을 구경하며 다니기에 주변 중 으뜸이다. 그러는 중 사진도 찍고 벤치에 앉아 준비한 음료수와 과자를 나누어주면 매우 좋아한다. 이때 노래

와 춤을 시키면 스스럼없이 곧잘 한다. 특히 융이가 부르는 국악 동요
〈모두 다 꽃이야〉(류형선 작사 작곡)는 들을수록 슬픔이 밀려온다. 살
아온 날을 되짚어 볼 때, 추억의 편린이 이렇게 문득 동요를 통해 투
영되나 보다.

산에 피어도 꽃이고, 들에 피어도 꽃이고
길가에 피어도 꽃이고 모두 다 꽃이야.
아무 데나 피어도 생긴 대로 피어도
이름 없이 피어도 모두 다 꽃이야

봄에 피어도 꽃이고, 여름에 피어도 꽃이고
몰래 피어도 꽃이고 모두 다 꽃이야.
아무 데나 피어도 생긴 대로 피어도
이름 없이 피어도 모두 다 꽃이야.

대체 그는 왜 이 동요에 "들을수록 슬픔이 밀려온다"고 하는 건가. 모든
꽃은 조건 없이 모두 소중하고 어여쁘다는 메시지는 이미 설득력 있게 우
리를 수차 경유하여 범박하고, 그렇지 않은 세속 현실을 오히려 조소하거
나 비판하려는 의지가 슬그머니 솟을 텐데. 혹시 그는 밝고 맑게 노래 부르
는 손자의 목소리와 그렇지 않은 조건우선 현실의 그늘을 살아갈 손주들의
삶을 동정하다가, 그러다가 할아버지로서 그 깊어진 정리에서 그러고 만
건가.

진자리 마른자리 국양鞠養의 노고를 조금도 마다하지 않은 정성과 사랑
의 일기, 이 희귀한 긴 일기를 읽으며 혹시 그 이면에 그에게도 무언가 의
미가 있지 않을까 짐작하다가 육아일기를 마치는 날 기록의 마지막 문장을
드디어 읽을 수 있었다.

2025년 3월 3일(월)

꿈새 손주들은 내일 입학을 그리고 있다. 꿈새는 균형 있는 날개로 자랐으면 좋겠다.

하루를 정리하자니 서서히 저녁이 내려앉고 있다. 이제 그동안 조금씩 적어나간 일기도 아퀴를 짓자. 거슬러 7년 전 손주가 태어나던 그 순간을 떠올린다.

아 꿈새의 성장만큼 나의 성숙도 있었나를 돌아본다.

이 책에는 아이들에게 주는 삶의 여러 다양한 지혜와 교훈도 개재되어 있었는데, 그렇다면 이 모두가 한편으론 스스로 면려하기도 한 자기 수양의 지침과 과정이 아니었나 한다. 그러다가 그가 쓴 수필 「남도기행」에서 송광사의 부속 암자인 천자암天子庵에 이르러 일으킨 상념을 읽고, 다시 읽으며 시로 여기고 행 구분을 해보았다.

극락이 어디냐고, 피안이 무어냐고

묻는 사람은 쌍향수를 안아보라

영혼 없는 사랑꾼과 도덕 없는 지식꾼도 함께 오라

꿈꾸는 세상과 마주한 세상이 다르다고

절망하는 사람이 찾아도 좋다

이왕이면 실비 오는 날

부드러운 곱향 잎에 머물다

실타래 같은 줄기로 내리는 빗물에 이마를 적셔보라

너처럼 낙수는 낙수대로 사연으로 내리고

머리는 차가와도 향 내음은 가슴을 데우리니

시간을 두고 천천히 생각의 꼬리를 잡아라

그리고 그 꼬리를 곱향 줄기에 걸쳐 두어라

붙잡고 싶어도 떠날 것은 언젠가 떠나고

기다리지 않아도 올 것은 오리니

조바심 부리지 말고 마음 한켠 자리나 비워두라고……

법왕루 지나며 한껏 자세를 낮춘 골바람이 나긋하게 말해주는 것
같다. 돌아올 땐 우의를 벗어도 좋다

– 허윤목

"쌍향수雙香樹"는 수령 800여 년 높이 12.5m이며, 보조국사[지눌]와 담당국사湛堂國師의 전설이 서려 있다. 온갖 잡인들뿐만 아니라 "꿈꾸는 세상과 마주한 세상이 다르다고/절망하는 사람이 찾아도 좋다"며, "빗물에 이마를 적"시면서, "가슴을 데우"는 "쌍향수雙香樹"의 "향 내음"에 겸허한 탈속 자각을 이루기를 권유하는 메시지, 송광사의 저녁 예불 독송과 무척 어울린다고 하겠다. 시인은 이 진술의 화자를 "법왕루 지나며 한껏 자세를 낮춘 골바람"이라 하였는데, 우리는 그 "골바람"[조계산 한 계곡의 바람]을 시인 내면의 자아로 알며, "너처럼 낙수는 낙수대로 사연으로 내리고"에서 '너'가 시인 자신의 아상我相이기도 하다는 것도 안다. 또 이 시는 시인 자신이 누구보다도 자신을 일깨웠던 죽비의 말이라고.

저 높은 조계산과 그 깊은 계곡을 눈 감고 상상하고 나니, 시의 끝 문장 "돌아올 땐 우의를 벗어도 좋다"가 또 한 생각에 잠기게 한다. 독자 여러분께서는 무엇을 느끼시는지 궁금하다.

임하양조장

의성에서 안동으로 번진 산불이 지난 3월 25일(화) 오후에 고향 임하면 신덕리도 휩쓸고 지나갔고, 그 와중에 옛집과 양조장이 불탔다. 그런 줄도 모르고 나는 그 시간에, 향수鄕愁는 "설과 추석의 귀향만으로는 그 근심 같은 그리움이 해소되지 못하고, 어떤 계기를 맞아서는 그 미진이 증폭되기만 한다"고 하고, "그 모티프는 다양한데, 다음 현대 한시漢詩에서는 '꾀꼬리 소리'"라면서, 아버지 김시박(金時璞, 1919-1999)과 교유했던 벽사碧史 이우성(李佑成, 1925-2017) 선생이 토로한 밀양 퇴로리 서고정사西皐精舍 향수를 우선하며 관련 칼럼을 쓰고 있었다.

유사 이래 없었던 재변災變이 일어난 그 주 주말에 형님과 아우와 셋이서 죄인 아닌 죄수의 심정으로 고향을 다녀왔다. 10대 이래 귀향을 셀 수 없이 거듭하였고 낮은 기말 성적표나 고교입시 실패, 집안 상고 등으로 우울한 귀향도 많았지만, 그래도 가슴 한편에는 늘 고향 경물과 사연을 상기하며 설레었는데, 전날 밤에 어지러운 꿈을 길게 꾸었고, 떠나기 직전까지 갈까 말까 망설이기도 하였다.

500여 년 이전부터 당고개라 불리는 작은 재를 넘어 마을에 들어서서 이윽고 오른편 내 향수의 모티프인 임하양조장에 이르렀다. 옛집으로 가려면 거쳐 가야 하는 주막거리의, 젊은 아버지가 해방 전후에 운영했던 양조장. 아버지를 따라 안동시 당북동에서 이 마을로 이사 오던 1965년 4월 어느 날 이삿짐을 실은 트럭이 일단 멈추어, 처음 바라보았었다. 이후 1967년 가을에 서울로 전학 갈 때까지는 물론이고, 적어도 아버지가 별세한 1999년까지 우리 10남매가 드나들며 갖가지 추억을 쌓은 공간이며, 이후에도 우리 남매가 지나갈 때마다 언제나 같은 모습으로 반겨주었던 고향의 정표情表.

옛 임하면사무소 공터에 차를 세우고 화마가 달려 내려온 능선과 마주하였다. 왼쪽에서 길게 이어져 와 오른쪽 아래로 꺾여 양조장 뒤에 이른 능선에는 흙과 나무가 온통 검었다. 예상했지만 이런 처참하고 기이한 정경을 마주할 줄이야. 오른쪽으로 고개 돌려 뒤틀린 검은 흉상胸像 같은 양조장의 무너진 잔해를 마침내 보았다. 부속 사옥, 양조 시설, 사무실, 창고 등이 이리저리 쓰러져 얽혀 있었고, 그때에도 서까래에서 흘러나오는 연기가 우리 형제의 눈을 감게 하였다.

아무것도 영원하지 않다고 하더라도 막상 이런 모습에 부딪히자 봉행을 수락했던 제행무상諸行無常도 심금을 위로할 수 없었고, 가슴에서 정체 불명의 불길이 솟았다. 이 양조장은 1920년 전후부터 전 외조부 권대선(權大銑, 1891-1941) 씨가 운영하였고, 1937년에 아버지가 결혼하여 이 마을로 이주하여 여기서 서기로 일하였다. 1941년에 전 외조부가 별세하자 아들들이 어렸던 전 외조모는 양조장을 아버지에게 매도하여 아버지는 1955년까지 그 운영에 직접 투신하였다. 이후 아버지가 이 지방의 정치에 본격 종사한 이래 그 이후에도 아버지를 대리하여 서기들이 운영하였다. 1970년대 후반엔가 인근 양조장들과 통합하여 합동 양조장이 되었는데, 아버지는 1945년 이 마을에 지었던 집에 거주하며 1999년 별세할 때까지 최대 주주로 양조장을 관리하였으며, 주식을 승계한 큰형이 아버지를 이었다가 2020년에 같이 운영하던 청송 출신 주주에게 지분을 양도하였다. 그러니까 임하양조장은 우리 가계와 100여 년에 걸쳐 연분이 이어졌었고, 이번에 불타기 직전에도 옛 모습 그대로였기에 우리 남매의 정서로는 불망不忘

의 물망초勿忘草와 같았다.

　불초였던 나는 아버지의 호령으로 고향으로 소환돼 고교 첫 시절을 자전거를 타고 옛집에서 출발하여 주막거리 양조장과 당고개를 지나 포진까지, 어떨 때는 마뜰의 학교까지 갔다가 되돌아오기도 하였다. 그러다가 졸업하고 다시 고향을 떠나 이후 오랜 세월 서울과 경기도 일대를 부실하고 나태하게 전전하였는데, 어느 날, 아버지가 5.16군사정변과 군정에 반대하며 신덕리로 돌아오던 나이보다 나이가 더 많다는 사실을 알고, 회오悔悟의 시 「붉은 막걸리」를 썼었다.

중년을 넘어선 그는

날마다 안양3동 국민은행 골목 술집에서 석양배

날마다 오시는 황혼에 드리는 인사라네

마주해 한잔 한잔하다

자신도 모르게 성남 가는 태화여객泰和旅客에 실리지 실려

외곽순환도로를 질주하는 버스처럼

불타는 막걸리 그 기염으로

청계산 밤하늘에 날아올라

백운유원지를 돌며 주기를 빨아들이고

백헌白軒 공 묘소에 가 비문 사연 떠올리고

남한산성과 삼전도도 힐끗 바라보곤

질주하는 버스로 돌아와 모란에서 부려지네

세상에는 봉황과 올빼미만 있지 않고

이도 저도 아닌 자의 변명이 많고 많지

이도 저도 아닌 자의 탄식도 많고 많지

그가 그리워하는 아버지는

초년에 막걸리를 만들었고

중년에 세상을 한 바퀴 돌고는 일찍 집으로 돌아와

황혼 샛강에 호미를 씻고 밤 이슥토록 책 읽었는데

중년을 넘어선 그는

젊은 아버지가 만든 옛 막걸리에 절어 겨우 집으로 돌아가네

아버지는 중년 이후에도 양조장 운영을 부끄러워하지 않았으나 지방정치 참여 이력은 부끄러워하였다. 신덕리로 돌아오기로 결심하고 1963년에 쓴 「만포자서晩圃自署」(『만포김시박전집』, 제Ⅱ권, 경인문화사, 2012. 251-252쪽)에 그 심경이 역력하다.[한문 원문 생략]

지난 을유년(1945)의 광복은 우리가 크게 각성하여 마음가짐을 쇄신할 일대 기회였다. 그러나 자중하며 실질에 힘쓰지 못하는 가운데 재물을 탐하기도 하고 명리를 좇기도 하고 정치적 욕망에 사로잡히기도 하는 등 백가쟁명에 중구난방이었다. 그리하여 원망과 비방이 높아지고 삼분사열되어 옳고 그름을 분간할 수 없었으며, 경거망동하면서 공공을 빙자하여 사리私利를 추구하는 자가 적지 않았다. …… (중략)…… 남북분단, 미 군정, 대한민국 수립, 6.25동란, 4.19학생의거, 5.16군사정변 등 연달아 격동을 거치면서 내 반생의 삶은 어언 불혹에서 5년을 더 넘기게 되었다. ……(중략)…… 아 안타깝다. 이 모두 품은 뜻과 실제 일이 어긋난 것이니 누구를 원망하며 누구를 탓할 것인가? ……(중략)…… 내게 지난날의 잘못이 세 가지 있다. 전통 유가에서 자랐으면서도 유학 소양을 쌓지 못했음이 첫 번째 잘못이요, 이재理財를 등한히 했음에도 사회적으로 크게 이룬 것이 없음이 두 번째 잘못이요, 정치판에 나가서 능력을 시험해보았으나 아무런 성과가 없었음이 세 번째 잘못이었다. 지금 세 가지 잘못을 통렬하게 뉘우치며 전원으로 돌아가려 한다. 앞으로는 농사일에 힘을 다하며 내 삶을 마칠 것이다. 이를 맹서하노라. 계묘년 음력 3월 청명절에 만포주인 쓰다.

아버지는 이후 신덕리에서 거주하며 자신에게 한 약속을 지켰다. 1967년 6월 제7대 총선을 앞두고 3월에 또 공화당이 안동지역 공천을 주겠으니 경북도당의 선거 사무를 맡아달라고 제의하였는데, 아버지는 끝내 사양하였다. 하지만 이후 농촌 경제와 양조업이 쇠퇴하고 자란 자식들을 결혼시키고 어린 자식들의 학비와 생활비를 대느라 무진 고생을 하였다. 아버지의 속옷에서 누런 땀소금을 보았고, 대학 1학년 여름방학 때는 등록금을 마련하려고 아버지를 따라 소 두 마리를 몰고 30리 떨어진 안동시 용상동 우시장 진흙 창에서 어렵게 소를 팔기도 하였다. 하지만 아버지는 야독夜讀을 이어 나갔고 이런저런 계기에 부응하여 여러 글도 썼다.

우리 남매는 열세해 전에 아버지가 쓴 글을 엮어 『만포김시박전집』[전3권]을 발간하여 세상에 배부하였다. 아 아버지의 주경晝耕과 야독의 기지였던 금시서옥今是書屋 신덕 옛집, 그 아래채에 남은 300여 부를 보관하고 늘 독자를 기다려왔는데, 이번 산불이 이도 홀연히 불태우고 말았다. 하지만 우리 남매의 추억과 향수마저 그러지는 못했다는 것을 산불도 알 것이다.

"눈지팡이 짚고 걷고 싶은 눈항아리"

어머니는 요양병원에 있고
나는 흰 개와 시골집에서 둘이 살고 있다

웅크린 흰 개 옆에 앉는다
등뼈 마디를 눌러 가면
마음 계단이 펼쳐지고
계단을 올라가고
전망대에 올라서면서
바람이 분다

집은 답답하고 우울했어 15년 된 보일러를 새것으로 바꾸니까, 마당에 물이 고이진 않아 모터가 고장 난 냉장고는 버렸어 썩은 음식물은 형태가 사라지고 냄새만 나 계속 좋지 않은 일만 일어났어

뒤뜰 항아리에 눈이 쌓였어 눈사람 항아리, 배관을 죽여 죽은 수도 꼭지… 수도 파이프는 눈지팡이가 되었다 눈사람 속은 텅 비었다 눈사람이 눈지팡이를 보고 있다 문자메시지 알람이 와서 열어 본다 계좌에 원고료 100,000원이 입금되었습니다****** 출판그룹, 눈지팡

이 깊고 걷고 싶은 눈항아리

손바닥 안
거울은 조각조각 부서지고
녹아 흘러내리고

집이 보일러를 돌린다 흰 개는 털갈이를 시작했다
개 코에 밤 달렸다 개가 혀로 밤을 핥는다 밤이 촉촉하다

         – 조상호, 「에크리튀르」

1연에서부터 알 수 있듯 이 시의 기본 상황은 어머니와 아들 단둘이서 오순도순 살았던 집, 현재는 그렇지 못한 집의 "답답하고 우울"한 적요寂寥이다. 3연에서 변화의 계기["15년 된 보일러를 새것으로 바꾸"다]가 출현하면서 분위기가 이전과 달라지며 재활의 기미가 이는데, 그렇다고 해서 우리는 후자에 치중하기보다는 전자를 우선 더 주목해야 할 것이며, 후자로 전환하는 계기와 그 의의가 무엇인지에도 응분의 고려를 해보아야 할 것이다.

세월이 흐르고 드디어 병든 노모를 하는 수 없이 요양병원으로 보낸 화자. 빈집과 다름없는, 아마 오히려 자신이 버려졌거나 심지어 자신도 부재한다고도 여겨질 그 집에서 화자는 혼자 살다가, "흰 개"를 들여 "둘이 살고 있다". 차라리 그 집을 떠날 수 있었을 텐데 떠나지 못한 것이 아니라 떠나지 않은 것일 것이다. "흰 개"는 그저 한 반려동물이면서도 화자의 동의 여부를 떠나 머리가 하얗게 센 노모를 연상시키는 그 대리라고 해도 무방할 것이다. 또 그 수식 "웅크린"으로 보아 화자 자신마저도 동병상련으로 투영되어 있지 않나 추정할 수 있다. 나아가 우리는 "흰 개"에 연관시켜 노모와의 애착 분리 이후 화자가 겪는 자기 방기가 배인 상실의 공허를 연상하며 깊은 동정으로 수용할 수 있을 것이다.

2연에서 화자는 "흰 개 옆에 앉"고, 그 "등뼈 마디를 눌러 가"며, "마음 계단"을 펼치고 "계단을 올라가"곤 하는데, 맥락에서 일탈한 이질異質 묘사로도 보이지만 아무래도 노모와의 사연과 그 연상을 두루 암시하고 있다고 할 수 있다. "전망대에 올라서면 바람이 분다"는 표현은 그 기억의 정점에서 자신이 남루襤褸처럼 휘날린다는 뜻을 내포한 환유일 것이다. 이 시에서 이상 2연만은 전지 시점 진술이다. 화자가 자신의 상태와 노모를 우울하게 그리는 상념을 그대로 드러내기가 저어되어 그런다고 하겠다. 아니 집의 정황과 사연을 짐짓 확대하는 그 반대일 수도 있다.

우리는 집의 상태와 분위기가 달라지는 3, 4연을 읽으며 2연에 함축되었던 그 일단을 병렬 점검할 수 있다. 노모가 요양병원으로 가기 전에 바꾸었어야 했던 "보일러"가 더욱 악화되어 "마당에 물이 고"여도 그대로 외면하고, "썩은 음식물"의 "형태마저 사라지고 냄새만 나"는 "모터가 고장"난 "냉장고"를 버리지 않았으며, "수도 파이프는 눈지팡이가 되었"는데, 그런데, 우리는 "배관을 죽여 죽은 수도꼭지"에 이르러선, 이 모든 사정이 화자의 단순한 방치에서가 아니라 자해에 가까운 고의에 기인하였다는 사실을 감지하게 된다.

이러한 문제 정황은 다시 말해 3연에서부터 진술 현재에서 그 변전이 시사되었다. 점검했던 대로 그 기본 계기는 "15년 된 보일러를 새것으로 바꾸"기이며, 일종의 사건이라 할 4연의 화자의 "계좌에 원고료 100,000원"이 "입금"된 사실이다. 화자가 이 소식을 인지한 직후에 "눈지팡이 짚고 걷고 싶은 눈항아리"라고 하고 있어, 우리를 더욱 주목하게 한다. "속이 텅 비"어 있는 상실의 "눈항아리"("눈사람 항아리")는 바로 화자가 자신을 가리키는 은유이며, "눈지팡이"는 "배관을 죽여 죽은 수도꼭지"에 달려 있는 "수도 파이프"인데, "눈항아리"가 "눈지팡이"가 된 "수도 파이프"를 그저 거리를 두고 물끄러미 바라 "보고 있다"고만 했는데, 역시 그 "문자 메시지 알람" 직후에 화자가 유의미한 자신의 보행에서 유력한 동반자로 삼으려 한다. 다시 말해 "원고료 100,000원" "입금" 사실은, 화자가 죽은

186

"수도파이프"와 "수도꼭지"를 살리고 집과 자신의 재활을 의미하는 "걷고 싶은" 동기로 제시되어 있다. 또, 집의 "답답하고 우울"한 적요寂寥를 깨는 "문자메시지 알람"에 즉각 반응하는 화자의 모습에서부터 우리는 화자의 폐쇄된 처지와 외부와의 소통을 바라는 심정을 다시 절감할 수 있다.

우리는 드디어 5연, "손바닥 안/겨울은 조각조각 부서지고/녹아 흘러내리고"라는 화자의 해빙 토로에 이어 마지막 6연에서 먼저 한 괄목할 역설성 심미 표현과 만난다. "집이 보일러를 돌린다"는. 그렇다. 보일러가 집을 데우지 않고, 이제 외부와 소통하는 변화한 집이 보일러를 돌려 자신을 데운다. 그리하여 우리는 "흰 개는 털갈이를 시작했다"는 표현도 연속되는 능동 변화의 은유로 잘 수용하며, "개 코에 밤 달렸다 개가 혀로 밤을 핥는다 밤이 촉촉하다"란 환유 섞인 은유를 사실처럼 인지하게 된다. "웅크린" 위축 면모를 탈피한 "흰 개"의 애정과 시도에 우리의 밤도 어느덧 "촉촉"해지는 듯하다.

참고로, 제목 '에크리튀르(écriture)'는 불어이며, 글쓰기 자체를 포함하여, 분절과 조합, 의미변환 지속의 텍스트 등 여러 뜻이 있는데, 시와 시작의 의미를 표상하기도 하고, 그 주체의 존재 방식까지 두루 포괄하는 기호로도 추정된다.

"벽이 거울이 되고 나서"

사람은 자신의 눈으로 평소 남을 잘 살피지만 자신을 살피기는 어려워 자신을 반영하는 거울이 필요하며, 거울을 소재나 매개로 한 시의 출현이 시사에서도 드물지 않다. 대상화된 화자, 게다가 보는 화자가 관련되어 있어 그 반추의 자의식 시들은 우리에게 다양한 성찰을 하게 하거나 메시지에 연관된 비전을 추찰하게 한다. 역대 한시는 물론 우리 현대시에서 이상의 「거울」(1933)」과 서정주의 「국화 옆에서」(1947)에서도 우리는 거울이긴 하지만 그 이상의, 조용히 어느덧 우리의 마음에서도 빛나는 '거울'을 조우하였다.

그런데 또한 주지되어 있듯 거울은 치장과 정제整齊의 도구이며, 나르시즘과 자기혐오 야기와도 무관하지 않다. 간혹 분명하지 않지만 거울의 자신을 응시하기가 민망해지기도 한다. 자신의 시선과 표정에서 보이거나 그 너머에 숨어있는 나약한 자아를 감지하거나 위선이나 욕망을 읽고 부끄러워지거나 두려워지기도 하기 때문인가. 그러니까 거울은 자신의 모종 심리를 타인에게 돌리는 투사投射를 어렵게 하여 불편한 정서를 일으키기도 하여 우리를 어색하게(?) 하지만, 진실을 직면하고 싶은 의지에 기여한다. 그런데 다음 시에서 우리는 이상 점검에서 일탈한, 아무도 생각하지 못한 듯한 거울을 직면하게 된다.

우연히 벽에서 거울을 떼고 나니 그 자리에 생긴 테두리가 거울이
되었다.

거울보다 작고 거울보다 네모난 테두리만 있는 거울 앞에서 나를
바라보게 되었다.

나의 모양은 보이지 않았으나 거울이 된 벽을 보고 이야기하게 되
었다.

눈 감고 벽을 바라보고 이야기하다가 아무 생각 없이 잠이 들고 눈
을 뜨면 날마다 거울은 나에게 새로운 이야기의 실타래가 담긴 우물
이 되었다.

잊고 있던 이야기 지우고 싶은 가슴 아픈 이야기들을 거울은 나에
게 들려주고 말없이 조용히 사는 법을 가르쳐 주었다,

오랜 후 돌이켜보니 얼굴을 비추어주던 거울은 거울이 아니고 벽이
거울이 되고 나서 나의 조급함은 조금 침착해지고 조금 더 겸손해지
고 조금 스스로 진실하게 생각하는 힘을 나에게 길러 주었다.

얼굴이 보이는 거울은 나를 숨기는 거짓말을 하게 만들었는데 거울
없는 방에서는 모든 벽이 거울이니 나를 숨길 수 없다는 것을 알게 되
었고

벽은 진실을 숨기지 않고 스스로 말하는 법을 가르쳐 주는 것이었다.
— 최동호, 「거울이 된 벽을 보고 말하는 법」

화자는 어느 날 "우연히 벽에서 거울을 떼고 나니 그 자리에 생긴 테두

리가 거울이 되었다.”고 하는데, “우연히”의 범주는 직후 “벽에서 거울을 떼고 나니”에만 국한시켜야 할 것이다. 거울이 있던 빈 벽을 “거울”로 여기는, “그 자리에 생긴 테두리가 거울이 되었다”는 후술은 포함되지 않을 것이다. 벽면을 거울로 여기는 의식은 일시에 발생하기 어렵다. 언제부턴가 거울은 이미 화자에게 단순한 거울이 아니었다고 해야 할 것이다. 즉 화자는 벽에 걸린 거울을 치장과 정제의 용도로만 여기지 않았다고 해야 할 것이다. 이러한 추정은 7연의 “얼굴이 보이는 거울은 나를 숨기는 거짓말을 하게 만들었”다는 토로에서 더욱 가능하다고 할 것이다.

그런데 화자는 거울 아닌 거울, “거울이 된 벽”을 보며 자기성찰을 더욱 확대하게 된다. 3연에서 “나의 모양은 보이지 않았으나 거울이 된 벽을 보고 이야기하게 되었다”고 한다. 즉 그 이전에는 거울을 보며 자신과 대화가 없었다는 사실을 알 수 있고, 또 게다가 그 이야기는 후술되는 대로 “잊고 있던 이야기 지우고 싶은 가슴 아픈 이야기들”이다. 이전 거울 앞에서 잊었거나 외면하였던 그 이야기를 화자는 이제 있는 그대로 상기하고 수용한다. 이런 자기 응시는 진실과 대면하기 위해 자신을 관용하거나 기만하지 않겠다는 의지의 태도에서 비롯되며 “나의 모양이 보이지 않는”“거울이 된 벽”에서 오히려 앙양되는 자의식이다.

나아가 이 관계는 다시 변화한다. 화자는 4연, 확대 심화되는 사연의 앞머리에서 그 전제로 “눈 감고 벽을 바라보고 이야기”한다고 하였다. “잊고 있던 이야기 지우고 싶은 가슴 아픈 이야기들”을 하기에 그럴 필요가 없는데도 화자는 왜 “눈”을 감는가. 5연의 “거울은 나에게 들려주고 말없이 조용히 사는 법을 가르쳐 주었다”는 토로와 관련될 것이다. 화자는 자신 내면의 그 상처를 제대로 대면하고 또 대면하며 대화하다가 “말없이 조용히 사는 법”을 터득하였다고 한다. 억울하기도 한 상처도 있어 자신을 위로하는 변명의 말도 한 것 같은데, 그러다가 화자는 문득 그 변명이 과장이나 축소를 야기하고 그러다가 위선이나 거짓으로 변질될 수 있다고 각성하였다고 하겠다. 화자는 “거울이 된 벽”에서 “눈 감고”, 특히 묵언하며, 자신을 더욱 "침착"하고 "겸손"하게 수양할 수 있었고, 그리고 "진실하게 생각하는 힘"을 기를 수 있었다. 다시 말해 이 '힘'은 위에서 일별한 기존의 거울과의 관계와 그 관계에서 오는 자성과는 다르다. 그 의의가 이 시 중심 메시지일 것인데, 이 메시지는 7연의 부연에서야 그 실체가 제대로 부각되며 우리를 다시 괄목하게 한다. "얼굴이 보이는 거울은 나를 숨기는 거짓말을 하게 만들었는데 거울 없는 방에서는 모든 벽이 거울이니 나를 숨길 수 없다는 것을 알게 되었"다는 토로.

우리는 잠시 머뭇거리다가 긍정하게 된다. 그렇구나. "거울이 된 벽"은 모든 벽면으로 확대될 수 있고, 그 확대는 자연스럽다. "스스로 진실하게 생각하는 힘"의 무난한 추이. 게다가 변명의 말을 삼가고 무엇이든 감수하는 화자는 드디어 초월을 운운할 수 있을 텐데도, "모든 벽이 거울"이라서 자신을 "숨길 수 없"어 거짓말을 못 한다고 고백한다. 이런 겸손하고 침착한 고백을 촉진하는 이 시의 거울 아닌 '거울'은, 우리의 자아와 세계와의 관계, 그리고 진실 추구에서의 태도를 그 본연의 상태에서 거듭 사색하게 한다.

"조금만 더 난간을 붙잡고 견뎌 봐 흔들려 봐"

무한의 바다로 널 데려다줄게
때로는 조류에 휩쓸리고 롤링이 있을지라도
난간을 붙잡고 버텨 봐

베란다는 배란다
베란다가 없는 집에 사는 사람에게는 바다가 없다 등대가 없다 등
대지기가 없다
베란다에서 배란다까지 거리는 얼마일까

때로 베란다 난간에서 디카프리오처럼 두 팔을 벌려 보지만 앞에는
허공뿐
나는 날아가는 배란다
베란다에서 깜빡이는 등대까지의 거리는 얼마일까
그래서 다시 배란다
때론 뱃멀미로 헛구역질 나는 아파트 베란다에서 투명한 낚싯대 주
차장으로 드리우면 묵직한 손 떨림 대어가 낚인 건가

그래 배란다에서

화분 몇 개 꽃 피기를 기다리며 꽃나무에서 베란다까지 다시 훼리

호 뜨는 부두까지 거리는 얼마일까

기적 소리를 울리며 떠나는 배가 어디를 향하는지 모르지만

조금만 더 난간을 붙잡고 견뎌 봐 흔들려 봐

— 변종태, 「베란다는 배란다」

　화자가 1연에서 일약 부각한 제안, "무한의 바다로 널 데려다줄게/때로는 조류에 휩쓸리고 롤링이 있을지라도/난간을 붙잡고 버텨 봐"에 우리는 호의의 반응을 내놓기 어려웠을 것이다. 그 1행은 좀 매력 있다고 할 수 있었으나 2, 3행은 우리가 가끔 듣기도 하고 말하기도 하는 인내의 극복 메시지와 다르지 않아 별 감응을 자각할 수 없었을 것 같다. 하지만 시도 인간의 삶처럼 끝이 나야 제대로 평가할 수 있어, 관심이 좀 줄었지만 우리는 계속 읽었을 것이다. 첫인상과 다른 시들을 어디 한두 편 읽었나. 선입견과 예상을 어색하게 하다가 급기야 파괴하고만 좋은 시들이 있었다. 반대 경우도 있었고.

　과연 우리는 끝 연 "기적 소리를 울리며 떠나는 배가 어디를 향하는지 모르지만/조금만 더 난간을 붙잡고 견뎌 봐 흔들려 봐"에서, 재인식의 발단을 확실하게 발견할 수 있었다. 1연을 강조하기 위해 마무리하는 그 반복으로 보았지만, 곧 "배가 어디를 향하는지 모르지만"을 주목하며, 끝 연 전체의 취지를 다시 새기게 되었다. 즉 인생 항해에서 "조류"와 "롤링" 같은 난경難境들이 없을 수 없고 그때마다 불발不拔의 극복 노력을 견지해야 하지만, 그 결과를 아무래도 낙관할 수 없다, 아니 그럴 가능성이 더 높을 것이다, 하지만 그래도 의지와 희망을 포기하지 않고 끝까지 그 노력을 시도해야 한다.

　그런데 우리의 재인식은 이 취지에서가 당연히 아니다. 문제는 그런 필사의 노력을 경주할지라도 도달 여부가 불투명한 목적지가 바로 그 "무한의 바다"라는 사실. 우리는 그제야 그 바다가 어떤 바다인지 잘 알 수 없

고, 또 우리가 보통 바라고 바라는 성취의 시공도 아니라는 사실을 새삼 깨닫듯 깨닫는다. 게다가 그 바다는 선경仙境 같은 이상향도 아니다.

다시 말해 "조금만 더 난간을 붙잡고 견뎌 봐 흔들려 봐"란 간절하고 안타까운 조건에 해당하는 격려의 제안을 기진맥진 극한의 상태에서 실천해 보아도 그나마 도착을 기필할 수 없는 그곳. 그런데 의외에도, 우리는 이 시의 이 메시지에 애초와 다른 이유에서 부응하기를 꺼리며 뒷걸음치면서도, 호기심이 발동해 가까이 가보려 하지 않나. 그러다가 우리는 2연 1행, "베란다는 배란다", 3연 2행, "나는 날아가는 배란다"를 다시 읽고, 이 두 은유에서 재인식의 두 번째 단서를 확보한다. 전자에서는, 화자가 자신의 집 "베란다"에서 자신의 상념을 진술하면서 "베란다"를 '배[선船]'의 선미나 선두로 비유하고 있고, 나아가 후자에서는 "베란다"에 있는 자신을 "허공"을 "날아가는 배란다"라고, "배"로 확대 비유하고 있는데, 이 진술이 자신을 독자들에게 소개하고 있는 말이 아니라 자신에게 향발하는 독백처럼 들린다는 것이다. 직후 "베란다에서 깜빡이는 등대까지의 거리는 얼마일까"라는 자문自問과 이어지는 "그래서 다시 배란다"란, 현실의 "베란다"와 관념의 "등대" 사이의 거리, 그리고 그 가늠에 관련된 '배'로서의 자의식 진술은 그런 추정을 촉진한다.

그다음 시행 "때론 뱃멀미로 헛구역질 나는 아파트 베란다에서 투명한 낚싯대 주차장으로 드리우면 묵직한 손 떨림 대어가 낚인 건가"에서, "뱃멀미"와 "헛구역질"은 일상의 고초나 무미를 표상하는 환유이고, 그것들이 야기되는 "베란다"는 진술의 현재 공간을 지시하는 환유, 그 이하의 "대어"는 "무한의 바다"와 대조되는 현재 화자가 구애되며 스스로 구차하게 여기는 일상 욕망의 환유일 것이다.

다시 "무한의 바다"를 지향하는 4연에서 우리의 감상에서 작지만 문제시되는 그 1, 2, 3행, "그래 배란다에서/화분 몇 개 꽃 피기를 기다리며 꽃나무에서 베란다까지/다시 훼리호 뜨는 부두까지 거리는 얼마일까"를 다음과 같이 풀이하면 어떨까 한다. "무한의 바다"로 가려는 배 같은 내가 그 꿈을 이루는 진전을 하려면 몇몇 화분에 심은 꽃나무가 꽃을 피우듯 그 꿈의 몇몇 측면에서 성숙을 이뤄야 하고, 또 "베란다", 즉 현실의 여건까지, 나아가 "훼리호" 같을 내가 뜰 장소, 그 "부두까지", "거리"가 또 얼마가 되는지 현재 헤아려보고 있다, 라고.

늦었지만 이 시의 화자를 위하여 변명 하나 첨가를 잊지 말아야겠다. 2연 2, 3행, "베란다가 없는 집에 사는 사람에게는 바다가 없다 등대가 없다 등대지기가 없다/베란다에서 배란다까지 거리는 얼마일까"도 말뜻 그대로 수용해서는 안 된다는 주석註釋. 화자의 의도는, 지금 여기 일상의 시공에만 갇혀 있으면 저 일망무제의 시공 "무한의 바다"를 꿈꿀 수 없고 안내판도 있을 수도 없다, 그렇다면 이 현실과 지향 사이의 거리는 가늠하기조차 어렵다는 취지. 이 역시 우리가 앞에서 진단해 본 대로 화자가 자신에게 당부하는 진술에 가깝다.

이상을 종합하면 우리는 드디어 상징에 가까운 "무한의 바다"를 서서히 경외 경원하면서 우리 자신의 현재를 돌이켜보는 계기를 마련할 수 있을 것이다. 자의식의 어떤 과소도 과장도 없이.

한편 우리가 상게 시를 더 이해하려 한다면 최근 발간된 시집 『일간 어머니 정기구독』에 같이 실린 「삶을 읽다」을 읽으면 좋을 것이다.

살아 있는 것들을 읽네 죽어라 죽어라고 생명은 왜 그리 질긴 건지
인연은 또 왜 그리 단단한 건지 부러지지도 않고 끊어지지도 않고 죽
을 수도 없는 초록이 오늘 밤도 광합성을 하네 뿌리를 내리네 저 푸르
게 목숨이 붙은 것들을 어찌할 거나 미친 거 아니냐고 물어도 히부죽
이 웃기만 하는 초록들 어찌할 거나 저 목숨들을 베란다에서 불면을
훔쳐보는 저 푸른

"10년도 넘게 산 아파트 옆집이 이사를 간다"

"이웃사촌이 멀리 사는 사촌보다 낫다"는 말이 여전히 우리 삶에서 유효하지만 오늘 우리의 현실을 반영하지는 못하고 있다. "아파트 옆집"과 잘 지내는 사람들이 없지 않지만 말 그대로 '사촌'의 정리를 나누고 있는 사람들이 얼마나 될까. 아니 서로 알기는 알고 마주치면 인사라도 하는 사이라면 다행일지 모른다. 다음 시에서 화자와 "옆집" 사람은 더욱이 같은 층에서 "10년도 넘게" 살았지만 어찌 된 영문인지 "오늘 처음" "인사"한다. 그것도 화자의 "옆집"이 "이사"가는 헤어지는 날에. 두 사람에게도 무슨 변명거리가 있겠는데, 그래도 기이한 모습이 아닐 수 없다. 하지만 우리 "옆집" 사람이 "이사" 갔던 날이거나 가는 날에, 우리가 그 두 사람과 아주 달랐거나 다르다고 하기는 어려울 듯하다.

아침에 일어났는데 일어나지 않은 아침같이
10년도 넘게 산 아파트 옆집이 이사를 간다

그때 분명하게 있었던 것들이 사라져 갈 때
이삿짐 나르는 소리에 나란히 있던 경계를 들키며
이웃이라는 사실에 한 번 더 놀란다

어느 생엔가 그런 꿈들을 나누어 가진 것도 같아

돌이켜 보면 자주 마주쳤지만 마주한 적 없는

벽 하나 사이의 비밀

생기 없던 여러 겹의 나날들이 깨어난다

마중 나온 엘리베이터에서 스쳐 갔던 눈빛

불빛을 몰고 지난날 밤에만 순해지고

모든 바깥은 벽으로 모여들었지

서로가 빠져있는 짐칸에 실려

고개를 떨구면서 반대 방향으로 흘러 내렸던

포장된 감정들이 섞여 있다

우린 매일같이 밤이거나 하루 종일 낮이었던 사이

너무 캄캄하거나 아주 밝아서 보지 못했지만

오늘 처음 한 인사처럼 잘 몰라서 가까이 지냈지

– 권성훈, 「어느 생엔가 그런 꿈」

　우리도 그럴 테지만, 전혀 예상하지 못했던 "10년도 넘게 산 아파트 옆집이 이사" 간다는 사실을 어느 날 아침에 일어나 알고 화자는 놀란다. 하지만 이는 단순한 현상의 변화, "분명하게 있었던 것들이 사라"져 가서 그렇다. 그런데 화자는 "한 번 더 놀란다". "이삿짐 나르는 소리"를 들으며, 문득 "나란히 있던 경계를 들키며/이웃이라는 사실에". 아니, 그 세월 동안 화자는 "옆집"을 "이웃"으로 여기지 않았다는 증빙 아닌가.

　우리는 이윽고 우리의 형편을 고려하기도 하며 '않았다'를 '못했다'로 고치게 되는데, 그러나 그러고 나서도 의혹을 지우기 어렵다. "나란히 있

197

던 경계를 들키며”라고? 그렇다면 화자는 “옆집” 사람과 자신 사이에 늘 “경계境界”를 설정하고 있었다고 하겠다. 하기야 화자는 3연 2행에서, “돌이켜 보면 자주 마주쳤지만 마주한 적 없”었다고 하고, 3행에서 “벽 하나 사이의 비밀” 운운하고 있어, 무슨 사고가 생길까 봐 적대시 비슷한 경계警戒까지 하고 있었다고 우리가 화자를 의심하여도 화자는 별말이 없을 것 같다. 단 화자의 그 의식은 “들키며”에서 알 수 있듯, 자신도 모르고 있다가 이윽고 자신의 양식良識에 들켰다는 것이기에 잠재되어 있던 의식이긴 하다.

그래서인가, 우리는 그 면모를 긍정할 수는 없지만, 오늘 우리 삶의 상호 소외와 불신 경향을 상기하면서 화자의 고백에 오히려 동정할 수 있다. 나아가 4연 1행 “엘리베이터에서 스쳐 갔던 눈빛”과 5연 “서로가 빠져있는 짐칸에 실려/고개를 떨구면서 반대 방향으로 흘러 내렸던/포장된 감정들이 섞여 있다” 등을 읽으면서 우리의 모습도 보는 듯하다.

우리는 이 시 전체에 걸친 화자의 유감과 관련 성찰에 공감하게 되는데, 말미 6연에서 제고될 것 같다. 화자는 이사 가는 “옆집” 사람도 자신 같을 것이라고 추정하고, 우리 “사이”가 “매일같이 밤이거나 하루 종일 낮”이었다고 은유하는데, 그렇게 “너무 캄캄” 했고, “아주 밝아서”, 바로 그래서, “오늘 처음 한 인사처럼 잘 몰라서 가까이 지냈지”라고 탄식한다. “가까이 지냈지”를 애매하나마 반어로 이해할 수 있겠는데, 대체 서로 무엇을 “잘 몰라서” 그랬다는 것인가.

우리는 궁리 끝에 3연 1행 “어느 생엔가 그런 꿈들을 나누어 가진 것도 같아”에서, 화자가 추정하는 화자와 옆집 사람이 “나누어 가진” “그런 꿈들”을 주목하고, 그 “꿈”이 2연 3행 “이웃이라는 사실에 한 번 더 놀란다”, 즉, “이웃”이라면 사이좋은 삶의 동반자로 지내야 하는데, 그러지 못했다고 자책하면서 새삼 상기하게 된 그 “이웃”과의 정의情意 향유가 아닌가 역시 추정할 수 있다. 게다가 화자는 “아침에 일어났”으나 늘 “일어나지 않은 아침같”은데, 자신과 같이 “10년도 넘게 산” “옆집” 사람이 바로 그렇게 활기 없이 "이사"가는 모습을 무척 유감스러워한다.

이 시를 그렇게 감상하고 나서도 우리는 모종 다른 여운에 감겨 있다고 느낄 수 있다. 3연 1행에서 읽은 대로, 나누어 가진 같은 그 꿈을 "어느 생엔가"라며, 현실 너머 차원에 관련시킨 국면 때문일 것이다. 불가의 삼세三世를 굳이 연상하지 않더라도 화자에게 공명한 유감이 일시에 확대되며, 이 우주의 무한한 시공에서 이웃으로 사는 인연을 결코 무심하게 여길 수 없으며, 결코 가볍게 여길 수도 없다는 사실을 우리는 새삼 깨닫는다.

'호박순'과 '은행잎'

지난 월말 어느 날에 한 친목 카톡에서 사회학자 회원이 같은 회원인 시인이 쓴 두 행 시 「옛날 애인」, "봤을까?/날 알아봤을까?"를 참 재미있게 읽었다고 하자, 시인은 답례로, 그 시를 국립극장이 광고하던 연극 제목 〈봤을까〉에서 착안해 썼다고 하고, "시 쓰기는 그렇게 여기저기서의 경험들을 주워서 얽어 쓰는 것입디다. 순수한 자기 것은 없다고 하던 스승님 박목월의 말씀대로 입디다."고 하였다. 즉 시인은 자신의 삶에서는 물론이고, 이웃의 삶과 정경을 관찰하고 가공하여 마침내 시를 얻는다는, 시 창작의 한 이면을 자타의 경험으로 거론하고 스승의 시론이기도 하다고 회고하여, 또 독자들의 시 이해와 재미에 빛을 주었다. 그렇다. 시인은 우리보다 이 세계와 우리의 삶을 잘 관찰하고 동정하고 유대하기를 기꺼이 수행하고 대변해 마지않는 휴머니스트이다.

다른 회원과도 대화가 이어지자 시인은 언어예술인 시에서의 "평범을 비범처럼 느끼게 만드는, 언어를 다루는 재주"를 언급하며 "등단 60년이 넘은 저도 모르겠어요"라고 했다. 겸사이기도 하고 실제이기도 할 이 언급에서 우리는 시인의 창작 산고, 그리고 언어에 개재된 오묘한 광배光背와 시인과 독자의 인식에 연계된 언어사용의 미묘한 휘발揮發을 다시 가늠해 볼 수 있다. 시인의 겸사가 이어지자 한 회원이 그의 시를 게시하였다.

신문이 빈 벤치에 앉아 자꾸 손짓한다

가 앉아 펼쳐드니 은행잎들 떨어져 가린다

읽을 건 계절과 자연이지
시대나 세상이 아니라면서.

— 류안진, 「노랑말로 말하다」(2012)

짧고 명징하지만 이 시가 우리의 직관을 자극하며 일으키는 메시지와 각성은 크다. 여기서 "신문", "빈 벤치", "은행잎"은 3연과 비교 대조로 밀접하게 연계되면서 결코 단순하지 않다. 일상의 흔한 정경을 구성하는 소소 사물 그 자체이면서도, 한편으로는 환유나 상징으로 그 함축이 심상치 않다. "신문"은 독자에 따라 세부가 다르겠지만 대략 즉 이 "시대"와 "세상"에서 무성하게 반복되는 갖가지 사건과 사고, 나아가 결국 우리를 덧없게 우울하게 하는 인위와 욕망의 마뜩치 않은 허망한 현상들을, "빈 벤치"는 우리가 이 세계에서 생활하려면 어쩔 수 없이 요구되며 시공 제약이 전제된 존재의 거점據點을 내포하는 듯하고, "은행잎"은 해, 달, 별과 사시四時를 포함하여 대자연의 유구한 운행, 나아가 인간이 그 일부로서 따라야 할 순명順命을 대리하는, 그 선명하고 아름다운 이미지라고 추정할 수 있을 것이다.

그렇다고 해서 이 시는 일방 자연 예찬이나 자연 회귀 강조가 아니다. "시대나 세상"을 바라보는 태도가 비록 그러하더라도 "신문"처럼 "빈 벤치"에 "앉아"야 하고, 화자도 "가 앉아" 그 "신문"을 "펼쳐"든다. 왜 그러는지 부연할 필요 없을 것이다. 그리하여 기사의 본문은 몰라도 금방 본문을 요약한 큰 활자 제목은 읽었을 것이고, 기사의 핵심을 파악했을 것이다. "은행잎들 떨어져 가린다"는 건, 화자가 그 자세한 본문을 읽으려 하는데 "은행잎들이 떨어져" 그 본문을 차단했다는 뜻일 것이다. 이 정경에

201

서 알 수 있듯, 화자의 기본 태도는 현실 일탈이나 외면이 아니다. 이 시는 그러니까 무리하거나 이치를 왜곡하는 인위의 속악한 세태를 회의하며 자연의 정명正明한 질서를 우리 삶에서 참조하자는 취지가 없지 않다.

한편 "신문"이 "자꾸" "손짓한다", "은행잎들"이 "떨어져 가린다"란, "신문"과 "은행잎"의 의지를 부각하는 그 의인화도 이 시의 형상화를 생동하게 하여 독자의 감각에 적절하게 기여하며, "읽을 건 계절과 자연이지/ 시대나 세상이 아니"라는 결미의 메시지를 잘 수용하게 한다. 그런데 이 권유를 언급한 주체는 누구인가. "은행잎"인가 화자인가. 당연히 앞에서 의인화된 "은행잎"이라고 할 수 있겠는데, 하지만 화자가 "은행잎"의, "신문" 위로 떨어져 "신문"을 가리는 행동에서 그 의사를 그렇게 추정한 언급이라고도 할 수 있다. 한 낙엽에서 천하의 가을을 깨닫듯.

그날의 소통 여운에서인가. 비가 내린 그 이튿날에 시인은 "비 오시는 날 생각나는" "시"라며 자신의 스승 박목월(1915-1978)의 「봄비」를 게시하였다.

조용히 젖어드는 초草지붕 아래서
왼종일 생각나는 사람이 있었다.

월곡령月谷嶺 삼십 리 피는 살구꽃
그대 사는 강마을의 봄비 시름을

장독 뒤에 더덕순
담 밑에 모란움

한나절 젖어드는 흙담 안에서
호박순 새 넌출이 사르르 펴난다.

202

우리는 여러 계기로 시를 읽는데, 제자 시인이 스승 시인의 시를 소개한다면 그 시에 더욱 관심이 쏠릴 것이다. 비평가들이 추천한 시보다도. 아무래도 제자는 누구보다도 스승의 시를 가장 좋아했던 제일의 독자일 테고, 스승의 시 세계에 누구보다도 가까이서 침잠했었을 테니까. 이 시는 박목월 선생이 1946년 동인지 『죽순』에 발표하였고, 첫 시집 『산도화』(1955)를 펴낼 때 개고하여 수록하였다.

"월곡령月谷嶺 삼십 리 피는 살구꽃"에서 우리는 선생의 유명한 「나그네」를 떠올릴 것이다. 하지만 「나그네」의 정서와는 아주 다르다. 「나그네」가 일탈과 관조의 여백이라면 이 시 「봄비」는 특히 "그대 사는 강마을의 봄비 시름을"에서 알 수 있듯, 바로 "시름"이며, 그것도 "월곡령月谷嶺 삼십 리"에 걸쳐 내리는 비에 젖으며 "피는" "살구꽃" 같은 애착의 그리움이다. 이 시는 처음부터 우리의 심정을 인도하고 포섭한다고 하겠다. 1연 "조용히 젖어드는 초草지붕 아래서/왼종일 생각나는 사람이 있었다"를 읽으며 화자의 진술과 태도에 우리도 "조용히 젖어"들고, 실체가 있을 수도 없을 수도 있는 어떤 "사람"을 "생각"할 수 있다. 봄비는 계속 "조용히" 내리고, 화자도 우리도 계속 "그대"를 그리워하는데, 문득 화자는 본다. 초가 "장독 뒤"의 "더덕순"과 "담 밑"의 "모란움", 그 소박하고 정결하고 여린 모습을. 이로써 화자는 진술을 마감해도 괜찮을 텐데, 한마디 더 해 우리를 감전시키고야 만다. "한나절 젖어드는 흙담 안에서/호박순 새 넌출이 사르르 펴난다."

"더덕순"과 "모란움"의 상기 자질과 태도를 같이 가졌으면서도, 달리 어찌할 수 없는 무가내하無可奈何 순수한 "호박순"의 "사르르" 펴나는 "새 넌출" 전개. 그 모습은 동시에 화자의 그 시름 그 그리움을 형상화하고 있어 우리의 인간의 관련 심정 이해를 인도하여 공명하게 하는 자연 질서의 이치이자 축복이라고 하겠다.

한편, 그 정경의 시간은 그야말로 미세한 순간인데, 어떻게 찰나에 화자가 그 모습을 볼 수 있었을까. 실제이든 상상이든 시인의 관련 시선이 반영되었을 것이다. 프랑스 시인 아르튀르 랭보(1854-1891)는 "시인은 견자가 돼야 한다"고 주장하며, '견자(le voyant)'의 자질은 '모든 감각의 이성적 착란'이라고 하였다. "호박순 새 넌출이 사르르 펴"나는 모습을 보는 시선을 그 유사한 안목이라고 할 수 있지 않을까. "빈 벤치"에 "앉아" "신문"을 "펼쳐"들었다가 "은행잎들"이 "떨어져" 내려 가리자, 이 순간에 "읽을 건" "시대나 세상이 아니라" "계절과 자연"이라고 깨닫는 탄핵의 각성 또한 그렇다고 할 수 있을 것이다.

"우리를 천천히 들어 마셔버리는 초승달"

　　후배 시인들과 비평가들이 3년 기다려 환영하는 최근 출간 시집에 수록된 다음 시에서, 화자는 상대에게 대번 "유리잔 속에서 자고 갈래?"라고 묻는다. 우리 독자들은 자신을, 객석의 관객이기보다는 가부를 답변해야 할 같은 무대의 상대로 설정하면 더 좋을 것이다. 무슨 유혹 같아서 다소 망설여지거나 용기가 필요하다면 상황극에 참여하듯이.

　　화자는 다감한 위로 어조로 권유한다. 그런데 우리가 무대에 섰어도 화자는 우리의 대답을 기다리지 않고, 2연에서도 "자기 전에 물 마실래?"라고 또 묻는다.

유리잔 속에서 자고 갈래?
파란색 물에 뜬 파란색 샹들리에는 조금 촌스럽지만
그래도 자고 갈래?

자기 전에 물 마실래?
얼굴에 내려오는 수중식물의 가느다란 뿌리
곤충의 다리보다 더 가는 것
괜찮아 그것쯤이야

당신 얼굴 속으로 뿌리내리기는 아주 쉽지
당신 입꼬리를 살짝 올려줄까?
물의 세계에 온 걸 환영해
이건 어때?

두 발을 타고 작은 식물들이 올라오는 방식
평온하고 슬픈 망각의 방식
당신 몸에 식물들이 칭칭 감기는 장식

예배하라
식물과 합체된 물의 몸!

당신 입술엔 살짝 파란 거품
흐르지 않는 물에 매일 보태는 눈물
물에 잠긴 흰 새의 몸 냄새
흰색 망각

올배미가 푸른 밤을 높이 날아가며 본 것
너와 내가 잠든 푸른 유리잔 한 개

잔에 뜬 푸른 얼음처럼 푸른 샹들리에
그 아래 깊은 물 속에
우리

죽은 자들이 전해주는 어떤 나라의 소식

물속에 잠겨 가노라면 있는 나라
블루 라군 롱 드링크 버전

심연에는 우리를 부르는 이들의 수많은 손가락

손가락마다 미끄러운 투명 손톱들

레몬을 깔고 잠드는 시린 밤

우리에게 무관심한 이 슬픔

자기 전에 물 한잔 마실래?

우리를 천천히 들어 마셔버리는 초승달

– 김혜순, 「초저녁」

우리는 화자의 1, 2연 두 제안 직후에 어느새 설득되어 그러겠다고 대답하려 했으나, 결국 한마디도 못하며, 화자는 자신의 말을 마치고 만다. "자기 전에 물 마실래?"는 10연에서 반복해 강조하고서도.

실망하지는 않지만 우리는 의아해하다가 끝 연 "우리를 천천히 들어 마셔버리는 초승달"에서 "초승달"의 입속으로 그것도 "천천히" 넘어가는 자신과 화자의 모습에 다시 놀라며, 결말이 이러하니, 이 종국을 제대로 안 연후에, "유리잔 속" "물의 세계"에 참입할지 말지 결정하라는 화자의 배려가 아닌가 추정한다.

우리는 2연에서, 그 "유리잔"에 화자와 담기면, 이미 담겨 있던 "작은" "수중식물"이 우리 "얼굴 속으로" "뿌리 내리기 쉽고", 그 줄기가 "두 발을 타고" "올라"와 몸에 "칭칭 감기는 장식"이 될 것이라고 화자가 예정해, 달갑지 않았지만[땅에 매장되어도 그렇게 되기 십상이긴 하지만], "평온하고 슬픈 망각의 방식" 운운하는 3연에 이르러, 우리는 유혹한다고도 여기던 미심쩍은 시선을 수정하며 은근히 바라던 바라고 대답하고 싶었던 것이다. 불완전한 우리에게 "망각忘却"하고 싶은 과오나 한계, 외면할수록 현전現前하는 상흔과 죄업이 어찌 없을 수 있겠는가. 그리하여 우리는 "평온하고 슬픈 망각의 방식"에 내심 오히려 감사히 동의할 수 있었다.

그래서인가. 화자는 "식물과 합체된 물의 몸"을, 그러니까 그 상태를 "예배하라"고 하였다. 느닷없기도 한 명령조로. 화자는 그만 제어하지 못한 자신을 의식한 듯, 곧 부연한다. '망각', 그 상태에서 이루어질, 축복과 다르지 않은 그 진행 표징을. "당신 입술엔 살짝 파란 거품"이 일고, "흐르지 않는 물에 매일 보태는 눈물"이 날 것이라고. 또 "물에 잠긴 흰 새의 몸 냄새/흰색 망각"에서 우리는 더욱 위로받는다. "물에 잠긴 흰 새"가 드디어 탈색된 우리 자신인지, 망각된 우리 망각의 대상인지, 그리고 그 "몸 냄새"도 어떠하며 누가 맡는지 모호하지만 우리는 따질 경황도 필요도 없다. 망각은 그저 온통 "흰색"일 테니까.

하지만 6연부터 이전과 다른 장면의 예정이 연출되고, 우리의 긴장은 더 높아진다. 그 1, 2행에서 알 수 있듯, "올배미가 푸른 밤을 높이 날아가며" "푸른 유리잔" "그 아래 깊은 물 속"에서 "잠든" "너와 내"를 내려다보며 그 상태를 인증할 것이라고. 그리고 음미의 틈도 주지 않고, 화자는 게다가 그 이전 시간으로 돌아가, 즉, 잠들기 전에 "너와 내"가 겪을 일을 말한다. "죽은 자들이 전해주는 어떤 나라의 소식"을 들을 것이라고. "어떤 나라"는 "물속에 잠겨 가노라면" 그러노라면 이르는 "블루 라군 롱 드링크 버전(Blue Lagoon long drink version)"이란 "나라"이며, "죽은 자들이 전해주는" "소식"이란 자신의 "수많은 손가락"과 "손가락마다 미끄러운 투명 손톱들"이 "우리를 부르"고 있다는 전언.

이 대목에서, 우리는 이제 객석으로 돌아와야 한다. 어디까지나 시인의 기획에 따라. "블루 라군 롱 드링크 버전"은, "푸른 유리잔 속" "물의 세계"의 특별한 일부[용궁과 같은]이면서, 보드카를 기본으로 한 하이볼 글라스 칵테일 그 자체로 홀연 부각되기에.

그리하여 우리는 본다. 천정에 "파란색 샹들리에"가 달린 어느 홀에서 탁자에 놓인 "블루 라군 롱 드링크 버전" 한잔을 두 인물[화자와 화자의 상대]이 같이 들여다보고 있는 무대 정경을. 혹시 클로즈업한다면 화자의 상대가 우리 자신이 아닌지 확인할 수 있을 것이다. 그 한잔 "블루 라군 롱

208

드링크 버전"의 "심연에는" 과연 그 "수많은 손가락"과 그 "손가락마다 미끄러운 투명 손톱들"이 있고, 객석의 우리에게도 손짓하고 있는 모습도 목격할 수 있을 것이다.

이 우두망찰 난경이 끝이 아니다. 화자는 자신과 상대가 드디어 "한잔" "블루 라군 롱 드링크 버전"의 바닥에서 "레몬을 깔"고 "시린 밤"에 잠드는데, 주위의 그 "수많은 손가락"과 그 "미끄러운 투명 손톱들"의 "슬픔"은, 정작 "우리"에게 "무관심"할 것이라고. 아, 어째서 이럴 수 있다는 것인가. 화자는 무심한 듯한 어조로 드디어 말을 마친다. "우리를 천천히 들어 마셔버리는 초승달"이라며. 초저녁 "초승달"이 "우리를", 그렇다, "평온하고 슬픈 망각의 방식"으로 "식물과 합체된 물의 몸"으로 잠든 "우리를", 휴거携擧하듯 "푸른 밤" 하늘로 "천천히 들어" 올려, 자신의 일부로 채우는 귀속의 구원을 시행한다고.

끝으로 한마디. 화자가 두 번이나 "자기 전에" 마시자고 권유한 "물"은, 말 그대로 물이 아니라 "블루 라군 롱 드링크 버전" "한잔". 화자가 이 술을 술이라고 하지 않은 것은 존재 전환의 특별한 상황에서 일상의 술로 여길 수 없기 때문. 탁월한 은유이기도 하다. 이 시선은 시의 묘사와 행간에서도 출몰을 거듭했다. "자기 전에 물 한잔 마실래?"라고, 한 번이 아니라 굳이 두 번 물은 것도 그 은근하고 농밀한 환기인 듯. "평온하고 슬픈 망각의 방식"으로 "식물과 합체된 물의 몸"이 되기 위해 필요한 이 물은 '성수聖水'에 비견된다고 하겠다.

"사랑이 죽음이 되는 시간은 흘러"

우리의 누구는 지난날에 연인과 헤어졌던 적이 있거나, 장래에 어찌 어찌하여 그럴 수 있다. 이별을 다룬 시가 없을 수 없고, 앞에서 살폈듯 연인의 있을 수 있는 변심을 제어하려고 이별을 가정하고 그 정한情恨을 다룬 시들도 있으며, 재회 국면에서 그 심화 상태를 감수해 볼 수 있었다.

사정에 따라 그 동기가 다양한 재회. 지속되는 미련을 이기지 못해서일 수 있고, 옛 연인의 현재를 걱정해서일 수 있고, 걱정 여부를 떠나 그저 궁금해서일 수도 있으며, 헤어질 때

못다 한 이야기를 부질없지만 그래도 하고 싶어서, 아니 그 무엇보다도 한 번만 보고 싶어서일 수도 있겠는데, 이 모두 이별의 여정餘情에서 유래한다고 하겠다. 생에서 사로의 전환을 대의로 결단하고, 그 길을 떠나면서 읊은 옛 시의 "회수유여정(回首有餘情 : 고개 돌려 바라보니 그래도 남은 정 있네)", 이 시구에는 시공을 초월하여 우리의 그 미련 모습이 잘 투영되어 있다.

이와 달리 기대하지 않았던 재회가 있었거나 있을 수 있다. 재회를 기대하지 않았는데도 아니 오히려 꺼렸는데도 불구하고, 그 이반 상황에 봉착할 수 있다. 다음 시는 그 정황에서 출발한다.

늦은 밤 편의점 앞에서 당신을 만나다니

당신은 맥주를 사러 왔고 나는 라면을 사러 왔는데
편의점 계산대 앞에 줄을 서서
죽기 전에 잠깐 당신을 만날 수 있다니

내가 그토록 사랑했던 당신은 아직도
겸손의 손으로 캔맥주를 들고
당신이 그토록 미워했던 나는
교만의 손으로 컵라면을 들고 그리운 눈인사를 나누며
아직도 사랑하는 척 부모님 안부를 묻는다

작년에 두분 다 돌아가셨다고
어머니 돌아가신 지 벌써 몇해나 되었다고
공연히 부모님 안부를 나누는 거짓의 입술에
돌아가신 부모님만 또 돌아가신다

이미 우리의 계산은 다 끝났다
우리는 서로의 이익을 계산하다가 돌아서서
결국 무엇이 순익純益인지 알지 못하고
사랑이 죽음이 되는 시간은 흘러

오늘 편의점 계산대 앞에서 다시 만났으나
당신이 산 캔맥주는 당신이 계산하고
내가 산 컵라면은 내가 계산한다
편의점에서 사랑을 판매한다 해도

할인가로 사랑을 살 수 있다 해도
우리는 다시 사랑할 수 없는 불량품
오늘 밤 편의점의 흐린 불빛은

우리가 함께 거닐었던 항구의 불빛처럼 쓸쓸하다

잘 가라 우리가 비록 편의점에서 잠깐 만났다 할지라도
부둣가를 밝히는 검은 불빛을 따라
또다시 밤배는 떠나간다

— 정호승, 「편의점에서 잠깐」

　　1연 4행 "죽기 전에 잠깐 당신을 만날 수 있다니"란 탄성 어린 화자의 심정, 그래서 우리는 화자가 "당신"과의 재회를 "죽기 전에" 한 번만이라도 소망하고 있었다고 여겼는데, 그 직후를 읽으면서 인식을 바꾸게 된다. "아직도 사랑하는 척 부모님 안부를 묻"고, "이미 우리의 계산은 다 끝났다"란 단언과 편의점에서 산 물품도 각자 "계산"하는 장면에만 이르러서도. 아무래도 화자는 "당신"과의 재회를 바라지 않았다고 해야 할 것이다.

　　어째서 무슨 사정이었길래 그런지 우리는 두 사람을 동정하며, 이 세속의 여러 복잡하고 불우하게 꼬인 사연을 상상해 보려 하지만 그럴 필요 없다. 화자는 무엇보다도 이별 당시 자신과 "당신", 그 "우리"의 태도를 문제시하고 있다. 그렇다. 쉽지 않더라도 이별을 잘 하지 않거나 못 했다면 후일 기억에서 더 후회스러운 것은 이별 이유보다 그 이별 방식일 수 있다. 이유에는 결국 체념하면서.

　　"우리는 서로의 이익을 계산하다가 돌아서서/결국 무엇이 순익純益인지 알지 못하고" 헤어졌다는 고백. 즉 "우리"는 사랑의 분리에서 어떤 모면이나 새로운 기회를 얻을 "이익"이 무엇인지 우선 생각하고 별리를 감행했다는 것이다. 사랑 그 자체가 "순익"이란 사실을 잊거나 외면하면서 말이다. 그리하여 화자는 그 뒷날인 현재 결국 "우리가 함께 거닐었던 항구의 불빛처럼 쓸쓸"한 어조로 "사랑이 죽음이 되는 시간은 흘러"갔다고 독백하고 있다.

우리 독자들은 탄식할 것이다. 이별에도 반대급부가 없지 않고 해서 그럴 수도 있겠지만 왜 하필이면 그랬느냐고. 그랬다고 하더라도 이왕이면 서로를 위해 무언가 분식粉飾했다면 부끄럽기는 해도 혹 그보다는 낫지 않을까 하며.

화자는 회오에 잠겨 자조한다. "캔맥주"나 "컵라면"처럼 "할인가로 사랑을 살 수 있다 해도/우리는 다시 사랑할 수 없는 불량품"이라고. 동정이 이어지는 가운데 우리는 화자의 이 자조와 비하의 자의식을 그대로 수용하지 않고 재고할 수 있다. 이미 그는 이별 이후 어느 시기에 바로 "결국 무엇이 순익純益인지 알지 못하고/사랑이 죽음이 되는 시간은 흘러"갔다고 각성하고 후회했던 자가 아닌가. 이별의 "이익"을 요행으로 여기거나 자기기만을 감당하지 않고 그렇게 후회했던 자라면, "우리는 다시 사랑할 수 없는 불량품"이란 토로는 그 반성의 과장된 감상感傷일 수 있다. 같은 인물로 여겨지는 같은 시집에 실린 다음 시의 화자는 옛 연인과 조우하기 전에 이미 아래와 같은 각성을 하였다고 할 것이다.

엎질러진 물도 물이다

엎질러진 물도 마셔야 한다

엎질러진 물 앞에서 울 필요는 없다

물은 엎질러졌을 때 가장 깨끗하고 맛있다

나는 그동안 물을 엎질렀을 때 가장 목이 말라

엎질러진 물을 마시지 않은 적이 없었다

엎질러진 물도 엎질러진 뒤에는

강물 따라 흐른다

고요히 강의 바닥을 만나기도 하고

때로는 흙의 가슴을 만나 꽃을 피운다

―「엎질러진 물」

“엎질러진 물”들에 그 이별도 포함되었을 것이 틀림없다. “엎질러진 물 앞에서 울 필요가 없다”고 했지만 이 말의 단호한 어조에 화자의 지난 후회의 울음이 아직도 묻어 있는 듯하다. 그래서 “엎질러진 물도” “마셔야” 하는 “물”이라고 각성할 수 있었으며, 그 뒤 “물”의 행로들도 모두 그 각성의 실천일 것이다.

"차라리 응시할 일이다"

　심장을 저미는 비애는 우리로 하여금 이탈하게 하면서도 집착하게 하는 방황의 정서이기 쉬운데, 우리가 정작 있는 그대로 그 전부를 회피하지 않고 정면에서 뚫어지게 바라보는 응시를 거듭한다면 더욱 참담해지면서도 체념諦念의 경지에 이를 수 있다. 체념에 서로 다른 두 뜻이 있다. '희망을 버리고 아주 단념하기'. '도리를 깨닫는 마음'. 전자는 자주, 후자는 드물게 쓰이는데, 다음 시의 화자는 두 뜻을 잘 알고 전제하면서 자신의 선택을 담담하게 진술한다.

슬픔을 덮기 위해
짐짓 과장하여 웃으면
결국 처연함만 남는다
차라리 응시할 일이다
울음이 마르면
술잔이 깊어진다
술잔에 빠진 오늘을
말없이 홀로
바라본다

— 이호석, 「응시」

화자는 자신과 타인에게 자신의 "슬픔"을 부정하려거나 분식하려하지 말고, 또 자신과 타인에게 위무도 바라지 말며, "홀로" 그 "슬픔"을 "차라리 응시"해야 한다고 한다. "슬픔"을 "짐짓 과장"하면 결국 그 "슬픔"에 자기혐오까지 착종錯綜되어 결국 감당 못 할, 아니 그러고 싶지 않아질 자포자기 "처연함만 남는다"는 것이다. 이 상태는 절망과 다르지 않다. 그래서 결국 이른바 극단 선택을 할 수도 있다.

그런데 "슬픔"에서 오히려 우리가 깨달을 모종 이치와 도리는 다양하며, 우리의 일시 심사心思와 아상我相을 조정하거나 교정하는 진실한 힘이 있다. 그래서 이 시의 화자는 있는 그대로 "슬픔"에 어떠한 잡념도 없이 집중하여 그 깊은 바닥까지 뚫어지게 "응시"하며, 그러면 비록 "술잔이 깊어"질지라도 "울음"은 마른다고 한다.

독백과 같은 화자의 이 제언은 관념이 아니라 자신의 지난 경험에서 체득한 각성이라서 작고 큰 슬픔이 있는 우리에게 짐짓 용기를 준다. OECD에서 한국이 자살률 최고라는 보도가 거듭 알려지자 최근에 그 제어에 기여하는 시들이 조명되었는데, 이 시를 마땅히 그 대열에 보강으로 추가해야 할 것이다. 더욱이 이 시에서 거론된 "슬픔"은 어제도 아니고 내일도 아닌 "오늘" 현재의 "슬픔".

그래서 우리는 이 시에 이어 우리의 감상을 심화할 같은 시인의 다음 시도 읽어볼 필요가 있다.

문을 열고

사방을 둘러본다
미끄러지는 인생은 늘
왼쪽을 따라 오른쪽으로 돈다
벽과 벽이 만나는 자리
구석진 자리는 인생의 직각

잠시 숨을 고르고 다시

한 걸음씩 옮기며

분무기로 소독약을 뿌린다

벽을 따라 걷는다

이정표가 없어도

벽으로 둘러싸인 곳은

내게 언제나 길이 된다

미로 같던 공간은 마침내

길을 내어 주고

운명처럼

시작과 끝이 만나는 곳에서

문은 다시 열린다

— 「방역」

"문을 열고"로 시작하여 "문은 다시 열린다"로 마치는 이 시를 읽고 우리는 이 시가 삶의 한 국면 묘사에 해당한다고 여기고, 화자의 미로보다 못한 행로, 특히 "벽"이 바로 "이정표"란 암시에 거듭 탄식하다가, 화자가 두 시행을 각각 한 연으로 부각하여 우리의 삶이 "다시" 그렇게 같은 방식으로 반복된다는 시사를 하고 있다고 문득 느낀다. "벽으로 둘러싸인 곳"에서 "왼쪽을 따라 오른쪽으로" 돌고, 또 돌고 하는 순환 같은 것이 삶의 여로가 아니겠느냐고.

우리는 동의하기도 저어되고 부정하기에도 저어할 것 같다. "미끄러지는 인생"이 아니라고 하기엔 과분해하고, "벽과 벽이 만나는" "구석진 자리"에서 "분무기로 소독약을 뿌린다"에는 동의하겠지만 말이다.

문제는 또 "시작과 끝이 만나는 곳에서//문은 다시 열린다"는 선언 같

217

은 화자의 언명이다. "다시 열린" "문" 안의 공간에서 화자가 어떤 상황에서 어떻게 할 것인지 이제 화자보다 더 잘 아는 우리는 화자와 달리 그저 막막하기만 할 것인가.

그러다가 우리는 "벽으로 둘러싸인 곳은/내게 언제나 길이 된다"란 언급을 주목하고 처음과는 달리 화자의 비상한 의지를 제대로 실감하며, "미로 같던 공간은 마침내/길을 내어주고"라는 언급에서는 우리의 첫 이해를 시정하게 된다. 길을 "미로 같던 공간"이 "내어 주"는 것이 아니라, 화자의 그 의지에 추동된 그 "공간"이 "길을 내어"준다 라고. 우리는 신념과 같은 화자의 인식에 동의하고 싶을 것이다. "벽으로 둘러싸인 곳은/내게 언제나 길이 된다"는 화자의 진술에서 우리는 그 "운명"에 거역하는 화자의 절대 의지를 이미 느끼고 한숨 내쉬며 성원하지 않았는가.

그러고 보니 첫 연 "문을 열고"에서부터 화자의 그 숙명의 의지가 잘 함축되어 있고, 끝 연 "문은 다시 열린다"에도 그 의지가 그 이면에 내재해 있다.

부조리한 운명에 도피하거나 굴복하지 않고 굴레에 굴레로 저항하는 이 시 화자. 프랑스의 소설가이자 철학자 알베르트 카뮈가 수필집 『시시포스의 신화』에서 부각한 시시포스를 연상하게 하며, 이 시의 상황도 인간이 직면한 실존의 부조리, 그 알레고리의 하나로 읽을 수 있다. 하지만 이 시는 21세기 현대의 리얼한 변용으로 어디까지나 창신創新이 약여하다. 특히 이 시대의 영원한 굴레 "왼쪽을 따라 오른쪽으로 돈다"는 풍자와 "잠시 숨을 고르고 다시/한걸음씩 옮기며/분무기로 소독약을 뿌린다"는 시행이 그러하고, 이뿐만 아니라 우리가 살폈듯 화자의 아이러니 능동성 의지가 더욱 그러하다.

"한 사람이 취하면 한 사람은 덜 취하네"

그대 괴로워하는 자여

괴로움이 우리의 것이다

그대 슬퍼하는 자여

슬픔이 우리의 것이다

그러니 그대 더 무엇을 바라랴

함께 가는 이 길 위에서

– 우영창, 「괴로움은 그대의 것」

그대의 '괴로움은 그대의 것'만이 아니라 나의 것이기도 하다는, 화자가 한 친구에게 우정 관련 자신의 심사를 토로해 위로하는 진술들. 어디서 들었던 덕담이라며 경이원지敬而遠之할 수도 있겠다. 그런데 우리가 어떤 일로 슬퍼하거나 괴로워하다가 홀로 의연히 그 극복에 나선다면 가장 바람직하겠지만, 만약 그 와중에 한 친구가 위처럼 우리를 위로해 준다면 우리의 심정은 어떻겠는가. 암흑의 바위를 뚫고 나오는 빛이 아니겠는가.

즐거움과 기쁨뿐만 아니라 "괴로움"과 "슬픔"도 "우리의 것"이면서 인생의 "길" 그 자체이기에, "우리"는 그 "길"을 오히려 긍정해야 한다는 함축도 새삼 위로가 된다. 중요한 것은 나아가 그 "길"을 "우리"는 "함께

가"야 하는데, 이미 "우리"는 "함께 가"고 있다는 확인과 그 환기. 그리고 이어지는 "그러니 그대 더 무엇을 바라랴"…….

실제로 이 시의 최종 진술에 해당하는 "그러니 그대 더 무엇을 바라랴"가 혹 독단이나 독선으로도 들려 부담될 수 있겠지만, 이 메시지는 이 시의 "그대"에게만이 아니라 우리도 언젠가 괴로워하고 슬퍼하는 어떤 친구에게 화자처럼 피력했던 위로라는 사실을 불현듯 떠올리거나 그러리라며, "그대"가 자신의 마음을 재건하는 중심으로 삼을 수 있기를 바랄 것이다.

같은 시집에 실려 있는 다음 시는 위 시 이후에 쓰인 연계 작품의 하나로 보이며, 위 시에서 생략된 우정 관련 구체 국면이 출현되어 있어 그 보충으로 읽으면 좋을 것이다.

> 친구가 찾아오니
> 하던 일이 바쁘지 않네
> 친구가 찾아오니
> 그는 한가한 사람이 되어
> 술을 마시러 가네
> 외상 술집엔 술이 가득하고
> 한 사람이 취하면 한 사람은 덜 취하네
> 이 술집 저 술집 헤매다가
> 밤늦게 집으로 돌아오니
> 아내는 그를 쳐다보지도 않네
> 다 그런 거지 뭐
> 그는 세상만사 잊고 잠이 드네
>
> ─「친구」

아무리 바빠도 친구가 찾아오면 문득 "한가한 사람이 되어" "술이 가득"한 "외상 술집" 순례를 마다하지 않다가 겨우 "밤늦게 집으로 돌아"오는 "그". 화자는 그저 관찰하고 있지만 우리는 그럴 수 없다.

이 상황은 아무래도, 감정을 잘 절제한 공자가 자신의 심정 고조를 부지불식 용인했을 몇 안 되는 언급의 하나인 "벗이 멀리서 나를 찾아오니 어찌 즐겁지 아니하랴"(有朋自遠方來, 不亦樂乎. : 『논어』, 「학이學而」)를 상기하게 한다. 이 고아한 선행 말씀에 화자가 감명받아 신조로 삼아 실천하고 있다고 할 수는 없겠지만, 알게 모르게 그 유구한 맥락이 이어졌다고 할 수 있다.

더욱이 우정友情은 시공을 초월한 보편 정서이고, 우리 삶에서 결코 그 부재를 감내할 수 없는 가치이다. 부모, 남매, 연인, 부부의 애정만으로는 이른 바 세속 시장에서 살아가기 어려운 우리가 아닌가. 더욱이 친구 관계의 덕목과 우정은 언제나 신信이 기초. 새삼스럽지만 현인들이 일찍부터 인간의 삶에서 그 관계와 인격과 또 사업과 지향을 상호 고양하는 소중한 가치로 중시하며 오륜五倫의 하나로 제시했고, 오늘날 다른 조목은 그저 외면되거나 조건이 붙거나 범위가 축소되거나 하며 빛이 바랬지만, '붕우유신朋友有信'은 그대로 건재하고 있는 지표이다.

우리는 자신의 관련 상태도 짐짓 헤아리다가 결국, "다 그런 거지 뭐"라고 이전처럼 얼버무리는 남편을 아예 외면하는 "아내"를 동정하면서도, "아내"와의 반목과 냉전에 구애되지 않고 "세상만사 잊고 잠"자는 "그"가 부러울 것이다. 아니, 우정의 여운에 유감없이 자못 흡족해져서 "세상만사 잊고 잠"자는 면모가.

다음 시도 역시 같은 시인이 같은 시집에 실은 친구와의 우정을 다룬 작품인데, 그 종국에 해당되어 읽어보지 않을 수 없다.

그대 무덤에 가지 않는다

그곳엔 뼈와 머리카락

그리고 손톱 발톱뿐

기일이 와도

그대 무덤에 가지 않는다

어디 가나

어느 시간이나

그대 날 놓아 주지 않으므로

그대 증오하며

나 그대 무덤에 가지 않는다

― 「미망인」

"미망인"까지 자처한 화자의 단호하지만 미련이 더 강력한 어조. 반어
가 아닌 듯하면서도 반어일 수 있는 진술들. 마침내 우리가 사라진 이 세상
에서 우리의 친구가 이 시의 화자처럼 "어디 가나/어느 시간이나/그대 날
놓아 주지 않"는다며 우리를 그리워한다면.

도저한 우정에 부담이 크고 미안해서 수용하기 어려울 테지만, 그런데
우리가 화자처럼 그럴 수 있다면 우리도 그러고 싶지 않을까. 이왕이면 같
은 기저에서 또 쓰인 시 한 편을 더 읽어야 하리.

그대를 보냄에 눈물나고

그대를 다시 봄에 눈물나네

죽음처럼 어두운 시간

막막한 고통의 날들 보내고

절뚝이며 다가온 봄날에 기대어

서있는 친구여

그대는 거기서 나는 여기서

말없이 서로 바라보니

짧은 해 지고 벌써 날이 저무누나

― 「봄날」

친구의 "괴로움"과 "슬픔"을 친구의 그 심경 이상으로 동정하는 화자. 그 경과로 이윽고 닳고만 해 짧았던 어느 봄날 저녁. 하지만 비낀 노을은 사생의 경계를 넘어 양쪽을 왕래하는 듯한 탄식의 정조에 매여 쉽게 질 것 같지 않다.

"백년 후 아무도 기억해 줄 리 없는 세상에"

우리 인간의 삶은 시공에 매이는 한계가 있지만 시공을 초월할 수 있다. 현재에서 벗어나 객관 태도로 그 이전과 이후를 생각하고 지금 여기 자신을 조정하며 산다면. 조정 방도는 우리에게 너무 낯익어서 문제다. 역대의 현인들이 언급한 대로 자신을 절제하고 남을 배려하는 지행志行. 그런 각오를 하고 실천하는 이들이 없지 않겠다고 하겠으나, 우리 대부분은 어쩌다 그 자각을 한다고 하더라도 우선 당장 일상의 이해에 매몰되어 그 생각을 곧 잊고 산다. 또 겨우 시도한다고 하더라도 타인과의 이해관계에 얽혀 미욱하고 초라하게 훼손되거나 무엇보다 끈질기게 재활을 거듭하는 자신의 욕망에 좌절하기 십상이다. 다시 말해 우리의 삶이 자신의 시공을 넘어서려면 자신의 모종 과도와 모순을 정직하게 헤아릴 수 있어야 하고, 자율로 절제할 수 있는 용기가 있어야 하며, 남이 알아주지 않더라고 그 견인을 유지할 수 있는 각오와 달관이 있어야 하는데, 우리의 거개는 이 과정 어느 단계에선가 애석하게도 실패하기 쉽다.

하지만 우리는 우리의 이 모습을 냉소하여도 포기하지는 않는 듯하다. 자신의 사망 이후를 내다보며 지금 여기 나의 삶을 당대 사람들(후손 포함)이 자신과 자신의 삶을 어떻게 여길지 궁금해하는 이들뿐만 아니라 그저 그렇게 살다가 드디어 종천終天에 이르고야 만다고 체념하는 이들도, 또

"사람은 죽어서 이름을 남기고 호랑이는 죽어서 가죽을 남긴다."는 금언에
과연 이름이 나란 실체를 가리키는지 확신하기 어렵고 이름이 남는다고 하
더라도 이미 죽은 내게 대체 무슨 영광이 될 것인지 외면하려는 이들도. 심
지어 결국 허영의 미망에 불과하다고 동정하는 이들마저도 "백년 후를 생
각한다"로 시작하는 다음 시를 대면한다면, 계속 읽으려 할 것이다.

백년 후를 생각한다.

백년 후 나는 화 수 지 풍(火 水 地 風)으로 흩어져

우주를 떠돌 것이다.

내가 산책 속에서 만나던

한강 물은 흐린 낯빛을 하고

여여與與하게 흐를 것이고

하늘엔 구름이 느리게 걸어 다닐 것이다.

백년 후에도 어제오늘처럼 바람이 불고

천둥, 번개 치고 눈비가 내리고

달빛 휘장을 한, 밤의 상점에 별들의 전등이 내걸릴 것이다.

사계마다 색깔 다른 꽃들이 다녀가고

허리가 굵어진 나무들은 우뚝 서서

허공을 걸을 것이고

새들의 음표는 높고 발랄, 경쾌할 것이다.

백년 후 아무도 기억해 줄 리 없는 세상에

내가 살던 헌 집은 새 집이 되어

낯선 이가 들어와 살 것이고

길에 남긴 족적은 흔적도 없이 지워져 있을 것이다.

백년 후 과연,

평생을 바쳐 쓴 나의 시편 중

몇 편이나 남아 누군가의 눈길을 끌 것인가?

— 이재무, 「백년 후」

225

"백년 후"에 물론 나는 이 지상에 분명 존재하지 않을 것이고, 공공의 차원에서 "아무도 기억해 줄 리 없"을 것을 이미 인정한 우리는 이 시의 15-18행, "내가 살던 헌 집은 새 집이 되어/낯선 이가 들어와 살 것이고/길에 남긴 족적은 흔적도 없이 지워져 있을 것이다"란 예견에 더욱 우리의 미래를 무기력하게 실감한다. 한 세대 아니 10년이나 20년이 흘러도 그렇다는 형편과 세정을 이미 체험한 우리. '백 년 후'라면 그야말로.

한편 우리는 이 시 도입부의 "백년 후 나는 화 수 지 풍(火 水 地 風)으로 흩어져/우주를 떠돌 것이다"는 화자의 언급에 크게 고무되기도 하였다. 이 좁고 각박한 세속을 좁쌀처럼 내려다보며 쾌활 무비하게 횡행하는 공활한 대자유의 양상이 아니런가.

한편 이 시에는 그런 화자가 "백년 후"에도 지속된다고 찬탄하는 듯한 어조로 예상하는 지상의 풍경들이 묘사되고 있다. 그런데 우리의 예상과는 달리 특별하지 않다. 우리가 언제라도 화자처럼 산책하며 살피거나 고개 들면 누구나 볼 수 있는 정경. 하지만 세사에 지친 우리의 마음을 말없이 진정 위로해 주는 무상無償의 자연 물상들이다. 5행에서 14행까지 제시된 그것들은 "강", "하늘", "구름", "바람", "천둥", "번개", "눈비", "달빛", "별", "사계의 색깔 다른 꽃들", "나무", "새들의 음표". 우리는 화자의 관련 수식으로 이 사물들의 모습과 행태를 음미하다 보면 화자가 평소 그것들을 벗으로 여기고 자신을 위로하고 정화하였다고 추정할 수 있다. '인자요산仁者樂山' '지자요수智者樂水'의 전통을 이어 그 같은 취지로. 우리는 화자가 그것들에서 무엇을 교감하였는지 화자의 수식에서 유추할 수 있었다. "구름", "천둥", "번개", "눈"에서는 무엇을 관조하였는지 궁금하다.

그러다가 우리는 문득 이 문맥에 내포된 화자의 의사를 추정하게 된다. "백년 후", 우리 사후의 세계에 남는 것은 우리가 이 세상의 "길에 남긴" 우리의 분주한 "족적"이 아니라, 우리를 담담하게 매혹했던 자연 사물이라고. 이 비전 자체는 우리에게 낯익지만 우리의 삶이 아주 말끔하게 말소된 "백년 후"에 이 메시지를 결부 대비하여 우리로 하여금 자신의 현하 시공을 초월하지 못하는 인위의 한계와 유구한 자연의 순연한 지속 인식을 잘 갱신하게 하며 일정한 감회를 일으킨다.

이런 시각에서 우리는 이제 이 시의 마지막 네 행을 감상해야 할 것이다. "길에 남긴 족적은 흔적도 없이 지워져 있을 것이다"란 단정과, 이어지는 "백년 후 과연,/평생을 바쳐 쓴 나의 시편 중/몇 편이나 남아 누군가의 눈길을 끌 것인가"란 미련의 기대. 화자는 왜 서로 어긋난다고 할 진술을 하는가. 자신이 쓴 "시편"도 "길에 남긴 족적"의 하나가 아니겠는가.

그러다가 우리는 화자가 시는 "강", "하늘", "구름", "바람", "천둥", "번개", "눈비", "달빛", "별", "사계의 색깔 다른 꽃들", "나무", "새들의 음표"와 같다고 생각하기 때문이라고 각성할 수 있다. 자신이 쓴 시도 그 자연 사물들과 같은 속성을 지녀 그 일부로 병렬될 수 있을 텐데, 다시 말해 "달빛 휘장을 한, 밤의 상점에" "전등"처럼 "내걸릴" "별"과 같기도 할 텐데, 내가 산책하며 그것들을 바라보았듯 "백년 후"에 누군가 자연 사물들과 더불어 읽을 수 있을지, 의아스럽다는 것이다. 우리는 이 탄식과 소망의 기운에 공감하면서도 한편 "백년 후 나는 화 수 지 풍(火 水 地 風)으로 흩어져/우주를 떠돌 것이다"에서 이번에는 우리 운명의 그런 종극을 무척 다행스럽게 여길 뿐만 아니라, 문득 자연 사물들과 그 속성을 닮은 시와 같은, 시공에 존재하면서도 시공을 초월하는 삶을 또 꿈꿀 것 같다.

"먼 데 상류를 바라보고 있는 거북 한 마리"

1

거북이가 강기슭에서 올라와 산책로 한편을 뒷발로 파고 있다

무엇을 조심스레 묻으려 하시는가

이제 먼 데 별빛이 지상의 발걸음을 인도하던 시대로 돌아가려고
하시는가

사내 하나가 손전등을 켜고 거북이가 파는 땅을 비추고 있다

사내는 바라보는 것만으로도 밤의 균형이 무너질 듯해

긴장감을 이기지 못하고 휴대폰을 꺼내 생태 관리소로 전화를 건다

"여기 …… 거북이가 알을 낳으려 합니다"

잠시 후 트럭에서 내린 관리원이 삽을 들고 나타난다

삽에 얹힌 거북이는 다시 무심히 산책로 펜스 너머로 옮겨진다

사내는 손전등으로 여전히 거북이가 파던 땅을 비추어 본다

2

거센 비 그치고 산책로 쉼터에 앉아 강물을 바라본다

바로 아래 물살에 떠밀려 온 뿌리 뽑힌 커다란 나무 한 그루가 둥둥
떠 있다

228

거기, 뒷발로 나무뿌리를 감싸고 의젓하게 앉아

먼 데 상류를 바라보고 있는 거북 한 마리

사내의 가슴을 별빛 하나가 꿰뚫고 지나갔다

― 박형준, 「구덩이와 나무뿌리」

쉽게 잘 읽히지만 신중한 음미가 필요한 국면들이 있다고 여기면서 이 시를 다 읽은 독자들, 그 대목들로 돌아가기에 앞서 마지막 연(2부 2연) "사내의 가슴을 별빛 하나가 꿰뚫고 지나갔다"의 여운에서 "사내"와 자신이 어떤 심정이 될지 궁금할 것 같다. 동정의 존념인지, 공허한 허탈인지. 어느 쪽이든 그 직전 시행들에서 부각된 "거북"과 그 자태에서 연유되며, 서로 다르지만 "거북"의 자태에 저마다 어울린다고 하겠다.

전자는 "거센 비" 이후 넘실거리는 "강물"의 "물살"에서도 "거북"이 "커다란 나무"의 "뽑힌" "뿌리를" "뒷발로" "감싸고" "의젓하게 앉아" 있는 모습에서, 또 그런 와중에 "먼 데 상류를 바라보"는 유연하고 의연한 "거북"의 기상에서도 우리는 그렇게 느낄 수 있다. 후자도 역시 그러하다. 거북의 자태가 아무리 그렇다고 하더라도 "거센 비" 이후 거센 "물살"에 "뿌리 뽑힌 커다란 나무"와 함께 "둥둥" 띄워져 하류로 "떠밀려" 표류하고 있는 "거북"의 무가내하 신세를 새삼 직시하며, 또 이 모습을 관망하는 작중 "사내의 가슴을" "꿰뚫"고 사라지는 "별빛"과, 그리고 관통돼 구멍 뚫린 "사내의 가슴"을 떠올리며, 이 상태는 결국 상실과 좌절의 양상이 아니냐며 그렇게 느낄 수 있다.

그러다가 우리는 이 시를 다시 읽다가 관리원에 의해, "산책로"에 굳이 "알"을 "낳으려"고 하는 "거북"의 의지가 무산되는 장면에서 이번에는 보호가 아니라 배제되는 듯한 아이러니를 느끼고, "삽에 얹힌 거북이는 다시 무심히 산책로 펜스 너머로 옮겨진다"를 처음과 달리 "거북"의 그 염원이 구현되지 못하는 상황 완료가 아닌가 접근하며, 그러다가 아무래도 후자에

치중할 것 같다.

즉 1부 "거북"의 사정과 함축에 따라 2부 "거북"의 처지를 일관 이해해야 하겠다고 결정하기 쉬울 것이다. 또 그래야 1부 1, 2행의 묘사에 유관하게 이어졌지만 느닷없어 보였던 작중 화자의 토로, "이제 먼 데 별빛이 지상의 발걸음을 인도하던 시대로 돌아가려고 하시는가"와도 잘 부합된다. 우리는 이런 맥락을 종합하여 이 시의 메시지가 "별빛이 지상의 발걸음을 인도하던 시대로 돌아가지 못하는 지금 여기의 현실 부각"이겠다고 추정할 수 있을 것이다.

게오르크 루카치(1885-1971)의 이상향 지향과 그 과정에서 야기된 왜곡과 분열의 의식을 조정하는 총체성 확보[『소설의 이론』, 1917]에 연관된 이 메시지는 이미 우리의 지난 문학 담론에서 자주 출현하였다. 하지만 산책하다 우연히 본, "강기슭에서 올라와 산책로 한편을 뒷발로 파고 있"는 "거북"에게 하필이면 "무엇을 조심스레 물으려 하시는가"고 묻고, 루카치의 그 시선으로 연상을 전개하는 화자는 우리가 애초 이 시행들의 상호관계에서 느꼈던 것처럼 어색하지는 않다. 루카치를 떠나서도, 우리 전대에 그런 시대가 있었는지, 또 여러 차례 제출되었던 그 갈망이 제대로 성취된 적이 있었는지 여부도 떠나, 우리도 지금 더욱 "먼 데 별빛이 지상의 발걸음을 인도하던 시대"를 내심 그리워하고 있는지 모른다.

한편 이 시는 어니스트 헤밍웨이(1899-1961)의 단편소설 「킬리만자로의 눈」(1936)을 연상하게 한다. 루카치의 그 이상에 관련된 채 '알'을 낳으려 하다 그러지 못하고 하류로 표류하고 마는 '거북'과, 만년설 정상에 오르지 못하고 마침내 그 아래 부근에서 얼어 죽어 박제된 '표범'은 이상을 추구하였으나 자신의 욕망과 세속의 이해에 매여 좌절하는 존재가 아닌가. 이런 해설이 수용될지 모르겠으나, 이 시의 메시지와 더불어 이 유감을 우리는 각각 나름대로 음미해서 나쁘지 않을 것이다.

이제 "사내" 이야기를 할 차례. "사내"는 1부에서 보았듯, 작중 화자처럼 강변 "산책로"에서 산보하다가 "거북"이 그 길의 땅을 파는 정경을 보고 산보객들의 보행에 밟힐까 "손전등"으로 "비추고", 또 "알"을 "산책로 펜스" 너머에서 안전하게 낳게 하려고, "생태 관리소"에 연락하는 주선의 수고를 마다하지 않는다. "사내"는 그러고도 "손전등"으로 "거북"이 파던 땅을 비추는데, 혹 "알"을 낳지 않았나 확인할 정도로 "거북"에게 남다른 정성을 기울인다.

하지만 2부에서 "사내"도 우리도 깨닫고 만다. 1부의 배려와 구조가 의도와 달리 "거북"의 그 소망을 무산시키고 말았다고. 그러니까 "거북"이 "산책로 한편"을 "뒷발로 파" "조심스레 묻으려" 했던 "무엇"은 자신의 "알"이며, 그것은 자신이 못다 한 이상이었다고 "사내"도 우리도 비로소 인식하게 되는 것이다.

한 토막 더 추가. 이 시의 등장인물들인 "사내"와 화자는 다른 인물이 분명하지만, 2부 1연 1행, "거센 비 그치고 산책로 쉼터에 앉아 강물을 바라본다"에서 그 시선의 주체를 2부 2연 "사내의 가슴을 별빛 하나가 꿰뚫고 지나갔다"를 참조해 화자가 관찰하고 있는 1부 이래 그 "사내"라고 해야 할 것이다. 그런데 그 관망 진술의 주체를 작중 화자로 여길 수도 있다. 그렇다면 이 시는 화자가 자신을 "사내"라고 지칭하며 "거북" 관련 사실과 사건의 추이를 짐짓 전개한 진술이다. 화자는 이 시의 아이러니와 유감과 자신이 무관하지 않다고 자처하고 있어 겸허한 성찰의 태도 또한 우리 음미의 대상이라고 할 것이다.

현실 사실이나 사건을 묘사하면서도 시대의 현실을 비유로 반영하는 알레고리 국면이 복합 개입된 시들은 대체로 독자들과 공유하고 있는 문제를 기본 상황으로 제시해 독자들이 무난하게 읽게 하고, 함축과 인유를 활용하고 독자들의 연상과 유추를 촉진하며, 문제 성찰을 권유한다. 그 환기되는 현실의 범주에 편향이 있고, 모종 이데올로기가 작용할 수 있는데, 이 시는 그 계선界線을 넘어서는 듯하다. "먼 데 상류를 바라보고 있는 거북 한 마리".

"유모차 밀고 … 가는 길"

　학교의 교실에서 선생님으로부터 입은 사랑의 봄꽃 '향기'를 이후 내내 간직하고 기억하며 이웃에 베푸는 화자와 지난주에 조우하여 우리도 그 '향기'로 훈훈했다. 선후 인과의 아름다운 그 정경은 언젠가부터 야기되고 있는 교권 침해 아니 교육 훼손 각종 비리들과 대비되면서, 오늘 우리가 교실과 교사를 어떻게 바라보아야 하는지도 새삼 우리에게 질문한다. 세계의 구조와 시대의 변화를 전제로 교사들을 싸잡아 은근히 일반 서비스 업종 종사자로 취급하고, 내 새끼를 우선하며 성적 향상의 도구로 삼는 시선을 지양하지 않는다면, 클라우드 데이터베이스 구축과 AI 활용이 본격화되면서 결국 학교 무용론이 강력하게 제기될 것이다. 벌써부터 호사가들의 대학 무용론부터 그 고개를 쳐들고 있다. 교육자를 존중하지 않는다면 지식 전수의 구체 효율뿐만 아니라 인격과 인격의 소통과, 감화의 이심전심以心傳心을 포기해야 할 것이다. 더 이상 내 '마음에 스민 향기'를 운운하거나 음미하기 어렵고, '어느 먼 기억을 안고 오는 이'에 관련된 휴머니즘 사은謝恩의 조촐한 자기고양을 촉진하는 각성도 있기 어려울 것이다.

　만학의 행복을 넘치듯 표출하는 다음 시에서도 우리는 교실과 교사가 필요하다는 사실을 새삼 실감한다.

공부 한 자 한 자

알아가는 기쁨에

나는 좋다

공부하는 동안에는

잡념도 없어지고

글자만 눈에 들어오네

유모차 밀고

마을회관 가는 길이

나의 꽃길이다

— 김미자, 「학교 가면 좋다」

이 시에서 토로되는 "알아가는 기쁨"은 그 도래 이전 이후에 "마을회관"의 〈한글 교실〉과 교사를 기본으로 하고 있고, 또 교사와의 모종 유다른 이심전심以心傳心이 있기에, 그래서 가능한 발양이라고 직감할 수 있다. 실제로 이 시는 〈찾아가는 부여한글학교〉가 파견한 강사와 그 학교의 〈초촌면 응평 2리 마을회관 교실〉에서의 공부를 기초로 하고 있다. 이 둘이 없었다면 여러 사정으로 한글을 익히지 못했던 시인(86세)이 한글을 공부할 수 있는 기회에 직면하기 어려웠을 것이고, 지속도 어려웠을 것이다. 한글을 읽고 쓰는 앎의 열락悅樂을 자각하고 향유하기도 무망無望했을 것이고, 또 자신의 있는 그대로의 생각과 정서를 자기류의 언어로 세상에 현시할 수도 없었을 것이다.

우리가 이 시에서 주목해야 할 둘째 국면은 시인이 한글 공부로 자각하게 된 앎의 열락이 어느덧 자율과 자족의 맥박으로 생동하는 국면이다. 행간의 사정을 연상해보지 않아도 "마을회관"의 〈한글교실〉로 아침에 "유모차"를 "밀고" "가는" 시인의 모습에서도 확인할 수 있다. "유모차"에 굽은 허리를 의지하여 보행하는 노년의 모습. 어느 시인의 권유대로 이 정경을 자세히 본다면, "유모차"를 미는 것이 아니라 새 세계로 자신을 미는 형국

이 분명하다. 즉, 저 "알아가는 기쁨"이 융기되는 〈한글교실〉로 가는 방향으로 하여, 단순한 물리 차원의 이행이 아니라 새 차원으로 진입해가는 존재 이월의 행보가 아니겠는가.

더욱이 "잡념" 절연, 무상무념의 경지에서 차오르는 "알아가는 기쁨", 신선하고 화평한 그 전율은 마음과 몸을 거듭 거듭 쇄신하리. 이 열락은 바로 공자의 "배우고 익히면 기쁘지 아니한가?(學而時習之, 不亦說乎)"와 취지가 같고, 교환가치나 사용가치와도 무관한, 존재 계명啓明을 자각하는 탄성 역시 포함되어 있다. 이 "알아가는 기쁨"은 그러고 보니 성인聖人 공자만이 아니라 이름이 알려지지 않은 범인들도 이미 깨닫고 향유했던 인간 보편의, 생래 천부의 "기쁨"이었다는 자각을 문득 하게 된다.

한편 이 시를 다시 읽으며 우리는 또 공자의 유명한 "아침에 도를 들으면 저녁에 죽어도 좋다(朝聞道 夕死 可矣)"는 언급마저 연관 상기할 수도 있다. 진리야말로 생명이 가장 높게 추구해야 할 대상이라는 이 메시지에는, 실천은 물론 우선 그 인식에서 "알아가는 기쁨"을 향유할 수 있다는 기대 또한 내포되어 있다고 하겠다.

굽은 허리로 유모차를 겨우 밀고 밀어 학교의 교실로 가는 시인의 모습은 비유와 상징의 시선을 떠나서도 우리에게 감명을 선사한다. 노년의 그 모습은 정작, 1940년 전후에 이 땅에 태어난 시인의 세대가 운명으로 겪어야만 했던 여러 고난과 막막한 그 결핍, 유감스러운 그 길고 긴 여운을 이제 해 뜬 아침의 시간에 마침내 극복하며 그 승화의 자기완성 길을 가는 정경이 아닌가. 우리는 이 모습을 그저 아름답게만 보며 그치기는 어렵다. 손쉬운 체념과 설익은 나태에 익숙해져 유종의 결말 맺기를 기피하며 방황하는 듯한 일부 "잡념" 많은 후배들을 반성하게 한다.

"오래 버려둔 죄책감"

붉은 가을. 덩치가 큰 놈을 잡기 위해 그는 인질을 포획하려 강으로 간다. 작은 인질은 죽지 않을 만큼만 먹이를 준다. 먹이통에 가두고. 그 여름 연명한 인질은 가을이 깊어져야 강물을 만날 수 있다. 연약해진 지느러미, 입에 날카로운 바늘을 물고 물속으로 잠행을 한다. 오래 외로워진 쓸쓸함이 강바닥을 연하게 물들인다.

인질은 천천히 아주 조심스럽게 강물을 흔든다. 바다에서 인질을 구하러 오는 큰 놈. 앞 뒤 가리지 않고 인질을 덥석 품에 안는다. 입 안에 따갑게 걸리는 아픔. 큰 놈은 그 아픔이 아픔이 아니었다. 퍼덕이는 물결. 휘청이는 하얀 줄. 하늘이 노랗게 파랗게 변하고 큰 놈은 허공으로 날아오른다. 지느러미는 날개가 되고, 구름 속으로 날아오른다. 오래 버려둔 죄책감. 그렇게 인질을 위해 죽어도 좋았다.

그는 큰 놈을 잡기 위해 잔인한 여름을 보내고, 가장 거룩한 낚싯대를 강물에 던진다.

– 서정문, 「은어」

"그"의 획책에도 불구하고 "큰 놈"은 아무래도 "그"에게 농락되듯 피랍되지 않은 듯하다. 잡힌 것이 아니라 잡혀 준 것 같다. 자신의 지친이나 애인이거나 친구로 추정되는 "작은 인질"을 "구하러" 바다에서 강으로 스스로 돌아왔고, 미끼인 줄 알면서도 "앞 뒤 가리지 않고" "덥석 품에 안"듯 조금도 망설이지 않고 "작은 인질"을 물었다. "입안에 따갑게 걸리는 아픔"은 "아픔이 아니었"다. 수면 위로 끌려나올 때에는 "하늘이 노랗게 파랗게 변"했다고 해 "큰 놈"의 그 고통 우리는 동정하였으나, "지느러미는 날개가 되고, 구름 속으로 날아오"르고 있어, 그 비상한 상승의 모습에서, 고통의 승화, 즉 어떤 절정의 열락을 "큰 놈"이 겪고 있다고 감지하기 때문이다.

하지만 그렇다고 해도 "큰 놈"은 "작은 인질"과 같이 "그"에게 피탈의 "인질"이 되고 말았다. 다른 대안이 없지 않을 텐데 왜 이 운명을 선택했는가. 하지만 이미 우리는 어렴풋하나마 안 듯하다. 전지 시점의 화자가 "큰 놈"이 "오래 버려둔 죄책감"에 시달렸다고 해서.

그렇다면 "큰 놈"이 지친이나 애인이거나 친구로 추정되는 이를 자신의 사정과 필요에 따라 "그"에게 넘겨 '작은 인질'로 불우하게 억류하게 하였고, 감방보다 더 치욕스런 "먹이통"에 유폐되고, "죽지 않을 만큼만" 먹여져 연명되는 상황을 알면서도 오래 방치하였는데, 한편 자책하기도 하다가 드디어 자신이 "작은 인질"과 운명을 같이 하겠다는 결심하고 실천하였다고 추정할 수 있다.

"지느러미는 날개가 되고, 구름 속으로 날아오른다"는 고양의 향유는 "죄책감" 방출이 폭발하듯 고조시킨 벅찬 심리라고 할 수 있을 것이다. 책임과 의리에 헌신하는 "큰 놈"의 이 선택에 우리는 우리를 동일시하기보다는 주저하겠지만 따르기 어려운 결단에 흠선의 감명이 없을 수 없을 것이다.

그런데 한편 우리는 "큰 놈"의 그 연속되는 아이러니 상황에 못내 유감스럽기도 할 것이다. "그"의 획책은 상상 이상으로 집요하고 정교했다. 애초에 "그"는 "큰 놈"을 '인질'로 잡으려는 심산으로 먼저 "작은 인질"을 잡아 그 인질로 이용하기로 작정한 것이다. 화자는 처음부터 "붉은 가을. 덩치가 큰 놈을 잡기 위해 그는 인질을 포획하려 강으로 간다"고 하지 않았던가. 또 "그"는 "큰 놈"이 결국 어떤 선택을 할지 그 지향과 격조도 아울러 예상하고 있었다.

우리는 "인질을 위해 죽어도 좋았다"는 "큰 놈"을 기리다가, 드디어 이 시의 결말 문장, "그는 큰 놈을 잡기 위해 잔인한 여름을 보내고, 가장 거룩한 낚싯대를 강물에 던진다"를 읽는다. 갑자기 우리는 "그"가 궁금하다. "큰 놈" 못지않게. 그러고 보니 "큰 놈"보다 "그"가 이 시의 주인공일 수도 있다. 이 시의 첫 문장, "붉은 가을. 덩치가 큰 놈을 잡기 위해 그는 인질을 포획하려 강으로 간다"에서도 "그"가 부각되지 않았나. 그런데 "그"가 영웅을 이렇게도 농락하다니. 아무리 "잔인한 여름을 보내"며 이 날을 고대하였다고 하더라도 말이다. 아니 "낚싯대"를 "가장 거룩"하다고 하는 것부터가 자신의 교활한 성취와 과분한 자만도 스스로 허용하며 높게 평가하는 것이고, 이마저도 가당치 않은데, 나아가 그 "낚싯대"를 "강물에 던진다"고?

하지만 이 탄식이 마치기 전에 우리는 문득 "그"의 행동을 단서로 "그"의 입장에서 이 상황을 고려해보는 전환을 시도할 것 같다. 그렇다. "그"의 최종 선택도 "큰 놈"만큼 비상하다. 과감한 중지, 자족의 절제가 아닌가. 그러고 보니 "가장 거룩한 낚싯대" 운운 목소리의 주인공도 "그"가 아니라 "그"를 관찰하는 화자이기도 하다. 그렇다면 이 시는 일방 우위나 성패의 이야기가 아니겠다. 다시 말해 "큰 놈"의 좌절도 "그"의 성취 이야기도 아니고, 죄책감 해소나 자족의 중지를 주제로 하지도 않는다. 확실하지 않지만, 인연으로 엮인 존재들의 상호작용과 상호달성의 역설을 다루고 있다고 할 수 있다. "그"도 자신의 낚시질에 혹시 회의하며 "오래" "죄책감"을 느껴오기도 한 것인가. 그리하여 마침내 때를 헤아려 결정한 용단일 수 있다.

"작은 인질"도 우리로 하여금 그 관련 정황을 반추하게 한다. "그 여름"을 겨우 "연명"하여 "가을이 깊어져야 강물을 만날 수 있"었던 "연약해진 지느러미"의 "작은 인질"이, "입에 날카로운 바늘을 물고 물속으로 잠행"하는 모습. 자신의 "오래 외로워진 쓸쓸함이 강바닥을 연하게 물들"이는 가운데 "천천히 아주 조심스럽게 강물을 흔"드는 정경. 우리의 심정에도 어느새 파문처럼 스며든다.

또 한편 이 시는 그 시선과 호흡을 우리에게 느끼게 한 전지 시점의 화자도 한번 생각하게 한다. 상황을 제시하고 "그"와 "큰 놈"과 "작은 인질"의 외면과 내면을 관찰하고 분석한 화자는 두 곳에서 자신의 생각을 드러냈다고 할 수 있다. 하나는 위에서 언급한 대로 "그"의 그 "낚싯대"를 "가장 거룩"하다고 형용한 대목이다. 이는 반어일 수도 있겠으나 낚시질을 중단하겠다는 의지로 "낚싯대"를 "강물"에 던져 버리는 행위에 수렴되기에 말뜻 그대로 수용하는 것이 좋을 것이다. 이에서도 우리는 화자가 "큰 놈"뿐만 아니라 "그"와 "그" 행위 전부를 바라보는 시선이 앞에서 검토한 대로 배타가 아니라는 사실을 유추할 수 있다. 다른 하나는 이 시 첫 어구 "붉은 가을". "가을"이 붉다는 묘사의 주체는 새삼스럽지만 "그"도 아니고, "큰 놈"도 아니고, "작은 인질"도 아니며, 보통 있는 사례가 아니다. 그냥 가을을 장식하는 단풍에서 유추했다고 추정할 수도 있지만, 화자가 작중 전체 상황을 어떻게 보고 있는지 또 자신의 마음 상태를 시사한다고 볼 수 있다. 시행의 맥락에 따라 그 의의를 부연한다면, 작중 공간이자 사연의 무대인 "강"의 이미지에 영향을 행사한다고. 이후 시행에 연관되는 가운데, 특히 '오래 외로워진 쓸쓸함이 강바닥을 연하게 물들인다"에서 생략된, 그 물들이는 색色이 붉다고.

이 시를 음미하고 나자 "큰 놈"의 헌신이 다시 상기되고 어쩐지 한 인물이 어렴풋이 연상된다. 위기에서 예수를 부인하였고 로마가 기독교인을 박해하자 로마에서 도망치다가, 로마로 가는 부활한 예수를 만나 "십자가에 다시 못 박히러 로마로 간다"는 말을 듣고 크게 부끄러워하며 로마로 되돌아가, 십자가에 거꾸로 매달리기를 자청해 순교했던 베드로가. "오래 버려 둔 죄책감. 그렇게 인질을 위해 죽어도 좋았다."

"삐죽삐죽 튀어나온 김밥 하나"

봄날 강가에 나와 앉아

홀로 저녁놀을 바라보며

소풍 나온 아이처럼

김밥을 먹을 때

문득 히말라야 산촌이 좋아

네팔 카트만두에 식당을 차리고

김밥 말아 팔던 어느 시인 생각이 났다

히말라야 트래킹으로 지친 몸을 이끌고

소설가 후배가 찾아가

김밥을 먹는데

옆구리 터진 김밥을 보고

갑자기 눈물이 나서

왜 선배가 만 김밥에서

철학 냄새가 나느냐고 하자

시인은 만년설에 까맣게 탄 얼굴로

흰 이를 드러내며 싱겁게 웃었다

마치 안 팔리는 코미디언이

가족 앞에서 있는 재주 부려가며 웃기다가

자식들이 울상을 짓자

저 혼자 몰래 흐흐거리는 것처럼 우느냐고

후배 시인을 보고 웃었다

나는 어느 책에선가 읽은

그 장면을 떠올리며

마지막으로 남은

단무지며 당근, 햄 소시지 같은 것이

삐죽삐죽 튀어나온 김밥 하나를

입안에 털어 넣었다

너무 김밥 덩어리가 커서 그럴까

눈물이 삐져나올 정도로 아구아구 씹다가

문득 그 시인이 김밥을 말던 식당 이름이

'소풍' 임을 기억했다

봄날 저녁 강가에 앉아

잔뜩 취한 노을을 바라보며

– 엄광용, 「봄날의 소풍」

이 시를 읽고 우리는 이 시의 메시지를 잘 알기 이전에 이 시의 배경인 "잔뜩 취한 노을"의 짧다면 짧고 길다면 긴 점멸의 여운에 먼저 젖을 것 같다.

"히말라야 산촌이 좋아/네팔 카트만두에 식당을 차리고/김밥" 파는 "시인" 선배를 찾아간 "소설가 후배"가 "옆구리 터진 김밥을 보고", 선배의 "철학 냄새"가 난다고 응석부리듯 탄식하고 우는 정황에서 우리는 마냥 슬프지도 않고 마냥 웃을 수도 없겠는데, "후배 시인"의 흐르는 "눈물"은 아름답다. 고국도 시도 후배들도 잊고 살아가는 듯한 "선배"가 내놓은 "김밥"에는, 지난날 자신과 같이 심신이 "지친" "후배"에게 주려고 크게 말다가 빚은 "옆구리 터진 김밥"이 있었다. 이런 사정에서 울컥한 "소설가 후배"가 흘린 "눈물"은 "히말라야 산촌"과 대비되는 세속 도시의 굴레에 매인 자신을 동정하는 자의식의 유로流露이며, 자신이 감수한 "선배"의 "히말라야의 산촌"에서 배양된 자연 "철학"이 그 분출의 동기로 여전히 어려 있다고 하겠다. 또 그 "눈물"에는 "김밥" 파는 "시인"의 낯선 현재를 인정하고 싶지 않으면서 인정하고 싶어 하는 모순 심정도 없지 않을 것이다.

"시인" 선배는 잠시 당황하다가 역시 "옆구리 터진 김밥" 같은 아름다운 말을 "소설가 후배"에게 하는데, 착종錯綜된 미묘한 파동이 우리의 미간과 귓밥에 파고든다. "마치 안 팔리는 코미디언이/가족 앞에서 있는 재주 부려가며 웃기다가/자식들이 울상을 짓자/저 혼자 몰래 흐흐거리는 것처럼 우느냐".

"안 팔리는 코미디언" 가장이 누구를 가리키는지 의문의 여지가 있지만 "후배 시인"이며, 자신을 그 "자식들"의 하나로 비유했다고 하겠다. 즉 "시인" 선배는 소설가 "후배"에게, 우리는 겉만 좀 다르지 애초나 지금이나 가족으로 동류同類인데, 뭐 그런 어색한 감회 유출을 새삼 굳이 연출해서 분위기를 어색하게 하나, 이러고서 너는 "몰래" "싱겁게" "흐흐" 웃을 테지. 과분한 언사를 삼가자는 취지의, 겸양과 농담과 배려와 힐책이 어우러진 대응이라고 확정할 수는 없지만 그렇게 추정해볼 여지도 또한 있을 것이다.

이야기에 이야기가 있는 이 액자시額子詩에서 처음과 말미의 겉 이야기에서 직접 등장해 어느덧 자신의 "김밥" 이야기를 진술하고 있는 화자와 그 마음의 상태를 우리는 정작 주목해야 한다. 화자는 먼저 "봄날 강가"에서 "소풍 나온 아이처럼/김밥을 먹"는다. 그래서 "카트만두" 그 "식당"의 "김밥" 이야기를 할 수 있었지만, "때"가 바야흐로 "저녁놀"이 그윽한 황혼의 시간으로 심상한 정경이 아니다. 우리를 궁금하게 하는 화자의 사정은 말미에서 보다 드러난다. "마지막으로 남은/단무지며 당근, 햄 소시지 같은 것이/삐죽삐죽 튀어나온 김밥 하나를/입안에 털어 넣"고, 자신의 의지로 자신을 격려하듯 "눈물이 삐져나올 정도로 아구아구 씹"는 화자. 이 모습에서 유추되는 화자의 철학은 아무래도 "히말라야 산촌"의 그것과는 다르다고 해야 할 것이다. 화자는 세속에 매인 자신의 삶을 그대로 이어가며 끝까지 치열할 것을 각오하고 있다고 추정된다.

그리고 우리는 그 시행 직후에서, 화자가 자신이 소개한 속 이야기 두 사람의 철학도 인정하며, 궁극에서 합치된다고 시사하는 의사를 읽을 수 있다. 화자는 그 김밥을 그렇게 먹다가 "문득 그 시인이 김밥을 말던 식당 이름이/ '소풍'임을 기억"한다. 이 기억에서 우리는 화자가, 어떻게 살든 결국 삶은 "소풍"이라고 각성하고 있다고 추정할 수 있을 것이다. 한편 화자는 말미에서도 "잔뜩 취한 노을"이라며 "저녁놀"을 부각하는데, 화자는 현실을 가열 차게 살면서 한편 가끔 "잔뜩 취한 노을" 같이 취하며 위로를 받는다는 자신의 측면을 암시한다고 여겨진다.

끝으로 우리는 이 시 '소풍' 모티프의 한 선행 '가족'으로 천상병의 시 「귀천」을 상기할 수 있다. "나 하늘로 돌아가리라/새벽빛 와 닿으면 스러지는/이슬 더불어 손에 손을 잡고,//나 하늘로 돌아가리라/노을빛 함께 단둘이서/기슭에서 놀다가 구름 손짓하며는,//나 하늘로 돌아가리라/아름다운 이 세상 소풍 끝내는 날,/가서, 아름다웠더라고 말하리라…" '소풍'은 '소풍'이지만 세상을 보는 눈과 사는 방식이 다르며, "스러지는/이슬"과 "삐져나"오는 "눈물"로 '귀천'에 이르는 과정도 서로 다르다. 그렇다면 「봄날의 소풍」을 우리는 '소풍' 모티프의 전개에서 주목해볼 한 계왕개래繼往開來라고 할 수 있다.

제 곡조를 못 이기는 사랑의 노래

"제 곡조를 못 이기는 사랑의 노래"

언어는 '어떻게'로 구현된 메시지가 본질이다. '누가', '언제', '어디서', '왜'보다 중요하다. 하지만 '누가', '언제', '어디서', '왜'가 더 중시되기도 한다. 우리의 인식을 제대로 조성하거나 관련 문제까지 판단하기 위해 그 참조가 불가피하기에 그렇다. 시 또한 마찬가지다. 시 그 자체가 전부일 수 있겠지만, 어떤 시공과 무관하게 생성되지 않기에, 즉 역사와 현실이 접맥되지 않은 진공眞空의 상태에서 유래하지 않기에, 우리는 시를 이해하기 위해 그 외부 상황을 따져볼 필요가 있다. 그런데, 그러고 나서 시로 돌아온다면 좋겠는데 돌아오지 않거나 어느덧 그것을 조건으로 하여 시를 평가하여 문제가 야기될 수 있다. 시와 외부 상황에 균형을 잡아 고려하고, 고려한 후에는 시로 돌아와 시 자체의 우수한 매력을 우선하여야 한다.

그런데 우리는 시가 큰 진정眞情의 개연성에 따라 용인하고 감상해야 하는 허구인 줄 알면서도 나아가 사실이기를 바란다. 즉 시의 화자가 시인이며, 시의 메시지가 시인의 지향이자 실천이었거나 실천이기를 바란다. 하지만 시는 시인의 사실 기록이 아니라 좁은 의미의 사실을 넘어서는 심미 차원의 언어예술이기에 우리는 시의 메시지와 심미성을 감상하여야 한다.

하지만 시와 시인이 일치하는 사례가 적지 않다는 사실을 우리는 또

한 알고 있고, 더욱 감동해 마지않는다. 「님의 침묵」(1925)과 만해 한용운 (1879-1944)은 그 표본이다.

>님은 갔습니다 아아 사랑하는 나의 님은 갔습니다
>
>푸른 산빛을 깨치고 단풍나무 숲을 향하여 난 작은 길을 걸어서 차 마 떨치고 갔습니다
>
>황금의 꽃같이 굳고 빛나던 옛 맹세는 차디찬 티끌이 되어서 한숨 의 미풍에 날아갔습니다
>
>날카로운 첫 키스의 추억은 나의 운명의 지침을 돌려 놓고 뒷걸음 쳐서 사라졌습니다
>
>나는 향기로운 님의 말소리에 귀먹고 꽃다운 님의 얼굴에 눈멀었습 니다
>
>사랑도 사람의 일이라 만날 때에 미리 떠날 것을 염려하고 경계하 지 아니한 것은 아니지만 이별은 뜻밖의 일이 되고 놀란 가슴은 새로 운 슬픔에 터집니다
>
>그러나 이별을 쓸데없는 눈물의 원천으로 만들고 마는 것은 스스로 사랑을 깨치는 것인 줄 아는 까닭에 걷잡을 수 없는 슬픔의 힘을 옮겨 서 새 희망의 정수박이에 들어부었습니다
>
>우리는 만날 때에 떠날 것을 염려하는 것과 같이 떠날 때에 다시 만 날 것을 믿습니다
>
>아아 님은 갔지마는 나는 님을 보내지 아니하였습니다.
>
>제 곡조를 못 이기는 사랑의 노래는 님의 침묵을 휩싸고 돕니다
>
>　　　　　　　　　　　　　　　　　－ 한용운, 「님의 침묵」

1925년 46세 만해는 이 시를 쓰기 이전에, 「조선불교유신론」(1910)을 작 성하였고, 고려 팔만대장경에서 발췌한 교리서 『불교대전』(1914)을 편저하 였다. 1919년에는 최남선이 쓴 「3·1독립선언서」를 검토하고 공약 3장[1

장 : 오늘 우리의 이 거사는 정의 인도 생존 존영을 위하는 민족적 요구이니, 오직 자유의 정신을 발휘할 것이요, 결코 배타적 감정으로 일주逸走하지 말라]을 추가하면서 독립운동을 주도하였다. 옥중에서는 「조선 독립에 대한 감상의 개요」[자유는 만유의 생명]를 썼으며, 3년 복역한 이후, 설악산에서 참선하다가 「십현담주해」(1925)를 작성하였다. 이 여정에서 표출된 「님의 침묵」, 한 번뜩이는 시재詩才가 다듬은 노래가 아니라, 일제 식민 치하의 한 위대한 인격이 길고 긴 고뇌로 연마한 견식이 토로된 그 간절한 발원發願이다.

지난 6월 13일 오후와 저녁이 교차하는 무렵, 남한산성 만해기념관 잔디광장에서 열린 『스토리가 있는 만해기념관』(전보삼 지음) 출간기념식에서 만해를 기리는 식순의 하나로 홍성례 시인이 이 시를 낭독하자, 이전 읽을 때와 달리 깊고 크게 간절하며 비통한 만해와 당대의 희망을 절감하며 설핏 눈시울이 뜨거워졌다.

그 감개의 여운을 이어 이 시 10행을 읽다가 독자들에게 참고가 될까 하여 다섯 단위로 나누었다. 1~4행(님과의 지난 이별 상황), 5행(이별 이후 심화 지속되는 님에의 사랑), 6행(더욱 주체할 수 없는 현재의 통한), 7~8행(슬픔의 힘을 희망의 동기로 반전하고 재회 기약), 9~10행(님의 침묵에 더욱 넘치는 나의 사랑 노래).

1행의 두 문장에서부터 우리는 대번에 걸출한 시가 시작된다고 느낀다. 화자는 님과의 이별 상황을 반복 제시하는데, 둘째 문장은 "아아"와 "나의"를 적절하게 추가, 이별이 강조되면서 리듬이 고조된다. 2행의 "푸른 산빛"과 "단풍나무 숲"은 대조되는 이별 이전과 이후 상황의 환유이다. 3행에서, "굳고 빛나던 옛 맹세"는, "황금의 꽃같"았으나, "한숨의 미풍에 날아"간 "차디찬 티끌", 이별의 상처가 가없이 고양된다. 4행의 "뒷걸음쳐서 사라"진 "날카로운 첫 키스의 추억"은 화자에게 지울 수 없는 낙인烙印이며 망각하려 해도 망각할 수 없는 사랑을 암시한다.

5행은 이 시의 전개에서 중요한 계기. "향기로운 님의 말소리에 귀먹고 꽃다운 님의 얼굴에 눈멀었습니다", 이는 나의 님 사랑은 현재 도저히 돌이킬 수 없는 도취와 마비 상태라는 고백이다. 이제 자신의 과거와 미래에 관련하여 자신에게 충만한 것은 오직 님의 말과 얼굴이라는 강조이다. 귀머거리가 귀가 먹기 직전에 들은 님의 향기로운 말을 여전히 잘 듣고 있는 것처럼 자신도 그럴 뿐이며, 장님이 눈이 멀기 전에 본 님의 꽃다운 얼굴을 여전히 잘 보고 있는 것처럼 자신도 그럴 뿐이라는, 자신에게도 거듭하는 맹서이기도 하다.

6행에서 화자는 거자필반去者必返을 희미하게 의식하고 현재의 이별 상태를 회자정리會者定離로 위로하면서도 다시 이별의 상태를 격심한 비애로 통렬하게 자각한다.

7행, "그러나 이별을 쓸데없는 눈물의 원천으로 만들고 마는 것은 스스로 사랑을 깨치는 것인 줄 아는 까닭에 걷잡을 수 없는 슬픔의 힘을 옮겨서 새 희망의 정수박이에 들어부었습니다"에서는 우리 잠시 휴지하며 이 문장을 좀 조정하면 좋겠다. "그러나 이별을 쓸데없는 눈물의 원천으로 만들고 마는 것은"과, "스스로 사랑을 깨치는 것인 줄 아는 까닭에 걷잡을 수 없는 슬픔의 힘을 옮겨서 새 희망의 정수박이에 들어부었습니다"는 주술 관계인데, 의미호응이 어색하다. 그래서 그 사이에 '어리석고'가 생략되어 있다고 하겠다. [그러나 이별을 쓸데없는 눈물의 원천으로 만들고 마는 것은 '어리석고', 스스로 사랑을 깨치는 것인 줄 아는 까닭에 걷잡을 수 없는 슬픔의 힘을 옮겨서 새 희망의 정수박이에 들어부었습니다]

화자는 이별의 고통을 겪으면서도 진작부터 그런 생각을 하고 있었다고 하겠으며, 그리하여 "슬픔의 힘"을 "새 희망의 정수박이"에 부활의 물로 부어 "새 희망"을 무럭무럭 자라게 하여 마침내 꽃을 피우고야 말겠다고, 드디어 하고 싶은 말을 하고야 만다. 이 역설은 이 시의 정점이자 주제이다. 8행은 거자필반去者必返을 확실하게 부각한 그 부연.

그리고 9행과 10행은 없었다면 너무 아쉬웠을 마무리, 현재의 의지를 유종의 미로 정리 정돈하는 적의適宜하고 적실適實한 결말이라고 하지 않을 수 없다. "님의 침묵을 휩싸고" 도는 "제 곡조를 못 이기는 사랑의 노래", 이 도저한, 불퇴전 불굴, 불패의 간절한 기운이 넘치는 이 노래는, 화자 나’의 노래만이 아니라, 어느덧 당대 모두의 노래가 되었고, 결국 ‘님의 침묵’을 해제하였다.

사족 : 님은 누구인가? 만해는 시집 『님의 침묵』(1926)의 서문 〈군말〉에서 이미 해명하였다. “「님」만 님이 아니라, 기룬 것은 다 님이다.” 따라서 ‘님’은 님이면서도 강력한 상징이다. 일제에게 빼앗긴 ‘조국’을 포함하여 독자가 그리워하고 기리는 모든 대상을 포괄한다. 만해는 이어서 언급하였다. “님은 내가 사랑할 뿐 아니라 나를 사랑하나니라.”

"생애의 껍질"

우리는 '자화상' 관련 자기성찰을 다룬 시를 살폈다. 또 그 범주에 포함될 시를 소개하자니 중복이 되는 것 같아 잠시 망설여지지만 문득 우리의 삶의 문제는 타인이 아니라 나, 나이며, 결국 나가 문제이고, 조율과 조섭의 대상이 아니냐는 반가운 질책이 조용히 고개를 든다. 한편, 과학에선 같은 사물이라면 시공을 달리해도 같은 정체성을 지녀야 하고 그래야만 객관 진리 파악에 기여할 수 있지만, 문학에서는 같은 사물이라도 문맥과 사정에 따라 정체성이 다르고 달라야 하며 개개의 진실 구명은 역시 저마다 보편성을 머금고 기여한다. 우리 인생은 복잡 미묘하고 변덕과 차원이 교차하는 악보이며 연주자와 악기에 따라 음색도 또 달라서. 하여간 물리와 심리는 다르다. 그런데 다음 시가 이런 무미한 교과서류 담론을 잘 입증할 수 있을지 이제 필자도 독자 여러분의 한 사람이 되어 궁금하다.

할아버지 산소 가는 길
밤나무 밑에는
알밤도 송이밤도
소도록이 떨어져 있다

밤송이를 까면
밤 하나하나에도
다 앉음앉음이 있어
쭉정밤 회오리밤 쌍동밤
생애의 모습 저마다 또렷하다

한가위 보름달을
손전등 삼아
하느님도
내 생애의 껍질을 까고 있다

– 오탁번, 「밤」

이 시의 메시지 전개에서 그 발단은 직핍하고 간결하다. 첫 행, "할아버지 산소 가는 길". 할아버지는 이 세상에서 "자기 앞의 생"을 마친 고인. 화자는 할아버지가 어떤 삶을 살았는지 알며 이미 반추하고 있다. 따라서 "가는" 이 "길"은 이 시의 주요 공간이면서도 적어도 한 생애를 한꺼번에 파지하는 화자의 시야와 호흡을 예고한다. 문학작품에서 특히 시의 언어는 있어도 좋고 없어도 좋은 시어는 없어야 하고, 꼭 있어야 하는 시어만이 있어야 한다는 반복되는 오랜 주장에 적합한 사례이다.

화자는 그리하여 그 길을 가다가 본 밤나무 아래, 소복하게 떨어져 있는 밤을 그냥 지나치지 않는다. 밤나무의 생태는 특이하다. 밤송이는 그 속에 밤을 품고 기르기에 마치 부모가 아이를 보호하고 기르는 모양과 같고, 다 자란 밤나무에서 열매가 생길 때까지 그 씨앗인 밤이 뿌리에 그대로 남아 있다. 조상과 부모가 내게 어떤 헌신을 하였는지 그 이미지를 여실히 상기시킨다. 제사상에 밤을 올리는 이유일 것이다. 하지만 이 시는 그 관습성 인식만을 그대로 활용하지 않는다. 화자는 할아버지와 자신의 관계를 그렇게 연결하며 존경하는 정서를 "가는 길"에 투영하고 있지만, "쭉정밤 회오리밤 쌍동밤"을 확인하는, "밤송이를 까"는 행위를 우리는 거듭 주목하지 않을 수 없다. 밤송이의 수북하고 날카로운 가시와 질긴 껍질은, 악착같이 그럴듯한 자기보호 분식粉飾을 비유하고, 그 까기는 그것을 제거하여 실체를 드러내는 행위이다. 드디어 "또렷하"게 드러나는 실체. 즉, 누구나 관 뚜껑이 덮이면 주변 사람들이 그 생애를 제대로 평가하고 말며, 만약 그렇지 못한다고 하더라도 결국 "하느님"이, 하필이면 축제의 날 한가위 날에 드디어 까고야 만다는 것이다. "쭉정밤"(속에 알이 없는 껍질뿐인 밤송이), "회오리밤"(밤송이 속에 외톨로 들어앉아 있는 밤), '쌍동밤'(한 껍데기 속에 두 쪽이 들어 있는 밤)……. 모두 껍질 속 실체의 환유들이며 해석은 독자들에게 맡긴다.

이 시는 겉으로는 가볍고 속으로는 무겁다. 동심童心이 일관 관통하고 있으면서도 성년이나 노년의 막중한 자기성찰을 보여준다. "한가위 보름달을/손전등 삼아/하느님도/내 생애의 껍질을 까고 있다"……. 우리는 이 시행의 "하느님도"에서, 보조사 '도'에 병렬된 화자의 자기성찰을 놓쳐서는 안 되리라. 올해 초에 고인이 된 대가 시인이 이 시 너머에서 천진天眞하면서도 강정剛正한 미소를 짓고 있다.

인간 비인간

나는 살련다 나는 살련다

바른 맘으로 살지 못하면 미쳐서도 살고 말련다

남의 입에서 세상의 입에서

사람 영혼의 목숨까지 끊으려는 비웃음의 살이

내 송장의 불쌍스런 그 꼴 위로

소낙비같이 내리쏟을지라도-   퍼부울지라도

나는 살련다 내 뜻대로 살련다

그래도 살 수 없다면-

나는 제 목숨이 아까운 줄 모르는

벙어리의 붉은 울음 속에서라도 살고는 말련다

원한이란 이름도 얼굴도 모르는

장마 진 냇물의 여울 속에 빠져서 나는 살련다

게서 팔과 다리를 허둥거리고

부끄럼 없이 몸살을 쳐보다

죽으면- 죽으면- 죽어서라도 살고는 말련다

- 이상화, 「독백」

이 시는 죽은 사람의 노래다. 이미 죽은 사람이 "나는 살련다 내 뜻대로 살련다"고 하며, "그래도 살 수 없다면-/나는 제 목숨이 아까운 줄 모르는/벙어리의 붉은 울음 속에서라도 살고는 말련다"고 붉게 맹서하고, 또 "장마 진 냇물의 여울[세속의 거친 세파] 속"에서 위태롭게나마 살고 살며 그러다가도 "죽으면- 죽어서라도 살고는 말련다"고 거듭 삶에의 다짐을 어떤 굴복 없이 천명한다. 아니다. 아니다. 이 시는 죽을 사람이 죽기 직전에 분출한 노래다. 곧 닥치는 죽음을 피할 수 없는 사람이 무한 절망의 고통에서 자신의 각오를 가없이 원통한 심정으로 토로한 유언의 노래이다.

어느 쪽인지 헤아리기 어려운 이 착종錯綜은 20년대 철자법으로 쓰인 원시를 오늘 철자법으로 옮기면서 발생한 서로 다른 시제時制에서 기인한 문제일 수 있지만, 이 시의 정조에 따라 시인이 의도한 모호한 혼란일 수 있다. 화자의 상황과 가해자의 만행蠻行이 너무나 잔혹하기에. 육신의 목숨 살해도 모자라, "영혼의 목숨까지 끊으려는 비웃음의 살(화살[죽창 등])"을 시신에 "소낙비같이 내리쏟"고, "퍼"붓는 무비無比 악독. 이 처참한 만행蠻行에 우리도 정신이 교란될 정도로 억울하고 분노로 미쳐버릴 지경. 시인은 그 도저한 참경慘景에 직핍하게 감정이입되어 이 시의 화자가 되었다. 삶의 의지로 절대 절망을 피력한 이 시의 화자는 1923년 9월 일본 간토대지진關東大地震 때 일인들의 집단 린치로 피살당한 6661 조선인 희생자들이다. 이상화(1901-1943)는 당시 동경 아테네프랑세어학원에서 유학하다가 극악한 학살 현장을 목격하였다.

그동안 우리에게 잘 알려지지 않았던 이 시는 1923년 10월 26일 《동아일보》에 실렸는데, 그 100년 후인 2023년 10월 26일 저녁에 성남아트리움대극장에서 공연된 〈관동대지진 100년, 대표적 문학작품을 통한 진혼의 밤〉[초대 손님 - 시인 정종배, 시인 이윤옥 / 진행 - 사회 - 작가 이진훈]에서 출현하였다. 공연을 주관한 랑코리아·듀오아임은 「공연취지문」에서 이 상기想起의 공연이 "망각의 100년, ……(중략)…… 우리 사회가 민족과 이념과 종교를 초월하여 보편적 생명 존엄의 가치를 함께 깨우쳐 재발 방지를 촉구하는 일"이라고 자처하고, "또한, 비록 어려운 길이지만 한국과 일본 양국 시민들이 원한을 풀고, 이제는 반성과 화해를 앞당겨 밝은 미래로 상생해가는 지름길이 되리라 확신합니다"고 하였다.

간토대지진에서 흉포한 일인들의 선동과 일제 당국의 방관으로 아니 나라 빼앗긴 죄로 죽어간 당시 백의 조선인 희생자들은 3·1운동의 희생자들보다 더 원통하다. 시신들이 마구 뒤엉켜 쌓인 당시 참상 사진을 보며 현재의 우리도 피가 싸늘하게 끓는다. 망각할수록 망각하지 않는 기억, 괴롭고 비참한 저주 받은 기억이여.

그러다가 우리는 한 세기 시차와 달라진 상황과 "용서는 하되 잊지는 말자"라는 귀에 익은 말을 떠올리며 스스로 위로하지만 어렵기만 한데, 이 시의 11, 12행을 다시 읽다가 증오와 적의를 악착같은 그 무엇을 떼어내듯 뽑아낼 수 있을지 모르겠다. "원한이란 이름도 얼굴도 모르는/장마 진 냇물의 여울 속에 빠져서 나는 살련다". 이 의지는 7행 "나는 살련다 내 뜻대로 살련다"의 '내 뜻'. 철천의 희생 영령英靈들이 진정 소원하는 것은 그러니까 원한의 지속이나 응징의 복수가 아니라 다만 "부끄럼 없이 몸살" 치듯 사는 것, 즉 생명 자체에 유감없이 충실하면서 자신과 세상에 부끄럽지 않게 사는 삶이다. 이 지향에는 가해자들은 그러지 않다는 뜻과 산 자들에게 그렇게 살기를 바란다는 뜻이 함축되어 있다고 하겠다. 다시 말해 이 시의 끝 문장에서도 부각되는 "죽어서라도 살고는 말련다"의 취지는 "원한이란 이름도 얼굴도 모르는", 즉 그 지우거나 잊은 상태에서, 그저 인간답게 살겠다는 의지, 죽어서도 그렇게 살겠다는 소원 표백이다.

이 시에서 이상화의 시 세계, 그 편폭을 다시 본다. 무어라 이름 붙여야 할지 어려운 시인의 심원한 염치 삶에의 열망과 인류에게 바치는 휴머니즘 충정. 러시아—우크라이나 전쟁, 이스라엘—하마스 전쟁에서 속출하는 무고한 민간인 희생자들을 목격하며 이 시의 메시지에 우리는 다시 절실해진다. 전쟁 당국자들은 이 시도 읽고 희생자 망자들의 심정을 알아야 하고, 천지에 용납되지 않는 비천하고 추루한 폭력을 당장 멈추거나 최소한 무고

한 민간인 피해자가 없도록 해야 한다.

이상화는 일제 치하 조국의 비통한 현실을 정신이 아니라 영혼의 차원에서 접응하였다. 「빼앗긴 들에도 봄은 오는가」(1926)에서 "나는 온 몸에 풋내를 띠고/푸른 웃음 푸른 설움이 어우러진 사이로/다리를 절며 하루를 걷는다 아마도 봄 신령이 지폈나 보다"라고, 식민지 조선 천지의 봄 신령이 자신에게 빙의하였다고 화자는 탄식하였다. 우리가 오늘 읽은 「독백」은 그 전편前篇이다. 불우한 시대를 산 지사 시인의 막심하고 고원한 강개慷慨여.

"내가 눈감고 이미 없을 세상에"

「무녀도」(1936)와 「사반의 십자가」(1955)의 작가 김동리(金東里, 1913-1995) 선생이 타계한지 29년. 선생의 시인 면모는 1934년 《조선일보》 신춘문예 시 부문 「백로白鷺」 입선과, 1937년 서정주, 김달진, 함형수, 오장환 등과 동인지 『시인부락』을 발간한 활동으로 잘 알려져 있다. 최근에 선생의 연보를 읽다가 선생이 최초로 발표한 작품이 시 「고독孤獨」(1931년 《매일신보》)이었으며, 일흔을 훨씬 넘긴 때에 「독작獨酌」 외 시 9편을 썼다는 사실 등을 비로소 알았다. 유추할 수 있듯 거명된 두 시에는 인간 존재의 고독, 생애의 저변에서 관통하는 그 근원 조건과 심경이 다루어지는데, 다음 시는 선생의 내면에서 넘칠 듯 말 듯 늪의 물처럼 일렁거렸을 그 절대에 관련된 한 여운이다.

나는 오랜 옛 서울의

한 이름 없는 마을에서 태어나

부모형제와 이웃 사람의 얼굴, 그리고

하늘의 별들을 볼 적부터

죽음을 밥 먹듯 생각하게 되었다.

아침에 피는 꽃의 빛깔과

황혼에 지는 동산의 가을 소리도

이별이 곁들여져, 언제나

그처럼 슬프고 황홀했다.

술과 친구와 노래는 입성인양 몸에 붙고

돈과 명예와 그리고 여자에도

한결같이 젖어들어

모든 것을 알려다

어느 것도 익히지 못한 채

오직 한 가지 참된 마음은

내가 눈 감고 이미 없을 세상에

비치어질 햇빛과 피어나는 꽃송이와

개구리 우는 밤의 어스름달과

그리고 모든 사람의

살아 있을 모습을 그려보는 일이다.

– 김동리, 「자화상」

우선, "모든 것을 알려다/어느 것도 익히지 못" 했다는 노년의 경과성 자의식이 그 고백을 기저로 지난 생애를 편술編述하고 있다. 진술이 평명하지만 우리는 "부모형제와 이웃 사람의 얼굴, 그리고/하늘의 별들을 볼 적부터/죽음을 밥 먹듯 생각하게 되었다"는 문제의 출발을 재차 읽어야 한다. 어째서 그랬는지 까닭이 제시되지 않았으나, 사람은 반드시 죽는다는 인생의 이치를 깨달았기 때문이 아니겠는가. 이 시에서는 그 흔적이 없지만 선생은 자전류自傳類 산문에서, 네다섯 살 무렵에 이웃집 여자아이가 죽어 그 아버지가 가마니로 싼 시신을 지게에 얹어 진달래인가 울긋불긋 꽃 핀 산으로 사라지던 모습을 보았고, 이후 삶과 죽음의 경계에서 죽음을 자주 생각하였다고 하였다. 선홍 심장에 강력하고 예리하게 찍힌 낙인 같았을 그 남다른 인식은 선생의 삶에서 주요 무의식으로 때로는 활화산 때로

257

는 휴화산이 아니었나 한다.

　비평가 김주연이 언급한 대로 선생은 "올라운드 플레이어"였다. 시 소설 평론을 넘나드는 오랜 창작 이력과 작품의 수월한 질량, 뿐만 아니라 일제와 타협하기를 거부하였고, 해방정국에서는 문학이론 주도로도 유명하였으며, 전후戰後에도 창작을 왕성하게 지속하며 대학 강단 내외에서 「토지」의 박경리 등 기라성 제자들을 육성하였으며, 문학단체의 수장도 역임하였다. 하지만 그런 이력이 전부가 아니었다. 선생의 분방한 삶의 궤적에는 늘 '죽음'이 문제로 동반되고 있었던 것이다. 죽음이 선생을 동반해 나아간 것인가. 선생이 죽음을 동반해 나아간 것인가.

　샤머니즘과 선도仙道와 불교와 기독교를 아우르고, 자본주의와 사회주의의 근대를 초극하려는 자세를 견지하며 제3기 휴머니즘을 지향하였던 선생의 삶과 영욕은, "모든 것을 알려다/어느 것도 익히지 못"한, 그러니까 죽음을 포함해 삶의 구경究竟이 무엇인지 연속 추구하다가 맺은 연분의 연쇄였다고 하겠다. "술과 친구와 노래"와 "돈과 명예"와 이성들도. 그리고 또 우리는 깨닫는다. 그런 한편 "아침에 피는 꽃의 빛깔과/황혼에 지는 동산의 가을 소리도/이별이 곁들여져" "언제나" "슬프고 황홀했다"는 것을. 다시 말해 모든 현상과의 조우에 이별이 함께하고 그 병행에서 운명을 자각하며 "슬프고 황홀했다"고. 그 여로의 행보, 이윽고 그 종국을 예감하며, "내가 눈 감고 이미 없을 세상"을 또 그려본다. 누리에 "비치어질 햇빛", 수줍게 "피어나는 꽃송이", 목탁 같은 "개구리" 울음이 스미는 "어스름달", 그리고 "모든 사람의/살아 있을 모습"이다. 그렇다면 선생이 피안에서 미소 지으며 지금도 보고 허여하는 그 세계는 여전히 지상의 이 세계가 아닌가. 우리는 선생의 시 「5월」을 읽으며 한 생각에 잠겨야 하리.

　　5월의 나무들 날 보고
　　멀리서부터 우쭐대며 다가온다

언덕 위 키 큰 소나무 몇 그루

흰 구름 한두 오락씩 목에 걸은 채

신나게 신나게 달려온다

학들은 하늘 높이 구름 위를 날고

햇살은 강물 위에 금가루를 뿌리고

땅 위에 가득 찬 5월은 내 것

부귀도 선향(仙鄕)도 부럽지 않으이

사족 : 그런데 이 5월 풍경은 "세상과 소란은/장바닥 먼지 함께/달빛에 젖어 잠들면//까마득하게 높은 하늘 위로/울음 삼키며, 새 한 마리/가만히 날아간다"(「달밤」 4, 5연)는 정경을 동반한다.

『하늘과 바람과 별과 시』의「결시結詩」

새해에 104세가 된 우리 사회의 어른 김형석 선생이 지난 해 12월에 새해 소망을 밝혔다. "앞으로 5년의 삶이 더 주어진다면 나도 여러분과 같이 시를 쓰다가 가고 싶다"고. 《서울문학광장(문학의 집 서울)》의 초청으로 애송시를 낭독하고 나서 소감을 말하던 자리에서 피력한 이 의사는 최근 한 지상紙上에서 다음과 같이 부연되었다. "오랫동안 나는 사회 속에서 선善의 가치를 추구해왔다. 100세를 넘기면서 나 자신을 위해 아름다움을 찾아 예술을 남기는 여생을 갖고 싶었다. 아름다움과 사랑이 있는 인생이 더 소중함을 그제야 알았다."

사회의식과 진眞을 기초로 한 오랜 논고와 칼럼의 선 선양에 이어, 예술성 미美까지 추구하는 시작詩作 시도, 이 소식에만도 독자들이 행복할 것이다. 부연 중 '나 자신을 위해' 라고 하였는데, 심미성 성찰과 표현으로 자신의 삶을 더 충실하게 고양할 수 있다는 생각이 함축되어 있고, 독자를 직접 대면하거나 직접 의식하는 논고나 칼럼과는 다른 방식으로 시는 독자와 소통한다는 생각도 내포되어 있다고 하겠다. 그리고 이러한 생각들을 '그제야 알았다' 고도 하였는데, 겸사이면서도 시를 기리는 경의의 표시일 것이다. 이런 선생이 낭독한 애송시가 무슨 시인지 궁금하였다.

죽는 날까지 하늘을 우러러

한 점 부끄럼이 없기를,

잎새에 이는 바람에도

나는 괴로워했다.

별을 노래하는 마음으로

모든 죽어 가는 것을 사랑해야지

그리고 나한테 주어진 길을

걸어가야겠다.

오늘 밤에도 별이 바람에 스치운다.

　　윤동주(1917-1945)의 이 「서시序詩」는 정지용이 쓴 서문을 지표로 『하늘과 바람과 별과 시』(1948) 출간 이래 그 대표작으로 널리 알려져 있고, 고교 국어 교과서에도 실려 있다. 윤동주는 김형석 선생의 평양 숭실고보 동기이기도 하지만, 「서시」가, 삶의 진정성과 지향을 고아한 격조와 간결한 율조로 제시하는 시풍에서 거의 독보獨步이기에 선택하였을 것이다. 또 김형석 선생은 자신의 생애에서 교분을 나눈 첫 시인은 윤동주이고, 마지막 시인은 구상(1919-2004)인데, 별세를 앞두고 자신에게, " '하늘을 우러러/한 점 부끄럼이 없기를' 하는 마음으로 인생을 시작했는데 '죽음의 문 앞에 서니까 내가 그렇게 부끄러운 죄인이었다' 라는 시를 보내왔다"고 하였다. 두 분의 교분도 심상치 않고, 성인 그리스도 폴을 사숙하며 평생 염결한 사표의 삶을 산 구상 선생 같은 분이 이 시를 자신의 생애를 비추는 한 거울로 삼았다니…… 아니 그래서…… 그런데 이 시의 메시지는 내력이 깊고 넓다. 일제 시기 만주 북간도 명동촌明東村의 정신과 기맥이 배경으로도 전경으로도. 한 수발하고 순수한 청년의 이상이 표백된 시라고 하기에는 너무 고원하다.

　　1899년에 용감하게 만주 북간도로 월경하여 땅을 사들여 명동촌을 건설하고, 1918년 39인 무오독립선언에도 참여한 규암圭巖 김약연(金躍淵, 1868-1942) 선생은 윤동주의 외숙부. 명동촌은 나중에 한민족기독교공동체로 기독교의 교리가 그 기초이지만 1915년 이전에는 유학의 지향이 그 지반이었다. 공자의 신식병信食兵을 공동체의 원리로 삼았으며, 1901년에 서당 규암재를 세워 맹자의 의義를 강조하며 민족교육을 실시하였다. '한국판 모세', '간도의 대통령'으로 추앙되었던 김약연 선생은 본래 유학 경서에 통달한 유학자였던 것이다. 규암재의 후신이 명동학교이며, 이 학교에서 성장한 윤동주는 학교의 규암재 이래 전통과 무관할 수 없다. 기독교와 민족주의는 물론, 유학의 세례도 제대로 받은 인격.

다 알다시피 「서시」의 첫 두 행, "죽는 날까지 하늘을 우러러/한 점 부끄럼이 없기를"이란 소망은 맹자의 군자 삼락三樂 중, 두 번 째인 "仰不愧於天 俯不怍於人(하늘을 우러러 부끄럽지 않고, 땅을 굽어봐도 부끄럽지 않다)"에서 유래한다. 그런데 다시 주목되는 것은 그 직후, "잎새에 이는 바람에도/나는 괴로워했다"는 그 관련 토로와 태도이다. 아무래도 그 진정성에 놀랍다. 보통이라면, 떳떳한 삶과 호연지기를 이해하고 그 고상하고 정결한 기백을 부러워하면서 내면의 인지 교양으로 삼는 데서 그치기 십상인데, "나는 괴로워했다"니. 그것도, "잎새에 이는 바람에도"……. 작고 단정한 푸른 나뭇잎 사이에 이는 그 바람, 어떤 바람인가. 간과하지 말고 그 바람을 피부로 상기하며 다시 이 시행들을 음미해보자. 이 고원한 용의는 '仰不愧於天 俯不怍於人'을 더욱 위로 추상推上하고 아래로 추하推下하며, 이 시 전체를 괄목상대하게 하고, 또 우리로 하여금 우리의 속기를 자각하게 하고 부끄럽게 한다. 구상 선생과는 아주 다른 취지에서. "오늘 밤에도 별이 바람에 스치운다."

사족 : 김형석 선생은 또, 항일운동 혐의로 후쿠오카형무소에 수감되어 있다가 1945년 2월에 의문의 옥사로 별세한 친구를 그리워하면서, "동주는 '모든

생명이 있는 것[죽어가는 것]을 사랑해야지/그리고 나한테 주어진 길을 걸어가야겠다'고 했다. 그러나 그 길을 걷지도 못하고 목숨을 빼앗겼다. '그리고' 대신에 '그래도'라고 했더라면 죽음이 두렵지 않았을까, 싶어 마음이 아팠다"고 했다. 선생은 친구가 옥중에서 별세를 예감하며 또 그 직전에 자신의 이 시를 운명으로 상기하였을 것이라고 추정하는 것이다. 개연성 있다. 그렇다면 「서시」는 "나한테 주어진 길을" 자각하고 "걸어"간 윤동주의 「결시結詩」이기도 하다.

"한 살 나이를 더한 만큼"

지난달 양력 1일에 새해를 맞아 생활 의식을 쇄신하면서 모종 향상을 기대하였건만 어느덧 우리 대부분은 이전 타성으로 나태해졌지 않았나 한다. '작심삼일作心三日'이란 말도 있듯 작심 한 번으로 변화를 성취하기 어렵다. 한편 진척 없이 해가 바뀔 때마다 향상 기대를 반복하는 심사가 부끄러워 자책할 수 있겠고, 그것도 욕심의 공리功利에 불과하다며 과감하게 포기해 버릴 수도 있겠다. 하지만 우리 유한한 일회성 삶에서 성패 여부를 떠나 미흡과 부족을 메우려는 향상과 나와 남에게 좋을 모종 바람직한 변화의 계기가 있으면 있을수록 그 자체에 감사하고, 더욱이 자연의 이치에 따른 세시歲時가 그 기회라면 자연의 일부인 우리에게 아무래도 더 의의 있을 것이다. 다음 시는 우리 최대의 명절인 설을 맞아 근하謹賀의 심정으로 애독되었는데, 인성 함양도 이면에서 촉진하여 앞으로도 설을 맞이하며 뜻깊게 읽혀야 할 작품이다.

매양 추위 속에

해는 가고 또 오는 거지만

새해는 그런대로 따스하게 맞을 일이다.

얼음장 밑에서도 고기가 숨쉬고
파릇한 미나리 싹이
봄날을 꿈꾸듯

새해는 참고
꿈도 좀 가지고 맞을 일이다.

오늘 아침
따뜻한 한 잔 술과
한 그릇 국을 앞에 하였거든

그것만으로도 푸지고
고마운 것이라 생각하라.

세상은
험난하고 각박하다지만
그러나 세상은 살 만한 곳

한 살 나이를 더한 만큼
좀 더 착하고 슬기로울 것을 생각하라.

아무리 매운 추위 속에
한 해가 가고
또 올지라도

어린것들 잇몸에 돋아나는
고운 이빨을 보듯

　　새해는 그렇게 맞을 일이다.

– 김종길, 「설날 아침에」

　　날씨마저 "험난하고 각박"한 "얼음장" 같더라도 마음을 따뜻하게 다스려 "새해"를 맞이한다는 화자의 독백에는 권유가 스며들어 있고, 고양된 의지와 성찰이 그 기초이다. 즉 외부의 조건과 자신의 다를 바 없는 여사한 반응에서 벗어나, 진솔한 사유로 자신과 주변을 긍정하는 마음을 회복하자고 권유한다. 그 "얼음장 밑에서도" 숨 쉬는 "고기", "봄날을 꿈꾸"는 "파릇한 미나리 싹" 같이. 이어서 지나친 자신의 욕심과 남의 부당한 횡포나 비리에 힘들고 개선의 가능성이 적더라도 "참고 꿈도 좀 가지고 맞"자고 새해 설날 아침의 태도를 정리한다.

　　이 각성과 권유는 무엇보다도 설날 아침상을 매개로 하고 있다. "따뜻한 한 잔 술과 한 그릇 국(떡국)". 화자는 "그것만으로도" '푸지고[넉넉하고] 고맙게' 여기라고 한다. 그런데 감사는 그것에 국한되지 않고, '그것'을 조화造化한 천지신명天地神明에도 감사하라는 권유가 내포되어 있다. 우리는 화자의 의도에 따라 이 정경과 화자의 태도를 공유할 수 있을 것이다. 그렇다. 설날 아침에 우리가 마주하는 "따뜻한 한 잔 술과 한 그릇 국"은 평일의 습관과 같은 음식이 아니다. 자연과 사회의 배려로 남과 내가 협력하여 만들고 나누게 된 비성비속非聖非俗의 공물供物에 가깝다. 그리고 자신에게도 응분의 감사를 하라고 은연 환기시키는 듯하다. 그런다면 "세상은 험난하고 각박하다지만/그러나 세상은 살 만한 곳"이다. 즉 지행志行을 높이고 분복分福을 낮춘다면, 이 세상은 살 만한 세계라고 한다. 이 메시지들은 퇴계가 말년에 정립하고 지향한 성리性理 철학의 주요 명제, "이발이기수지(理發而氣隨之 : 이가 발동하면 기가 따르게 되고), 기발이이승지(氣發而理乘之 : 기가 발동하면 이로 그 추이를 통제하여야 한다)"란 주리主理 전통에 이어진다고 할 수 있다. 사물과 타인에게 존중하고 배려할 수 있는 경敬을 일으키는 단서를 생성하며, 관련 인문 성찰을 조촐하게 확대한다.

나아가 화자는 "한 살 나이를 더한 만큼/좀 더 착하고 슬기로울 것을 생각하라"고 하는데, 먼저 이 지시 화법에 우리 중 일부가 좀 불만스러울 수 있을 것이다. 하지만 작중 공간의 정황을 고려하면, 화자가 상정한 청자는 불특정 남이 아니다. 그의 자질子姪들이다. 즉 화자의 이 말투는 부자유친父子有親의 취지에서 한 가정의 아버지나 한 가족의 어른으로서 자질子姪들에게 건네는 새해맞이 덕담 방식이다. 그런데 함부로 꼰대 운운하는 저급한 세태에서 정작 젊은 세대야말로 설날 아침에 이런 말을 굳이 해주는 어른이 이제 그립지 않은가. 이 조언은 애정이 넘치며 타당하기도 하다. 그렇다. 인간은, '한 살 더' 한다면 가정과 사회에서만이 아니라 그 무엇에 보다도 자기 자신에게 그러해야 하는 존재가 아닌가. "한 살 나이를 더한" 그 만큼이라도.

이 시의 압권은 끝 9, 10연일 것이다. 이상 맥락을 총괄하여 화자는 설날 아침에, "어린것들 잇몸에 돋아나는/고운 이빨을 보듯" 새해를 맞이하자고 권유를 마무리한다. 이 순백의 작고 영롱한 이미지는 그 자체 곱고 정갈할 뿐만 아니라, 막 시작하는 새해의 모습으로 부각되면서 우리의 시선을 빛나게 하며 신선한 충격을 일으킨다. 그리고 그 여운에는 자라난 유아들이 설날 아침에 역시 자기 앞의 생에 인내와 희망을 지니고 푸지고 고마운 그 심정으로 "따뜻한 한 잔 술과 한 그릇 국"을 함께 먹는 모습도 선명하다.

"선운사 동백꽃"

2월, 한반도 남녘에서부터 동백冬栢이 꽃을 붉게 피운다. 동백은 매화와 함께 추위에서 오히려 자신의 가장 소중한 정체성과 자태를 활짝 드러내 문학작품의 소재가 되어 왔고, 우리도 여러 측면에서 주목하고 의미를 부여하기도 한다. 미당未堂 서정주(1918-2000) 선생이 동백꽃을 노래한 시가 떠오른다.

선운사 골째기로
선운사 동백꽃을 보러 갔더니
동백꽃은 아직 일러 피지 안했고
막걸릿집 여자의 육자배기 가락에
작년 것만 상기도 남었습디다.
그것도 목이 쉬어 남었습디다.

― 서정주, 「선운사 동구」

이 시는 미당 선생이 생전에 아끼던 시들 중 하나였다. 친필로 쓰인 시비詩碑가 전북 고창의 선운사禪雲寺 입구에 세워져 있었다. 작중 동백꽃은 화자가 작년에 보았던 선운사의 동백꽃과 일단 관계되면서도, 그것과 다른 성격의 동백꽃이다. 우선 세 가지 요소가 결합된 존재이다. 선운사 대웅전 뒤 최고 5, 6백 년 수령 3천여 동백 군락이 피운 비상한 규모의 동백꽃, 전라도 민요 육자배기 특유의 가락, 그리고 주모의 '쉰 목소리'와 '쉰 목소리'로 환유된 주모의 어떤 과거 사연. 앞 두 가지는 우리가 웬만큼 알 수 있는데, 세 번째 요소는 그 구체를 알 수 없다. 그것이 무엇인지, 시 말미 그 "동백꽃"의 저층에 은밀하게 잠겨있는 그녀의 사연이 무엇인지 10대 이래 궁금하였다.

확실하다고 할 수는 없지만 그녀의 과거 사연이 비련悲戀이었을 것이라고 그 외곽과 향방을 '쉰 목소리'로 추정할 수 있다. 「선운사 동구」는 미당 선생이 1968년경에 지었다. 나무가 동일한지 여부를 떠나 "떨어진 동박은 낙엽에나 쌓이지, 사시장철 님 그리워 나는 못 살겠네"란 가사가 개재된 「정선아리랑」, 새드 엔딩도 아니며 노란 동백꽃이긴 하지만 1936년 김유정의 「동백꽃」, 1964년에 크게 히트한 님 그리워하는 이미자의 노래 〈동백 아가씨〉(백영호 작곡, 한산도 작사)의 영향이 있었다고 할 수 있다. 우리의 선입견 또한 그러하다. 하지만 청소년 시절에 미당 선생은 이미 고향의 대찰 선운사와 그 무성한 동백꽃을 감상하였을 것이고, 이후 고향을 찾을 때 방문하곤 하였으니, 「선운사 동구」의 '동백꽃' 관련 애초 모티프는 그것들에 앞서 선생의 가슴 한구석에 이미 내재해 있었다고 해야 한다. 더욱이 신분 차이로 사랑을 이루지 못한 여인의 이야기를 다룬 알렉산드르 뒤마의 장편소설 『춘희(동백아가씨)』(1848), 베르디가 『춘희』를 소재로 작곡한 오페라 〈라트라비아타〉(1853)를 선생이 문청 시절에 알았다고 할 수 있어, 동백꽃 자체가 선생에게 문학 의식에서도 이미 체화된 이미지였다고 할 수 있다.

따라서 화자의 연상, 선운사 동백꽃을 시기가 일러 보지 못하고 선운사 동구로 내려와 주막에서 홀로 막걸리를 마시며 주모가 부르는 육자배기를 듣다가 작년에 보았던 동백꽃 상기는 자연스럽다고 할 수 있고 그렇지 않다고도 할 수 있는데, 후자가 우세하다고 할 수 있다. 다시 말해 화자의 그 연상은, 작중에서는 드러내지 않은 동백꽃 감상 전후에 관련된 자신의 체험과 어떤 심정에서 기인하였다고 할 수 있는 것이다. 그 연상을 두고 '하필이면'이라는 반응에 가능한 대답이며, 「선운사 동구」의 "동백꽃", 그 최저 층위에 스며들어 있는 동인動因이라고 여길 수 있다. 그리하여 우리는 또 상상할 수 있다. 아마 젊은 화자는 당시 사랑에 진척이 없었고 이별의 정서를 예감으로 공감하고 있었다고. 이 시를 지은 시인의 실제 삶의 한 국면과 반드시 유관하다고 여길 필요는 없다.

그리고 우리가 다시 참조할 것은 화자가 굳이 부각한 "육자배기 가락"이다. 즉 6박 진양조 장단의 높낮이와 길이에서 느껴지는 말의 기운. 육자배기란 이름도 그 특성에서 유래하였다. 「선운사 동구」의 '동백꽃'은, 육자배기 특유의 리듬과 묘연妙然한 기미와 분리될 수 없다. 「선운사 동구」도 동백꽃 관련 문학사의 지속과 변화로 접근할 수 있으며, 개성이 넘친다. 그러면서 우리에게 끝까지 질문하게 하는 사랑의 탁월한 시이다. 선운사 동구 "막걸릿집 여자의 육자배기 가락에" "상기도" 피어 있는 작년의 "동백꽃", 그 꽃의 저변에 은밀하게 잠겨있는 구체 사연이 지금도 궁금하다. 상상할 수는 있으나 그 세목에 정답이 있을 수 없겠다. 어떤 시는 별 의미 없거나 중도에 대응 모색이 그칠 질문을 하는데, 이 시는 우리를 궁금하게 하며 육자배기 가락에 승화되어 거듭 시도하게 한다. 그리고 우리는 기구하다고 할 연상의 그 여인을 마주하는 젊은 화자의 공감을 공감하면서 태도도 같이할 수 있다. 이 시의 '동백꽃'은 그 여인으로 인격화도 되며, 일인 오페라 가수와 비슷한 존재로 고양되고 있다.

미완의 사랑과 그 정한을 주제로 하는 이 시를 누가 다시 깊게 읽고 사연의 세목을 상상해 대본을 쓰며, 또 누가 6박 진양조 장단의 높낮이와 길이에서 느껴지는 말의 기운에 통달해 작곡하여 오페라를 만들면, K팝의 한 후속으로 얼마나 좋겠는가. 참고로 육자배기는 윤창輪唱이기도 하다. 일인 독창 오페라로 만들어도 좋겠다.

앞에서 미당 선생의 "친필로 쓰인 시비가 전북 고창의 선운사 입구에 세워저 있었다"고 하였다. 2024년 2월 현재, 그 시비는 비문인 시가 갈려진 채 비석과 기단이 선운사 주차장 맞은편으로 옮겨져 방치되어 있다. 일제 말 선생이 쓴 친일 시가 빌미가 되었다 한다. 하지만 이 사바세계에서 완인完人이 어디 있을 수 있겠는가. 더욱이 선생을 기리는 고창의 미당시문학관에는 선생의 친일 시를 게시한 방도 정직하게 탐방객을 맞이하고 있다. 산은 산, 물은 물. 공과功過를 뒤섞는 혼란을 그치자. 선생의 영혼도 가끔 귀향하여 선운사의 동백꽃도 보고, 선운사 동구 주점에서 육자배기를 들으며 「선운사 동구」 시비와 그 '동백꽃'도 바라보며 "막걸리 한잔하시게." 하여야 하지 않겠는가.

지난 12일 설 연휴 마치는 날 오후에 14일 자 칼럼을 쓰려고 하는데, 화면에 시인 김홍성 페이스북 새 정보 탑재 안내가 홀연히 떠올라 반짝였다. 그는 방문자들에게 9년 전 2월 12일에 자신이 네팔에서 썼던 글을 추억으로 공유하자며 게시하였다. 그는 미당 선생에게서 남다른 사랑을 받았는데, 1980년 9월 어느 날, 일제 말 잡지에 실린 선생의 친일 시를 복사해 후배들에게 말없이 나누어주었다. 이후 격동의 세월이 흐르고 흘렀고, 네팔에서 도합 9년 우거하다가 귀국한 시인은 아마 미당 선생과의 유다른 애증에 두고두고 홀연히 선생과 선생의 시를 반추하였던 것 같다. 시인은 「랄리구라스 −바위 고개 언덕을 혼자 넘자니」에서 이렇게 언급하였다.

> 랄리구라스가 피는 설산 기슭의 봄 ……(중략)…… 청춘남녀가 산
> 에 나무하러 다니면서 연애 걸 때 가장 자연스럽게 등장하는 소도구
> 가 랄리구라스이다. 설산 히말라야 산골에 살면서 어여쁜 처녀의 나
> 뭇짐에 랄리구라스 꽃을 얹어 주는 총각이 어디 한 둘이겠는가. 그
> 렇게 맺어진 부부였는데 남편은 어디론가 떠나고 아내는 오늘도 나
> 뭇짐을 지고 혼자 바위 고개 언덕을 오르내린다. 눈물날거다. ……
> (중략)…… 다발로 피는 꽃이어서 우리나라의 진달래를 다발로 묶
> 은 것 같으며 나무는 진달래보다 몇 배나 더 굵고 키가 크다. ……(중

략)······ 꽃 색깔은 주로 빨강이지만 드물게 흰색이나 분홍색, 또는 노란 색이나 보라색 꽃송이가 달리는 나무도 있다. 랄리구라스는 입술 연지처럼 새빨간 꽃송이가 가장 흔한데, 랄리란 바로 그렇게 붉다는 뜻이다. ······(중략)······ 네팔의 국화國花이기도 하다. 네팔 산골의 봄은 2월부터다. 2월이나 3월의 솔루쿰부나 안나푸르나 혹은 랑탕 계곡의 랄리구라스 숲길은 '부처님 오신 날' 연등을 달아놓은 듯 찬연하다. ······(중략)······ 설산 기슭의 붉은 꽃 랄리구라스는 우리나라 지리산의 진달래처럼 화약 연기 속에서도 피고, 선혈이 스민 땅에서도 핀다. 그래서 어쩌라는 것인지 해마다 더욱 붉게 피고 더욱 붉게 진다.

고인이 된 미당 선생이 여생을 네팔에서 보냈다면 선운사 동백꽃을 노래하듯이 랄리구라스   꽃을 노래했을 것이다. 랑탕 히말 가는 길 주막집 마당에 떨어진 랄리구라스 꽃을 보면서 어   찌 감회가 없겠는가. 작년 것도 아닌 시방 것이 저토록 목이 쉬어 남아있으니······.

"저만치 혼자서 피어 있네"

얼마 전에 한 여류 소설가가 필자에게 "현대시를 어렵게 여기는 일반 독자들을 위해서도 심오하나 선명 간결한, 예컨대 이백의 「산중문답」 같은 시, 좀 더 자주 소개해 주시면 좋지 않을까요?" 하였다. 그래서 "저도 그렇습니다"라고 화답하지 않을 수 없었다. 어려운 시 문제를 지난번에 거론한 적 있다. 필자도 물론 포함하여 독자들이 시를, 우리의 삶을 깊고 넓게 이해하고 성찰할 수 있는 인문의 정제된 거울로 예우하며, 바쁜 일상에서 짬을 내 접근하지만 그 향유가 쉽지 않아 흥미가 떨어지고 회의마저 일어난다는 취지로. 이 문제에 더 답답하고 억울할 수도 있는 시인들에게 참 미안하지만, '어쨌든 독자와 소통되지 않는 시라면 대체 무슨 의의가 있겠나?' 하고 쉽게 발설하기 어려우나, 하나 마나한 불평을 중얼거려 본다. 시가 그 자체 독립된 언어예술이라고 하더라도 어디까지나 독자를 의식하고 독자와 소통하기 위해 생산한 공유의 매체이기에 '심입천출深入淺出'을 창작의 열정에 더 실어 고민해 보시기를 감히 기대한다.

이백의 「산중문답」 같은 시, 우선 「산유화山有花」가 떠오른다. 소월素月 김정식(金廷湜, 1902-1934)이 1924년 10월 《영대》 3호에 발표하고 1925년에 시집 『진달래꽃』에 수록한 이래, 우리 한국 사람들이 자주 애송하고 명시로 평가하고 있다.

산에는 꽃 피네

꽃이 피네

갈 봄 여름 없이

꽃이 피네

산에

산에

피는 꽃은

저만치 혼자서 피어 있네

산에서 우는 작은 새여

꽃이 좋아

산에서

사노라네

산에는 꽃 지네

꽃이 지네

갈 봄 여름 없이

꽃이 지네

— 김소월, 「산유화山有花」

반복되는 꽃 관련 산속 풍경과 흐르는 세월을 바라보는 화자의 입장에
서 「산중문답」의 속편이라고 할 수 있는 이 시, 이 시의 우선 매력은 누구
나 쉽게 읽을 수 있으며 누구나 오묘한 뜻을 감지할 수 있다는 것이다. 어
려운 용어도 생소한 구문도 없고 여러 차례 숙독해야 할 난해한 구절도 없
다. 그러나 이미 우리가 동의하였듯, 이 시의 메시지는 은연중 깊고 크다.
일찍이 김동리는 특히 2연 4행 "저만치 혼자서 피어 있네"를 주목하고,

274

“저만치”가 환기하는 그 함축된 뜻이, “인간과 청산과의 거리”, “인간의 자연 혹은 신에 대한 향수의 거리”라고 해설하였다. 즉 화자가 산속에서 피어난 꽃과 자신과의 간격이 시야에 가깝게 포착된 짧은 거리이고 얼마든지 접근할 수도 있는데도, 굳이 양자의 간격을 “저만치”라고 언급한 심사에서 그렇게 파악할 수 있다는 것이다. 같은 관점에서 김종길은 “자연에의 초월이 거의 불가능해진 현대인의 좌절이 숭고한 가락으로 읊어”졌다고 그 해석을 구체화하였다.

두 분이 거론하였는지 확인하지 못하였는데, 두 분의 해석에 관련하여 우리는 3연을 그 보충으로 주목할 필요가 있지 않나 한다. “산에서 우는 작은 새여/꽃이 좋아/산에서/사노라네.” 이 3연에는 1, 2, 4연과 달리 화자의 심정이 투영되어 있다. 1, 2, 4연은 화자가 꽃이 산에서 피고 지고 피고 지는 대자연의 영원한 자체 순환을 그대로 노래하고만 있어 객관 시점의 토로이지만, 3연에는 화자의 주관이 의탁되어 있다. “산에서 우는 작은 새” 역시 “저만치” 있지만, 자신과 자신의 처지와 정서를 투영하고 있다고 해석할 수 있다. “꽃이 좋아/산에서” 살지만, 그 꽃과 일체가 될 수 없는…….

한편 김동리는 4행을 1연으로 하고 또 4연으로 구성된 이 시의 정제미를 주목하고, 이 시가 형식에서 “기적적인 완벽성”을 갖추었으며, “조선의 서정시가 도달할 수 있는 한 개의 최상급의 해조諧調를 보여주었다”고 하였다. 우리도 이 시를 읽을 때마다 행문行文 맥락에 단아하고 쾌적한 리듬이 연속되고 있으며, 알게 모르게 자신도 그 가락의 조율調律에 협조 참여하면서 메시지를 독해하고 있다는 사실을 자각할 수 있다. 연과 행 구분을 하지 않고 줄글로 이어 읽어도 마찬가지다. 그 이유는 다 알다시피 7·5조 자수율이 반복되고 있기 때문이다. 그러니까 이 시는 내재율의 자유시가 아니라 외재율의 정형시이다. 또 7·5 자수율에 그대로 따르지 않고 한국어의 자연스러운 구사를 우선하며 자수字數의 응축과 확산을 시의 소질로 적극 활용한 면모가 거듭 주목된다. 7·5조를 그대로 고집하였다면 1연 1,

2행은 적어도 "산에는 꽃이 피네 꽃이 피네"라고 하여야 했다. "산에는 꽃 피네/꽃이 피네"라고 한 결정은 분명 숙고의 결단이다. 그리고 2연, "산 에/산에/피는 꽃은/저만치 혼자서 피어 있네"는 시행의 활발한 변조 배치 가 두드러진다. 우리는 특히 "산에/산에"를 각각, 한 호흡씩 들여 읽어야 할 것이다. 아니 이 시의 리듬 구조가 자연스럽게 그렇게 유도하고 있다. 뒷날 음보율 개념의 선하先河이고, 앞으로도 모든 한국의 정형시가 기준으 로 삼아야 할 규범이다.

참고로 소월의 정형시는 오산고보 시절의 스승 안서岸曙 김억(金億, 1896- ?)의 새 정형시론 모색이 그 유래다. 1912년부터 안서는 상징시론 등 서구 시론을 소개하였는데, 1918년에 발표한 창작시론 「시형의 음율과 호흡」에 서 내재율 자유시론을 본격 검토하며 자유시 창작을 진작하면서도, 민족의 공통 호흡에 따른 새 정형시 모색과 창작을 당대 시작의 또 하나의 과제로 제시하였었다. 이때에 소월은 오산고보에 재학하며 안서로부터 시론과 시 작을 공부하고 있었다. 7·5조가 적용된 소월의 시는 「진달래꽃」, 「엄마야 누나야」, 「먼 후일」, 「초혼」, 「접동새」 등이 있다. 스승은 이론으로 제자를 일깨우고 제자는 진지하게 창작을 실천하고, 사제의 이 추구는 우리 문학 사에 한 불후의 금자탑을 세웠다. 또 두 분에게 영향을 끼친 오산고보의 민 족주의 교육도 문학사에서 꼭 기억해야 할 것이다.

사족 : 소월의 「산유화」를 게시하였다는 청계산, 그 산에 우리 고교 동기들은 지난 월요일에 또 갔다. 그리고 드디어 황금꽃 복수초를 만났다. 뿐만 아니라 우리는 '산유화山有花'에 거듭 감복하였다. 청계산을 오르내리며 우리는 여 러 꽃과 인사할 수 있었다. 노루귀, 앉은부채, 현호색, 산수국, 괭이눈, 꿩의 바람꽃, 피나물, 할미꽃, 천남성, 제비꽃, 산괴불주머니, 쇠뜨기, 개별꽃 등등. 이날 탐화 소요의 주재자 야천이 선녀폭포 부근에서 말하였다. "찾지 못했던 꽃이여, 길이여, 청계 흐르는 소리에 피어났구나." 의리의 로펌 임원은 필자 가 꿩의바람꽃을 보며, "복수초만 못하네"라 하자, 꾸짖는 표정으로 "꽃 앞 에서 감히 미모 등급? 그 몰풍沒風을 꽃이 듣기 전에 어서 빨리 사죄하라"고

하였고, 의연한 자영업 종사자는 대열을 힘들게 뒤따라 가다가 합류한 필자
에게 "그대 뒤에서 늘 어정거리더니만 아하, 이제 내 앞에 있네 그려. 자라며
모양 바뀌는 앉은부채 노루귀처럼"이라고 하였다. 주민센터 봉사로 참여하
지 못하고 산 아래에서 기다리던 전직 장군은 힘들게 하산하는 우리를 전화
로 격려하였다. "내 당장 그 하늘에 헬리콥터 띄우노라, 꽃향기 간직하고서
어서 오라, 꽃 좀 닮았을 친구들아". 필자는 이 언급들을 당연하게도 모두 시
로 받아들였다.

회심回心

5월 11일 지난주 토요일에 구상(具常, 1919-2004) 선생 묘소에서 선생을 추모하였다. 선종 20주기. 제례를 마칠 무렵이었던가. 낙동강, 선생이 1952년부터 1974년까지 관조하며 사색하였던 그 강과 천주교 왜관 창마묘역 사이로 한강으로 가는 열차가 쿵쾅쿵쾅 지나갔고, 긴 '그리움'과 '염원' 같은 여운이 흰 구름 장대하게 핀 푸른 하늘에 맑고 맑게 감돌며 퍼졌다. 선생은 천주교 시인으로 알려져 있는데, 선생의 전모를 살피면 일부에 불과하다. 이 나라의 정신사와 사상사, 언론사와 교육사, 종교사와 정치사에 두루 족적을 남긴 거인이다. 게다가 18년을 집권한 최고 권력자와 그 이전부터 친교를 나누며 남긴 공사구분 일화도 많고 모두 음미할 만한 의의가 있다. 선생의 시 세계, 우선하는 주제가 무엇인지 독자마다 다르겠지만, 필자는 '회심回心하기', 즉 '과거의 생활을 뉘우쳐 고치고 신앙에 눈 뜨기', 일반화한다면 '사악한 마음을 돌려서 착하고 바른길로 마음 돌리기'가 아닐까 한다.

오늘 마주하는 이 강은
어제의 그 강이 아니다

내일 맞이할 강은

오늘의 이 강이 아니다

우리는 날마다 새 강과

새 사람을 만나면서

옛 강과 옛 사람을 만나는

착각을 한다

– 구상, 「그리스도 폴의 강 24」

　　1909년 이래 동숭동 천주교회와 베네딕도수도원을 지원했던 서울 양반 부모로부터 천주교 신앙을 이어받았던 선생은 식민지 청년 시절에 일탈과 방황이 없지 않았으나 오히려 신심이 깊어져, 20세기 파란굴곡 민족 현실을 신앙을 저변으로 하여 살면서 구도求道에 종사하였다. 이 시에서 경신更新 인지가 촉구된 "날마다" 만나는 "새 사람"은 "우리"의 상대라기보다는, "우리"가 되어야 할 사람이라고 읽어야 할 것이다. 즉 이 문맥을 "우리" 날마다 "새 사람"이 되자고 격려하는 자기 서약으로 이해하여야 할 것이다. 남이 늘 새롭게 개신改新하는 존재가 되기를 바라는 소원을 전제하고 또 그 변화를 바로 보고 인정하자는 의지는, 먼저 자신이 그러지 않는다면 성립하기 어렵고, 피력하기 부끄러운 소원이 아니겠는가.

　　"날마다" 새로워지는 "새 사람"은 제목에서 알 수 있듯 '그리스도 폴'일 것이다. 희대의 장사壯士인 그는 무도한 패거리에 끼여 온갖 악행을 서슴지 않고 자행하던 악당 중에서도 악당이었는데, 기독교도로 '회심'하여 강에서 사람들을 업어 건네주는 봉사를 시작하였고, 매일매일 오래오래 거듭하였다. 그래서 그는 날마다 "새 사람"이 되고, 강은 "새 강"이 된다. 그러던 어느 날, 드디어 그토록 존모하던 예수를 만난다. 아이로 화신한 예수, 점점 가중되어 천지와 같던 업은 아이의 무게를 가까스로 견디고 그

279

는 강을 건넜고, 예수는 자신의 모습으로 돌아와 그에게 현신하였다. 그리스도 폴, 이 이름의 뜻은 '예수를 업고 강을 건넌 자'이다. 성인聖人이기도 한 그의 이 전설은 그저 신기하기만 한 이야기가 아니다. 예수 부활 이후, 부활을 믿지 못하는 사람들에게 부활뿐만 아니라 천국에 갔다가 이 지상에 돌아와 구원에 나선다고 천사들이 예고한 예수의 '재림再臨'과 관계있다. 『성경』에 기록된 삽화가 아니고 설화이기는 하지만, 기독교도들에게는 예수 재림의 앞선 증빙에 해당하기에 신앙 관련 개신改新의 존재론 성찰에서 거대한 의의가 있다고 하겠다.

이 시에서 화자는 다시 말해 그런 의의를 함축하기도 한 그리스도 폴의 '회심'을 무엇보다 자신에게 다짐하면서 주위 사람들에게 에둘러 은연 호소하고 있다. 이 호소가 아마 선생의 평생 '염원'의 하나일 것이다. 이 연작시의 첫 편이라 할 「프롤로그」에서 그리스도 폴에게 선생은 고백한다. "나도 당신처럼 강을/회심의 일터로 삼습니다. ……(중략)…… //또한 나는 강에 나가서도 당신처럼 세상 일체를 끊어버리기는커녕/속정俗情의 밧줄에 칭칭 휘감겨 있어 꼭두각시 모양 줄이 잡아당기는 대로/쪼르르, 쪼르르 되돌아서곤 합니다." 이 토로는 겸사가 아니다. 순연한 진정에 휩싸여 자신을 그대로 표백하고 있다. 오히려 자신의 진심을 위선으로 오해할 수 있는 세상의 인심을 헤아리기도 한 현명한 언급이 아닐 수 없다. 우리는 진리를 각성하였다고 하더라도 진리대로 살지 않거나 살지 못하고 있다. 위선자가 있을 수밖에 없고, 갖가지 세속의 삶에 연관된 설득력 있는 변명도 많다. 따라서 이 토로는 우리의 심경을 그대로 대변하는 보편성이 없지 않다. 우리와 다른 점은 그럴수록 늘 '회심'을 잊지 않고, '되돌아서'는 시도를 언제나 포기하지 않는다는 것이다.

한편 이 시의 "새 사람"에는 유학의 경전 『대학大學』이 출전인 탕왕湯王의 좌우명 "구일신苟日新 일일신日日新 우일신又日新 : 진실로 날마다 새로워지려면, 나날이 새롭게 하고 또 날이 갈수록 새롭게 하라"가 내포되거나 병렬되어 있다. 선생의 집안 배경으로 보아 군자학君子學의 경전인 『대학』

을 읽었을 수도 있고, 아니더라도 부조 이래 언행이나 지향의 하나로 '일신우일신日新又日新' 메시지가 전수되었을 것이다. 그날, 세의世誼가 있는 왜관수도원의 압빠스 박현동 신부가 참배객들에게, 선생 말년에 병실로 문병 갔더니 그 와중에도 "'종가宗家'에서 '종손'이 왔네"라며 무척 기뻐하였다고 회고하였다. '종가'. '종손'이란 용어는 우리 젊은이들에게 생소할 테지만 유학 관련 전통을 잇는 사람들에게는 친근한 말이고, 지금도 생명력이 없지 않다. 천주교의 제례도 그렇지만 선생은 이 땅의 유학 전통과 천주교의 전통이 20세기에 조우하여 빚은 잘 도야된 항아리인 것이다. 그리고 선생이 주목한 강은 『논어論語』의 '서자여수逝者如水'와도 관계될 것이다. 공자는 강물을 주목하고 사색하며 도리를 깨달았다. "자재천상子在川上, 왈서자여사부曰逝者如斯夫, 불사주야不舍晝夜". 여러 해석이 가능할 것이다. 아마 선생은, '흘러가는 모든 것이 이 강물과 같아야 하리. 낮밤 그어느 때에도 쉬지 않고 흐르네'라고 해석하고, 그 취지를, 유한한 시간이 예정된 인간을 포함한 모든 사물은 끊임없이 나아가야 하는 것이 천부의 운명이구나. 그렇다면 저 물결처럼 옳은 신념과 불퇴전의 용기로 쉬지 않고 나아가야 할 것이다'라고 새기지 않았을까. 이런 추정과 생각 끝에 선생의 다음 시를 이어 읽어보자.

내가 이 강에다
종이배처럼 띄워 보내는
이 그리움과 염원은
그 어디서고 만날 것이다
그 어느 때이고 이뤄질 것이다

저 망망한 바다 한복판일는지
저 허허한 하늘 속일는지
다시 이 지구로 돌아와 설는지

281

그 신령한 조화 속이사 알 바 없으나

생명의 영원한 동산 속의
불변하는 한 모습이 되어

내가 이 강에다
종이배처럼 띄워 보내는
이 그리움과 염원은

그 어디서고 만날 것이다
그 어느 때고 이루어질 것이다

- 「그리스도 폴의 강 36」

'회심'의 이유이자 목적이기도 할, 선생이 동시대인들과 후세 사람들에게 간곡하게 피력한 '이 그리움'과 '염원'은 무엇인가. 또 추정이지만 그리스도 폴이 선행 끝에 결국 조우한 재림 예수, 그 예수와의 상봉 기원에 관련된 정서와 의지가 아닐까. 재림 예수는 천주교의 모든 진리와 그 구극을 상징하는 기호라고 할 수 있다. 새삼스럽지만 이는 선생 자신을 위한 기도라기보다는 모든 사람들을 위한 기도일 것이다.

사족 : 선생의 생애에서 강은 10대에 원산 덕원에서 바라보았던 적전강, 1952년부터 1974년까지 칠곡 왜관 관수재觀水齋에서 바라보았던 낙동강, 그 이후 서울 여의도에서 바라보았던 한강인데, 이 강들은 이 나라 역사와 같이 흐를 한반도의 모든 강의 제유로 그 표상들일 것이다. 그날 돌아오는 차 중에서 선생의 강의를 같이 들었던 대학 동기 이진훈 전前 구상선생기념사업회 사무국장이 구상문학관에 진열되어 있던 한 편지를 촬영한 사진 파일을 보여주어 같이 읽었다. "구상 형. 완치하시고 귀국하셨다니 반갑습니다. 치병 간 쇠약하신 것은 한국 음식 많이 자시고 맑은 조국의 공기 많이 쏘이시

면 쉬 회복되실 줄로 믿습니다. 도일 치료 기간 중 여러 가지 고초가 많으셨
으리라고 생각합니다마는 아무런 도움이 되어드리지 못하여 죄스럽기만 합
니다. 가난한 나라의 살림살이 누가 맡아봐도 힘이 들기만 합니다. 다만 조상
들이 살고 갔고 우리 자손들이 영겁이 살아가야 할 조국이기에 생명이 지속
되는 한 최선을 다하여야 하지 않겠습니까. 병후 요양에 전념하시기만 기원
합니다. 동장군이 찾아왔으니 월동 준비도 하셔야지요. 별첨은 약소하오나
약간의 도움이 되었으면 하고 보내드립니다. 소납笑納하시고 내내 건강하시
기 바랍니다." 이 편지의 발신인이 궁금하지 않을 수 없었다. 그 말미에 다음
과 같이 적혀 있었다. "11월 25일 박정희朴正熙 재배"[이 11월은 1966년의 11
월] 1974년에 보안사가 '문학인 간첩단' 사건을 조작하여 소설가 이호철, 문
학평론가 김우종·임헌영 등을 구속하자, 이들이 기대하지 않던 선생이 재
판정에 증인으로 나와 이들의 무죄를 증언해 주었다. 선생의 그 친구가 이
사건과 재판을 어떻게 보고받았는지는 알 수 없는데, 그 이후에도 선생과 선
생 친구의 우정은 계속되었다.

"가장 어리석은 사람 하나 등에 업고 오겠노라"

삶이 있으면 죽음이 있다. 차라리 고향으로라고 해야 할까. 때가 되면 누구나 돌아가야 하는 그곳으로, 홀로 가지 않는다고 생각하는 사람은 드물다. 일란성 쌍둥이로 태어났어도 결국 혼자 떠나가는 가는 그 노정路程, 그래서 미리 생각해 둔다면 삶을 더욱 사랑한 나머지 그 준비일 것이고, 때가 되어도 어떤 후회가 적을 수 있겠다. 지쳤기도 하지만 여전히 주변과 삶을 이야기하고 싶어 하다가 아마 어느 밝지도 어둡지도 않은 날, 문득 가슴 저 바닥에서 피어오르는 무성한 말을 가려 적었을 것 같은 시가 있다.

낙타를 타고 가리라, 저승길은

별과 달과 해와

모래밖에 본 일이 없는 낙타를 타고,

세상사 물으면 짐짓, 아무것도 못 본 체

손 저어 대답하면서,

슬픔도 아픔도 까맣게 잊었다는 듯.

누군가 있어 다시 세상에 나가란다면

낙타가 되어 가겠다 대답하리라.

별과 달과 해와

> 모래만 보고 살다가,
>
> 돌아올 때는 세상에서 가장
>
> 어리석은 사람 하나 등에 업고 오겠노라고.
>
> 무슨 재미로 세상을 살았는지도 모르는
>
> 가장 가엾은 사람 하나 골라
>
> 길동무 되어서.
>
> — 신경림(1935–2024), 「낙타」

  화자가 동반자로 낙타를 선택한 이유는 낙타에게서 무언가 직관하였기 때문이다. "세상사" 이모저모에 "아무것도 못 본 체"하고 싶어졌고, 그러다 문득 "별과 달과 해와 모래밖에 본 일이 없을 낙타"가 상기되어 그 낙타와 같이 그 길을 가겠다고 한 것일 것이다. 지기志氣가 상통하는 좋은 사이, 그 길에 얼마나 든든하겠는가. 그런데 이 시는 그 길을 전제하면서도 처세의 시이기도 하다. 또 낙타처럼 그렇게 절제하는 것이 아무래도 낫겠다고 여기는 이유가 언급되지 않아도 우리는 짐작할 수 있다. "세상사"의 부조리와 모순, 복잡하고 번거로운 그 이해와 애환이 무미하기도 하여 구애되지 말아야겠다고 두루 통찰하였기 때문이 아닐까. 그러나 우리는 "슬픔도 아픔도 까맣게 잊었다는 듯"에서 '듯'을 주목하며, 세속의 그 "슬픔"과 "아픔"을 여전히 외면하거나 망각하지 못하는 화자의 자의식을 바로 화자의 애매하지 않은 그 진술로 하여 잘 알 수 있다. 이 뜻에서, 우리는 또 화자가 세속 삶의 한계를 살폈고 그것을 이해하기는 하지만 용인하기를 저어한다는 절조도 읽을 수 있다.

  이 시는 독자에게는 화자의 독백이면서도 화자에게는 독백이 아니다. "세상사 물으면"에서 알 듯, 떠나온 세상의 "세상사"를 묻는 "누군가"와의 대화를 상정하고 있다. "누군가"가 "다시 세상에 나가란다면"이라 가정하였는데, 췌언이지만 자신에게 그러기를 바라서가 아니라, 자신의 뜻을 "누군가"에게 확고하게 피력하려는 취지의 설정이다. 화자는 언명한다. 아예 낙타로 가서, "별과 달과 해와 모래만 보고 살다가" 다시 "돌아올 때는 세상에서 가장/어리석은 사람 하나 등에 업고 오겠노라"고. 분명히 해두자. 전생 전신이 사람인 "낙타"가 업고 돌아올 "사람"은 역시 "별과 달과 해와/모래만 보고 살다가" 종장을 맞은 사람 중에서도, "가장 가엾은 사람"이다. '별'과 '달'과 '해'와, 그리고 '모래'가 무엇의 비유인지에 따라 그 "사람"이 어떤 사람인지 좀 판명할 수 있겠지만, 그러나 또 우리는 그 물성을 알기에 이미 짐작하고 있다. 어두운 하늘에서 고고히 빛나는 그것들과 끝없이 황막한 지평의 박토가 무엇인지, 그리고 다른 생각 없이 오직 그것들만을 바라보고 그 위를 터벅터벅 걷는 사람들이 누구인지를. 그리고 또 우리는 느낀다. 그 "누군가"에게 건네는 화자의 말, 그 정조와 어조에는 염세나 증오의 파편이 개재되어 있지 않고, 동정과 사랑의 온유한 빛이 은은 배어 있다는 것을. 이 면모가 그 무엇보다도 이 시의 우선 특질이라는 것을. 그래서 다시 새겨야 하겠다. 저승 가는 사막의 길, 그 길에서 그 "낙타"가 업을 "가장 가엾은 사람"은 그 무리 중에서도, "무슨 재미로 세상을 살았는지도 모르는" "어리석은 사람"이라는 것을.

사족 : 그 "어리석은 사람"이 대지약우(大智若愚 : 크게 지혜로운 사람은 마치 어리석은 사람 같다)의 인물이라면, "무슨 재미"는 세속의 분분 자욱한 명리 名利가 아닐까. 『농무』(1973)와 『낙타』(2008)의 대시인 신경림 선생이 지난 5월 22일 별세하였다. 선생은 병석에서 시를 쓰지 못하는 상태를 유감스러워 하였다고 한다. 하지만 필자는 이제 「낙타」를 미리 쓴 최근의 유작으로 알려 한다. 이 시의 전반부와 후반부는 반복처럼 보이면서도 그렇게 보이지 않는다. 화자와 낙타도. 아무래도 서로 다른 서사가 함축된 채 더욱 은밀하다고 여겨져서인가. 또 선생의 1956년 데뷔작 「갈대」와 오랜 세월 간극이 있고 외부 상황에도 변화가 있었는데도 「낙타」에는 「갈대」의 모습이 원형으로 투영되어 있는 듯하다.

언제부턴가 갈대는 속으로
조용히 울고 있었다.
그런 어느 밤이었을 것이다. 갈대는
그의 온몸이 흔들리고 있는 것을 알았다.

바람도 달빛도 아닌 것.
갈대는 저를 흔드는 것이 제 조용한 울음인 것을
까맣게 몰랐다.
— 산다는 것은 속으로 이렇게
조용히 울고 있는 것이란 것을
그는 몰랐다.

높기도 하고 낮기도 한 자기 응시의 정일한 내성 시선과 반짝이는 척박한 삶에 묵묵히 종사한 이력에 고개 숙인다.

287

"다 같이 웃었던 오후"

큰 업적이 과학 분야뿐만 아니라 인문 분야에서도 젊은 시절에 이뤄지는 사례가 많다. 그런데 그 시절 그 업적은 노력보다 타고난 천품에 의거하는 것 같아 우리는 찬탄하면서도 예외로 여겨 좀 경원하는 듯하고, 정년 이후나 노년에 이룬 업적은 재능보다는 의지와 노력에 기인한다고 여기며 부러워하면서도 대리만족을 느끼는 듯하다. 그렇다. 노년의 역구力救, 아니 그 시기의 보기 드문 고양高揚, '자신에의 충서忠恕', 이는 주변 인간의 품격까지 높이면서 사람들을 더 감동시킨다. 이행 의사가 없어도 무언의 격려로 알고 심지어 위로로도 삼는다. 91세에 시를 쓰기 시작하여 98세 2009년에 자신의 장례비로 시집 『약해지지 마』를 출간하였던 시바타 도요 (1911–2013) 여사, 그의 시는 다시 읽어볼 만하다. 오늘날 즐비한 80, 90대 이상의 독자들이, 또 젊은 독자들도.

바람이
유리문을 두드려
문을 열어 주었지

그랬더니

햇살까지 따라와
셋이서 수다를 떠네

할머니
혼자서 외롭지 않아?

바람과 햇살이 묻기에
사람은 어차피 다 혼자야
나는 대답했네

그만 고집부리고
편히 가자는 말에

다 같이 웃었던
오후
　　　　－ 시바타 도요(1911-2013), 채숙향 역, 「바람과 햇살과 나」

　　"바람"과 "햇살"의 내방, 그리하여 대상으로 의식된 "바람"과 "햇살",
그 상태만으로도 좋은데 소녀 소년으로 의인화되어 "나"에게 말을 걸어
더 좋다. 대화는 동시童詩 풍격 진술로 친근하다. "바람"과 "햇살"이 "나"
에게 던진, "할머니, 혼자서 외롭지 않아?"란 질문은 우선 듣기엔 하나 마
나하지만, 혼자 지내는 "할머니"의 처지를 동정하고 공감한 나머지 그 정
리가 그렇게 표출된 것일 것이며, "나" 역시 모르지 않아 보인다. 하지만
"나"는, "응, 좀 그래. 그렇기는 하지만 뭐 견딜 수는 있어"라고 대답하지
않고, "사람은 어차피 다 혼자야"라고 다소 볼멘 조로, 뭘 그렇게 물어보
냐는 반문 어조 비슷하게 대답한 듯하다. 그러자 "바람"과 "햇살"도 짐짓
역습하듯, 그래 그러니까 "그만 고집부리고/편히 가자"고 한다. "고집"이

라고? "편히 가자"고?

농담 같은 진담 같으며 과람한 결례일 수 있다. 하지만 우리는 어느덧 어렴풋이 추정한다. 이 말은 사실 "나"의 심중에 있는 말이 아닐까. 나아가 작중 문답이 "나"의 자문자답 독백이 아닐까 의아할 수 있다. 하지만 갑작스러운 "다 같이 웃었던/오후"란 결말에 우리는 다정하고 짓궂은 개구쟁이 "바람"과 "햇살"과 "할머니"를 따라 문득 웃는다. 그러면서 특히 "할머니"의 깔깔 웃는 얼굴에서, "할머니"가 한 말, "사람은 어차피 다 혼자야"란 너무 쓸쓸했던 말이 어느새 흔적조차 없다는 걸 본다. 우리 가슴에 설핏 들어박혔던 그 말. 한 편 더 읽자.

나이를 먹을 때마다
여러 가지 것들을
잊어 가는 것 같은
기분이 들어

사람 이름
여러 단어
수많은 추억

그걸 외롭다고
여기지 않게 된 건
왜일까

잊어가는 것의 행복
잊어 가는 것에 대한
포기

매미 소리가

들려오네

– 「잊는다는 것」

　　"나이를 먹을 때마다" 특히 "사람 이름"을 잊는다니, 참 자신에게도 안타까운 일이다. 하지만 그렇다고 "외롭다고/여기지 않"는다. 그것 또한 자연이 선사한 행복으로 알며, 또 미련 없이 "포기"한다. 그 대신 잘 듣는다. "매미 소리". 느닷없이 들려오는 그 합창은 이전에 듣던 소리가 아닐 것이며, 경청할수록 그 뜻도 느낌도 깊고 넓게 다를 것이다.

"나는 아직 기둘리고 있을 테요 찬란한 슬픔의 봄을"

생성과 소멸도 만물의 이치이자 운명이고 세속의 모든 인연 또한 그렇다고 하더라도 고인故人 생전에 없던 인연이 발생하고 뜻있다면 역시 소중하다고 하겠다. 지난 2024년 6월 18일(화) 오전부터 김영랑(1903-1950) 선생의 재이장(망우리 묘소→천주교용인추모묘원. 천주교용인추모묘원→망우리역사문화공원)이 시작되었는데, 그 현장에 참가하여 선생의 유해를 뵈었고, 이동할 때 유해 상자를 안은 대학 동기 정종배 시인의 권유로 1950년 2월에 망우리에서 찍힌 선생의 존영을 영정으로 모시고 걸었다. 선생은 아시다시피 우리 민족 정서의 서정 수준과 영역을 대거 확장한 1930년 『시문학』의 동인(박용철, 정지용, 정인보, 이하윤 등) 중 한 분이고, 대표작 「모란이 피기까지는」(1934)이 아주 유명하다. 그날 묘를 열기 전에 막내딸 김애란(80) 여사를 위시하여 일동이 고유제를 치렀는데, 홍성례 시인이 그 시를 낭독하였다.

모란이 피기까지는
나는 아직 나의 봄을 기둘리고 있을 테요
모란이 뚝뚝 떨어져 버린 날
나는 비로소 봄을 여읜 설움에 잠길 테요
오월 어느 날 그 하루 무덥던 날

> 떨어져 누운 꽃잎마저 시들어 버리고는
>
> 천지에 모란은 자취도 없어지고
>
> 뻗쳐 오르던 내 보람 서운케 무너졌느니
>
> 모란이 지고 말면 그뿐 내 한 해는 다 가고 말아
>
> 삼백예순 날 하냥 섭섭해 우옵네다
>
> 모란이 피기까지는
>
> 나는 아직 기둘리고 있을 테요 찬란한 슬픔의 봄을

수능에도 출제되었고 세부에 이르기까지 여러 해설이 자세한 이 시에 더 추가할 것이 별로 없겠지만, 이번에 다시 듣고 읽으면서 화자가 진술하는 현재 이외에 제시된 시간을 중심으로 그 취지를 주목하게 되었다.

먼저 1~4행에서 제기된 시간은 진정성과 필연성 어린 인내로 기대하는 미래의 시간이며, 화자는 "나의 봄"은 3~5월이 아니라 오직 4~5월 중에서도 모란이 피어 있는 시기만이라고 강조한다. 봄이 와도 화자에게는 봄날이 아니다. 모란이 져도 봄날이 아니다. 봄은 오직 모란이 핀 기간. 이 유례없는 강조는 피어 있는 "모란"의 상태를 소중하게 절대화하기에 기여한다. 나아가 모란이 지면 "나는 비로소 봄을 여읜 설움에 잠길 테요"라고 하여, 한 해 네 계절을 그저 모란이 핀 봄과 모란이 부재하는 시기 둘로만 이분하여 대비하고, 자신의 심정도 "보람"과 "설움"으로 대조한다. 그런데, "잠길 테요"에서 알 수 있듯, 이 피력은 어디까지나 피동이 아니라 화자의 의지가 작용한 능동의 소산이다. 화자의 이런 자기현시는 아마 자신도 의식하고 있는, 일반과 다른 파격이다. 이 비범한 양상이 이 시 매력의 기반이라고 하지 않을 수 없다.

5~10행에서 제기된 시간은 과거의 시간과 미래의 시간, 두 시간이 한꺼번에 중첩되어 있다. 즉 5~10행의 진술에서 우리는, 특히 "모란이 지고 말면 그뿐 내 한 해는 다 가고 말아/삼백예순 날 하냥 섭섭해 우옵네다"란 생각과 행태가, 1~4행의 예정된 미래 시간에 적용될 뿐만 아니라, 현

재 이전 과거 시간에도 이미 발현되었던 생각과 행태라는 사실을 알게 된다. 다시 말해 1~4행의 토로를 읽을 때는 이 토로가 앞으로 닥칠 예정으로만 알았는데, 5~10행을 읽으면서는 그뿐만 아니라 현재 이전 과거에서부터 이미 해마다 거듭되어 온 반복에 해당한다는 사실을 비로소 알게 된다. 우리는 5~10행 진술의 자의식에서 이 시의 독특한 시간 구조와 화자와 시간의 관계를 파악할 수 있으며, 이 시의 또 하나의 특성으로 음미할 수 있다. 그런데 그렇다고 하더라도 모란 이미지와 분리될 수 없는 이 순환을, 그 연쇄를 화자는 그저 무연히 탄식하기만 하는 것인가.

11~12행에서 제기된 시간은 1~4행에서 등장한 그 미래 시간이며 그 연장이다. 현재 그러고 있지만 더 인내하며 기다리고 기다리면 도래할 "나의 봄" 시간이다. 물론 그 시간은 아무리 감내한다고 하더라도 지루하게 기다린 긴긴 "삼백예순 날"과 정성에 비하면 터무니없이 짧다. 닷새. 이 유감에 우리는 적극 공감하면서도 12행의 부사 "아직"을 우선 서둘러 주목할 필요가 있다. 그 의미의 파장이 크다. "어떤 일이나 상태 또는 어떻게 되기까지 시간이 더 지나야 함을 나타내거나, 어떤 일이나 상태가 끝나지 아니하고 지속되고 있음을 나타내는" "아직"과 이 "아직"이 수식하는 "기둘리고 있을 테요"를 읽으면서 우리는, 화자가 "모란"이 피기에는 시일이 더 필요하다는 사실을 과거의 경험으로 넉넉히 인지하고 있을 뿐만 아니라, 모란이 필 때까지 조금도 흔들리지 않고 의연하겠다는 의지를 견지하는 모습을 상기할 수 있다.

나아가 11, 12행의 의지가 이미 1, 2행 "모란이 피기까지는/나는 아직 나의 봄을 기둘리고 있을 테요"에서 표명되어 있었다는 사실을 인지하면서 시인의 관련 의도를 다시 헤아릴 수 있고, 네 시행이 이 시의 메시지와 전체 리듬을 수미首尾에서 고양하고 있다는 미학을 느낄 수 있다.

그런데 화자의 이 태도는 6행 "삼백예순 날 하냥 섭섭해 우옵네다"와 12행 "찬란한 슬픔의 봄"과 어울리지 않을 수 있다. 하지만 우리는 이 시의 화자가 감상感傷에 빠져 있다고 여기지 않고, 우리 또한 그렇지 않다고 자각하는데, 그 이유가, 화자의 그 의연한 의지와, 그리고 그 원천에 '희망'이 존재하며 그 실현이 가능하다고 은연 감지하기 때문이 아닌가 한다. 처음 1~4행을 읽으며 못내 의아하였고 거리를 두기도 하였던 화자의 "모란"과 "나의 봄", 그리고 그 비상하고 특별한 심정에, 우리가 이윽고 공감할 수 있었던 이유도 마찬가지가 아닌가 한다. 따라서 이 시의 결구, "찬란한 슬픔의 봄"은 그 자체는 형용모순 역설이지만, "모란"이 피어 있는 "나의 봄"의 정체성을 있는 그대로 드러낸 사실의 표현이라 할 수 있다.

11, 12행 "모란이 피기까지는/나는 아직 기둘리고 있을 테요 찬란한 슬픔의 봄을"과 3, 4행 "모란이 뚝뚝 떨어져 버린 날/나는 비로소 봄을 여읜 설움에 잠길 테요"는 이 시의 대강이며, 두 시행의 "아직"과 "비로소"[어느 한 시점을 기준으로 그 전까지 이루어지지 아니하였던 사건이나 사태가 이루어지거나 변화하기 시작함]는 서로 대조될 뿐만 아니라, 이 시의 시간 구조 심화와 독자들의 그 음미에서 도저히 생략할 수 없는 시간 부사이다.

이어서 영랑 선생이 1939년 11월 『문장』에 발표한 「독을 차고」를 읽어 보자.

내 가슴에 독毒을 찬 지 오래로다

아직 아무도 해害한 일 없는 새로 뽑은 독

벗은 그 무서운 독 그만 흩어버리라 한다

나는 그 독이 선뜻 벗도 해할지 모른다 위협하고

독 안 차고 살아도 머지않아 너 나 마주 가버리면

억만 세대가 그 뒤로 잠자코 흘러가고

나중에 땅덩이 모지라져 모래알이 될 것임을

'허무한듸!' 독은 차서 무엇하느냐고?

아! 내 세상에 태어났음을 원망 않고 보낸

어느 하루가 있었던가, '허무한듸!' 허나

앞뒤로 덤비는 이리 승냥이 바야흐로 내 마음을 노리매

내 산 채 짐승의 밥이 되어 찢기우고 할퀴우라 내맡긴 신세임을

나는 독을 차고 선선히 가리라

막음 날 내 외로운 혼 건지기 위하여

이 시에서도 화자는, "허무"를 문제시하기는 하지만 "허무"에 매몰되거나 그치지 않는다. 이미 가슴에 "독"을 찬 지 오래인 화자에게 한 벗이 은근히 말리자 화자는 거절한다. 세상과 삶에 하루도 "원망"하지 않은 날이 없었기에, 허무라, 그렇군, 허무하다면 허무하다고 할 수 있겠다, 하지만 "앞뒤로 덤비는 이리 승냥이"에게 "내 산 채"로 "찢기우고 할퀴우"더라도 "내 외로운 혼"을 지키기 위해, "나는 독을 차고 선선히 가리라". 화자의 이 태도는 「모란이 피기까지는」의 화자의 태도와 비슷하기도 하다. 의연한 의지와 유연한 위의가.

사족 : 「모란이 피기까지는」에서 "모란"과 "나의 봄"은 말뜻 그대로 일 수도 있고, 상징일 수도 있겠다. 탐미 관점의 접근을 포함, 독자 여러분의 그 어떤 연상과 해석도 모두 좋을 것이다. 그런데 「독을 차고」에서는 "앞뒤로 덤비는 이리 승냥이"가 아무래도, 1937년에 중일전쟁을 일으켰고, 태평양 전쟁(1941년 발발)을 준비하던 1939년에, 식민지 조선 전체를 전쟁에 총동원하려는 황민화皇民化 정책의 하나로 창씨개명을 강행하던 일제日帝를 가리키는 환유이기 쉽다. 영랑 선생은 창씨개명을 끝까지 거부하였다.

“두려워 깊이 잠재운 한 덩이 뜨거운 피마저”

산문시 같으면서도 아니며, 내재율과 호흡이 유려하고 긴밀한 시를 옮기고 나자 멀리서 매미 우는 소리가 들렸다. 가까이서 울던 소리보다 더 잘 들리다가 멈추었고, 다시 들리는데, 어떤 분이 자신의 몸을 줄에 매달고 아파트 창틀 유리의 짙은 먼지와 얼룩을 세척하고 지나간다. 무더위 때문인가. 시청한 현상이 잘 알 수 없지만 알 수 있을 것 같기도 한 메시지를 보내는 것 같다. 옮긴 시의 여운 때문이겠지. 1974년 정초 고교 시절에 읽어 낯설지는 않았지만 낯설기도 하였기 때문일 것이다.

1.

무엇일까.

나의 육체를 헤집어, 바람이 그의 길고 부드러운 손가락으로 꺼내는 것들은. 육체 중 어느 하나도 허용되지 않는 시간에 차라리 무겁고 죄스러운 육체를 바람 속에 내던졌을 때, 그때 바람이 나의 육체에서 꺼낸 것들은.

거미줄 같기도 하고 붉고 혹은 푸른 색실 같기도 한 저것들은 무엇일까.

바람을 따라 한 없이 풀려나며 버려진 땅, 시든 풀잎, 오, 거기에서 새어나오는 신음을 어루만지며 어디든가 날려가는 것들은.

 저것들이 지나가는 곳마다 시든 꽃잎들이 연초록으로 물들고, 꽃무
더기가 흐드러지고, 죽어있던 소리들이 이슬처럼 깨쳐나 나팔꽃 같은
귓바퀴를 찾아서 비상하고……

 2.

 누님, 저것들이 정말 저의 육체일까요? 저것들이 만나는 사물마다
제각기 내부를 열어 생명의 싱싱한 초산 냄새를 풍기고 겨드랑이 사
이에 젖을 흘려서, 저는 더 이상 쓰러질 필요가 없습니다. 굶주려도
배고프지 않고, 병균들에게 빼앗긴 조직도 아프지 않습니다. 저의 캄
캄한 내역마저 젖물에 녹고 초산 냄새에 스며서, 누님, 저는 참으로
긴 시간 끝에 때 묻은 시선을 맑게 씻고 모든 열려 있는 것들을 봅니
다. 모든 열려 있는 것들을 노래합니다.

 격렬한 고통의 다음에는 선명한 빛깔들이 일어서서 나부끼듯이 오
랜 주검위에서 더없는 생명과 빛은 넘쳐 오르지.

 열린 밤하늘과 수풀 있는 언덕에서 깊이 묻혀 깨끗한 이들의 희생
을 캐어내고,

 바람의 부드러운 촉루 하나에도

 돌아온 사자死者들의 반짝이는 고전을 보았어.

 저것 봐. 열린 페이지마다 춤추는 구절들을.

 익사의 내 눈이 별로 박히어 빛을 퉁기는 것을.

 모든 허물어진 관절關節위에서 새롭게 시작되는 질서를.

 내가 품었던 암흑의 사상은 반딧불 하나로 불 밝히고 때 묻은 활자
들은 밤이슬에 씻어냈어.

 수시로 자라나는 번뇌는 은반의 달빛으로 뒤덮고

눈부신 구름의 옷으로 나는 떠오르지.

포도알들이 그들 가장 깊은 어둠마저 빨아들여

붉은 과액으로 융화하는 밤이면, 그들의 암거래 속에서 나도 한 알

의 포도가 되어 세계를 융화하고.

3.

무엇일까.

밤마다 나를 뚫고 나와 나의 전체를 휘감아 도는 은은한 광채는. 숨

기려 해도 어쩔 수 없이 스며나는, 마치 보석과도 같은 광채는.

스스로 아름답고, 스스로 무서운 저 광채 때문에 깊은 밤의 어둠 속

에서도 나는 한 마리 야광충이 되어 깨어 있어야 하지. 저 광채 때문

에 내 모든 부끄러움의 한 오라기까지 낱낱이 드러나 보이고, 어디에

도 감출 수 없던 뜨거운 목소리들은 이 밤에 버려진 갈대밭에서 저리

도 뚜렷한 명분으로 나부끼지.

두려워 깊이 잠재운 한 덩이 뜨거운 피마저 이 밤에는 안타까운 사

랑이 되어 병든 나를 휩쓸지. 캄캄한 삶을 밝히며 가득히 차오르지.

무엇일까.

밤마다 나를 뚫고 나와 나의 전체를 휘감아 도는 은은한 광채는. 숨

기려 해도 어쩔 수 없이 스며나는, 마치 보석과도 같은 광채는.

　　　　　　－ 송기원(1947-2024), 「회복기恢復期의 노래」

　　회복의 기운, 깊고 끈질긴 악성 질병을 아니 작은 감기를 앓았을지라도,
고통과 인내 끝에 마침내 역진하는 그 기운을 느꼈던 우리는 이 회복의 노
래에 쉽게 공감할 것이며, 노래의 비상한 전개를 따라 우리의 의식도 부양
될 것이다. 하강하는 고통과 번열, 그 차도로 편안해지는 약체. 쾌감이나
쾌락이라고는 할 수 없는 안정된 일락逸樂. 작지만 은근하고 황홀한 부활

유사한 기분이 몸의 심부에서 저며 들듯 상승하고, 재활의 운회運回에 감읍하는 안도의 심정. 더욱이 천형天刑과 같은 상실과 혐오로 훼손된 정신이 체류되고 있던 "무겁고 죄스러운 육체"라면, 그것까지 포함한 회복세는 참 다행할 뿐만 아니라 그저 평범한 조식調息일 수 없다.

이 시는 그러니까 육체뿐만 아니라 그 우울하였던 흑색 정신도 정화하는 몸의 노래다. 나아가 화자의 몸에서 "바람이 그의 길고 부드러운 손가락으로 꺼내는" "거미줄 같기도 하고 붉고 혹은 푸른 색실 같기도 한" "무엇", 즉 "보석과도 같은 광채"로 빛나기도 하는 그 명명하기 어려운 회복의 기운이, 화자의 병들었던 몸과 같은 화자 주변의 "버려진 땅, 시든 풀잎" "거기에서 새어나오는 신음을 어루만지며" 소생시키고, 나아가 "열린 밤하늘과 수풀 있는 언덕에서 깊이 묻혀 깨끗한 이들의 희생을 캐어"내고 있어, 화자의 자의식이긴 하지만 우리도 "모든 허물어진 관절위에서 새롭게 시작되는 질서"를 보는 듯해, 우리의 심경도 경이에 가까워진다. "내가 품었던 암흑의 사상은 반딧불 하나로 불 밝히고 때 묻은 활자들은 밤이슬에 씻어냈어"에서도 마찬가지. 이외 이 시가 묘파한 그 파급의 상태들은, 모두 화자가 "사자들의 반짝이는 고전", 그 "페이지"들에서 목도하는 "춤추는 구절"과 같으며, 다시 일일이 점검할 필요가 없겠다.

자신에게서 유출된 회복의 기운이 휘발하는 "보석과도 같은 광채"에 젖는 화자, 이 모습 등에서 우리는, 자기 동정과 탐미의 분위기를 지울 수 없고, "스스로 아름답고, 스스로 무서운 저 광채", "저 광채 때문에 내 모든 부끄러움의 한 오라기까지 낱낱이 드러나 보이고, 어디에도 감출 수 없던 뜨거운 목소리들은 이 밤에 버려진 갈대밭에서 저리도 뚜렷한 명분으로 나부끼지"에서, 결벽증 배인 서로 다른 자기 과장을 느끼기도 한다.

그러다가 "포도알들이 그들 가장 깊은 어둠마저 빨아들여 붉은 과액으로 융화"하듯, "나도 한 알의 포도가 되어 세계를 융화하"지라는 화자의 자변自辨을 우리는 주목하며, 그 인정을 유보하다가, 그렇다, 비록 "암거래 속"일지라도 "두려워 깊이 잠재운 한 덩이 뜨거운 피마저" "안타까운 사랑”으로 승화하여 “캄캄한 삶을 밝히며” “세계”를 “융화”하기를, 부디 그렇기를 “바람”의 “길고 부드러운 손가락”에 우리의 손가락을 걸고 적극 성원하게 된다. “긴 시간 끝에 때 묻은 시선을 맑게 씻고” “모든 열려 있는 것들을 봅니다”고 자신과 사물을 우러러 찬탄하며, “모든 열려 있는 것들을 노래”를 계속 하기를.

이 시는 자문자술自問自述 독백만이 아니라 2연 첫 단락에서 알듯 화자는 “누님”을 대면하며 자신의 “거미줄 같기도 하고 붉고 혹은 푸른 색실 같기도 한” “저것들이 정말 저의 육체일까요?”라고 대화를 전제로 묻고 있기도 하다. 화자는 반신반의半信半疑하고 있는 것인가. 그렇지 않은 듯하다. 직후의 의지도 의지지만, 그것들은 자신도 자각하고 있듯 따지고 보면, 자신을 지독하게 괴롭혀온 바로 그 질병의 참람한 기운이었기에. 이 사실이 자신도 아무래도 놀랍다는 그 강조일 것이다.

질병 앓던 몸. “신음”하며 “허물어”졌다가 그대로 끝나지 않고 마침내 자신의 몸을 회복하고 격려하는 화자의 전변轉變. 이 모습에서 우리는 한때의 우리를 보며, 미래의 우리도 본다.

사족 : 복학 시기가 달라서 70년대 후반 흑석동의 문학 광장이었던 할매집과 아지매집에서 보지 못하였고, 그 이후에도 대면한 적이 없었으나 만나던 선배들 같던 시인 송기원이 지난 2004년 7월 31일에 이 풍진 세상을 떠났다. 이 시는 1974년 동아일보 신춘문예 당선작인데, 심사위원 시인 이형기와 문학평론가 김우창이 심사평 첫머리에서 유례없이 “훌륭한 시를 낸 송기원에게 감사한다”고 하여 유명해졌다. 시인은 이후 시대와 일신의 갖가지 풍상을 또 겪었고, 어느덧, 상처와 갈등을 극복하는 명편들을 썼는데, ‘회복기의 노래’ 속편도 제시해주기를 바랐다. 거듭 명복을 빌며 이제 다시 곰곰 생각하니, ‘회복기의 노래’는 이 한 편이면 되었지, 다시 더 그 무엇을 더 바랄까 싶다.

"포화 속에서 사라져 버린 아빠"

이 지구에 2024년 새해의 먼동이 텄지만 그 여명에 영장류 인간이 자행하는 전쟁의 참화가 여전히 붉게 어려 있다. 러시아 우크라이나 전선에서 죽어가는 이들의 단말마가 이어지고, 가자 지구에서는 지난 성탄절에도 이스라엘이 폭격하여 그날에만 아이들을 포함해 주민 250여 명이 죽었다. 성탄절, 성탄절에도 말이다. 하마스에게 "항복이냐? 죽음이냐?"라고 외치던 이스라엘의 네타냐후는 그래도 "우리는 멈추지 않을 것입니다."라고 병사들을 독려하였고, 이스라엘 감옥에서 23년 갇혔던 하마스의 신와르는 "점령군에 굴복하지 않겠다."라고 맹세했다.

오늘 읽을 시는 지난 달 12월 6일 이스라엘의 가자 지구 폭격으로 사망한 팔레스타인의 30대 시인 레파트 알라리르(1979-2023)의 시 「If I Must Die(내가 죽어야 한다면)」이다.(〈팔레스타인과 연대하는 한국 시민사회 긴급행동〉 번역) 형제, 여동생, 여동생의 네 자녀와 함께 죽은 그는 팔레스타인 문화와 정체성을 대표하는 인물이다. 가자 이슬람대에서 문학과 문예창작을 가르쳤고, 가자 출신 젊은 작가들의 단편 소설집 『Gaza Writes Back』을 편집하였으며, 팔레스타인 젊은이들의 목소리를 세계에 알리는 단체 〈We Are Not Numbers〉를 공동 창립하여 시민운동에도 나섰었다.

If I must die

you must live

to tell my story

to sell my things

to buy a piece of cloth

and some strings,

(make it white with a long tail)

so that a child, somewhere in Gaza

while looking heaven in the eye

awaiting his dad who left in a blaze –

and bid no one farewell

not even to his flesh

not even to himself –

sees the kite, my kite you made, flying up

above

and thinks for a moment an angel is there

bringing back love

If I must die

let it bring hope

let it be a tale.

내가 죽으면

너는 살아서

내 이야기를 전해줘

내 물건을 팔아

천과 끈을 사서

(긴 끈이 달린 하얀 것으로 만들어줘)

눈에 하늘을 담은

가자 지구 어딘가에 있을 아이가

누구에게도

그의 육신에게도

그 자기 자신에게도

마지막 인사를 못 하고

포화 속에서 사라져 버린 아빠를 기다릴 때

네가 만든 내 연이 날아다니는 걸 보면

잠시 동안 천사가 있다고 생각할 거야

아빠를 다시 데려올 천사를

내가 죽어도

희망이 되게 해줘

이야기가 되게 해줘

– 레파트 알라리르, 「If I Must Die(내가 죽으면)」

거듭되는 전화戰禍를 겪으며 진창에 다리 빠진 채 앞으로 나아가려는 푸른 개구리처럼 괴로워하던 알라리르는 이 시의 초두에서 알 수 있듯 죽음을 예감했다. 거의 무차별 폭격과 포격에 가자에서 사실 그 누구도 생존의 지속을 자신할 수 없다. 그래서 오히려 시인은 동족이 "망"을 포기하지 말기를 희구하며, 미리 유언 시를 썼던 것이다. "내가 죽으면/너는 살아서/내 이야기를 전해줘". 여기에서의 '너'는 그의 팔레스타인 지인만이 아니며, 그 지인만일 수 없다.

자신의 유품을 팔아 꼬리 긴 "하얀" "연"을 "천사"처럼 만들어, "누구에게도/그의 육신에게도/그 자기 자신에게도/마지막 인사를 못 하고/포화 속에서 사라져 버린 아빠"가 돌아오기를 기다리는 "눈에 하늘을 담은" 아이들에게 보여 달라고 하였다. 절규지만 절제하며 쓴 듯한 이 시를 그렇게 읽어보려고 하지만 결국 터져 나오는 통곡으로 읽게 되는 이 비참한 "희망"가, 우리는 숙연해지지 않을 수 없다. 목전의 일상을 중지하고 가자 사람들의 모든 가슴을 헤아리게 된다.

1948년 이스라엘 건국 이후, 이스라엘과 팔레스타인의 비극이 연속되고 있다. 팔레스타인 사상자는 최소 이스라엘의 10배를 상회한다. 근본 원인을 제치고 보복으로만 따지더라도 이 정도라면 아무래도 죄악이다. 이스라엘에 절제와 염치를 촉구한다. 그런 전쟁이 없는 사해동포四海同胞 지구라면 유토피아에 가깝다고 할 수는 없어도 사람이 살만하다고 할 수 있지 않겠는가. 다시 말해 이번 전쟁을 하마스가 일으켰다고 해서 하마스의 지도부가 밉다고 해서, 이 참극을 계속하거나, 외면해서는 안 된다. 이스라엘이 당장 전투를 멈추거나 최소한 지난 성탄절 공습 같은 무자비한 만행을 반드시 멈춰야 한다. 또 비극의 반복을 막으려면 1967년 제3차 전쟁 이래 점거하고 있는 서안지구의 팔레스타인의 고토를 UN안전보장이사회 결의안 242호에 따라 돌려주며, 두 지구[나치의 게토 비슷한 세계 최대의 지붕 없는 감옥]에 강제로 설치한 높이 6~8미터, 길이 수백 킬로미터 분리 장벽도 철거해야 한다. 이렇게 과감한 해결에 나서지 않는다면, 곡절 끝에 전쟁 이전으로 돌아간다고 하더라도 팔레스타인 사람들에게 스스로 고사枯死하라고 강요하는 것이나 마찬가지다. 팔레스타인 사람들은 끝없이 저항할 것이고, 비극은 반복될 것이다. 비극이 반복되고 반복된다면 두 피가 장벽을 넘칠 것이다.

위 시에서 시인은 자신의 사망도 예견하고, 원한이 아니라 오히려 희망을 노래하며, 아빠가 돌아올 것이다, 조국이 돌아올 것이다고 하였는데, 그 희망을 "잠시 동안"이라 하여 우리를 더욱 슬프게 한다. 가자의 아이들은 동심이면서도 동심일 수 없다는 사정을 시인은 아무래도 감안한 것인가. 그러나 레파트 알라리르의 이 시 「If I Must Die(내가 죽으면)」를 팔레스타인 사람들이 잊지 않고 매일 읽고 새길 것이며, 연이 되어 그 어떠한 공습에도 찢어지지 않고 가자의 하늘에서 떠다닐 것이다. 사랑하는 자신의 아이들같이 "눈에 하늘을 담은" 가자의 아이들에게 "아빠를 다시 데려올 천사”가 되기를 이스라엘부터 그러기를 바란다.

천사”가 되기를 이스라엘부터 그러기를 바란다.

"함께 잠들기를 잊지 말아다오"

우리는 역사를 공부하며 당대 현실에 관련된 주제나 메시지를 그 이후의 결과나 후세 현재의 상황에서만 평가하거나 그 공과를 쉽게 재단해서는 미진하다는 이치를 알았다. 우리 인간에게는 누구에게나 미래를 알 수 없는 한계와 변수가 있고, 역사는 승자의 기록이라는 말을 부정하지 않지만, 우리의 양식은 그 말의 부조리 측면을 불식하지 못한다. 해방 시공에서 조선문학가동맹의 맹원이자 조선공산당 당원이었으며, 휴전회담에서 조중 대표단 북측 영어 통역이었던 시인 설정식은 1953년 8월 조선민주주의인민공화국의 재판에서 유죄를 선고받았다. 죄목은 '미제국주의자들을 위한 간첩 행위, 조선인민공화국 정부에 대한 국가 전복 기도企圖'. 시인은 그 7년 전인 1946년 7월 23일에《동아일보》에 다음 시를 발표하였다.

바람이
모든 꽃의 절개를 지키듯이
그리고 모든 열매를
주인의 집에 안아 들이듯이
아름다운 내 피의 순환을 다스리는
너 태초의 약속이여

307

그믐일지언정 부디

내 품에 안길 사람은 잊지 말아다오

잎새 가장귀라 불고 지나가도

종내사

열매에 나서와 잠드는 바람같이

바다를 쓸고 밀어 다스리는

너 그믐 밤을 혼자 안은 섭리여

그 사람마저 나를 버리더라도 부디

내 아름다운 피에 흘러들어와

함께 잠들기를 잊지 말아다오

– 설정식(1912–1953), 「달」: 처녀 중에서

8행으로 짜인 두 연이 단정하게 병렬된 이 시. 하지만 우리는 심상치 않은 화자의 간절한 소망을 점점 복잡하게 주목하게 된다. 화자는 1연에서 "그믐일지언정 부디/내 품에 안길 사람은 잊지 말아다오"라고 부탁하고, 2연에서 그 "안길" "그 사람마저 나를 버리더라도 부디/내 아름다운 피에 흘러들어와/함께 잠들기를 잊지 말아다오"라고 마치 임종을 앞두고 유언하듯 '달'에게 호소하고 있다. 이 호소는 예정의 가정이지만, 1연에 이어 2연의 말미에서 반복되는 "잊지 말아다오"로 하여 사실로 도래할 기미와 예감이 배어 있어 그 성격이 흐려진다. 우리는 그 "사람"이 급기야 화자를 외면할 것 같다는 예감을 화자와 더불어 지우기 어렵다. 사랑하고 있지만 이별을 예비하고 또 회귀의 재회를 염원하고 있는데, 이 상태의 심정은 이별의 정한보다 못할 것이다.

그래서인가 아닌 게 아니라 화자가 작중에서 우러르는 '달'도 우리가 소원을 빌며 바라보는 환하고 둥근 모습이 아니다. 1연의 "그믐일지언정"에서 알 수 있듯, 그 '달'은 보름달이 아니고 반달도 아니고 '그믐달'이

제3부 제 국조를 못 이기는 사람의 노래

308

다. 이 달은 '잔월殘月'이란 별칭대로, "새벽녘까지 지지 아니하고 희미하게 남아 있는, 거의 다 져 가는 달"이다. 왜 하필이면 화자는 그런 호소를 하며 그런 달을 우러렀을까. 아무래도 화자와 관계의 여건이 그 기운 '달'처럼 어둑한 상황이었기 때문인가.

하지만 우리의 통념과는 달리 화자는 그 '그믐달'을 오히려 "태초의 약속"이라 하여 시원성을 부여하고, 또 "바다를 쓸고 밀어 다스리는" "그믐밤을 혼자 안은 섭리"라며 밀물 썰물을 주재하는 인력引力과 홀로 어두운 밤하늘을 교교히 포용하고 있다고 그 위상을 환기하고 있다. 화자가 '그믐달'을 그렇게 형상화하는 의도는 자신을 버릴 "그 사람"이 결국 자신에게 마침내 돌아와 "내 아름다운 피에 흘러들어와/함께 잠들기를" 소원하기 때문이다. 즉 썰물처럼 떠나가게 하더라도 밀물처럼 돌아오게 하라는 것이다. 화자는 그믐달에게 이를 "잊지 말아다오"라고 한다. 화자가 앞에서 "너 태초의 약속이여"라고 그믐달을 은유한 이유를 알 수 있다.

우리는 시인의 이력과 이 시가 실린 시집 『종』(1947)의 다른 시편들의 경향을 감안하여 이 시를 해방 시공의 한 정치 관련 알레고리로 읽을 수 있지만, 언표 그대로 사랑의 연시戀詩로 읽으면 더 좋을 것이다. 이 시에서 직유의 주체로 등장한 "바람"도 주목된다. 이도 우리의 통념과 달리 아니 반대로 "바람"은 불어 "모든 꽃의 절개를 지키"며, "모든 열매를" 수확하여 "주인의 집에 안아 들이"는 주선을 한다. 또 "잎새 가장귀라 불고 지나가도/종내사/열매에 나서와 잠"드는 귀결과 안식의 존재이다. 부제로 보아 화자를 한 '처녀'라고 추정할 수 있겠으며, 그녀의 진술 어조는 잔잔하지만 격정이 내포되어 있다고 하겠다.

시인 설정식의 생애 마지막 국면. 휴전 회담을 북에서 취재하고 설정식의 시집 『우정의 서사시』를 자기 나라에서 출간하게 했던 헝가리 기자 티보 머레이는 '문학과 평화'를 주제로 한 2005년 제2회 서울국제문학포럼에서 「평화를 위한 글쓰기」를 발표하며 재판정에서 본 친구 설정식을 회고하였다.

피고들은 구겨진 죄수복을 입고 있었고, 등판에 죄수 번호가 달려
있었다. 1번 피고는 조선노동당 중앙위원회 총비서이자 법무성 장관
을 지낸 이승엽이었고, 마지막 제14번 죄수가 바로 설정식이었다. 나
는 그를 거의 알아보지 못하였다. 본디는 수려했던 그러나 고문으로
뒤틀린 그의 얼굴은 체념과 탈진으로 아무런 감각이 없는 것처럼 보
였다. 그는 로봇처럼 움직였다. 나는 간절하게 희망했다. 제발 그가
내가 앉아있는 쪽을 바라보지 않기를. ……(중략)…… 더 이상 듣고
있을 수가 없었다. 나에게는 이 죄목이 너무나 낯익은 것이었기 때문
이다. 헝가리와 루마니아와 불가리아에서 행해졌던 판에 박은 재판들
과 1930년대 소련에서 행해졌던 사전 각본에 의한 요식적 재판을 여
기서 다시 언급하지 말기로 하자.

혼란과 분열, 재편과 충돌의 시대를 살아야 했고 시대의 문제에 대응하
였으나 끝내 비정한 권력의 비열한 음모와 무치의 배신을 겪고만 시인. 시
인은 남으로부터도 북으로부터도 버려졌으나 시인의 시는 탄생 100주년이
던 2012년에 아들 시인 설희관이 『설정식 문학전집』을 간행하여 우리에게
어떤 소망으로 돌아왔다.

"시몬, 너는 좋으냐 낙엽 밟는 소리가"

　지난주 토요일 고교 동기들과 산을 오르다가, 산이 숲이고 숲이 산인 것을 알았다. 산과 숲을 구별하던 시선도 질기고 억센지도 몰랐던 고정관념의 하나였던가. 소나기처럼 우거지고 고인 단풍과 낙엽 또한 종국 직전의 처염한 기염으로 보였고, 겪고 겪은 우여곡절 오미五味의 세파를 마침내 승화시켜 채색한 성황으로도 보였다. 동기회 회장은 우이령 등반이 본격화될 무렵, 내 어깨를 두드리고 앞서가는 동기 법운法雲과 단풍을 눈짓하며, "오늘 주제는 법운 채색이다."라고 하였다.

　북한산 우이령 그 길에서 오봉五峯을 바라보며 올라 석굴암 경내로 들어서자 우리 고교 동기들을 맞이하던 불이문不二門, 분별과 차별을 넘어서라는 그 문을 지나며 더 그런 생각을 하였다. 다시 산길을 올라 오르막이 다했다고 느끼지 못한 순간, 믿을 수 없도록 은행나무 한 그루가 눈앞에서 홀연 솟아올랐다. 부드럽게 쏘는 듯한 황금빛 자비의 그 깊은 광채. 역시 그 순간, 그 형상이 부처처럼 보였다. 무슨 영향이 있었겠지만 모를 일이다. 미물이 어쩌다 부처께 알현하여 감사 감사하였다. 그 나무 아래에 번갈아 서서 산인山人인 동기 야천野泉과 서로 사진을 찍어주었다.

　산행을 마치고 대열을 이끈 희세의 주유가周遊家인 동기 지일只─과, 죽었다가 또 죽음을 앞둔 화자의 각오가 진술된 시를 산행 도중에 보여준 안

기부 전력 동기와 점심 식사를 하며 막걸리를 마셨고, 일행은 구파발역에서 헤어졌다. 친구들의 상처 위로를 몰래 배려하는 자영업 종사 동기와 역전에서 서성이는데, 올해 인촌상 과학기술 부문 상을 받은 동기의 업적을 기리며 자신의 수상 이상으로 기뻐하고 축하하던 동기가 막걸리 한잔 더 하자고 하고, 글쎄 법운이 옆에서 우이령 단풍으로 채색된 미소를 짓고 있어, 불감청不敢請 고소원固所願 심정으로 따라갔다.

그날도 한밤에 부스스 일어나 비몽사몽 어느 카톡을 열었다가, 레미 드 구르몽(1858-1915)의 「낙엽」(이브 몽땅 노래) 파일을 발견하였다. 지난날 읽고 들었으나 제대로 감상하지 못했던 옛 시 옛 노래. "낙엽 빛깔은 정답고 모양은 쓸쓸하다"는 한글 자막이 그 프랑스어와 함께 크게 다가오면서 잠에서 깼다.

시몬, 나무 잎새 져버린 숲으로 가자.
낙엽은 이끼와 돌과 오솔길을 덮고 있다.

시몬, 너는 좋으냐 낙엽 밟는 소리가.

낙엽 빛깔은 정답고 모양은 쓸쓸하다.
낙엽은 버림받고 땅 위에 흩어져 있다.

시몬, 너는 좋으냐 낙엽 밟는 소리가.

해질 무렵 낙엽 모양은 쓸쓸하다.
바람에 흩어지며 낙엽은 상냥히 외친다.

시몬, 너는 좋으냐 낙엽 밟는 소리가.

발로 밟으면 낙엽은 영혼처럼 운다.
낙엽은 날갯소리와 여자의 옷자락 소리를 낸다.

시몬, 너는 좋으냐 낙엽 밟는 소리가.

가까이 오라, 우리도 언젠가는 낙엽이리니
가까이 오라, 밤이 오고 바람이 분다.

시몬, 너는 좋으냐 낙엽 밟는 소리가.

만추에 진 단풍 낙엽을 그것도 "해질 무렵"에 화자는 바라보거나 등지거나 하면서, "시몬"에게 아니 우리 독자들에게, 가슴의 입으로 "이끼와 돌과 오솔길을 덮고 있다", "빛깔은 정답고 모양은 쓸쓸하다", "낙엽은 날갯소리와 여자의 옷자락 소리를 낸다"며 우리의 가을 정서를 자극한다. "버림받고 땅 위에 흩어져 있다", "발로 밟으면 낙엽은 영혼처럼 운다"에는 감상感傷이 좀 지나친 듯해 공감이 주저되지만, 이어지는 "가까이 오라, 우리도 언젠가는 낙엽이리니"에 이르러, 그 촉진이 다시 진행된다. 이런 자신을 우리는 곧 의식하며 고개 들어 그 정서를 희석하려 하다가 우울하고 감미로운 목소리의 그 향도를 그만 방임하기 쉽다. 때는 바야흐로 만추, 만추가 아닌가. 우리는 그 기운이 가득한 천하를 지나가거나 지나가야 하는 나그네 신세라는 자각. "가까이 오라, 밤이 오고 바람이 분다"에도 우리는 그런 자신을 견제하지 못하고, 황혼과 밤 사이사이로 차갑게 부는 바람을 과감히 맞으며 화자에게 더 '가까이' 가려 할지 모른다.

그리하여 우리는 "시몬, 너는 좋으냐 낙엽 밟는 소리가"가 왜 후렴처럼 반복되고 있는지, 그 정조로 오랜만에 사색하게 된다. 그래서 '발로 밟으면 낙엽은 영혼처럼 운다'를 다시 읽는다. 모든 낙엽은 우리의 고인이고, 우리가 낙엽을 밟으면 나는 하필이면 울음 같다는 그 소리로 우리는 고인

의 영혼을 감지하고 서로 소통할 수 있다는 것인가. 그렇다면, 우리는 마
땅히, 그 물음에 회피하지 말아야 하리.

이 시는 우리가 떠나도 만추가 되면 후인들에게 다시 읽힐 것이다. 단풍
낙엽을 밟으며 인간의 생사와 고인의 영혼, 그리고 자신의 현재와 미래를
한번 사색한다면 그 심정이 감상에 가까워진다고 해도 그리 나쁘지 않으
리. 이왕이면 알게 모르게 지은 죄와 참회도 빠트리지 말고. 그리고 자타
자비도 빠트리지 말고.

신파를 무릅쓴 이 사설(辭說)을 구파발역으로 가는 버스 손잡이에 같이 단
풍처럼 매달렸던 독실한 우바새 동기가 제대로 교정하길 바라며, 우이령
그 등반길에서 아직도 까까머리로 불이문을 지나던 일행은 그날 같이하지
못했던 전국의 모든 동기들을 일제히 그 길로 불러들여 '법운 채색' 그 시
공을 같이하였으면 한다. 피아여일彼我如一 사생여일死生如一, 좌우도 여일.
"발로 밟으면 낙엽은 영혼처럼 운다", "시몬, 너는 좋으냐 낙엽 밟는 소리
가".

"청포도가 익어가는 시절"

작년 이 즈음에 육사陸史 이원록(李源祿, 1904-1944)의 「청포도」[『문장文章』 1939년 8월호]의 "내 고장"이 어디인지를 두고 논쟁이 있었다는 사실을 최근에야 알았다. 우리가 잘 알다시피 그 시의 작중 화자는 1연에서 "내 고장 칠월은/청포도가 익어 가는 시절"이라고 하였다. "내 고장"의 "7월" 정경을 익어 가는 "청포도", 그 푸르고 영롱하게 생동하는 이미지로 집약하여 독자의 시선을 일거에 사로잡았다.

내 고장 칠월은
청포도가 익어 가는 시절

이 마을 전설이 주저리주저리 열리고
먼 데 하늘이 꿈꾸며 알알이 들어와 박혀

하늘 밑 푸른 바다가 가슴을 열고
흰 돛단배가 곱게 밀려서 오면

내가 바라는 손님은 고달픈 몸으로

청포靑袍를 입고 찾아온다고 했으니

내 그를 맞아 이 포도를 따 먹으면
두 손은 함뿍 적셔도 좋으련

아이야 우리 식탁엔 은쟁반에
하이얀 모시 수건을 마련해 두렴

　"청포도"는 2연에서 그 속성까지 제시된다. "이 마을 전설이 주저리주저리 열리고/먼 데 하늘이 꿈꾸며 알알이 들어와 박혀"라고……. 이 심상치 않은 진술은 그 "청포도"가 보통 청포도가 아니게 한다. 일상의 청포도를 초일상의 차원과 접맥시키면서 우리의 첫 인식을 크게 개신 심화한다. "이 마을 전설이 주저리주저리 열리고"는 무성하고 탐스럽게 달린 청포도 송이의 묘사이면서도, "이 마을 전설"의 현현이기도 하다. 즉 화자는 '익어 가는 청포도'를 보며 잠재되었거나 혹 잠시 잊었을 수도 있을 "마을"의 "전설"이 "주저리주저리" 시현되고 있다고 여긴다. "먼 데 하늘이 꿈꾸며 알알이 들어와 박혀"는 우리의 "청포도" 인식을 더욱 확대 고양한다. 가까운 하늘이 아니라 저 아스라한, 보일 듯 말 듯한 "하늘"이, 그것도 "꿈꾸며" "청포도" "알알" 마다 마다에 서려 들어 뿌리내렸다고 한다. "전설"이 어떤 전설인지 궁금하고 하늘이 꾸는 "꿈"도 무엇인지 생략되어 있지만, 우리의 상상은 오히려 분방하게 확장된다. 2연의 이 부연 묘사와 관련 여운이 이 시의 압권이며 이후를 관통하는 맥락이 아닐까 한다.

　이 시의 "고장"이 육사의 고향으로 널리 알려진 안동(도산면 원촌)이 아니겠다는 주장은 그 직후의 3연, "하늘 밑 푸른 바다가 가슴을 열고/흰 돛단배가 곱게 밀려서 오면"을 근거로 한다. 안동은 내륙 지방이기에 "푸른 바다", "흰 돛단배" 운운 묘사를 할 수 없다는 것이다. 그래서 바다를 직면하고 돛단배가 자주 오고 갔으며 일제 때 규모가 큰 청포도 단지도 있었던

항구 지역, 육사가 1929년에 출옥하고 친척이 살고 있어 요양하였고 1936
년에 여행을 했기도 해 포항이 아무래도 이 시의 "고장"에 부합된다는 주
장이 일어났다. 하지만 여전히 안동설을 지지하는 측에서는 다음과 같이
반박한다. 안동에는 "주저리주저리"라고 수식할 정도로 "전설"이 많고,
1799년 작성 문헌에 청포도 재배 이야기가 실려 있는 대로 청포도밭이 있
어 왔으며, 거기서 누워 청포도 나무 사이를 쳐다보면 그 모습을 "하늘 밑
푸른 바다가 가슴을 열고", 즉 "푸른 바다"란 환유와 의인화를 적용한 형
상 제시가 가능하다고 주장한다. "흰 돛단배가 곱게 밀려서 오면"이란 연
계도 그 연상으로 역시 가능하다는 것일 것이다.

두 설 다 어색하다. 안동설은 지적대로 안동에서 "푸른 바다"와 그 바다
의 "흰 돛단배"를 볼 수 없어 수용하기 난처하다. 또 3연 1행의 "푸른 바
다"는 비유가 아니라 의인화["가슴을 열고"]가 개재되었지만 작중 실경 묘
사이며, 3연 2행의 "흰 돛단배"도 마찬가지이다. 포항설은 육사의 가문이
대대로 원촌에서 세거하였고 육사도 16세까지 살았기에 역시 수용하기 난
처하다. 또 포항의 포도밭이 일제의 식민 관련 자본으로 개발된 사실을 모
를 리 없었을 육사가 출옥 직후에 그 근방에서 요양했다고 해서 뒷날 이 시
를 쓸 때 그곳을 회고하며 굳이 "내 고장"이라고 하였다고 인정하기도 어
렵다고 하겠다.

「청포도」의 "고장" 논란은 시를 시인의 자전自傳으로 간주하고 시의 화
자를 시인으로 여기는 관점에서 비롯된다. 이 논란의 문제점은 이미 두세
차례 직접 간접 논의한 대로 시가 시인의 창작, 즉 심미와 가공에 기초한 허
구라는 본체론을 상기하지 않거나 배제하려는 관성 때문에 연속 발생한다.

시의 화자가 시인일 수 있고 시의 이야기가 시인의 실제 이야기일 수 있
다. 그런 시들이 있고 그렇게 볼 육사의 시도 있다. 육사는 일제 식민시대
국난 상황을 외면하지 않고 극복을 지향하며 실제 현실에서 싸운 보기 드
문 투사[17차 투옥]이며, 만해처럼 일류 시인이기도 하다. 육사의 시가 모두
육사의 신변과 독립운동에 관련된 저항과 곤경, 각오와 비전을 노래했다

고 보지 않겠지만 그럼에도 불구하고 「청포도」의 '고장' 논란이 발발한 것은 시가 수발할 뿐만 아니라 육사의 뛰어난 봉공과 헌신의 삶에서 기인하였다고 하겠다. 따라서 이 논란은 이역 북경의 일제 감옥에서 분명 강도 높게 저항하다 강도 높은 고문을 당해 순국한 시인 육사에게 헌정하는 후세의 불가피한 감사 취지의 에피소드라고 하겠다. 「청포도」는 '고장' 논란을 떠나 우리 시사의 명작이자 국민 애송시이기에 전국 어디에서도 그 시비를 더 개설해도 좋을 것이다.

제4연에서 화자는 "고달픈 몸으로/청포靑袍를 입고 찾아" 올 "내가 바라는 손님"을 부각한다. "흰 돛단배"를 타고 올 이 "손님"은 입은 "청포靑袍"로 미루어 벼슬아치 부류의 신분이 높은 사람이라고 이해하는 견해가 있는데, 상용하던 백포白袍가 아니라 하필 청포인 것은, 그는 도래 예정자, 화자가 내방을 기원하는 인물인데, "청포", 즉 푸른 도포의 푸른색은 그 희망을 의미해 선택한 시어라고 하겠다. 다시 말해 "고달픈" "손님"의 도래는 현재 실현되지 않는 상태이고 그는 예정된 희망의 존재이기에 그가 입은 도포는 흰색이 아니라 푸른색이라야 어울린다. "청포"는 한편 "청포도", "푸른 하늘"과 나란히 연계되는데, 살펴본 대로 푸른색은 "주저리주저리 열리"는 "전설"의 색이기도 하며, 무엇보다 이 시에서 "7월"의 색이다.

끝으로 우리는 2연과 3연의 구분과 장면 전환을 주목하며 그 사이에 함축되어 있다고 할 메시지를 상기해 볼 필요가 있다. 7월과 그 이후. 7월은 무더위 와중에 만물을 두루 비추는 강렬한 햇빛 아래 지상의 열매들이 저대로 본연의 미래로 성숙하는 계절. 이 시기에는 "전설"의 완전한 현현과 "청포"를 입은 "손님"을 영접하기 위해서는 태양 못지않게 작열하는 인내와 의지가 필요한 때이다. 그래서인가 이 시의 3, 4연에서 화자는 예언자로도, 진술은 예언으로도 여겨진다. 「광야」의 4, 5연에도 그런 면모가 있다. "지금 눈 내리고/매화 향기 홀로 아득하니/내 여기 가난한 노래의 씨를 뿌려라//다시 천고千古의 뒤에/백마 타고 오는 초인超人이 있어/이 광야에서 목 놓아 부르게 하리라"

"꽃이 피는 때는 내가 보지 못하는 때"

반세기 만에, 고교 시절 문학서클 〈맥향麥鄕〉의 동인이었던 고인故人의 시를 읽었다. 고교를 졸업하고 철도 역무원이 되었다가 대학에 진학해 영문학을 전공하고 교단에 섰던 그가 1988년 1월에 작고하기까지 몇 차례 만나 문학 담론을 했고, 이후 가끔 그의 변성기變聲期 음성 같은 목소리를 떠올리며 그리워했었다. 그런 그와의 인연이 다하지 않았다니. 지난 주중에 우연히 처음 자리를 같이한 그의 고교 동기가 그와 그의 시를 추억했고, 형의 유고를 오래 가슴에 품고 있던 그의 아우에게 연락해서, 그야말로 해후를 할 수 있었다. 고교 시절 그의 다음 시는 당시 안동 문단의 주목을 끌었다.

저무는 겨울 저녁

도회의 잿빛 하늘을 날아드는

날짐승의 시린 발끝에 묻어나는

비린내 같은 사람들의 정갈한

조바심을 그으며 울려 내리는

적막한 사이렌 소리

– 박경서(1956–1988), 「첫눈」

누구도 모종 감상이 없을 수 없는 첫눈. 그 첫눈을 그저 "적막한 사이렌 소리"라고만 해도 읽을 만했을 텐데, 그가 묘사한 "첫눈"은 모처럼 복잡하고 생경했었다. "사람들의 정갈한/조바심을 그으며 울려 내리는/적막한 사이렌 소리"라고만 했어도 그런 인상을 받지 않았을 것이고, "적막한 사이렌 소리"보다 그 수식, "사람들의 정갈한/조바심을 그으며 울려 내리는"에 더 주의하면서 그 연관 파장에 독자들은 침잠했을 것이었다.

첫눈은 지상의 모든 사람들을 탄성으로 환호하게 하지만 화자는 왜 그 "도회" 사람들이 첫눈과 관련하여 "조바심", 즉 '답답하고 조마조마해 가슴 졸이며 불안도 느끼는 마음' 까지 느꼈다고 하는가. 첫 행 "저무는 겨울 저녁"에서 짐작할 수 있듯, 이 눈은 그곳 시민들을 오래 기다리게 했기 때문일 것이다. 즉 계절이 이미 '겨울' 로 접어들었는데도 눈이 내린 적이 없었던 것이다. 게다가 기다리고 기다리던 그 첫눈이 내린 당일에도 첫눈이 내린 그때는, 뒤늦은 그 "저무는" "저녁" 무렵. 그래서 화자는 사람들이 첫눈 내리기를 바라며 "조바심"을 내고 있었다고 전제하고, 마침내 첫눈이 사람들의 그 "조바심을 그으며" 내렸다고 한 것이다.

그런데 이 지연된 인식도 그대로 일단락되지 않는다. 이미 독자들이 의식하고 있듯, 또 하나의 수식이 그 모두에 중첩되어 있어 독자들을 놓아주지 않는다. 화자의 긴 심미 감각은 이제 독자들도 "조바심" 나게 한다. "사람들의 정갈한/조바심을 그으며 울려 내리는/적막한 사이렌 소리"는 그러니까 이 시에서, "날짐승의 시린 발끝에 묻어나는/비린내 같은"과 불가분리이며, 독자들은 간과할 수 없다. 즉 그 "조바심"은 "사람들의 정갈한/조바심"일 뿐만 아니라, "날짐승의 시린 발끝에 묻어나는/비린내 같은" "조바심"이다. 이미 그렇지만 "조바심"은 더 특이해진다. 독자들은 그 "날짐승의 시린 발끝"과 접촉한 듯한 촉감과 더불어 훅 "비린내" 풍기는 "조바심"에 순간 몸서리치며 동요되고 경직될 수도 있다.

이 시의 "조바심"은 그렇게 마감되어도 좋을 텐데 그러지 않는다. 은밀하게 독자들의 내면에 저마다 남모르는 카타르시스를 일으키는 듯하다.

“조바심”이 그이는 상태, 이 상태는 “조바심” 해소, 바로 “조바심”이 폭발하여 산화散華되는 정화의 상태가 아니겠는가. 환희와 그 여운과 더불어. 그래서도 첫눈이 “울려 내리는/적막한 사이렌 소리”였다고 한 것 같다.

당시 안동의 문인들이 이 시를 칭찬한 것은 이 시가 ‘견자(le voyant)’로서 본 바가 있고, 또 나름대로 표현이 성취되어 있다고 여겼기 때문일 것이다. 여러 감회에 젖으며 다음 시도 거듭 읽었다.

꽃의 얼굴은 근심이다
꽃의 얼굴은 우수이다
그러나
참된 꽃의 얼굴은 어둠이다

내게 있어서 어둠은 무서운 것이다
그래서 밤은 더욱 무서운 것이다

꽃은 밤에 피어난다
내 잠 속에서 피어난다
꽃은 새벽에 피어난다

꽃이 피는 때는
내가 보지 못하는 때이다
그래서 나는 꽃이 핀 것은
본 일이 있지마는
꽃이 피는 걸 아직 한 번도
본 일이 없다

어느 꽃이든 비밀을 가지고 있다

비밀은 어둠이다 비밀은

캄캄한 밀실이다

죄지은 자는 캄캄한 밀실에서는

더욱 하얗게 웃을 수 있다

피어난다는 것이

불행인 줄 모르는 아즉

피어나지 못한 꽃은

지금은 꽃 대궁 속 어느 새벽에서

소리죽여 걸어 나오고

있을 것이다

― 「꽃」

　　"얼굴"이 "근심"과 "우수"이기 쉽지만, "참된 꽃"은 그런 기색을 무화한 듯 드러나지 않는 "어둠". 그 "꽃"은 "밤"의 "내 잠 속"이나 먼동이 트려는 미명의 "새벽" 꿈에 피어나는데, 화자는 "꽃이 핀 것은/본 일이 있지마는" 정작 "꽃이 피는 걸 아직 한 번도/본 일이 없다"고 한다. 이 진술의 취지가 궁금한데, 5연 "어느 꽃이든 비밀을 가지고 있다"와 6연 "피어난다는 것이/불행"에 이르러, 우리는 알고, 내심 동요하는 가운데 동의할 수 있을 것이다. 그러니까 이 시의 "꽃"은 우리 모두 자신도 잘 모르게 간직하고 있고, 몽매夢寐에나 출현했다 사라지는 나와 남의 모종 비밀들이며, 5연 4~5행으로 미루어, "캄캄한 밀실에서는/더욱 하얗게 웃을 수 있"을 그 "죄지은 자"이기도 하다.

　　"더욱 하얗게 웃"는 "자"가 아니라, "더욱 하얗게 웃을 수 있"을 "자"라는 화자의 예정을 우리는 잘 감안하여, 연관된 "죄지은 자"도 "죄 지을

자"로 고쳐 파악해야 할 것이다. 그리고 무엇보다도 주목해야 할 국면은, 최종 6연에서 알 수 있듯, 화자에게는 현재, 도저한 집념처럼 그리워하는 인물이 있다는 사실이다. 그리고 "피어난다는 것이/불행인 줄" "아즉" "모르는" 그 청초하고 가녀린 꽃봉오리 같은 그 인물이, "지금은 꽃 대궁 속 어느 새벽에서/소리죽여 걸어 나오고/있을 것이다"란 화자의 긴장된 예상이다. 그 장면에 직면해야 할 화자의 처지. 유례없는 "조바심"에 매이고 매인 안절부절 심경. 드디어 그 피어나는 모습을 화자가 볼 수 있을지 보지 못할지, 우리 독자들은 이제 그저 각자의 상상에 따를 수밖에 없겠다. 그런데 화자는 4연 1~2행에서 "꽃이 피는 때는/내가 보지 못하는 때"라고 한 바, 그렇다면 아마 또 보지 못할 것이다. 아니다. 화자는 보지 않을 것 같다.

이 시의 정황과 사연을 눈 감고 점검하는데, 누군가 "걸어 나오고 있"다. "소리죽"이지는 않고. 옛 〈맥향麥鄕〉 동인들의 "꽃 대궁 속 어느 새벽에서". 청춘의 얼굴 그가 미소 지으면서 오히려 맑고 후련하게.

참고 : 이 시에 시인이 붙인 제목이 없다. '꽃'이란 제목이 원고에 있는데, 보관자가 일단 그렇게 작명했다고 각주를 달았다.

"만리로 열린 귀를 찾네"

1975년 한강 변 흑석동에서 27살 승려 문학도가 시 한편을 22살 대학 후배의 노트에 적어주었다. 만난 지 얼마 되지 않았지만 그들은 이미 주석에서 몇 차례 어울렸고 둘이서 통금 시간까지 남았다가 근처 여인숙에서 숙박하기도 한 사이였다. 그날 새벽에 선배가 "이마를 벽에 대고 흐느끼"는 모습을 후배는 보았다. 훔쳐본 정경이 아닐 것이다. 선배가 이 후배에게는 자신의 그 표출을 자제하지 않아도 괜찮다고 여겨 그랬을 수 있다. 아무튼 그 시는 그런 소통의 결과이자 차후 긴 인연의 발단이라고 하겠다.

두런두런

발 아래 풀잎 속에

정지된 공간의 틈서리에서

오 저기 저

버려진 귀면鬼面 속에서

알아들을 수 없게 두런두런

만리萬里로 열린 귀를 찾네

못 보고 못 듣는

두억시니로 여기 와서

내 문득

스산한 바람소리가 되네

– 최영해(1949–2011), 「절터」

이 시의 작중 공간 '폐사지廢寺址'는 우리에게 여전히 낯설고 실제로 둘러보기도 어려우며 그럴 기회가 있다 하더라도 위축되기 쉽다. 인적 없고 잡초 무성하고 깨진 기와 조각이 무정하게 잔존하는 황량한 산중. 흔적이 희미해 오히려 부처의 숨결과 승려의 체온 부재를 믿을 수 없는 정경. 어느 폐허보다도 무상하기만한 그 이역異域에서, 화자는 그 분위기를 꺼리거나 위축되지도 과장하지도 않는다. 그 중심에 진입해 자신을 존치하고, 오히려 친화의 기운까지 발산하면서 모종 추구를 시도한다.

4행, "오 저기 저"란 감탄 섞인 발견과 각성의 토로, 7행 "만리로 열린 귀를 찾네"란 심상치 않은 전언. 우리는 문득 전자에 힘입어 편승하고 후자를 의아하게 여기면서 이 시의 사연에 기꺼이 빠져든다.

"두런두런", 즉 "나지막한 목소리로 서로 조용히 이야기하는 소리". 고절한 폐사지에서 이 소리를 들은 화자는 어디서 그 소리가 나는지 찾는다. "풀잎 속" "틈서리"에 "버려진" 귀면와鬼面瓦[잡귀나 재앙을 막기 위해 추녀 끝 서까래에 붙이는 귀신 얼굴 장식기와], 그 "귀면 속에서" "두억시니"[모질고 사나운 망매魍魅의 일종]"들이 "만리萬里로 열린 귀를 찾"겠다는 의논을 하고 있다. 그 출현이 놀랍지만 그렇다면 그들은 원래 그런 "귀"가 있었고, "두억시니로 여기 와서"에서 알 수 있듯, 전생前生에는 두억시니가 아니었다는 사연이 함축되어 있다. "두억시니"들이 전생에 무슨 죄업과 탈선을 저질렀는지 알 수 없지만 그 업보로 현생에서 "두억시니"가 되어 현재 폐사지 귀면와의 "귀면 속"에 유폐되어 있는 중이라고 우리는 그 내력과 사정을 대강 알 수 있다.

나아가 우리는 이제, 게다가 화자가 "두억시니"들이 "못 보고 못 듣'는다고 강조하고 있다는 사실도 주목해야 한다. 이 역시 전생의 업보일 수밖

325

에 없겠다. "두억시니"들의 운명은 가혹하다. 화자는 3행에서 귀면와가 버려진 풀숲을 "정지된 공간"이라고 진단하였고, "두억시니"들은 또 그 귀면와의 "귀면 속"에 감금되어 있기에 자신들의 옛 "만리萬里로 열린 귀"를 찾기를 희망하고 있기는 하나 그 희망의 목소리는 나약하고, 무엇보다 이중 격절로 해서 그 달성은 지난하다. 아니 금생에서 아무래도 찾지 못 할 가능성이 높다. 더욱 문제 되는 것은 혹 "정지된 공간"과 "귀면"을 부수고 탈출해 그 "귀"를 되찾는다고 하더라도, 결국 세상을 보지는 못 한다. "못 보고" 만다. 그렇다면 "두억시니"들은 언제나 여전히 불구가 예정되기도 한 존재들이며, 온전한 자신을 회복하기란 거의 불가능하다. 그래서 다만 겨우 "두런두런"하고만 있는 것인가.

상대의 전생과 현생을 통관하는 화자. 아무래도 "두억시니"들의 전생에서부터 밀접한 인연으로 엮여있는 처지인 것 같다고 추정할 수 있다. 그러고 보니 4행 "오 저기 저"란 토로에는 그 발견에 안도하고 반색하는 어조도 서려 있고, 화자와 "두억사니"들과의 모종 관계가 느껴진다. 하지만 우리는 그 사연을 제대로 알기는 어렵고 추정하기는 하지만 자신은 없다. 이 시의 결미 두 행, "내 문득/스산한 바람소리가 되네"를 읽으면서는 더욱 그러하다. 우리는 우선 이 표현을 둘로 나눠 이해할 수 있다. 하나는 "두억시니"들의 막막한 처지를 동정하는 화자가 자신의 그 심정을 "스산한 바람"으로 은유한 언급으로. 다른 하나는 역시 동정을 전제로 하지만 말 그대로 "스산한 바람"으로 변신했다는 언급으로. 참고로 "스산한 바람소리"는 흐리고 으스스한 소리, 쓸쓸하고 뒤숭숭한 소리이기도 하다.

그런데 이 최종 국면에서 우리는 이보다 더 큰 난관에 직면한다. 말미 두 행을 그 직전 "못 보고 못 듣는/두억시니로 여기 와서"에 연속해 읽고 취지를 헤아렸는데, 따로 구분해 읽을 수 있고 그래야 할지 모르겠다는 것이다. 여백을 두고 읽는다면, 화자의 처지가 달라지고 처지에 함축된 뜻도 달라진다. "두억시니"들의 우울하고 딱한 운명을 안 화자는 "두억시니"들의 현재 처지를 감당하지 못하게 동정한 나머지 차라리 부는 바람으로 도피하는 형국이라 할 수 있다. 하지만 그 "바람"은 다른 세계 다른 차원을 전전하다가 이 폐사지로 돌아와 더 "스산한" "소리"를 낼지 모른다.

후배 시인 김홍성은 최근 자신의 페이스북에 「11. 닭울음소리」(2018년 1월 21일)를 다시 게재하며 선배 최영해의 시와 삶을 거듭 추억하였다.

적음寂흡 형이 남긴 육필 시집 『저녁에』를 골방에서 찾았다. 홍익 21 출판사에서 2004년에 냈다. 어쩌다 이 시집이 나에게 왔는지는 잊었다. 연작시 「새벽에」가 거기 실려 있다.

삼생三生을 지나서도
시인임을 잊지 마세요
(이런 편지를 받았다)
꼬끼오 하고 몇 번 씩이나
닭울음소리가 들렸다
삼생 시인 …….
부끄러움이 전신을 휩싸고 도는
이 새벽에

- 「새벽에 1」

우리는 합장하며 이 시도 다시 읽지 않을 수 없다. "삼생三生을 지나서도 시인임을 잊지 마세요". 이 천외天外의 청원을 한 이는 누구일까. 시인이 현생을 떠난 지 15년. 오늘 우리가 어느 폐사지에서 들을 수 있는 "스산한 바람소리"는 시인의 내생來生일 것이며, 술과 정에 더 끌려 시인 명목에 부끄러웠던 시인은 그 청원을 아마 기억하고 있을 것이다.

"내 시혼詩魂 돌아와, 그대를 읊조릴 테니"

1638년 음력 8월 어느 날 경상도 안동 땅 천전川前 마을에서 병석의 한 선비가 자신의 임종을 의식하고 편지 형식의 시를 읊었다.

> 寄語溪堂一樹梅 시냇가 작은 초당 한 그루 매화여
>
> 好藏淸艶待春回 그대 맑고 예쁜 본성 잘 간직했다가 오는 이른 봄을 기다려다오
>
> 開時且莫悲無主 그때 꽃, 꽃피우고서, 내가 없다고 슬퍼하지 말기를
>
> 定有吟魂月下來 그 차고 달 밝은 밤, 내 시혼 돌아와, 그대를 읊조릴 테니
>
> — 김휴(金烋, 1597−1638), 「매화」

수신자가 인격이 아니라 매화라는 사실에 오히려 우리의 가슴이 서늘 뭉클해지고, 곧 사생死生을 달리할 별리의 정서가 역시 슬프고 슬프지만 과도하게 슬프지는 않다고 느낀다[애이불상哀而不傷]. 그러면서도 그 기분 점점 매화의 향기와 자태처럼 청아淸雅하고 염윤艶潤해지는 듯. 읽으면 읽을수록 어떤 독자는 매화와 시인의 전무후무한 교류에 혼융되어 진공에서 중력을 느끼듯 그 시공의 현장을 같이할 수도 있을 것이다. 이런 비상한 감정이입

몰입은 이 시의 결구 4행에서 반전 같은 전환을 계기로 조성되고, 시 전체와 음미에 고요하고 정결한 시내의 물결처럼 파급된다.

그리하여 우리는 시의 행간에 함축된 사정과 뜻을 헤아리게도 된다. 시인은 매화에게 말한다. 나 이제 병석에서 일어나지 못해 다시 그대를 만나지 못할 사정이 지병보다 분명한데, 육신의 이승, 어찌할 수 없는 운명이겠지. 하지만 내가 죽어도 내가 그대에게처럼 나를 잊지 못할 그대는 나처럼 시들지 말고 사나운 비바람과 저미는 서리와 모진 추위에도 그대의 본성을 잘 보전해 겨울 같은 이른 봄을 기다려 꽃으로 피우기 바란다. 그때 그런 그대를 바라보고 그대를 기려주는 내가 없다고 슬퍼하지 말기를. 나의 시혼, 나의 시혼이 그대가 나를 위해서 꽃 피웠다고 알고 차고 달 밝은 이른 봄날 밤에 반드시 그대에게 돌아와, 그대의 고아한 절개와 유려한 지조를 또 다시 노래하리라.

혼신의 진심을 다한 이 약속은 사생초월 정서로 보아 필연으로 도래할 예정된 미래라고 하겠다. 나아가 시인의 의지와 시혼은 380여 년 후세 우리로 하여금 이 시의 정황과 도래할 재회가 과거이면서도 현재와 미래라고 할 탄식을 일으킨다. 현실과 이상의 갈등을 원인遠因으로 하여, 시인의 심정과 유사한 상념을 지닌 사람들이 지금 여기에도 앞으로도 어찌 없다고 할 수 있겠는가. 시인이 이 편지 시를 그 매화에게 부치게 하였건 그러지 못하였건 그 이전 두 존재의 지밀한 교감으로 미루어, 시인이 별세한 이듬해 이른 봄뿐만 아니라 매화는 해마다 꽃 피워 시인의 시혼과 영통靈通하였을 것이라고 상상해 본다.

시인은 기록상 14세에 이미 '담박淡泊'과 '원향遠向'을 지향하는 첫 시, 「모경暮景」[淡泊岫雲生(산봉우리 위로 구름 담박하고) 蒼茫野日暮(벌판도 뒤덮은 노을은 아득한데) 秋江一漁舟(가을 강에서 한 척 배) 遠向煙村渡(안개 낀 마을을 지나 멀리멀리 가려하네)]를 짓고, 「황하부黃河賦」100여 구를 짓기도 하였다. 이후 시인은 광해주의 정치와 인조반정과 정묘호란 등을 겪으며 왕도王道와 알력하는 시대를 개탄하며 유자儒者의 치국, 평천하의 길을 거의 외면하였으나 젊어 돌아간 아버지와 홀어머니를 위해 거업擧業을 단절하기 어려웠다. 병자호란 직전인 1635년에 과거에 응시하려고 한양에 왔다가 다음 시를 읊었다.

旅館人誰問 여관에서 누가 안부 물어 주랴만
閑庭草自新 한가한 뜰에서 풀 스스로 새롭네
雲深龍闕曉 동틀 무렵 구름 위로 궁궐 솟아 있고
花媚鳳城春 꽃들이 어여쁘기는 하네 한양성의 봄
投跡知何地 어디로 발길 옮겨야할지 알기는 아나
趨名笑此身 명예 좇는 이 몸이 우습구나
淸溪有鷗鷺 떠나온 맑은 시냇가 물새
歸去且相親 돌아가 서로 더 가까이 지내야하리

— 「여회, 旅懷」

여관 뜰에서 풀이 더 푸르러지는 모습을 스스로 새로워지는 일신日新으로 여기며 시인은 안부를 묻고, 낮은 그 풀과 도성의 궁궐 주변에 재배되는 울긋불긋한 꽃들을 대비하며 자신의 내심을 드러내고 있어 보인다. 6행에서는 급기야 자신의 과거 응시를 고소苦笑하고 회의한다. 7, 8행에서는, 아무튼 떠나온 고향 반변천으로 돌아가 구속 없이 자유로운 유유자적 물새들과 새삼 벗하며 지내기를 다짐한다. 5행에서 현재 방황을 얼핏 언급하였으나 시인의 지취는 이렇듯 아무래도 환로가 아니었다. 이 시에는 자조와 염세의 기미도 있다고 하겠다. 당시 조정의 편당偏黨 세도勢道도 작용하였을 것이다.

이 시 작시 직후 과거의 전시殿試에서 시인이 제출한 대책문이 장원壯元으로 지목되었는데, 시지試紙 말미에 '謹對(근대)' 두 글자를 쓰지 않았다고 하여 낙방으로 처리되었다. 병환 중인 홀어머니를 걱정하다가 빠트렸다고 하는데, 이 추정을 그대로 따르기 어렵다. 의도가 아니었다고 하더라도 모종 무의식의 소위所爲가 아니었을까.

시인은 말년에 아들 김학기金學基에게 "혼탁하고 어지러운 세상을 만나 명철보신明哲保身한다고 과거 공부를 그만두고 술 마시는 것만 일삼으며, 세상을 희롱하고 사람들을 업신여기는 삶을 살아왔다"고 술회하였다.

하지만 시인은 시 486수를 남겼고, '근독謹獨'과 '불기不欺'를 지침으로 경서經書와 성리性理를 탐구하여 덕목들의 관계와 구조를 도설圖說한 『조문록朝聞錄』과, 『도동록道東錄』 등을 실천을 강조하며 저술하였다. 또 우리나라 최초로 서지학·문헌학 저서인 『해동문헌총록海東文獻總錄』을 각고 끝에 남기기도 하였다. 스승 여헌旅軒 장현광(張顯光, 1554-1637)의 권유로 1616년 20세부터 시작하여 우리 선인先人들의 670여 종 문헌을 찬집해 분류하고 해제를 찬술하여 21년 후였던 1637년 음력 11월 16일에 완편하고 자서自序를 썼다. 그로부터 9개월 후 시인은 1638년 8월 24일에 향년 42세로 별세하였다. 이 희귀한 업적을 학계는 이 나라 후세 실학의 한 선하先河로 주목하고 있다.[한국국학진흥원(안동시), 『경와 김휴의 학문과 활동』(2024년 역사인물선양학술대회 논문집), 2024. 10. 22.]

참고로, 시인은 퇴계 이황(1502-1571)의 손서 김용(金涌, 1557-1620)의 손자이며, 위 첫 시의 '계당溪堂'은 천전과 90여 리 상거한 예안 토계兎溪 가에 청년 시절 시인이 아버지 김시정(金是楨, 1579-1612)을 이어 세워 공부하였던 정사精舍 한계당寒溪堂이다. 주지된 대로 퇴계는 매화를 예찬하는 여러 시를 지었고, 서거 직전에 "매화에게 물을 주라"고 유언하였다. 퇴계는 중국 선비들의 매화 전통을 이어 매화를 새롭게 조명하였는데, 자신이 개진한 성리학과 인간상의 한 상징으로 삼은 듯하며, 그 유언은 후학들에게 당부한 유촉일 것이다. 매화 같은 학문과 사람. 그렇다면 위 시와 더불어 한계당의 매화와 시인의 지향은 퇴계 학풍의 계승이자 그 한 심화라 하겠다.

'혼술' 권하는 사회

모 출판사로부터 술 이야기를 다룬 시들을 해설하는 책을 내자는 제안을 받았다며, 중국 시를 전공한 다섯째 형수님이 의견을 물어왔다. "요즘 또 음주 행각에 기인한 추태와 사고가 많아졌습니다, 코로나 제약이 풀리자 거리에 유행 직전처럼 주취자들이 발생해 경찰들이 애로를 겪고, 사정이 저마다 달라 어느 선에서 보호조치를 해야 하는지 직무수행법에 관련된 논란까지 있다고 하지 않습니까, 얼마 전에 길에 쓰러진 술꾼을 경찰이 보호하려고 하자 막무가내로 거부하고 그러다가 어두운 골목길에 쓰러졌다가 차에 깔린 사고도 있었잖아요……."

코로나 펜데믹 시기에 일주에 이삼일 홀짝하고 가끔 실수와 후회도 하는 처지에서 글쎄 할 수 있는 말인가 스스로 조소하면서 그러나 할 말을 한 것은 아닐까 자위하였다. 술에게 미안하고 출판사에게도 죄송하다. 술에 무슨 책임이 있으며, 출판사의 취지가 어디 술을 권하려 하는 것이겠는가. 술을 마시더라도 제대로 마셔보라, 어차피 삶에서 술을 떼기 어렵다면 이 땅의 숱한 이런저런 주당들에게 고아高雅한 품격의 주도酒道를 한번 상기시키고자 하는 의도도 아니겠는가.

술 하면 우리 근현대 문단에도 언급하지 않으면 모욕으로까지 여길 문인들이 많지만, "三杯通大道(석 잔 마시면 대도에 연통 되고), 一斗合自然(한 말 마시면 대자연과 하나 되네)"이라는 전무후무한 술 예찬을 한 8세기 중국 당나라 시인 이백을 먼저 상기하게 된다. 이 시구로 유명한 「월하독작月下獨酌」 연작의 제1수를 21세기 주졸酒卒은 향수에 젖어 다시 읽었다.

花間一壺酒(화간일호주) 꽃 사이 술병

獨酌無相親(독작무상친) 홀로 따뤄 마시다가

擧杯邀明月(거배요명월) 술잔 들어 밝은 달 마주하고

對影成三人(대영성삼인) 내 그림자를 마주하니 셋이 되는군

月既不解飮(월기불해음) 달은 술 마시기 어렵고

影徒隨我身(영도수아신) 그림자는 날 흉내 낼 뿐이지만

暫伴月將影(잠반월장영) 잠시나마 함께

行樂須及春(행락수급춘) 봄날 정취를 기리며 즐겨본다

我歌月徘徊(아가월배회) 내 노래에 따라 달 배회하고

我舞影零亂(아무영영란) 내 춤에 따라 그림자 어지럽게 흔들린다

醒時同交歡(성시동교환) 아 대취하기 전엔 함께 즐기지만

醉後各分散(취후각분산) 아 대취한 뒤에는 각각 흩어지지

永結無情遊(영결무정유) 우리 길이 무정(無情)의 교유를 맺고

相期邈雲漢(상기막운한) 저 아득한 은하에서 만나기를 기약하자

제목에서 알 수 있듯 이 시에서 화자는 술 마시며 자신의 상태와 심경을 독백한다. 같이 마실 벗도 지인도 없는 화자는 드디어 대작하지는 못하지만 "달"과 "자신의 그림자"를 봄날 술자리의 주붕酒朋 아닌 상대로 여기며. 풍취風趣와 고독이 습합된 이 정경은 독자의 관심과 동정을 잔 가득 단번에 술 채우듯 높이 끌어올린다. 그리고, 술에 취한 사람은 결국 화자 하나……. 그래서 화자는 "아 대취하기 전엔 함께 즐기지만/아 대취한 뒤에는 각각 흩어지지"라고 탄식하는 것인가. 대작하였어도 술자리도 끝이 있고 취한 뒤에는 헤어지기 마련. 하지만 이 토로와 이 토로에 이은 끝 두

구, "우리 길이 무정無情의 교유를 맺고/저 아득한 은하에서 만나기를 기약하자"에는 술을 왜 자꾸 마시는지 화자가 그 이유를 함축하고 있어 보인다. 지난 시절 독해 때는 그저 앞 두 구의 마무리 여운으로만 간주하였다.

달과 자신의 그림자에게 길이 "무정無情의 교유"를 맺자는 제의, 하지만 이는, 차라리 그러자는 것이지 진정이 아닐 것이다. (무정無情의 교유 자체가 이미 아이러니이다.) 화자는 그만큼 고독하며 유정有情하다. 그리고 "저 아득한 은하"는 이 세속과는 다른 차원, 즉, 그 승화된 세계, '선경仙境'일 것이다. 아시다시피 이백은 시재詩才와 검술劍術로 문무를 겸전하고 정치에 뜻을 둔 대장부, 현종玄宗의 조정에 겨우 한때 등용되었지만 고작 주연酒宴에서 주흥이나 돋우는 시를 짓는 역할에만 견제돼 울분에 빠졌고, 안녹산의 난이 발발하여서는 내부의 정쟁에 휘말려 죽을 뻔도 하였으며, 산중에 몸을 의탁하고 도교道敎에 귀의하기도 하였다. 이 시는 그러니까 세속 현실에 연속 좌절한 한 호방하고 총명한 정신이 술에 의지하여 그러나 맑은 자의식으로 토로한, 그 실의의 자취이다. 같은 현실에 좌절하여도 술을 싫어하거나 멀리할 수 있고 조금도 문제없으며 바람직하다. 그런데, 대체 왜 그렇게 술 마시느냐고 애정에 지친 비난을 받는 주당들도 그 일부 중독성을 의식하고 자괴自愧하면서도 이 시의 끝 두 구와 같은 취지의 말을 중얼거릴지 모르겠다. 현진건(1900-1943)의 소설 「술 권하는 사회」(1921)가 또 떠오른다. 진영 등등 갖가지 갈등에 술 마시기도 하면서 결국 어느 시대나 그렇다고 한다면, 이는 주당들의 핑계이기도 하고 아니기도 할 것이다.

336

"공이 돌아가시매 만주滿洲가 텅 비었네"

광복 79주년을 맞이하여, 선열들께 여전히 부끄럽고 죄송하다. '한국은 경제 선진국'이라는 해외 학자들의 인정과 '2024 파리올림픽 종합 8위' 성적에도 불구하고, 우리는 동족 북한과 노려보며 대치해야 하는 처지이고, 내부는 건국절 논란 등 여러 무용한 갈등과 분열을 겪으며 일제의 그 억압에 못지않게 시달리고 있다. 하루빨리 우리 모두 제대로 반성하며 귀일할 것은 귀일하면서 절충과 통합을 강조했던 선열들의 국가회복 뜻을 우리를 위하여 받들어야 한다.

해방 12년 전이었던 1937년, 일제가 중일전쟁을 도발한 그해 4월 13일에, '만주의 호랑이'이자 '통합의 화신'이라 불리던 한 원로 독립운동가가 마포감옥에서 옥사하였다. 일송一松 김동삼金東三. 향년 아니 세수 59세. 1931년 10월에 밀정의 밀고로 하얼빈에서부터 영어의 몸이 된지 6년, 1911년 4월에 만주로 망명하여 독립운동 기지를 건설하고 독립무력을 양성하여 국내에 진공進攻해 일제를 현해탄 너머 섬으로 몰아내겠다는 신민회의 독립운동 방략에 진영 통합을 병행하며 일관 헌신한지 27년, 위정척사衛正斥邪 선배 유림의 격렬한 반대를 무릅쓰고 안동 호계서원虎溪書院의 자산을 기반으로 한 1907년 협동학교協東學校 설립과 운영에 기여하며 본격 구국운동에 나선지 어언 30년이 되던 해였다.

일송은 면회 온 아들 김정묵에게 미리, "나라 없는 몸, 무덤은 있어 무엇 하느냐. 내 죽거든 시신을 불살라 강물에 띄워라. 혼이라도 바다를 떠돌면서 왜적이 망하고 조국이 광복되는 날을 지켜보리라"는 유언을 남겼고 (1934년에 늑막염으로 신음하며 "내가 죽을 여기는 풀밭이나 산중에서 죽은 유명 무명 동지들을 생각하면 '과분한 장소'"라고 한 회포의 후속), 이에 따라 유족과 제자들과 지인들은 일송이 떠나온 고향으로 운구하지 않고 4월 18일에 화장하고 유분을 한강에 뿌렸다. 이날 오전에 빈소가 있던 심우장尋牛莊에서 영결식이 있었는데, 장례를 주선하던 『님의 침묵』(1926)의 대시인이자 철벽 독립운동가 만해 한용운 선사가, 여운형, 홍명희, 방응모, 이극로, 이인, 허헌 등 당대 50여 인사들이 추도하는 가운데 유례없이 대성통곡하였다. 시봉하던 제자 김관호가 의아하여 물었다. "필자[김관호]가 종용히 물으니, 선생[만해] 말씀이, '유사지추有事之秋가 도래하면 이분이 아니고는 대사大事를 이루지 못한다. ……(중략)…… 일송을 잃는 것은 전 민족의 큰 손실이요, 장래의 큰 불행'이라고 단언하셨다. ……(중략)…… 그 후 8.15를 만났으나 좌우를 막론하고 민족 단합이 안 되고 계속 투쟁하는 것을 보며 8년 전 예견한 그 말씀이 적중한 것을 느끼었다."(김관호, 「일송 김동삼 장례」, 만해사상연구회 김관호·전보삼 편, 『한용운사상연구 제2집』, 민족사, 1981년 9월, 300~301쪽) 만해의 이 비통한 말은 만해가 일송 영전에 헌정한 만사와 다르지 않다고 하겠다.

우리가 일송의 옥사와 장례에 관련하여 기억해야 할 또 하나의 언급이 있다. 당대 거인들 중 한 분인 심산心山 김창숙(金昌淑, 1879-1962 : 1919 파리장서운동 기획·성균관대 설립·자유당독재 반대운동)이 부음을 듣고 일송의 국궁진췌鞠躬盡瘁 대장정을 기리는 만사를 썼다. 당시 심산은 일제의 고문으로 척추가 부러진 몸을 울산 백양사에서 요양하고 있었다.

公在鯤山重(공재제산중) : 공이 계시매 제산이 무거웠고

公歸滿洲空(공귀만주공) : 공이 돌아가시매 만주가 텅 비었네

却將雲雷志(각장운뢰지) : 아 구름과 우레 같이 비상하고 변화 큰 그
경륜들

歛去一木中(염거일목중) : 공과 함께 한 그루 나무속으로 사라져버
렸네

公去知己盡(공거지기진) : 공이 가시매 지기가 없어졌고

宇宙廓然空(우주확연공) : 우주가 사뭇 텅 비었네

我生生何樂(아생생하락) : 나 살아있으나 살아봤자 이제 무슨 낙이
있으랴

狂號海窖中(광호해교중) : 바닷가 굴속에서 미쳐 울부짖노라
　　－「만김일송동삼이절(挽金一松東三二絶)」(『국역 심산유고』, 국역심
　　　　산유고간행위원회, 1979년 3월, 73-74쪽, 권말 31쪽)

첫 수에서 심산은 일송의 인품과 역량을 기렸다. 1행에서, 제산鯷山은
'해동海東'과 같이 '조선'의 다른 이름인데, 일송의 활약도 있어 중국과
일본 러시아 등이 나라 망한 식민지 조선을 무시하지 못했다고 하였다. 이
와 연계된 2행에서, 일송의 옥사는 새삼스럽지만 만주의 무장 독립운동이
공허해질 정도로 크나큰 손실이라고 탄식한다. 이러한 평가는 우리에게 낯
설지만 그저 지나친 과장이라 하기 어렵다.

일송이 옥사하자 우파 계열 한국국민당 기관지『한민』, 좌파 계열 조선
민족혁명당의 기관지『앞길』, 그리고 중도의 미주美洲《신한민보》등은 간
곡한 추도 기사와 추도문을 실었다. 동해수부東海水夫 홍언[洪焉, 홍종표洪宗
杓 : 1880~1951. 1995년 독립장]은「한국혁명당 령수 김동삼 선생의 서세」
에서, "왜적이 보는 선생의 권위는 수십만 군사보다 더 무서운 것이고, 또
수천톤 작탄炸彈보다 더 무서운 것이라. 그런고로 왜적이 늘 선생을 꺼리
더라. ……(중략)…… 아! 선생이 어떻게 이같이 위대한 권위를 가졌는고?
이는 다만 철저한 주의 하에 탁연 특립한 용맹이 사생에 잡고 있는 정의.

즉 대한 민족의 옳은 것이라. 선생이 이같이 위대한 권위를 가지고 제반 무장 동지로 하여금 련합정신을 재조再造하여 늘 왜적을 대항하였고, 또 왜적을 박멸할 터임에 왜적이 그 밑에서 전율하다가 만주 침략에 나와 대병을 동원하기 전에 마저 선생을 방비한 것이라."(《신한민보》, 1937년 6월 17일자)고 기렸다.

한편 같은 시대의 동지이자 후배이며 박은식(1859-1925)의 역사정신을 잇기도 한 김승학(1881-1964)은 「남만의 맹호 김동삼」(《세대世代》, 1972년 3월호 전재)에서 "흔히 우리는 만주의 독립운동 하면, 김좌진 홍범도 지청천 이범석 등의 무장활동을 내세우지만 문무를 겸했던 항일운동의 거목 김동삼의 활동은 자칫 망각되는 경향이 있다"며, "그는 민족 수난기를 통해 많은 독립운동 조직을 지도했을 뿐만 아니라, 누구보다도 성실하게 순난殉難의 길로 입신하여 투쟁했다는 점에서, 한국 독립운동사상 그가 남긴 업적은 실로 위대성偉大性에까지 육박하고 있다. 일찍이 중국 본토로 망명, 상해의 임시정부를 중심으로 갖은 고난과 역경 속에서도 조국 광복을 위해 투쟁한 김구의 활동과 더불어 김동삼은 남만의 밀림을 근거로 일제에 대한 과감한 무장투쟁과 민족운동을 전개했다는 점에서, 그는 만주에서 활약한 한국 독립운동가로서의 상징적 존재였다고 해도 지나친 말이 아니다"고 평가하였다.

3행에서 "운뢰지雲雷志"는 일송이 비상하고 뜨겁게 지속한 그 '독립운동 조직' '지도' 나 참여를 비유한다. 즉, 경학사(1911), 신흥학교(1911), 부민단(1912), 비밀군영 백서농장(1914), 무오독립선언(1919), 임시정부 의정원(1919), 한족회(1919), 서로군정서(1919), 신흥무관학교 확대 운영(1919) 신흥무관학교 군사훈련 교관단 북로군정서 파견(1920. 2) 통군부(1922), 통의부(1922), 국민대표회의(1923), 정의부(1924), 3부 통합운동(1928), 혁신의회(1928), 민족유일독립당재만촉진회(1929), 남북만주한족총연합회동맹(1929), 재만농민동맹(1929), 전만한인반제국주의대동맹창립주비회(1930), 한국독립당과 한국독립군(1930) 등, 1931년 피검 직전까지 시대의 여건에 따라 오직 독립 쟁취를 위해 과감하게 변화하고 강력하게 추진한 이력을 포괄하고 있는데, 3행에는 이제 이 모든 지향과 실천이 옥사로 하여 더 기대하지 못하게 중단되고 말았다는 깊은 탄식이 4행에 연계되어 이미 배어 있다. 4행, "一木(한 그루 나무)"은 아마 나무로 짠 관을 가리킬 것이다. 혹은 외롭게 선 "一松(한 그루 소나무)' 그 자체로, 일송의 영혼과 활동이 그 한 그루 소나무로 무연히 환치되고 말았다는 회한의 피력이라고 할 수 있다.

첫 수는 취지도 취지지만 그 구조도 탁월하다. 2행과 4행의 각운뿐만 아니라, 1, 2행의 서로 다르며 대등한 대조는 3, 4행에서도 그대로 반복되면서 충정衷情을 넘치지 않게 절제하는 안정을 이루고 있다.

둘째 수는 이상에도 불구하고 심산이 이 이승에서 일송과의 소통과 우정이 끊어진 상황을 낙망과 더불어 절감하고 자신의 저변 상태를 피력하는데, 역시 일송을 기리려는 의도에서이다. 1행에서 심산은 일송이 자신을 알아주는 드문 지기知己였다고 추억하며 그리워한다. 심산은 1919년에 부의장으로, 위원이었던 일송과 임시의정원에 참여하여 헌장을 제정하는 등 임시정부를 세웠다. 같은 해에 만주 유하현을 중심으로 부민단을 확대한 한족회가 예하에 설치한 군정부를 임시정부 산하 서로군정서로 개편하고 석주 이상룡을 독판에, 일송을 참모장으로 취임하게하자 서로군정서 군사선전위원장에 취임하여 협력하였다. 1923년 상해 국민대표자회의에서 일송이 의장으로 선출되었을 때, 위원으로 선정되어 일송과 긴밀한 협의를 거듭하였다. 이후 두 분은 헤어졌다. 일송은 만주로 돌아갔고, 심산은 북경과 상해에서 활동하다 1927년에 피체되어 국내로 송환되었고 일제의 고문으로 걷지 못 하게 되었다가 1934년에 형집행정지로 출옥하였다. 두 분은 오래 상면하지는 못하였지만, 지기상통志氣相通 지기知己의 정서는 분명 지속되었을 것이다. 2행에서 그 상실을 거대하게 형상화하고 있는데, 그 공허가 어떠한 상태인지 잘 표출되어 있다. 3행은 그래서 더 살고 싶지 않다는 한탄, 4행 '바닷가 굴속' 미친 통곡은 격심하게 점증되는 애상哀傷을 폐쇄 상태와 다르지 않은 공간에서 도저히 자제할 수 없다는 자기 방기放棄.

이후 심산은 해방을 맞아 성균관대학교 창립(1946)을 주도하였으며, 자유당 독재를 비판하며 반독재 민주화운동에 참여하며 옥고를 치르기도 하였다. 이러한 불굴의 의리지사義理志士 심산에게 1961년에 군사정변으로 집권한 국가재건최고회의가 사람을 보내 나라를 위해 당장 처리해야 할 시무가 무엇이냐고 묻게 하였다. 심산은 일제 시기 독립운동을 평가하여 나라의 기강을 바로 세우는 일이 아니겠느냐고 호통 치듯 피력하였다. 1962년 2월에 국사편찬위원회는 세 등급 서훈을 결정하였는데, 생존자로 유일하게 중장(重章 : 1등급)을 받은 심산은 병상 인터뷰에서 다음과 같이 언명하였다. "정부가 발표한 명단 중에는 왜경에 투항한 자도 끼어있고, 마땅히 중장을 받아야 할 사람이 복장(複章 : 2등급) 수상자로 결정되는 등 논공행상에 미흡한 점이 많다", "복장 급 포상자 중 李東寧(이동녕, 상해 임시정부 4대 대통령) 선생과 상해에서 국민대회를 열 때 의장을 지낸 金東三(김동삼) 선생, 「海牙(해아) 밀사 사건」으로 유명한 李相卨(이상설) 선생은 중장을 받아야 마땅하다"(《동아일보》, 1962년 2월 28일자)고 하였다. 심산은 "시정을 하려면 수상하기 전에 시정해야 한다"고 강조하였는데, 어쩐 일인지 2024년 현재까지 시정되지 않고 있다.

보훈부는 지난 4월에, 1962년 이래 제기된 서훈 저평가 분들에 관련된 오랜 국민의 여망을 헤아려 '독립운동 가치의 합당한 평가'를 '학계 전문가 연구 등을 거쳐 독립유공자 공적 재평가를 추진할 예정'이라고 하였다. 이번 기회에 세 분을 위시하여 같은 사정에 있는 독립유공자들을, 그간 미편했던 국민들이 공감할 수 있도록 추가 공적만 살피지 말고, 1962년에 심의하였던 공적도 이후 발굴된 당대의 평가들과 후대 학자들이 조명한 그 의의도 검토하여 서훈 조정에 적극 반영하기를 기대한다.

예나 지금이나 공정한 신상필벌信賞必罰은 국가 기강의 기초이며 현재 우리 젊은 세대가 가장 우선시하는 사회통합의 조건이기도 하다. 국가의 미래지향 동력 확보에서는 더욱 유력한 명분이라는 사실을 모든 역사가 증빙하고 있다. 보훈부와 위원회의 재평가가 무난히 잘 이루어져, 우리의 애

국애족 의식을 고양하고 분열과 갈등을 극복하는 통합에 유력한 새 지표가
되기를 기원한다.

"이윽고 매화 맑은 향기 스스로 퍼져"

새삼스럽지만 시에서 다뤄지는 사물은 삼라만상처럼 다양하고 직접 간접 표출되는 의사 또한 그러하며, 철학 메시지도 그중 한 큰 갈래이다. 철학은 관념과 논리 위주의 제시 방식으로 시와 거리가 멀다고 할 수 있지만, 철리시란 장르도 있고, 시에서 이미지와 정경과 사연을 향유하고 나아가 그 형상화에 함유된 의사를 명제의 언어로 귀납하면 철학의 범주로도 이행된다. 이치 성찰은 우리의 인식을 더 조리 있게 하며, 우리는 시 감상에서 그러한 다층 인식을 자주 체험하였다. 그런데 다음과 같은 시에서 후자를 놓치기 쉽다.

獨倚山窓夜色寒(독의산창야색한) : 산으로 난 창에 기대니 밤빛과 기운이 차갑고

梅梢月上正團團(매초월상정단단) : 매화나무 우듬지에 달 떠오르고 달은 둥글고 둥글다

不須更喚微風至(불수갱환미풍지) : 다시 미풍 불어달라고 바라지 않아도 좋으리

自有淸香滿院間(자유청향만원간) : 이윽고 매화 맑은 향기 스스로 퍼져 집안에 가득하니

– 이황(1501–1570), 「도산월야영매陶山月夜詠梅」 제1수

　　步屧中庭月趁人(보섭중정월진인) : 뜨락을 거닐자 달이 사람을 따라 오고

　　梅邊行繞幾回巡(매변행요기회순) : 몇 번이나 매화나무 언저리를 돌고 돌았는가

　　夜深坐久渾忘起(야심좌구혼망기) : 밤 깊도록 황홀히 앉아 일어서기를 잊었는데

　　香滿衣巾影滿身(향만의건영만신) : 어느덧 매화 향기는 옷에 배었고 꽃 그림자는 내 몸에 어려 있네

–「도산월야영매陶山月夜詠梅」 제3수

　　우리는 이 시들을 읽고, 이른 봄 여전히 매서운 추위에도 불구하고 꽃 피워 청결하고 아름다운 향기로 주변을 고아高雅하게 정화하는 매화나무를 휘영청 밝은 달밤에 공경하는 시인의 태도와 심정을 잘 이해할 수 있다. 또 단순한 취향 고백의 풍류 풍정이 아니라, 특히 "어느덧 매화 향기는 옷에 배었고 꽃 그림자는 내 몸에 어려 있네"란 3수의 결구에서 매화와 자신과의 합일을 추구하는 시인의 각별한 의지도 감수하게 된다. 필자를 포함해서 이상 감상으로 우리는 자족할 수 있다. 하지만 이 유려한 서경과 진솔한 서정의 시를, 조선 최고의 성리학자 퇴계가 말년에 도달하였던 대미, 주희(朱熹, 1130-1200)와 달리, '리理'의 능동성과 자율성을 강조한 '리유용(理有用 : 리는 존재만 하지 않고 우주에서 작용한다)', '리자도(理自到 : 리는 기에 의지하지 않고도 스스로 인간과 사물에 이른다)' 학설에 연계시켜 감상의 폭을 넓힐 수 있다.

　　제1수의 3, 4행 "다시 미풍 불어달라고 바라지 않아도 좋으리/이윽고 매화 맑은 향기 스스로 퍼져 집안에 가득하니"를, 사람들이 매화 향기가 바람이 불어야 그 바람에 불려 뜨락을 지나 방에 도달한다고만 알고, 다시

345

그 향기를 체험하려고 바람이 불기를 바라며 기다리고 있는데, 알고 보면, 바람이 불지 않아도, 매화나무가 그 향기를 자신의 역량으로 스스로 주변에 퍼져나가게 한다는 사실을 시인이 부각 강조하고 있다고 주목하고, 즉 적어도 그 향기가 기류氣流에 의지하는 피동의 객체만이 아니라 그 기류를 주체로서 타고[乘] 사역시켜 주변으로 퍼져나가기도 하는 주체라는 소신을 시인의 의도로 파악하고, 나아가, 이 정경을 '리理'와 그 능동 작용을 환유하고 있다고 우리는 느낄 수 있다는 것이다.

이 복합 병렬은 우연의 일치가 아닐 것이다. 퇴계는 인간은 선성善性의 존재이고, 그 선성은 우주로부터 왔으며, 그 발휘는 인간의 의지뿐만 아니라, 자연의 자연스러운 이치이기도 하다고 노년에 더욱 소신하였다.

제3수의 3, 4행 "밤 깊도록 황홀히 앉아 일어서기를 잊었는데/어느덧 매화 향기는 옷에 배었고 꽃 그림자는 내 몸에 어려 있네"도 '리理'의 접근과 그 감화 취지의 형상화로 이해할 수 있다. '매화 향기', 즉 '리理'는 바람이 불면 바람을 활용하고, 바람이 불지 않아도 스스로 이윽고 '사람'의 몸에 안착하여 거듭 거듭 그 '심성心性'이 된다. 다음 시에서 우리는 그 진경進境을 읽을 수 있다.

梅萼迎春帶小寒(매악영춘대소한) : 매화 떨기 봄 맞아 찬 기운 띠어

折來相對玉窓間(절래상대옥창간) : 한 가지 꺾어와 창가에 두고 마
주하네

故人長憶天山外(고인장억천산외) : 고인은 아득한 천산 너머 세상을
길이 생각하며

不耐天香瘦損看(불내천향수손간) : 견디기 어려워하리, 천향이 마르
고 축나는 모습을 본다면

— 「절매삽치안상(折梅揷案上)」

이 시 3, 4행 번역에 논란이 있을 것이지만, '고인'(옛 현인)의 서거를 서거로만 알지 않고 모종 소통이 가능하다는 시인에게 내재한 영성靈性에 결부시키면 그 표현을 이해할 수 있다. 또 시인이 이기의 욕망과 시정市井의 권력으로 혼란한 현재를 "천향(매화 향기)"이 "마르고 축나"는 부자연하고 부조리한 세계로 보고 있고, 고인들도 이를 크게 걱정하며 어떤 이화理化의 도리를 이행하리라 상상하는 자의식도 점검할 수 있다. 우리는 또한 이 상상을 시인의 이상理想으로 바꿔 이해할 수 있으며, 내포되어 있는 관련 소원과, 그리고 그 대열의 후미에서 미력하나마 동참하겠다는 의지도 읽을 수 있다.

양극화, 기후변화, 이기의 물질 편중과 전쟁 등 현대의 제반 문제를 해결하는 지혜를 유학에서 계발하자는 슬로건으로 지난 주 11월 21부터 24일까지 타이페이 대만대학교에서 「제30차 유교사상과 퇴계학국제학술회의」가 열렸다. 그간 현대의 관련 학자들이 조명하였지만 퇴계의 '리유용理有用' '리자도理自到' 학설도 이번 대회에서 확대 검토되었는데, 대만의 학자 황준걸黃俊傑 양유빈楊儒賓 씨 등은 그 진전을 거론하며 퇴계를 성리학의 완성자, 즉 퇴계가 주자를 계승하면서도 온고지신에 해당하는 개척 발명發明의 '창신創新'을 이뤘다고 평가하였다.

퇴계는 아마 그런 견지에서 '리기호발理氣互發'을 전제로 사단四端을 '리발이기수지(理發而氣隨之 : 사람에게서 리가 먼저 일어나고 기가 따른다'로, 칠정七情을 '기발이리승지(氣發而理乘之 : 기가 먼저 일어나더라도 리가 그 운행을 조섭한다)'로, 즉 '인간은 역시 우주가 품부한 '리理'로 '기氣'를 그 발생 선후를 막론하고 따르게 하거나 조섭해야 한다', 즉 도덕의지를 적극 발동하여야 한다고 강조하는 최종 정리를 하였다고 하겠다.

한겨울 못지않게 추운 초봄에 피어 천하에 봄을 선도 발양하는 매화나무와 향기를 기린 시들. 그렇다면 이 시들에서도, 사람에게서 선량한 본성을 더욱더 성찰하고 그 근본 소종래所從來인 '리理'에 주자 이후 5백여 년 동안 주자의 권위 때문인지 간과하였거나 다루지 못하였던 능동성과 자율성을 영성으로 부여하며, 은은하게 퍼져나가는 맑고 아름다운 정화의 매화 향기로 형상화한 철학자 시인 퇴계의 시로 융화된 도덕의지가 돋보인다. 다시 말해 퇴계도 물론 악한 본성과, 그 편향과 일탈을 부인하거나 외면하지 않았으나, 사람이 '리理'처럼 '자율'의 주체가 되어 '기氣'를 제어하면서 활용하여야 사람답게 살 수 있지 않겠느냐는 신념을 시로도 제기하였다고 하겠다. 이 주제는 공자(BC.551-BC.479)의 '극기복례克己復禮'와 다르지 않을 것이다.

한편 제3수에서 3, 4행을 본고와 다르게 해석하고 퇴계의 다수 매화 시가 단양의 관기 두향과의 사랑을 노래한 시라는 주장들이 있다. 본고의 제3수 3, 4행 해석이 틀렸다고 하더라도, 퇴계는 두향과 아무런 관련이 없다. 조선 후기에 이미 낭설이 유포된 듯하고, 1978년에 소설가 정비석의 야담집 『퇴계소전退溪小傳』에 실린 이후 계속 재생산 되고 있다.(김언종이 퇴계는 두향이란 인물과 만난 적조차 없었다는 사실을 이미 몇 해 전에 논고로 밝혔는데도 더욱 확산되고 있다.) 또 심지어 퇴계가 임종을 앞두고 서거 직전에 "매화에게 물을 주라"는 유언도 매화가 두향의 은유라면서 퇴계가 두향을 그토록 그리워했다는 증빙으로 삼는 주장들마저 있다.

퇴계는 100여 매화 시를 지었다. 매화를 '매형梅兄'이라한 시가 있기도 하고, 시들에서 그 기리는 태도와 정조가 마치 연인 사이의 사랑이라고 하여도 그럴듯하여 다시 말해 조선 후기 어느 시기에 그런 낭설이 발생하였다고 하겠다. 퇴계의 매화 사랑은 그만큼 진폭이 남다르다. 본고에서 살핀대로 퇴계의 매화 시들은 매화나무의 의연하고 부드러운 생리와 깨끗하고 아름다운 매화 향기를 자신의 여러 지향을 총괄하는 상징으로도 삼고, 그 미덕을 애착하며 두루 예찬 상찬한 작품들이다.

서고정사西皐精舍의 꿈

도시의 아파트 공간이 고향이 되고만 세대와 달리, 산천山川 사이 향리鄕
里에서 자라 산업화 이전 이후에 그곳을 떠나온 세대에게 그곳 즉 고향은,
늘 향수를 자아낸다. 설과 추석의 귀향만으로는 그 근심 같은 그리움이 해
소되지 못하고, 어떤 계기를 맞아서는 그 미진이 증폭되기만 한다. 향수를
주제로 한 시가 없을 수 없고, 시사詩史에서 그 모티프는 다양한데, 다음
현대 한시漢詩에서는 '꾀꼬리 소리'이다.

禁苑崇墻碧柳垂　　금원의 높은 담장에 푸른 버들 늘어지자

聲聲向我似相知　　소리소리 나를 향해 마치 서로 아는 듯

卅年重喚西皐夢　　서른 해 서고정사西皐精舍의 꿈을 거듭 불러 일으켜

題罷新詩白日遲　　새 시를 짓고 나니 한낮이 더디구나

－ 이우성(1925–2017), 정경주 역, 「청앵聽鸎」

이 시의 「소서小序」에 따르면 시인은 이 시를 1988년 5월에 성균관대학
교 수선관首善館 6층 연구실에서 썼다. 창덕궁 비원의 숲 버드나무 언저리
에서 들려온 꾀꼬리 소리가 시인에게 향수를 초래한 것이다. 그런데 이 꾀
꼬리 소리는 1959년 초여름 동래 범어사에서도 같은 향수를 불러일으켜

시인은 하는 수 없이 "花落滿庭吾不去(뜰 가득 꽃이 지도록 내가 가지 않아)/一春愁殺故山鶯(봄 내내 고향 꾀꼬리가 너무 근심스럽겠구나)"이라고 읊었었다. 또 시인은 꾀꼬리와의 오랜 인연과 우정도 언급하였다. "예전에 내가 동자 때에 서고정사에서 독서를 하였는데, 매번 봄에서 여름이 될 무렵 꾀꼬리 소리가 후원의 숲에서 나와 곧장 시를 읊어 서로 화답하였으니, 세월이 총총하게 흘러 이미 50년 전의 일이 되었다. ……(중략)…… 다시금 이 벗을 부르는 소리를 들으니 감개가 어떻겠는가?"

이제 우리는 꾀꼬리 소리와 향수에서, '서고정사西皐精舍의 꿈'으로 관심을 옮겨야 할 것이다. 시인의 「연보」에 따르면 이 꿈은 시인의 꿈이기도 하고, 어린 시절의 시인을 밀양의 그곳에서 수학하게 하며 권면을 아끼지 않은 시인의 조부 성헌省軒 이병희(李炳憙, 1859-1939)의 꿈이기도 하다. 성헌의 부친 항재恒齋 이익구(李翊九, 1838-1912)는 성재性齋 허전(許傳, 1797-1886)의 제자이며 『독사차기讀史箚記』 등을 지었고, 성헌은 『조선사강목』 등을 짓고 『성호집』을 간행하였다. 이 맥락으로 보아 그 꿈의 단서는 성호학파의 경세치용 학풍을 이은 '현실적용 역사통관 함양'이 아니었을까. 시인이 서고정사에서 공부하던 시절, 1939년 9월에 쓴 다음 시를 참고하고자 한다.

廢郭千年跡　황폐한 성곽은 천년의 자취

寒江萬古流　차가운 강물은 만고에 흐른다

秋風無限意　가을바람 무한한 생각 일으키는데

獨上嶺南樓　홀로 영남루에 올랐노라

— 「등영남루登嶺南樓」

1행에서 다른 무슨 경치가 아니라 하필이면 무너진 밀양 성곽을 바라보는 15세 시인의 시선도 시선이지만, 나아가 그 흔적에서 "천년" 세월을 운위하고 있어 주목을 끈다. 이러한 시선과 회고는 역사의식의 원형이자 기본 자질이라고 할 수 있을 것이다. 2행에서 영남루 앞을 흐르는 남천 강물을 차갑다고 하고, 밀양성이 있기 이전 오랜 아주 먼 옛날부터 이곳에서 흘렀다고 하여 그 시선과 회고는 확대되며 유구한 세월의 이미지가 간단없는 물결로 부각된다. 3행 "가을바람 무한한 생각 일으키는데"는 앞 두 묘사에 관련된 시인의 내면 토로로 앞 두 풍경과 규모와도 어울린다. 4행 "홀로 영남루에 올랐노라"는 이상을 종합한 시인 자신의 고독한 자기응시 결미이다. 우리는 이 시에 일제 치하 민족 현실이 투영되어 있고, 식민지 국민교육에서 벗어난 입지에서 무언가 우리의 역사를 조망하려는 지취와 기백이 내포되어 있다고 추정할 수 있을 것이다.

한편 스물 전후에 썼을 다음 시도 참고할 필요가 있다.

柳梢舒眼荻生芽　버들개지 눈을 뜨고 억새 싹이 돋는데
一夜瀟瀟雨薄沙　하룻밤 부슬부슬 비가 모래를 적신다
臥想鱖魚時節近　쏘가리 철이 가깝다 누워서 생각하니
馬巖春水更如何　마암산 봄 강물은 다시 어떠할지

앞 두 구에서 봄철 경물과의 그윽하고 유려한 서정을 시인은 피력하고 나서, 3행에서 "쏘가리 철"을 자각하며 "마암산" 아래 그 남천강[응천凝川] "봄 강물"이, "다시" 어떤 상태인지 궁금해 한다. 앞 시 '寒江萬古流'에 관련된 풍치에서인가. 그런데 이 시의 의미는 여기에 국한되지 않는다. 시인이 1985년 10월에 쓴 「토요오후土曜午後 청담어수淸潭漁叟」의 「소서小序」에 따르면, 이 시는 일찍이 점필재佔畢齋 김종직(金宗直, 1431-1492)이 읊었던 시구 "閑仰凝川舊釣磯(한가로이 응천의 옛 낚시터 쳐다보면) 桃花春水鱖魚肥(복사꽃 봄 강물에 쏘가리가 살졌지)"를 전제로 하며, 그 취지를 기리면서 또 적극 공감한다는 의사를 내포하고 있다. "마암산 봄 강물은 다시 어떠할지"에서 "다시"는 점필재의 시구들과의 연계와 그 후속으로서의 면모를 읽어 들이기에 유력하며, 시인이 이미 그 시절부터 점필재의 문장과 학문, 의리와

춘추필법을 존모하고 있었다고 추정할 수 있다. 참고로 조선 사림파의 영수이자 도학자인 점필재는 시인과 같이 밀양의 부북면府北面이 고향이다. 한편 두 시의 이면에 맹자(BC 372-BC 289년)의 '관수觀水'의 도리가 함축되어 있지 않나 추정할 수도 있다.

지난 3월 21일(금) 밀양 그 강의 강변 호텔에서 〈벽사碧史 이우성李佑成 선생 탄생 100주년 기념 모임〉을 선생을 기리는 온지회溫知會가 조촐하게 열었다. 이날 임형택 성균관대 명예교수는 시인의 학자 면목을 조명하며 "'유교적 선비'와 '근대적 지식인', 이 양자는 한국의 근대 현실에서 상호 불상통의 상반된 양상으로 나타났지만 오직 그의 정신 활동에서는 근대 속에 전근대가 창조적으로 결합되어 있다. 문·사·철의 유기적 통합체가 그의 학문 세계라고 규정지어도 좋다"고 하며, '주체와 민족', '학적 사고와 현실성'을 학문 세계를 관류하는 키워드라고 하였다. 선생은 그렇게 '서고의 꿈'을 평생 추구하여 방대한 저작과 불휴의 교육으로 구현하였는데, 역시 그 꿈으로 1990년에 설립한 '실시학사實是學舍'는 2010년 2012년에 동지 모하慕何 이헌조(李憲祖, 1932-2015) 전 LG전자 회장이 출연한 거금에 힘입어 재단법인으로 재출범해 후학들이 우리 국학 연구를 인도하고 촉진하는 활동을 활발하게 전개하고 있다.

석주 이상룡 선생 93주기 추모식

지난 6월 7일(토) 오전에 석주石洲 이상룡(李相龍 : 1858-1932) 선생 서거 93주기 추모식이 서울 동작동 국립묘지 선생의 묘소에서 열렸다. 선생이 1925년 9월 24일 임시정부 초대 국무령國務領에 취임하면서 발표한 100년 전 「취임사」[《독립신문》, 1925년 9월 25일자 호외]가 식순의 하나로 낭독되어, 어느덧 옷깃을 여미고 경청하였다. '합심동력合心同力'을 강조하기도 하여 오늘의 시국에서도 적극 음미할 필요가 있다.

나는 이에 일반 국민의 앞에서 가장 정성스러운 마음으로 삼가 대한민국 임시정부 국무령의 공供에 취就하나이다. 임任에 당當하야 상常히 헌법을 준수하며 민의에 근거하야 그 의무를 이행함으로써 국가의 완전한 독립을 조속히 성취하야 인민의 자유 회복하려하나이다.

우리 민족이 국가의 독립과 인민의 자유를 위하야 분투奮鬪하여 오는 것은 멀리 갑신甲申 갑오甲午 이래의 계속적 운동이라. 그러나 혹은 외력만 의존하였고, 혹은 조직이 완전치 못하였음으로 다 실패에 귀歸하였고, 경술국치庚戌國恥 이후에 대의를 집고 일어나는 의병의 기치와 지사의 열혈이 운동을 계속하여 오다가 전민족의 각오 하에서 갱생의 신기원이 3.1운동으로 나타나서 민국의 임시정부가 건설된

바, 과거 7개년에 촌토척지寸土尺地를 광복지 못하였으니, 이에 대하야 뉘가 통탄치 아니하리오.

그러나 한번 돌이켜 생각건대, 과거는 대개 선전의 시기에 속하였음으로 전민중의 조직적 단합을 이루지 못하야 운동의 효과가 지연遲延한지라. 이제 경장쇄신更張刷新 초에 제際하야 국민 전체가 온전히 대동단결의 조직선組織線에서 함께 분투하여야 하겠으며, 이를 신속히 성취하려면 먼저 가장 진정으로 희생적 계속적으로 분투하여오든 용감한 전사戰士들이 속히 최고기관 하에서 완미한 결합으로 운동의 기초를 공고케 하여 역량을 강대케 하여야 될 줄 깊이 믿고 이에 힘쓰려 하나이다.

평소에 재주가 없고 아는 것이 적은데 더욱이 무거운 책임을 맡게 되어, 두려운 생각이 밤낮 놓이지 아니 하옵는 바, 오직 모든 일은 중심衆心과 중력衆力을 합하는 곳에서 이루는 것이니, 상常히 합심동력合心同力하여 대업을 속히 성취케 함을 바라나이다.

대한민국 7년 9월 24일 국무령 이상룡

1925년 당시 상황이 문맥과 행간에 반영되어 있는 가운데, "헌법을 준수", "민의에 근거", "의무를 이행" 등, 오늘날 대통령 취임 선서의 명분과 다르지 않았다는 사실이 주목되었다. 또 간절히 성취하고자 하는 목표, "국가의 완전한 독립", "인민의 자유 회복"은 당시 우리 선열들과 민중의 비원悲願과 통탄을 대변한 지표로, 세찬 감회가 없을 수 없었다. '대한민국'에 관련된 선생의 역사의식도 그러하였다. "우리 민족이 국가의 독립과 인민의 자유를 위하야 분투奮鬪하여 오는 것은 멀리 갑신甲申 갑오甲午 이래의 계속적 운동이라" 한 바, 대한민국과 임정으로 전개되는 지난 운동들의 초두에, 1884년 김옥균 서재필 등의 '갑신甲申' 정변을 제시한 것이다. 문맥에 따르면, 갑신정변은 비록 "외력"[일본의 지원]에 "의존"했다가 "실패"하였지만, 청국 사대 폐지, 문벌과 신분제 타파, 능력에 따른 인재 등용, 인민 평등권 확립 등 80여 개혁안이 당시뿐만 아니라 근대화 혁신에 여전히 필요한 강령들이란 인정이 약여하다. 갑오개혁도 마찬가지. 오늘의 관점에서 대수롭지 않다고 여길 수 있지만 조선 왕조가 반란이거나 그 유사 형태로 규정하고 끈질기게 폄훼했던 기성관념에서 벗어났으며, 그 이후 일제가 우리를 병탄한 원수였고 1925년 당시에 더욱 그러하였는데도 과감하게 흑백논리에 구애받지 않은 것이다.

그리고 그 이후 일어난 19세기 말 20세기 초의 여러 항일·반일운동이 "조직이 완전치 못하"여 "실패"했다고 하였다. 선생의 이 성찰에는 자신의 지난 미흡과 한계도 포함되어 있고, 그 대책으로 임정을 부각하고 있어, 선생의 개인사에서도 뜻깊은 대목이다.

선생이 자신의 우국충정을 혁신한 시기는 대략 1907년 류인식, 김대락, 김병식, 김후병, 김동삼 등과 호계서원의 자산을 활용하여 협동학교를 설립하던 무렵이며, 특히 1908년 2월에 거금을 들여 가야산을 근거지로 거창에서 차성충 등과 의병 거병을 시도하다가 2년 노력이 실패하면서 확실해진 것으로 추정된다. 이후 선생은 양계초의 저서 등을 읽고 메모하며 자신을 적극 개신하였다. 1911년에 오랜 기득권을 포기하고 가족을 동반한 만주 망명도 그 일환이라고 하겠다. 그런데 이러한 전환은 시대의 여건을 헤아린 민족지성의 능동 처사였지만, 그러나 선생이 그 이전 청년 시절에 함양했던 성리 유학의 가치가 그 기반이었다는 사실을 우리는 간과해서는 안 된다.

18세에 서산西山 김흥락(金興洛, 1827-1899) 선생의 문하에 입문하였으며, 여러 문목의 질의를 하였던 선생은, 27세이던 1891년에 서산 선생이 주도한 호계서원의 강학회에 참석하기도 하였다.(권오영, 「19세기 안동 유림의 학맥과 사상」, 『대동문화연구』 제36권, 성대 동아시아학술원, 2000) 그해 5월에 검토된 해설과 토론의 텍스트는, 인의예지仁義禮智를 태극太極에 연관된 인간의 본성으로 제시하고, 심합이기心合理氣 심통성정心統性情을 매개로 그 실천을 모색하는 50대 주자의 원숙한 「옥산강의玉山講義」였다. 1891년과 1893년 사이에 선생이 지은 다음 시에 그 관련 편린이 보인다.

天下物有萬　천하에는 만물이 있거늘
吾生幸爲人　나는 다행히 사람으로 태어났네
方寸具五性　마음이 오성을 갖추고 있어
初不異聖人　애초에는 성인과 다르지 않았거늘
如何不踐形　어째서 천성을 실천하지 아니하여
終作下等人　끝내 하등 부류가 되었는가
靜思咎在我　생각건대 허물이 내게 있으니
不敢尤他人　감히 타인을 탓할 것은 아니네
聖謨布方策　성인의 법도가 서책에 실려 있고
喫緊爲後人　후인에게는 대단히 중요하네
毋以爲高遠　고원하다고 여기지 말아야 하리
人道在當人　사람의 도리는 그 사람에게 달려 있지 않은가
但竭吾誠力　다만 나의 정성과 힘을 다하여
百千之於人　남보다 백번 천번 더 노력을 할 뿐
從玆抵老死　지금부터 늙어 죽을 때까지 지속한다면
尙可做善人　선한 사람이 될 수 있을 테지
墨卿爾聞之　묵경[먹]이여, 너는 들을지어다
我非食言人　나는 식언하는 사람이 아니니라

　　　　　　　　－「인자음人字吟」(『국역 석주유고』상권, 안동독립운동기념관 편,
　　　　　　　　　　　　　　　　　　경인문화사, 2008, 36쪽)

　3행의 '오성五性'은 인의예지와 신신信이며, 다 같이 우주의 근원으로부터 품부된 이 선성善性을 인간은 그 본연의 이치에 따라 실현할 수 있도록 노력해야 한다는 자각과 자기격려가 전체에 걸쳐 선명하다. 5, 6행, "실천하

지 아니하여" 현재 "하등 부류가 되었"다는 염치의 자기경고에서 선생의 파탈한 그릇과 대범한 각오를 볼 수 있으며, 11행, 일상의 실천 법도를 "고원하다고 여기지 말아야 하리"에서 도덕 지향의 호연지기 패기를 느낄 수 있다. 끝 행 "나는 식언하는 사람이 아니니라"는 장담으로 느껴지지 않으며, 이후 선생의 행적으로 입증된다.

이러한 인간 충실을 지향하는 각오와 패기는 선생 개인 차원은 물론, 심화되는 국난 시기 국가 사회 차원으로의 확대에 동력이 되었을 것이다. 다시 말해 1895년 이후 의병 활동은 물론, 1907년경의 그 괄목할 변화도, 1910년 만주 망명 결단도, 그 이후 1932년 서거할 때까지 선생이 국가와 민족을 위하여 감내한 여러 공선사후公先私後 풍찬노숙風餐露宿에는 그런 내면의 기초가 없었다면 모두 불가능하였을 것이다.

선생을 기리려고 다음 글을 읽고자 한다. 함께 만주로 망명하였던 망명 당시 66세 손위 처남 백하白下 김대락(金大洛 : 1845-1914)이 분사하자, 1주기에 쓴 「제백하처사김공문祭白下處士金公文」의 일부이다.

> 그렇지만 천하의 일이란 반드시 스스로 만드는 것만을 귀하게 여기지는 않습니다. 혹은 가는 자가 터를 닦아놓으면 오는 자가 집을 짓기도 하고, 혹은 앞사람이 누대를 지으면 나중 사람이 차지하기도 합니다. 지금 살아 있는 사람들은 바로 공의 뜻을 이을 마음을 지닌 자들입니다.
>
> — 『국역 석주유고』 상권, 659쪽

우리는 백하 선생의 혼령을 위무하는 선생의 이 문장을 음미하다가 어느덧 우리가 선생의 혼령을 위무하는 말로, 나아가 모든 독립운동가들께 헌정하는 송사頌辭로 여기는 자신을 자각할 수 있을 것이다. 우리는 누구를 막론하고 선생을 포함하여 오늘 대한민국의 "터를 닦"고, 각종 "누대를 지"은 모든 독립운동가들의 후예일 수밖에 없다. 또 우리는 우리와 우리의 미래를 위하여서라도 그분들의 노고와 공훈을 기억하고 예우하고 평가해야 마땅하다. 우리 본성의 양심이 지시하는 역사의 정의. 나아가 지난 정부들이 검토하다가 그만둔, 독립유공 3급 서훈에 그친 1962년 이래 선생의 훈격과 선생과 같은 처지에 있는 여러 선열들의 훈격을 아울러 제대로 상향 조정하기를 새 정부에 촉구한다.

"서로 거슬리지 않으니 어찌 헤어질 수 있으리"

조선공산당 재건 활동을 하다 1930년 2월에 피체된 지운遲耘 김철수(金喆洙, 1893-1986, 건국훈장 독립장)는 1심에서 10년 형을 선고받았다. 변호사 김병로가 공소를 권유하자, "나는 포로일 뿐, 일본 제국주의 법률을 인정할 수 없다"며 거부하고, 마포의 경성형무소에 수감돼 긴 영어의 나날을 보낸다. [이 강의剛毅한 지절과 기풍은 1919년 3.1운동 이후에는 보기 어렵다.] 그러던 1936년경에 '병감소제부病監掃除夫'를 자원했다가 그저 울울하기만 했던 수감 일상에 변화가 왔다. '중병감일광욕장重病監日光浴場'에서 일제 치하 혁명 전선의 대선배 일송一松 김동삼金東三과 조우하게 된 것이다. 이 대면은 본인 표현으로 '큰 낙樂'이었는데, 그 무렵 김철수에게는 또 하나의 대면이 있어, 앞 대면과 서로 더욱 뜻있게 한다.

조선인 간수에게서 얻은 '백국白菊 한 분盆'과 조우. 김동삼과의 첫 대면에서와 같았을 '잠도 못 이루었'는 '그 밤'에 '소감所感'이 없을 수 없어, 시 한 편을 지은 김철수는 이튿날 '일광욕장' '마당'에 그 시를 써 김동삼에게 보여주었다.[「김철수 친필유고」, 『역사비평』, 1989년 여름호(통권 제7호, 1989. 5), 348-374쪽]

別居何事多送迎　어인 일로 오래 헤어져 지내다가

迎菊當夕又迎月　흰 국화 맞이한 이 밤, 달도 맞이하네

月白花白我心白　달도 희고 국화도 희고 내 마음도 희어

白莫相逆將奈別　서로 거슬리지 않으니 어찌 헤어질 수 있으리

1행에서 알 수 있듯 국화는 화자에게 오래 헤어졌고 헤어진 시간이 길어질수록 더 그리웠던 님과 같은 존재이다. "어인 일"로 헤어졌는지 화자가 자문하듯 한 건 화자가 결코 몰라서가 아니다. 감방의 찌든 곰팡이 냄새처럼 너무 명백하고, 이제 겨우 만난 국화에게 구구하게 그 이야기를 하고 싶지도 않았기 때문일 것이다. 현재 재회의 기쁨과 정서를 귀중하게 여기고 향유하겠다는 태도, 나아가 그 무엇보다도 국화가 가장 소중하다는 뜻도 있다 하겠다.

우리는 2행 "흰 국화 맞이한 이 밤, 달도 맞이하네"를 읽으며, 1행에 함축되어 있던 화자의 그 기쁜 심정을 거듭 감수하면서, 철창 너머 위 밤하늘에 뜬 흰 "달", 교교 휘영 그 자태를 찬탄하며 바라보고, 또 국화를 소중히 쳐다도 보는 화자, 우리는 그 셋을 번갈아 응시하게 된다. 어느덧 우리는 화자와 시인을 일치시키면서 이 시의 시인이 수감되어 있던 감방을 결부시켜 이 시의 관련 정경을 천착해보지 않을 수 없다. '병감소제부病監掃除夫' 의 '피병사避病舍 일호실'은 중병감重病監 병동에 있고, '한센병 환자실'인 '3호실'이 가까우며, '바로 옆에 시체차屍體車가 있어 날마다 시체 갖다가 널에 못 박는 소리'가 들리는 곳이었다. 하지만 그곳은 세속 그 어느 공간보다도 삶의 형이상을 체인諦認할 수 있는 공간. 아니 그 어느 곳보다도 순결하게 정화되어 있어 마음도 그렇게 할 수 있는 공간이었다.

화자는 세속의 온갖 먼지가 사라진 이곳에서 오욕에 찌든 자신을 벗어나 자신의 근본을 자각한다. 그리고 다짐한다. "달도 희고 국화도 희고 내 마음도 희어/서로 거슬리지 않으니 어찌 헤어질 수 있으리". 달과 국화만 희지 않고 "내 마음"도 그러하다고. 그러니 우리 셋은 이제 어떤 일이 있더라도 헤어지지 말자고.

우리는 중병감 병동에서 소생한 이 각별한 정조에 공명하면서 두 의의를 동시에 느낀다고 할 수 있다. 이미 드러났듯 화자는 부잡한 세속사에 염증을 느끼고 거리를 두고 명철明哲의 은일隱逸을 희구하며 자신을 위로하려는 자의식. 분명 감방은 그 현실이 아니지만 이 감방에는 현실 이상의 리얼리티가 착색되어 있다. 다른 하나는 이와 달리, 수감 생활에서 좌절하고 그런 일상에서 어느덧 무뎌지고 닳고 초라해진 자신을 정화하고 애초의 근본, 즉 내면에 조성된 오상고절傲霜孤節 기운으로 회복되는 애초 항일과 이념에의 절개節介 의지. 전자가 더 짙게 느껴지겠지만 김철수의 후일 모습을 보면 후자를 배제할 수도 없다. 1938년 10월에 8년여 옥고를 치르고 기사회생 겨우 출감한 김철수는 그러고도 항일운동을 계속하다가 1940년 여름에 친일 전향자 단체 〈시국대응전선사상보국연맹時局對應全鮮思想報國聯盟〉 가입 강요를 그야말로 오연傲然 거부했고, 또 다시 구금[예비 단속]되어, 8.15 광복을 공주 형무소에서 맞이하였다.

1916년 봄 유학 당시 '아시아에서 일본 제국주의를 타도하고 새 아시아를 세우자'는 목적으로 국제 비밀결사 〈신아동맹당新亞同盟黨〉을 조직하고, 반제국주의 운동을 전개했던 김철수는 널리 알려져 있듯 1926년에 제3차 조선공산당[ML당]을 결성하고 책임비서로 일했으며 1927년 5월에 코민테른으로부터 조선공산당 제2차 대회를 승인받기도 하였다. 김철수가 김동삼과의 대면이 '큰 낙樂'이라고 하고, 국화시를 써 기쁘게 김동삼에게 보여준 면모에는 이유가 있었다. 김철수는 1923년 상해 국민대표회의에서 김동삼과 조우하였다. 김동삼은 의장이었고, 김철수는 생계위원이었으며, 더욱이 같은 개조파였다. 또 김철수가 1929년 3월에 만주 길림성 돈화현敦化縣에서 조선공산당 재건준비위원회 조직에 참여하여 위원장에 취임했을 때, 김동삼은 1928년에 재만농민동맹에 가입하고 그 12월 초에는 만주의 정의부 신민부 참의부 3부 통합을 촉진하기 위해 정의부 지도자로서의 기득권을 포기하고 혁신의회를 결성하고 의장으로, 또 그 하순에는 민족유일독립당 재만책진회在滿策進會를 조직하고 중앙집행위원장에 취임한 이래 그 활동에 동분서주하던 중이었다.

두 분의 생애를 일별하면 지향도 세대부터 서로 달랐지만 무엇보다도 서로 잘 소통할 수 있는 공통 자질이 있어 주목된다. 즉 소신과 시국관에 차이가 없지 않았으나, 독선과 교조주의를 배격하고 역지사지易地思之하며 좌우합작을 지지하였다는 사실이다. 그때나 지금이나 거의 누구나 대의를 위해 파벌이나 배타보다는 소통과 통합을 지향한다고 하지만 대놓고 반대하는 자들이 있었고 명분만 내세웠을 뿐 실제로는 그렇지 않았다는 사실을 우리는 통절히 안다. 1923년 상해에서 열린 국민대표회의에서 개조파와 창조파가 6개 분야에서 귀중한 합의를 하여 전체 독립운동 전선에서 기초로 공유하는 자산을 만들었지만, 임시정부 존치 여부에 끝내 합의하지 못하고 파행이 야기되자, 일송은 의장직을 사임하고 긴 탄식을 하며 무장투쟁 본위의 만주로 돌아갔고, 김철수는 몹시 실망하여 그곳 활동을 그만두고 귀국하고 말았다. 개조파 창조파라 하지만 결국 권력 관련 좌우 투쟁이 야기한 결렬. 20년대 말 통합운동도 이런저런 이기성 분열로 시달리는 가운데 1931년 9월 만주사변 직후인 10월 5일에 하얼빈에서 김동삼은 밀정의 공작으로 일제에 피체된다.

그런데 위 시에서 달은 달 그 자체이면서도 화자의 이상으로 추정할 수 있겠고, 그렇다면 흰 국화는? 혹시 짐짓 김동삼이나 김마리아의 비유가 아니었을까 추정하는 호사 심리를 억제하기 어렵다. 어느 독립운동사 학자가 김철수가 생애에서 좋아한 두 사람이 김동삼과 김마리아였다고 했다. 김동삼은 상기 상황과 사정에 따라서 그럴 개연성이 이미 있다. 김마리아는 김철수와 사이가 좋아 주위에서 결혼을 권유하였는데, 고향에 본처가 있는 김철수가 마침내 절제하여 이루어지지 못했고, 1923년에 김마리아도 상해의 분열에 실망해 미국으로 유학 가면서 둘은 헤어진 것으로 추정된다. 안창호는 "김마리아 같은 여성이 10명만 있었다면 한국은 독립이 되었을 것이다"고 했고, 취조하던 일제 검사가 탄복할 정도로 의지가 강력하여 오상고절 국화의 기상에 잘 어울리는 인물이다. 2004년 독립기념관 경내에 "독립이 성취될 때까지는 우리 자신의 다리로 서야 하고 우리 자신의 투지

로 싸워야 한다"는 어록비가 섰다. 두 사람을 번갈아 국화로 보아도 좋을
것이다.

"서로 거슬리지 않으니 어찌 헤어질 수 있으리"

"쓸쓸히 마주앉아 그리워하네 서로 그리운 그곳을"

1936년경 경성 형무소 '중병감重病監'의 '일광욕장日光浴場에서 김철수를 만나 김철수의 국화시를 첫 독자로 읽은 김동삼은 그곳에 수감되었다는 사실이 시사하는 대로 중병을 앓고 있었다. 1911년에 만주로 망명하여 유하현 삼원보에서 경학사와 신흥강습소[후일 신흥무관학교] 설립과 운영에 기여한 이래, 비밀군영 백서농장 장주(1915), 서로군정서 참모장(1919), 대한통의부 총장(1922)을 역임하며 한교韓僑 보호와 무장투쟁에 종사한 경력으로 하여 김동삼은 별칭이 '남만南滿의 맹호'였다. 1931년 10월 피체되고 하얼빈 일본총영사관 지하 감옥에서 물고문 전기고문 등 잔인한 고문을 견디며 단식투쟁을 하다가 여러 번 의식을 잃었는데, 이때 이미 건강이 크게 손상되었고, 말년을 괴롭힌 지병 늑막염도 이때 발생한 듯하다. 1934년에 생명을 위협할 정도로 늑막염이 악화되자 김동삼은 옥사를 각오하며, 옥사를 부끄러워하고 무척 유감스러워하였다. 그해 《조선일보》 4월 2일자는 관련 상황을 알려준다.

"그의 병세가 위중하다는 통지를 받고 그의 친아들 김정묵金定黙 군은 멀리 북만주 하얼빈에서 서울로 와서 오래간만에 부자간에 상면을 하였다한다. 병석에서 그는 병이 쾌소하지 못할 줄로 생각하였음인지 그 아들을 보고 '××× 로 이런 일정한 자리에서 죽게 되는 것도 과분한 일이라고 할 수 있겠다. ×××라면 대개 풀밭이나 산 가운데서 남들이 어디서 죽었는지도 알 수 없이 죽는 것이 당연한 일이다. 내가 원래 그런 죽음을 소망하였던 바인데 오늘날 이런 곳에서 죽게 되는 것은 유한으로도 생각된다. 죽기 전에 여러 친구들을 만나서 부탁할 말이 몇 가지 있지마는 어찌 마음대로 되겠느냐' 하고 개탄하는 말을 하였다 한다."

그렇게 일제의 철쇄 우리에 갇혀 거의 빈사瀕死 상태였던 '남만의 맹호'는 그 이튿날 같은 장소에서, 간밤에 쓴 자신의 화답 시(「김철수 친필유고」, 『역사비평』 1989년 여름호, 통권 제7호, 1989. 5, 348-374쪽 참조)를 김철수에게 보여주었다.

> 繞床諦視黙連頭　탁상의 국화를 돌며, 자세히 살피다 가만히 머리를 맞대네
>
> 繞床淸儀若不流　탁상의 국화를 도는데, 그 맑은 자태 담수淡水처럼 흔들리지 않지만
>
> 遠隔東籬如有感　동쪽 울타리에서 멀리 떨어지고 막혀 감회感悔가 있는 듯
>
> 悄然相對也相求　쓸쓸히 마주앉아 그리워하네 서로 그리운 그곳을

1행에서 생략되었지만 "자세히 살피다"[체시諦視]의 대상은 "상床" 위 "국화"이며, 김철수가 이야기한 "백국白菊"일 텐데, 이 모습이 실제 정경인지 아닌지 알기 애매하다. 김철수가 김동삼에게 한번 감상해 보시라고 그 국화를 빌려주었다고 할 수 있겠지만, 김철수의 지향과 그 시에 그려진 그 고상한 국화를 김동삼이 보지 못해 정중동靜中動 골똘히 연상하다가 조성한 의경意境이라고 이해하면 좋을 것이다. 그만큼 김동삼에게도 국화는 범상한 대상이 아니다. 주지되어 있듯 조선의 선비들도 매화 난초 대나무뿐만 아니라, 서리를 맞으며 오히려 피는 오상고절傲霜孤節과 명철은일明哲隱逸 품격을 지닌 국화도 부각하여, 시에서도 그 절조와 기상을 흠선欽羨하

기를 좋아하였다.

10대 후반에 한말의 대유 서산西山 김흥락(金興洛, 1827-1899)에게 집지한 김동삼과 1907년 17세 때 한말의 관료이자 지사였던 우당愚堂 서택환徐宅煥에게 집지한 김철수가 선비에게 국화가 어떤 존재인지, 더욱이 당대 국난의 우국충정의 정서가 가득했던 두 분이 모를 리 없다. 수인囚人이 된 김철수가 간수에게 국화를 부탁한 것도 그 맥락의 일환일 것이다.

김동삼도 새삼 애호와 존념의 자세로 1행에서 국화를 그런 시선으로 살피고, 드디어 "가만히 머리를 맞"댄다. 이 모습은 우리도 이 모습을 가만히 주목하게 한다. 살피다가 무슨 생각을 하거나, 손으로 만지거나 쓰다듬지 않고, 국화의 "머리"에 시인이 자신의 '머리'를 맞대다니. 생각할수록 의외의 정경. 우리는 이 동작이 국화를 기리는 최고 경의이자 최대의 애정 표현이라고 느낀다. 그러면서 한편으로 몹시 서글픈 심정이 된다. 한밤 망국의 수인囚人 지사의 고적한 통정通情, 그리고 그 침묵의 정경에 굳이 말할 필요 없는 불립문자 기구祈求가 함축되어 있다고. 또 그 어느 포옹과 키스보다 짙은 고매한 교감을 우리는 이어 느끼고 만다.

2행 초두에 1행에 이어 "繞床요상"이 등장한다. 그대로 읽어나갈 수 있지만 어색한 중복이다. 그래야 할 특별한 까닭을 잘 알 수 없고, 이 같은 사례는 시에서 보기 어렵기도 하다. 그래서 우리는 김철수가 김동삼의 국화시를 수십 년 지나 회억하면서 이 부분을 잘못 기억했을 수 있다고 추정할 수 있다. 하지만 한편 우리는 2행의 "繞床"을 단순한 반복이 아니라, 1행에서 살핀 대로 "繞床"에 포함되어 있는 국화를 강조하는 의도에서 그렇게 연속하였다고 추정할 수 있고, 이 조사措辭를 수긍할 수 있다. 독시에서 문면에선 국화가 보이지 않지만 그래서 독자로 하여금 은근히 더 잘 보게 하며, 게다가 2행 전체는 "탁상의 국화를 도는(繞床)" 시인과, "담수淡水처럼 흔들리"지 않는 "맑은 자태"의 "국화"는 잘 대조되며 정연한 구조를 이룬다.

3행에서 우리는 드디어 시인으로 여겨지는 화자의 내부 생각도 읽을 수 있다. 국화가 "동쪽 울타리"에서 멀리 떠나와 있어 감회感悔가 있는 듯……
"동쪽 울타리(東籬)", 우리는 그 자체로 알 수 있다. '東籬'는 저 유명한 도
연명의 시구 "采菊東籬下 悠然見南山(동쪽 울타리 아래에서 국화를 따다가, 남산을
유연히 바라본다)"[「음주飲酒」 제5수]의 그 '東籬(동리)' 아닌가. 이 유려한 탈속
심경 표현에서 알 수 있듯, '東籬'는 바로 시인 도연명을 그런 경지로 이끌
거나 그런 경지를 입증하는 국화, 바로 그 국화가 뿌리 내리고 있는 곳, 즉
국화의 집이라고 할 수 있다. '采菊東籬下 悠然見南山'에서 '采菊東籬下'가
없을 수 없지만, 만약 없다면 '悠然見南山'만으로는 그 경지 표출이 아무래
도 미흡하다고 하겠는데, 김동삼의 국화시 3행, "동쪽 울타리에서 멀리 떨
어지고 막혀 감회가 있는 듯"은 이상 사정에 관련되어 있다.

그렇다면 김동삼은 국화가 이런 감방과 같은 어떤 역경에서도 맑은 담
수와 같이 흔들리지 않지만, 자신이 떠나온 율리栗里의 동리東籬 아래로 돌
아가고 싶어 한다고 여기고 있다. 국화를 의인화한다면 아니 이미 그렇게
되었기도 해서, 충분히 그럴 수 있겠다. 감방에 있으니 어찌 그러지 않을
수 있겠는가. 그런데 곧 우리는 시인의 이 추정이 국화에 그치지 않고, 일
제의 감옥에 유폐된 시인이 자신의 처지를, 그리고 감옥에서 벗어나 그리
운 그곳으로 돌아가고자 하나 그러지 못하는 비애를 국화에 투사投射한 그
대리 토로가 아닌가 추정할 수 있다. 4행, "쓸쓸히 마주앉아 서로 그리운
그곳을 그리워하네"란 상호 동정에서는 더욱.

그리운 그곳은 어디인가. 활동과 투쟁의 보루였던 만주의 정든 기지일
수 있을 것이다. 일제가 병탄하기 이전 조국일 수 있으며, 1911년 만주 망
명 이후 기약과 투쟁을 거듭하며 지향하는 광복 조국일 수 있을 것이다. 또
이들의 제유이기도 할 시인의 고향, 경상북도 안동시 임하면 천전리[집은
그 278번지]일 수도 있을 것이다. 김동삼은 이 시를 쓴 다음 해인 1937년
4월 13일에 경성 형무소 중병감重病監의 그 감방에서 옥사하여, 그리운 그
곳으로 돌아가지 못했다.

김동삼은 1928년에 재만농민동맹에도 관여하면서 그해 4월에 정의부

367

신민부 참의부 통합을 위해 북만 김좌진의 신민부를 김원식과 찾아가, "광복의 제일 요체는 혈전血戰인 바, 혈전의 숭고한 사명 앞에는 각 단체의 의견과 고집을 버려야 할 것이며, 독립군이 무장하고 입국하여 광복전쟁을 감행하기 전에 세 단체의 군부가 합작하지 않으면 안 된다"(채근식, 『무장운동비사』, 대한민국공보처, 1949, 147쪽)고 대동단결을 역설하였다. 같은 해 12월에는 정의부 지도자로서 기득권을 버리고 통합을 준비하는 혁신의회를 결성하였고,(의장) 또 민족유일독립당재만책진회를 성사시켰다.(중앙집행위원장) 김동삼의 이러한 과감하고 강력한 '이념과 노선의 통합 운동'은 오직 일제를 한반도에서 축출하여 조국의 독립을 쟁취하기 위한 충정 일념에서 비롯되었다.

김동삼의 장례를 심우장에서 주관했던 만해 한용운은 유례없이 대성통곡했다. 의아해하는 제자 김관호에게, "유사지추有事之秋가 도래하면 이 분이 아니고는 대사大事를 이루지 못한다. ……(중략)…… 일송을 잃는 것은 전 민족의 큰 손실이요, 장래의 큰 불행"이라고 했다.(김관호, 「일송 김동삼 장례」, 만해사상연구회 김관호 · 전보삼 편, 『한용운사상연구 제2집』, 민족사, 1981년 9월, 300-301쪽) 1937년 4월 30일자 『한민』(중국 관내 한국국민당 발간)은 추도사에서 일송의 30년 투쟁을 "부탕도화赴湯蹈火 풍찬노숙風餐露宿"이라 하고, "신망이 가장 많던 이"라고 하였고, 1937년 5월 3일자 《앞길》(중국 관내 조선민족혁명당 발간)은 일송의 지도자 인격을 "지공무사至公無私 개결무구介潔無垢"라고 하였다. 1937년 6월 17일자 《신한민보》(미국 대한인국민회 발간)는 특집 「한국혁명당 영수領袖 김동삼 선생의 서세」에서 선생의 일생과 공적을 기술하고 "권위 · 공의(公議 · 公義) · 열정"을 지니고, "연합정신을 재조再造하여 늘 왜적을 대항"한 "중국 한국 혁명당 중에 제일류 인물"이라고 평가했다.

한편 같은 시대의 동지이자 후배인 김승학(1881-1964)은 사필에서 "그는 민족 수난기를 통해 많은 독립운동 조직을 지도했을 뿐만 아니라, 누구보다도 성실하게 순난殉難의 길로 입신하여 투쟁했다는 점에서, 한국 독립운동사상 그가 남긴 업적은 실로 위대성偉大性에까지 육박하고 있다. 조국 광복을 위해 투쟁한 김구의 활동과 더불어 김동삼은 남만의 밀림을 근거로 일제에 대한 과감한 무장투쟁과 민족운동을 전개했다는 점에서, 그는 만주에서 활약한 한국 독립운동가로서의 상징적 존재였다고 해도 지나친 말이 아니다"고 평가하였다.(「南滿의 猛虎 金東三」, 『월간 세대』 1972년 3월호 참조)

2025년 제80주년 광복절을 맞아, 김동삼 생애에서 유일하게 남은 시, 감방에서 중병을 앓으며 죽음을 의식하고 지은 김동삼의 국화시를 다시 읽으며, 광복절의 의미와 의의를 되새겨볼 필요가 있을 것이다. '繞床諦視黙連頭(탁상의 국화를 돌며, 자세히 살피다 가만히 머리를 맞대네) 繞床淸儀若不流(탁상의 국화를 도는데, 그 맑은 자태 담수淡水처럼 흔들리지 않지만) 遠隔東籬如有感(동쪽 울타리에서 멀리 떨어지고 막혀 감회感悔가 있는 듯) 悄然相對也相求(쓸쓸히 마주앉아 그리워하네 서로 그리운 그곳을)'

"일오천逸烏川의 그 삼각주여"

지난주 초에 군위 인각사麟角寺에 들러 국사전國師殿에서 보각국존普覺國尊 원경충조圓經冲照 일연一然(1206-1289) 스님을 배알하였다. 주지되어 있듯 스님은 당대의 대덕이었을 뿐만 아니라 현존 문헌으로 단군신화를 최초로 기록하기도 한 『삼국유사三國遺事』를 저술한 문화사가였고, 대상 인물의 생애나 사건을 소재로 7언 절구 찬시讚詩 48편을 지어 첨부한 감흥의 시인이기도 하다. 국사전 벽면에 스님이 아니었다면 우리도 후손도 향유할 수 없는 저 신라시대의 향가 14수 중 한 수도 소개되어 있어 지나칠 수 없었다. 유명한 「찬기파랑가讚耆婆郎歌」. "열어젖히자/벗어나는 달이/흰구름 좇아 떠간 자리에/백사장 펼친 물가에/기파랑의 모습이 겹쳐져라//일오천 자갈벌/낭의 지니시오던/마음의 끝을 좇노라//아, 잣나무 가지가 높아/눈이라도 못 덮을 화랑이여". 1천 3백여 년 전 이 땅의 시(가사)를 오랜만에 다시 읽는 감회가 없지 않았고, 어두운 밤에 홀연히 자태를 드러내고 "흰 구름"을 지향하는 "달"로 표상된 "기파랑"을 화자의 호흡을 따라 찬미하는 정서에 젖었다.

역자를 제시하지 않았는데, 역대 학자들의 국역을 기초로 절충하며 인각사를 중창하는 분들의 의견도 수합해선지 굳이 밝히지 않은 것 같다. 상기 국역이 이 시의 주제와 정서를 잘 전달한다고 인정하면서 서정시 번역은 어감 어조 리듬을 위시하여 그 뜻과 세부 함축 등등에 걸쳐 개인마다 작고 큰 차이가 있을 수 있기에 필자는 이 번역에다 양주동 등 역대 학자들의 국역을 참고하고, 필자의 소견을 가미해 다음과 같이 조정해 보았다.

咽鳴爾處米(인명이처미) 먹구름 열어젖히고

露曉邪隱月羅理(노효사은월라리) 모습 드러내는 달이

白雲音逐于浮去隱安支下(백운음축우부거은안복하) 흰구름 좇아 밤
하늘에 둥실 떠 가네

沙是八陵隱汀理也中(사시팔릉은정리야중) 모래 큰 언덕 모래 섬 가
운데서

耆郎矣皃史是史藪邪(기랑의모사시사수사) 기파랑의 모습은 그 푸
른 풀숲이었지

逸烏川理叱磧惡希(일오천리질적악희) 일오천逸烏川의 그 삼각주여

郎也持以支如賜烏隱(낭야지이복여사오은) 낭이 지니시오는

心未際叱肹逐內良齊(심미제질힐축내량제) 그 마음의 끝을 좇노라

阿耶栢史叱枝次高支好(아야백사질지차고복호) 아아 측백나무 우듬
지 높고 아름다워라

雪是毛冬乃乎尸花判也(설시모동내호시화판야) 아무리 눈 내려도 덮
이지 않는 푸른 화랑이여

– 충담忠談[신라 경덕왕(재위 742–765) 시대 스님],

「찬기파랑가讚耆婆郎歌」

신라의 말을 그 뜻을 한자로 번역하거나 신라 말과 같은 음을 가진 한자로 표기하는 이두吏讀로 기록한 이 시. 8세기 신라 그때 그대로 현대 국어로 번역하기는 불가능하다. 선학들의 노고에 의지하고 문맥을 고려하여 번역해 보았으나 오히려 원래 취지를 왜곡한 망발일 수 있다. 하지만 누구도 정확한 번역이라고 자신할 수 없고 후속 번역을 초래하기 위해서도 그 시

도는 가능하다.

10구체 1행에서 '먹구름'이 생략됐다고 여기며 제시하였는데, 2행 "모습 드러내는 달"의 그 동향 때문이다. 즉, 1-2행을 "달"이 먹구름에 가려 있다가 먹구름을 헤치고 나타나는 정황으로 보았다. 4행 "모래 큰 언덕 모래 섬"은 원문 "沙是八陵"과 "汀"의 직역이며, 6행 "일오천逸烏川의 그 삼각주"의 "삼각주"는 원문 "磧"의 직역인데, 4행 "沙是八陵"과 '汀'과 같은 뜻의 다른 표현으로 여긴 나머지 번역이다. '磧'은 '냇가나 강가의 돌이 많은 곳', 즉 자갈벌이기도 하며, '물속에 모래가 쌓여 물위로 솟은 섬', 즉 '삼각주'이기도 하다. 중언되지만 삼각주는 냇가나 강가에 있는 자갈벌이나 모래사장(모래톱)과 조건과 환경이 다르다. 그리고 그 '磧'에 있는 5행의 "藪"(덤불)를 '풀숲'이라고 번역하였다. [삼각주에 풀이 나면 그곳을 '풀등'이라 부르기도 한다.] 이외 필자의 번역은 기존의 번역과 다르지 않은 그 답습이다.

이 시의 화자를 시인이 창조한 허구 인물로 보지 말고 시인 충담忠談 스님으로 보아야 하겠다. 『삼국유사三國遺事』권2《기이紀異》「경덕왕·충담사·표훈대덕」에 다음과 같은 주석 성격의 관련 사연이 서술되어 있다.

"3월 3일(765년)에 왕[경덕왕]이 귀정문歸正門의 누 위에 나가서 좌우의 측근에게 말하기를, "누가 길거리에서 위의威儀 있는 승려 한 사람을 데려올 수 있겠느냐?"라고 하였다. … 다시 한 승려가 납의衲衣를 입고 앵통櫻筒을 지고서[또는 삼태기를 졌다고도 한다] 남쪽에서 왔다. 왕이 그를 보고 기뻐하면서 누 위로 맞아서 그 통 속을 보니, 다구茶具가 들어 있을 뿐이었다. … 왕이 말하기를, "짐이 일찍이 듣기로는 스님이 기파랑을 찬양한 사뇌가詞腦歌가 그 뜻이 매우 높다고 하던데, 과연 그러하오?"라고 하니, 대답하기를, "그러하옵니다"고 하니, 왕이 말하기를, "그렇다면 짐을 위해 백성을 편안히 다스릴 노래를 지어주시오"라고 하니, 승려가 즉시 칙명을 받들어 노래를 지어

바쳤다. 왕이 그를 아름답게 여겨 왕사王師로 봉하니, 승려는 두 번
절하고 굳이 사양하며 받지 않았다."

경덕왕은 귀정문에 행차하기 전에 충담을 알고 있었고, 충담이 '기파랑을 찬양한 사뇌가'를 지었다는 사실도 이미 알고 있었다. 경덕왕과 충담의 문답에서 우리는 「찬기파랑가」의 화자가 충담이라는 사실도 알 수 있다. 이 말미에 「찬기파랑가」가 제시되고 있다.

1, 2, 3행은 작중 실제 정경 묘사이면서도 "달"은 "기파랑"의, "먹구름"은 저열하면서도 끈덕진 세속 장애들의, "흰구름"은 당위와 이상의 환유이며, 세 이미지는 선명한 대조를 이루면서 즉각 우리의 주목을 끌고 관련 연상을 촉진한다. 특히 "달"의 행보 추이는 주인공의 기품을 직절하게 인지하게 한다.

4행 "모래 큰 언덕 모래 섬"과 6행 "일오천逸烏川의 그 삼각주"는 다시 말해 같은 장소이며, 화자가 "기파랑"과 함께하며 그의 훌륭한 언행에 감명받았던 대표 공간이다. 그렇게 반복하는 이유는 그 공간을 구체화하여 강조하고, 동시에 "일오천의 그 삼각주" 그 자체의 이미지와 함축을 2행 "달"에 이어 "기파랑"을 형상화하는 은유로도 활용하는 의도에서가 아닌가 추정할 수 있다. 즉 "삼각주"는 앞에서 살폈듯, "물속에 모래가 쌓여 물 위로 솟은 섬"이며, "풀숲"도 포함하고 있는데, 그 생성에서 오랜 고난과 숱한 역경을 극복하고 성실하게 융기한 큰 인격과 역량의 비유로도 가능하고, 바람직하다. [삼각주에서 풀이 무성하게 난 풀숲, 즉 '풀등'을 '먼 항로의 지친 목숨들'이 '다시 살아갈 힘'을 주는 '따뜻한' 성역聖域으로 보고, 자신도 긴 항해를 하는 고단한 몸이었는데, 이웃의 같은 삶을 깊이 동정하고 그만 자신을 그들에게 휴식처로 바친 헌신의 존재로 비유한 현대시가 있다. (구향순, 「풀등이라는 이름」)]

그리하여 이어지는 7-8행 "낭이 지니시오는/그 마음의 끝을 좇노라"라는 화자의 "기파랑" 추종은 자연스러운 귀결이라고 하겠다. 이 시행에서 화자는 "기파랑"의 "마음"이 아니라 "마음의 끝"을 따른다고 하였는데,

자신을 낮추는 겸손한 표현이며 "기파랑" 존경을 재차 내포한다. 한편 이와 달리 "마음의 끝"은 9행 "측백나무 가지"와 관계되어 있다고 할 수 있다. 즉, 높고 아름다운 "측백나무의 우듬지"는 고귀한 인격과 역량을 아슬아슬하게 표상한다. 누구도 오르기 어려울 뿐만 아니라 결구 10행에서 보듯, "눈"이 아무리 "내려도", 그야말로 대폭설이어도 눈에 "덮이지 않는" 우듬지, 그러니까 그 푸른 우듬지는 바로 "기파랑"의 격조이자 기상인 것이다.

그리고 우리는 하필이면 여기서 "측백나무"가 기파랑의 비유하는 또 하나의 이미지로 선택된 배경으로 『논어』《자한子罕》편의 "歲寒然後 知松柏之後彫也(모진 추위가 닥친 연후 소나무와 측백나무가 가장 나중에 자신이 기진해서야 시든다는 것을 알 수 있다)"를 환기해 볼 수 있다.

참고로, 기파랑과 이 시를 유사遺事로 전승하게 한 경덕왕의 귀정문 행차는 왕권 강화의 취지에서 계획된 거동이었고, 충담 스님은 『논어』를 독파한 유학 지식인이기도 했다. 이때 충담 스님이 경문왕에게 지어올린 「안민가安民歌」에, "아아, 임금답게, 신하답게, 백성답게 할지면 나라 안이 태평하리이다"란 구절이 있다. 『논어』《안연顏淵》편의 "君君臣臣父父子子(정치가 제대로 시행되려면 임금은 임금답고 신하는 신하답고 부모는 부모답고 자식을 자식다워야 합니다.)"가 그 출전이다. [충담 스님은 특히 왕이 왕다워야 한다고 강조]

그런 충담 스님의 안목에서, 먹구름을 찢고 나타나는 밤하늘의 밝고 맑은 "달", "모래 큰 언덕 모래 섬"과 "풀숲"이 장관壯觀인 "일오천의 삼각주", 절개와 의리의 "측백나무"와 그 어떤 사정에서도 정체성을 유지하는 우듬지로 비유된 "기파랑"은 그야말로 화랑다운 화랑이 아닐 수 없다. 세속오계世俗五戒에도 투철했을 "기파랑"을 기리는 충담 스님의 향념은 시대를 초월하여 인상 깊으며 그 밀도까지 우리로 하여금 감지하게 한다. 그래서인가. 췌언이지만 오늘 더욱, 자신이 소속한 사회를 정화하며 맑고 힘차게 인도하는 "기파랑"과 같은 화랑이 그립다. "아아阿耶", 어찌 충담 스님

374

과 일연 스님만이 그런 인물을 바라고 기리겠는가. 이 시대 국회의원을 화랑으로 여긴다면 그저 야유를 일게 하는 시대착오 무리인건가. 지난 제80주년 광복절 기념식장에서 여야 대표가 악수조차 하지 않고 나란히 앉아 서로 인격에 연관시켜 기피하고 혐오하는 모습을 유권자 시민들에게 보였다. 두 사람의 문제만이 아니며, 아무리 부박한 정쟁의 나날이라고 하더라도 아무래도 기괴하다. 새삼스럽게 성찰을 촉구하지 않을 수 없다.

"강 가운데 모래섬에 있네" 금슬 좋은 "두 징경이"

알고 보면 놀랄 일이 아니지만 알았어도 좀 그럴 일이 우리 일상에서도 꽤 있다. 지난주에 신라 충담忠談 스님이 765년에 지은 향가鄕歌「찬기파랑가讚耆婆郎歌」를 읽으며 그 4행 "沙是八陵사시팔릉"과 "汀정", 6행 "逸烏川일오천"의 "磧적"을 모두 '물속에 모래가 쌓여 물위로 솟은 섬', 즉 '삼각주'의 다른 표현이며, "藪수"[풀숲 : 5행]를 포함한 "일오천逸烏川"의 그 "삼각주"를 충담 등과 기파랑이 뒷날 기억에 남을 정도로 의미 있게 같이했던 공간이면서도, 2행의 "달", 9행의 "측백나무"와 더불어 화랑 "기파랑"을 형상화하는 비유로도 보았다. 즉 삼각주의 "그 생성에서, 오랜 고난과 숱한 역경을 극복하고 성실하게 융기한" "기파랑"의 "큰 인격과 역량"을 강조하는 취지로.

어느덧 그런 감상을 하게 되면서 필자는 내심 '일오천'의 '삼각주'가 『시경』「관저關雎」의 첫 수 1–2행, "關關雎鳩(관관저구) 在河之洲(재하지주)"의 '洲'[주 : 삼각주]와 관련되겠다고 여기며 좀 놀랐다. 신라 당대의 민간에서 부르던 '향가鄕歌'의 가사는 고유의 발상과 시어로 엮여있을 것이란 선입견이 있었기 때문이었다. 그런데 제작 연대가 진흥왕 13년(552년)이 상한이고, 문무왕 12년(672년)이 하한으로 추정되는 『임신서기석壬申誓記石』의 「기記」에 『시경』 등 유학 경전을 공부한다는 기록이 있다. [又別先辛未年

七月廿二日大誓 詩尙書禮傳倫得誓三年(또 따로 앞서 신미년 7월 22일에 크게 맹세하였다. 『시경』, 『상서』, 『예기』, 『좌전』을 차례로 습득하기를 맹세하되 3년으로써 하였다.)] 또 「찬기파랑가讚耆婆郎歌」는 그 출전인 『삼국유사三國遺事』에서 확인했듯, 충담 스님이 경덕왕 24년(765년) 이전에 지었기에 이 사실만 알았어도 그 관련은 놀랄 일이 아니다. 곧 스러졌지만, 고유의 정체성을 선입견으로 기대하다가 유감스러워진 심경의 변주가 아니었나 한다. 문화에서 컨텐츠의 기원론 탐색은 전체를 조망하기 위해 필요하기는 하지만, 그 평가에서는 별 의미가 없다. 단순한 답습이 아니라 새 개진에서 작든 크든 모티프로 활용한다면 언제나 현명한 처사이고, 의의 있다. 세계의 여러 신화와 설화의 전개에서도 그러하고, 작가 시인의 예술로 강조되는 기명記名 문학 작품에서도 출현 시공과 방식과 무관하게 이미 정리된 사안이다. 미련을 가진다면 사실을 왜곡하게 되거나 국수주의 연장이나 조장으로 비판되기 쉽다. 더욱이 『시경』의 「관저關雎」를 읽어보면 상호관련성이 있지만 서로 주제도 다르고 비중도 다르다.

關關雎鳩(관관저구) : 꾸안 꾸안 지저귀는 두 징경이
在河之洲(재하지주) : 강 가운데 모래섬에 있네
窈窕淑女(요조숙녀) : 아리땁고 그윽한 아가씨는
君子好逑(군자호구) : 군자의 좋은 짝이로다

參差荇菜(참치행채) : 들쭉날쭉 마름나물을
左右流之(좌우류지) : 이리저리 헤치며 찾네
窈窕淑女(요조숙녀) : 아리땁고 그윽한 아가씨를
寤寐求之(오매구지) : 자나 깨나 구한다네

求之不得(구지부득) : 구해도 구하지 못해
寤寐思服(오매사복) : 자나 깨나 생각하고 그리워하여

悠哉悠哉(유재유재) : 아득하고 아득해라

輾轉反側(전전반측) : 이리저리 뒤척이며 잠 못 이룬다네

參差荇菜(참치행채) : 들쭉날쭉 마름나물을

左右采之(좌우채지) : 이리저리 뜯네

窈窕淑女(요조숙녀) : 아리땁고 그윽한 아가씨를

琴瑟友之(금슬우지) : 금과 슬로 친해져야지

參差荇菜(참치행채) : 들쭉날쭉 마름나물이

左右芼之(좌우모지) : 이리저리 우거져 있네

窈窕淑女(요조숙녀) : 아리땁고 그윽한 아가씨를

鍾鼓樂之(종고락지) : 종과 북으로 즐겁게 하고 싶네

— 이상은의 국역을 기본으로 세부 조정

"강 가운데 모래섬", 즉 삼각주가 「관저」에서도 공간이지만 「찬기파랑가」와 주제가 다르다. 「찬기파랑가」의 주제가 '낭도 무리를 인도하여 국가에 충성하는 화랑 기파랑의 인격 찬양'이라면, 「관저」는 '아리땁고 그윽하며 살림도 잘 할 짝을 찾는 남성 청년의 가슴 조이는 상사성相思性 구애'이다. 또 '삼각주'의 성격도 「찬기파랑가」와 달리, '두 징경이가 지저귀며 마름나물을 채취하는 사랑과 생활의 공간'이다.

감상에서 우리가 먼저 결정해야 할 것은 2, 4수의 1, 2행에서 시도되는 "마름나물"을 "이리저리 헤치며 찾"고, "이리저리 뜯"는 주체를 누구로 볼 것인가이다. "아리땁고 그윽한 아가씨"일 수 있고, "두 징경이"일 수도 있다. 후자로 보는 것이 좋겠으며, 그렇다면 화자가 삼각주에서 원앙보다도 사이가 좋은 두 징경이의 협업을 바라보며, 그리워하던 짝을 더욱 그리워하는 정황이 이 시의 기조라고 하겠다.

다음으로 검토할 국면은 이미 상기 역문에서 시도되어 있지만, 역자마

다 달라 모호하다 할 이 시 작중 인물의 행위와 생각의 시제時制이다. 이 시에서도 시제에 따라 그것들은 사실과 관념으로 속성과 의미가 달라지기에 검토할 필요가 있다. 3수 화자의 "구해도 구하지 못해/자나 깨나 생각하고 그리워하여/아득하고 아득해라/이리저리 뒤척이며 잠 못 이루도다"란 진술을 기준으로, 1, 2수의 "두 징경이"의 행위와 남성 화자의 1, 2수 관찰과 독백, 그리고 3수의 독백은 현재, 4수 1, 2행 징경이의 행위와 5수 1, 2행의 화자 관찰은 현재, 4, 5수의 3, 4행들은 원망願望의 미래로 보아야 할 것이다.

다시 말해 4수 3, 4행 "아리땁고 그윽한 아가씨를/금과 슬로 친해져야지", 5수 3, 4행 "아리땁고 그윽한 아가씨를/종과 북으로 즐겁게 하고 싶네"라고 한 바, 이는 "그리워" "이리저리 뒤척이며 잠 못 이루"는 상태에서 피력되는 화자의 현재 소원이다. 위에서 국역된 대로, 실현되었거나 실현되고 있는 상태로 보지 않아야 할 것이다. 이런 관점은 이 시의 정황에 어울리면서도 『시경』을 편집한 문예비평가 공자(기원전 551–기원전 479년)가 「관저」를 두고 자신의 시론, "낙이불음 애이불상[(樂而不淫, 哀而不傷 : 즐거워도 음란하지 않아야 하고, 슬퍼도 정신을 손상하지는 않아야 한다"의 예로 든 의도와도 어울린다고 하겠다.

그리고 1수 1~2행 '關關雎鳩 在河之洲'란 선경先景에 이어 그 후정後情으로 1수 3, 4행에서 곡진한 상사相思 정서가 이어지고, 2, 4, 5수에서 그 구조가 반복되며, 그 후정이 심화되어 있는 "구해도 구하지 못해/자나 깨나 생각하고 그리워하여/아득하고 아득해라/이리저리 뒤척이며 잠 못 이룬다네"가 결미의 5수가 아니라, 3수로 배치된 구성도 이 시의 주제 음미에 영향을 행사하고 있다.

취지가 다르지만 「관저」에서처럼 「찬기파랑가」도 모래섬 삼각주를 주요 공간으로 하였다. 우연의 일치라고도 할 수 있겠지만, 하필이면 그 공간이 「찬기파랑가」에서 비중 높게 연속되는지 우리는 다시 묻지 않을 수 없다. 명산 명강의 경관을 내면화하면서 심신을 수련했던 화랑도. 그들이

모래섬 삼각주에서 「관저」도 읽고 외우며 「관저」의 화자처럼 자신의 기상
에 어울리는 짝을 찾겠다는 용의를 배양했을 것이라고 상상해본다.

후일 사단四端 칠정七情으로 정리되는 인생의 다양한 국면을 두루 다룬
305편 시를 엮은 『시경』. 사랑과 생업으로 엮인 정경과 그런 짝을 찾는 연
모의 원초를 노래하는 이 시를 그 첫 편으로 제시한 공자의 의도를 우리는
문득 알 수 있다.

"달이 산을 엿보는 모습"

지난 2025년 12월 17–18일에 경주를 다녀왔다. '행복한 도덕사회 재건'을 목적으로 활동하는 박약회(博約會 : 이사장 김종길)의 경주지회(지회장 최성춘)가 주관하는 〈제46차 전국유교문화학술대회〉에 참여하자는 가형의 권유가 있었고, 게다가 평소 답사하고 싶었던 회재晦齋 이언적(李彦迪 : 1491-1553) 선생의 고향 양동良洞과 선생을 기리는 옥산서원玉山書院, 선생이 공부하던 독락당獨樂堂도 예방한다고 해 지체 없이 따랐다.

대회는 우리 사회의 심화되어 가는 제반 갈등을 전통 유학의 가치를 제대로 구현하여 극복하자는 지향과 〈고고고 실천운동〉 전개를 확인하는 프로그램으로 진행되었다. '고고고'도 인간성숙과 인간관계를 전제로, '행복하고, 배려하고, 서로 돕고'를 지표로 한다. '행복하고'는 자신과의 관계에서 추구하는 덕목인데, '혼자 있을 때도 옳은 행동을 선택한다'가 그 구체 지침으로 권유된다. 사람은 '혼자 있을 때'와 그렇지 않을 때에 다르기 쉽기에 일관성을 유지하여 자아분열이나 자기혐오를 일소하자는 취지에서인데, 자신을 스스로 다행하게 긍정할 수 있게 하는 '신기독愼其獨'을 연상하게 한다. '배려하고'는 타인과의 관계에서 추구하는 덕목으로, '함께 있을 때는 예의를 지키고 상대를 존중한다'는 구체 지침으로 표방된다. 그 어떠한 사람을 만나든 편견과 경시를 배제하고 오늘에 어울리는 예禮와

경敬의 태도로 우대하며 소통과 화합을 조성하자는 것이다. '서로 돕고'는 타인과의 관계가 확대된 사회 차원의 삶을 전제로, '공동체 안에서 협력과 나눔을 실천한다'를 구체 지침으로 설정하고 있다. 상부상조相扶相助의 신의信義를 저변으로 하는 이 결합의 덕목 또한 우리 현재 사회의 분열 반목과 대조되며 철저한 재인식과 선의의 실천이 요구된다고 하겠다.

한편 장년 노년의 청중들에게 "노인이 아니라 어른이 되어 그 역할을 하자"는 김병일 도산서원 원장의 제언이 있었는데, '어른 부재 세상'에 청중이 자신을 관련시키면서 일정한 책임의식을 촉진하게 하였다.

'고고고' 실천이 '어른' 역할 수행과 다르지 않으며, 대단한 의지가 없더라도 일개 시민으로서 실천이 가능하다는 생각을 했다. 유학이 바라는 군자君子와 숙녀淑女가 이 시대가 요구하는 '어른'과 다르지 않다는 생각도 하였다. 더욱이 지난날에 여러 시행착오와 일탈이 있어 내심 유감으로 부끄럽다면 자신의 그 회오를 보정하기 위해서라도 특히 주변 청년들에게 말없이 그런 역할을 해보겠다는 용기를 내지 못할 것이 없다는 생각도 들었다.

한국유학사에서 회재는 실천유학의 길을 생활 차원에서 개척한 선구자이다. 연산군의 난정, 중종반정 이후 공신들과 권신들의 거듭되는 폭정이 이어지는 와중에 굴복하거나 타협하거나 방관하지 않았다. 중종이 사돈 김안로를 다시 조정으로 복귀시키려하자 왕의 의도를 알고도 반대하였다. 사간원 사간 직책을 공정하게 수행한 회재는 파직되었고, 향리로 돌아가 1532년(중종 27)에 자옥산 자계 천변에 아버지를 이어 정사精舍 독락당獨樂堂을 짓고 시대의 불의와 패륜을 제어하는 공부를 하였다. 성리학을 우주와 세계를 구성하는 철리로만 접근하지 않고, 보다 분발하여 자기 시대의 타락한 인심과 추악한 정쟁을 극복하는 인성 함양의 텍스트로 탐구하였다. 인간 보편 도덕성의 원천을 정밀하게 확인하고, 그 발양 방안을 적극 탐구하여 기氣를 제어하는 리理 우선 의지와 그 실천을 가능하게 하는 규범들을 제시하였다.

참고로 독락당의 ‘독락獨樂’은 그 출전인 『맹자』 「진심장구 상」을 참조하면, 자신 혼자 학문과 산수를 즐기겠다, 나 혼자만이 고고하게 자연 도락道樂을 향유하겠다는 취지가 아니다. “옛 현명한 임금들은 선善을 좋아하여 권세를 잊었다. 옛 현명한 선비만이 어찌 홀로獨 그러지 않았겠는가. 그 도道를 즐겼고樂 사람의 권세를 잊었다. 그래서 왕공이 공경이 지극하지 않고 예를 다하지 않는다면 어진 선비를 잘 볼 수가 없었다. 만나는 것도 쉽지 않았다면 어찌 그들을 신하로 삼을 수 있었겠는가(古之賢王好善而忘勢 古之賢士何獨不然 樂其道而忘人之勢 故王公不致敬盡禮則不得亟見之 見且猶不得亟而況得而臣之乎).”

즉 ‘독락獨樂’은 공공의 선을 지향하며 권력에 아부하지 않는 도리를 즐기겠다는 취지이다. 용기 있고 의연한 군자 행실의 자각이자 온아하고 개결한 표방이 아닐 수 없다. 이제 회재가 당시의 심경을 토로한 시 「독락獨樂」을 읽어볼 차례이다.

離群誰與共吟壇 : 무리를 떠나 왔으나 누구와 함께 시를 읊을까만
巖鳥溪魚慣我顔 : 너럭바위 새와 자계천 물고기가 내 얼굴을 알아보네
欲識箇中奇絶處 : 그 중에 빼어난 경치를 알고자 한다면
子規聲裏月窺山 : 두견새 울고 그 소리에 달이 산을 엿보는 모습

1행에서 “離群”이라 하였는데 서울 조정의 권력과 정쟁에 매인 관료들과의 거리는 물론 자신의 파직과 낙향이 타력에서가 아니라 사실은 선택이었다는 회포가 함축되어 있어 보이고, 그 정서를 읊는 ‘시’를 지어 주고받으며 소통할 동반자가 없다는 탄식이 이어진다. 하지만 2행에서 시인은 곧, 옛 청년시절 여기서 공부할 때 만났던 “너럭바위 새”와 “자계천 물고기”가 자신을 알아보고 반긴다고 스스로 위안한다. 한편 “巖鳥溪魚”는 그렇게 시인이 마주한 실물 묘사이면서도, 천석고황泉石膏肓에 연관된 ‘연비어약鳶飛魚躍’의 뜻깊은 시사라고 하겠다. 본성에 따라 자연 그대로 살아가

는 생명의 자유와 타자와의 조화를 시인은 흠선하며, 자신도 그렇게 같이 누리려한다는 뜻을 행간에까지 걸쳐 표출하고 있다. 나아가 시인은 3행에서 이곳의 가장 수발한 경치를 궁금하게 하고, 4행에서 극화 같은 한 찰나를 제시한다. "두견새 울고 그 소리에 달이 산을 엿보는 모습"이라고. 즉 두견새가 울어울어 그 소리가 지상의 시공을 가득 채울 때, 밤하늘에서 교교히 빛나는 밝은 달이 산[북쪽의 도덕산, 동쪽의 화개산, 서쪽의 자옥산, 남쪽의 무학산]을 그윽한 시선으로 정답게 살펴보는 모습이라고 한다. 산의 이름들이 또한 심상치 않다. 이 시는 위 『맹자』 「진심장구 상」의 '그 도를 즐겼고 사람의 권세를 잊었다(樂其道而忘人之勢).'를 주제로 하며, 그 자연스러운 무봉無縫의 형상화가 탁월하다. 참고로 이 시를 거듭 감상하니, 작중 그 '달'이 시인이 닮고 싶고 가까이 하고 싶은 도반道伴으로 더욱 부각된다.

　다음 시 「계정溪亭」을 그래서 이어 읽으면 좋을 것이다.

　　　喜聞幽鳥傍林啼 : 숲속 그윽한 새 소리에 즐거워라

　　　新構茅簷壓小溪 : 작은 시내 가에 작은 띠집 새로 지었지

　　　獨酌只邀明月伴 : 홀로 술 마시며 밝은 달 짝하여

　　　一間聊共白雲棲 : 흰 구름과 더불어 한 칸 집에서 살려하네

　천연의 음악인 숲속 새 소리 듣고 밝은 달과 흰 구름과 같이 살며 인성 배양의 위기지학爲己之學을 연찬하고 그 요령과 실천 절목을 탐구하던 회재는 1537년(중종 32)에 김안로 일당이 몰락하자 조정에 복귀하여 조광조 신원과 사림 등용을 건의하였다. 인종이 별세하고 을사사화(1545년 명종 즉위년)가 야기되고 양재역벽서사건(1547년 명종 2)이 획책되자 역시 도리와 우국충정에서 사류를 보호하는 한 시대 '어른' 역할을 하였는데, 결국 강계로 귀양 갔고, 후세를 위해 자신의 평생 공부를 정리하다가 별세하였다. 그의 귀양과 별세도 공공의 위난을 외면하지 않고 중도를 실천하다가 스스로 선택한 순난殉難의 길이었다.